이건창 문학연구

■ 집필자

이희목

경남 밀양 출생. 성균관대학교 한문교육과 및 동 대학원을 졸업하고, 이건창
李建昌 산문에 관한 연구로 박사학위를 받았다. 논문으로는 「백호 임제의 옥
대체시에 대하여」, 「애국계몽기 한시 연구」 등 다수가 있으며 『애국계몽기
한시자료집』을 펴내었다. 경성대학교 한문학과 교수를 역임하였고, 현재는
성균관대학교 문과대학 한문학과 교수로 재직 중이다.

대동문화연구총서 25
이건창 문학연구

1판 1쇄 인쇄 2005년 12월 25일
1판 1쇄 발행 2005년 12월 31일

지은이 | 이희목
편집인 | 임형택
　　　　대동문화연구원 TEL 02)760-1275~6

펴낸이 | 서정돈
펴낸곳 | 성균관대학교 출판부

등록 | 1975년 5월 21일 제 1975-9호
주소 | 110-745 서울특별시 종로구 명륜동 3가 53
전화 | (02) 760-1252~4
팩스 | (02) 762-7452
홈페이지 | www7.skku.ac.kr/skkupress

ⓒ 2005, 대동문화연구원

값 18,000원

ISBN 89-7986-671-2 94810
　　　89-7986-275-X(세트)

* 잘못된 책은 구입한 곳에서 교환해 드립니다.
* 저작권자와의 협의에 따라 인지는 생략합니다.

이건창 문학연구

이희목 지음

성균관대학교 대동문화연구원

　　내가 영재寧齋 이건창李建昌을 만난 것은 82년 여름이었다. 석사과정을 이수하면서 한시를 강독하던 중에 만났던 것이다. 여러 선생님들의 강의를 들으며 석사논문의 주제를 탐색하던 중이기도 하였다. 애초에 70년대부터 간행된 현대시를 읽으면서 스스로 인내심을 시험하기도 하였지만, 사실 시를 통해서 문학적 감동을 느낀 기억은 별로 많지 않았다. 실상 많이 읽었던 것도 아니다. 오히려 여러 소설들을 열심히 탐독하였다. 따라서 논문의 주제도 그런 쪽으로 가깝게 잡는 것이 자연스러워 보이던 그런 시기였다. 그러다가 영재의 「전가추석田家秋夕」을 만났던 것이다. 처음 대면한 「전가추석田家秋夕」은 내게 시적 감동이 무엇인지를 깨닫게 해 주었다. 비록 최루성 영화나 드라마를 보고 눈물을 흘린 적은 있지만 시가 나를 눈물짓게 했던 것은 「전가추석」이 처음이자 마지막일 정도로 유일하다. 이 작품을 통해 한시에 관심을 갖게 되었고, 영재 이건창이라는 작가에 주목하게 되었다.

　　영재를 만난 지 20여년이 지났다. 영재의 시를 주제로 석사학위를,

산문을 주제로 박사학위를 받았다. 둘 다 어쭙잖은 논문이어서 언젠가 단행본으로 출판하게 된다면 전면 개고를 해야겠다는 생각을 늘 가져왔다. 그리고 그 이후로 계속 영재의 문학과 관련하여 논문을 발표해 왔지만 큰 틀에서 보자면 두 논문의 범주를 벗어나는 것은 그다지 많지 않다고 해야 할 것이다. 어떻든 이번에 상재하는 이 책은 영재 이건창의 문학에 관한 그동안의 성과를 총 망라하는 성격을 지니고 있다. 지금껏 해 왔던 영재의 문학에 대한 연구의 마무리라고 해도 과언이 아니다.

자신의 학문적 성과를 되도록 빨리빨리 출판해내는 요즘 연구자들에 비한다면 지나친 게으름뱅이라고 해도 할 말이 없다. 20년 세월을 묵새겼으면서도 처음의 원고에 견주어 특별하게 수정된 것도 없어 보이니 거의 연구자로서는 나태하기 짝이 없는 셈이다. 그러나 그간 연구해 왔던 것으로 학위논문으로 작성된 원고를 계속 수정하고 보완해 온 것은 사실이니, 그 점으로 어느 정도는 학자로서의 체모를 견지했다고 할 수 있으리라.

사실 영재는 위대한 문인이다. 창강이 꼽은 여한구가의 일원으로 그의 산문은 사실 한국 한문학에서도 최고봉으로 평가되기에 조금도 부족하지 않다. 산문가로서의 명성에 가려진 감이 없지 않지만 그가 남긴 한시 역시 문학적 성취가 결코 만만치 않다. 한말사대가로 자리 매김된 그의 문학사적 위치는 그의 문학적 성취를 감안한다면 그 이상의 위상을 차지한다. 지금까지 연구해 온 것을 토대로 평가하자면 영재는 우리 문학사에서 꼽힐 수 있는 위대한 한문학 작가라고 해도 결코 과장된 평가가 아니라는 것이 내 생각이다. 이 책을 통해 영재의 문학적 역량에 대해 한문학 연구자들이 조금이라도 파악하게 될 수 있는 동시에 영재의 문학에 관한 연구가 좀 더 활성화가 되었으면 하는 것이 나의 바램이다.

이 책에는 모두 5편의 논문이 수록되었다. 가장 중요한 것은 역시 「영재寧齋 이건창李建昌 문학 연구」로 영재의 시와 산문을 아울러 연구하여 그 가치를 구명해 내었다. 석사논문과 박사논문을 합쳐서 모자란 부분을 보완하고 넘치는 부분은 잘라 내었다. 「영재寧齋의 '북유시초北游詩草'에 대하여」는 영재가 서장관書狀官으로 연경을 왕복하면서 지은 시에 관한 연구로, 그의 당시 동아시아 정세 파악에 초점을 맞추어 정리하였다. 「이건창李建昌의 양명학陽明學과 문학文學」은 그의 여러 글에서 산견되는 양명학적 경향에 관심을 기울이고 양명학의 영향권 하에 있는 성령설性靈說과 관련된 문학적 견해를 집중적으로 고찰하였다. 「명미당집明美堂集의 간행刊行과 초고본草稿本」은 이건창의 문집인 『명미당집』의 간행 과정에서 창강滄江 김택영金澤榮과 영재의 아우인 경재耕齋 이건승李建昇이 주고받은 서간문을 통해 간행의 경위를 살펴보고, 국사편찬위원회본인 초고에 대해 분석을 한 것으로 이건창의 문학을 연구하기 위한 서지학적 토대가 될 수 있는 논문이다. 「경재耕齋 이건승李建昇의 시와 '서행별곡西行別曲'」은 이건승李建昇의 문집인 『해경당수초海耕堂收草』와 그의 한글 가사인 「서행별곡西行別曲」에 대한 연구로 우국지사들의 간도 이주의 속사정과 그들의 처지에 대해 파악할 수 있었다. 경재는 영재의 지사적 선비정신과 문학을 계승하고 있는 바로 아래의 아우로 애국계몽기에 계명의숙啓明義塾을 세우는 등의 활동을 벌임과 동시에 여러 가지 시문을 창작하였다. 마지막으로 「전주이씨全州李氏 덕천군파德泉君派 가승家乘 해제解題」에서는 최근에 동아시아학술원 존경각尊經閣으로 기증된 전주이씨 덕천군파의 가승에 대한 해제로 소론少論 명문가였던 이 집안의 가문사家門史와 아울러 당쟁사黨爭史 또는 문학사文學史와 관련되는 중요한 인물들의 행적에 대해 소상하게 파악할 수 있는 전적임을 언급하였다.

위대한 작가에 대해 연구하자면 연구자 역시 그에 걸맞은 역량을 갖추어야함에도 불구하고 나의 역량은 영재의 문학적 성취를 모두 이해하고 평가하기에 턱없이 부족하다. 걸맞기는커녕 제대로 이해하였는지도 의문이다. 범인의 눈으로 본 위대한 문인과 그의 작품에 대한 성과로 봐 주었으면 한다. 주 논문은 20년 이상을 넘겼으면서도 여전히 미진한 부분이 있다. '후일사군자後日俟君子'의 심정으로 상재한다.

죽부竹夫 선생님을 비롯한 여러 은사님들은 미욱한 제자를 한 사람의 연구자로 행세할 수 있게 해 주셨다. 특히 임형택 선생님으로부터 받은 가르침은 결코 잊을 수 없다. 아울러 결혼한 이후 묵묵하게 집을 지키며 내조를 해 준 집사람과 바르게 잘 자라 준 두 아이에게도 고맙다는 말을 전하지 않을 수 없다. 마지막으로 책의 간행에 애를 쓴 대동문화연구원의 여러 식구들과 교정을 맡아 고생한 이성민 군에게 사의를 표한다.

2006년 1월
불암산 자락에서 필자 근지

| 차례 |

1부

영재寧齋 이건창李建昌 문학연구

一. 서언序言

　영재寧齋 이건창李建昌은 철종哲宗 3년(1852)에 태어나 광무光武 2
년(1898)에 서거했다. 47년간의 비교적 짧은 일생이었지만, 그는 애민적
입장을 취했던 양심적 관인으로, 19세기 후반의 격동기를 자신의 주체적
자세로 헤쳐 나갔던 절조 높은 선비로, 뛰어난 문장가와 시인으로 살았
다. 이 시대의 역사적 흐름 속에서 일정한 비중을 차지하는 인물이며, 특
히 한문학사에서는 종막을 장식하는 작가로 중요시 된다.[1]
　영재는 20대 시절에 충청도忠淸道 어사御使로 임명을 받아 강직불요
剛直不搖로 명성을 떨쳤고, 그 후로도 안렴按廉(30세)과 안핵按覈(41세)
의 임무를 부여 받았다. 일련의 사행使行에서 어사로 이름을 떨쳤던 그

---

1 따라서 그에 관한 연구도 비교적 일찍 진행된 편이었다. 寧齋의 문학을 연구한 논문은
　다음과 같다. 閔泳珪, 「李建昌의 南遷記」, 『사학회지』 No.20(연세대 사학연구회, 1791).
　閔丙秀, 「李建昌과 그 一門의 文學」, 『동아문화』 제11집(서울대 동아문화연구소, 1972).
　「開化期의 漢文學」, 『국어국문학』 68,69합집(국어국문학회, 1975), 「開化期의 憂國漢詩」,
　『開化期의 憂國文學』(신구문화사, 1979). 金都鍊, 「寧齋 李建昌과 滄江 金澤榮의 古文觀」,
　『한국학논총』 제3집(국민대 한국학연구소, 1980). 金炅基, 『李建昌의 詩文學論』(동국대
　대학원 국문과 석사학위논문, 1983).

의 조부인 시원是遠의 가통家統을 이어 애민적인 입장에서 권세에 굴하지 않는 꼿꼿한 태도를 보인 것으로 유명하다. 한성소윤漢城少尹(40세)에 제수되어서도 어사로서 지녔던 자세를 견지하였다.

외세의 침략과 내부의 모순으로 전통적인 가치관과 생활양식이 분열되고, 국론이 나뉘어져 대립하는 상황에서 그는 주체적 인식과 냉철한 판단으로 복잡하고 격변하는 현실에 대처하여, 갈팡질팡하거나 흔들리는 일이 없었다. 특히 그의 산문은 당대에 이미 대단한 평가를 받아 창강滄江 김택영金澤榮(1850~1927)이 선정한 여한구가麗韓九家의 한 사람이 되기도 했다. 만근晚近의 작가인 영재가 참여한 것에 대해서 이론이 없었던 것이다. 이것만으로도 그의 고문가로서의 위치를 보는 데 모자람이 없다. 한편 그의 시 중에서 「고령탄高靈歎」·「위마행喂馬行」과 같은 악부樂府는 백거이白居易의 「공작행孔雀行」·「장한가長恨歌」 사이에 끼워놓아도 구별하기 힘들 정도[2]라는 극찬을 받는다. 그럼에도 불구하고 영재의 시인으로서의 면모는 우리에게 잘 알려지지 않았다. 아마도 그 자신의 고문가로서의 명망에 가려진 것이 아닌가 한다. 이처럼 영재는 시와 산문 모두에 걸쳐 대단한 작가적 역량을 가진 인물임을 잘 알 수 있다.

이 밖에 우리가 그에 관해 문학사의 일화로 알아두어야 할 것이 있다. 매천梅泉 황현黃玹(1855~1910)과 창강滄江이 영재에 의해 발천拔薦되었던 사실이다. 비록 그들은 탁월한 문학적 재능을 지녀서 영재의 발천이 아니라 하더라도 주머니 속의 송곳이 되었겠지만, 영재의 주장은 이들이 중앙 문단에서 인정을 받는데 결정적 영향을 주었다. 당시 식자층 사이에서 그의 신망이 두터웠음을 뜻한다.

기왕의 연구 중에서 민영규閔泳珪 선생의 「이건창李建昌의 남천기南

---

2 金澤榮, 「雜言」九, 『金澤榮全集』貳(아세아문화사 영인본, 1978), 138쪽. "寧齋高靈歎喂馬行 二篇 置之孔雀行長恨歌諸樂府中 可能辨否".

遷紀」는 영재가 42세(1893) 때 보성寶城 땅으로 귀양가서 엮은 '남천기은집南遷紀恩集'에 대한 연구이다. 자신의 가장家藏인 '남천기南遷紀'의 고본藁本과 창강이 엮은 『명미당집明美堂集』의 편차를 비교하여 창강의 안이한 산정刪定을 비난하고, 귀양생활 중의 따뜻한 교유와 그의 생활 모습, 「전가추석田家秋夕」과 「협촌기사峽村記事」 등의 시문에 대한 분석, 창강과 매천의 영재와의 교유 등에 대해 언급하고 있다.

민병수閔丙秀 선생의 「이건창李建昌과 그 일문一門의 문학文學」은 먼저 영재의 일문一門과 당론黨論 관계 및 양명학陽明學과의 인연을 밝힌 다음, 그의 시문詩文을 세평世評을 중심으로 개괄적으로 살피고 있다. 그러나 작품에 대한 구체적 분석은 이루어지지 않았다.

마지막으로 김도련金都鍊 선생의 「영재寧齋 이건창李建昌과 창강滄江 김택영金澤榮의 고문관古文觀」은 두사람의 고문관을 비교 검토한 것이다.[3] 대체로 생애를 통해 문학관의 형성과정을 살피고, 영재의 고문관을 구의構意, 수사修辭, 비혈比絜, 조율調律, 사독寫讀, 독창성獨創性의 여섯으로 나누어 살피면서 영재를 수사修辭를 강조한 주사파主辭派로 규정하고 있다.

본고는 이러한 기존의 성과에 힘입으면서 다음과 같은 문제의식을 가지고 탐구해 보려 한다.

첫째, 영재는 어떠한 삶의 자세로 19세기 말의 격동기에 대처했는가? 이는 문학인 이전의 한 인간으로서의 그를 살피는 데 중요한 몫이 됨과 아울러 그의 문학인으로서의 활동 모습을 살피는 데에도 일정하게 기여할 것이다. 둘째, 고문가로서의 명성에 가려진 그의 시세계는 어떤 모습을 가지는가? 산문도 마찬가지지만 그의 시가 분석의 대상이 될 기

---

3 이 논문의 주 자료는 영재의 「答友人論作文書」이다. 글의 제목에서도 알 수 있듯 사실상 古文觀이 아니라 古文創作論이라고 해야 옳을 듯 하다.

회는 매우 적어서 겨우 몇 편 밖에 언급되지 않고 있었다. 따라서 그의 시세계를 살피는 것은 매우 필요한 작업이 될 것이다. 셋째, 고문가로서 명성이 자자한 영재의 산문은 실제 어떤 모습을 지니는가? 영재의 산문 중에서 인물기사를 중심으로 그의 산문이 거둔 문학적 성과를 검토할 것이다.

격동기를 헤쳐 나가려는 적극적인 사고에서 현실에 대한 새로운 인식을 하게 되고 인생관을 형성하게 된다. 이 인생관을 기초로 문학관이 형성되고, 여기에서 영재의 문학이 자생되었다고 할 수 있다. 따라서 본고에서는 그의 현실에 대한 자세와 문학관, 그리고 그의 문학을 유기적으로 관련시켜 가면서 논의를 진행할 것이다.

二. 영재寧齋의 역사적 위치와 시대 의식

1. 19세기 말末의 시대 상황

영재寧齋 이건창李建昌은 서구西歐 제국주의帝國主義의 침입을 받았고, 또 개항開港을 강요당한 시대를 살았다. 이 시기에 이르러 한반도는 제국주의적 세계질서에 편입되었으며, 이 세계사적 대세 앞에서 우리 국가 민족은 아무런 준비도 없이 갑자기 미몽에서 깨어난 셈이었다. 개화開化와 보수保守 사이에서 우왕좌왕하는 사이에 외세의 침탈은 침탈대로 물밀듯하였고, 내부의 부정부패는 망국적으로 치닫고 있었다. "지금은 진실로 가의賈誼가 말한 '눈물을 흘리고 통곡할 만한 날'이고, 제갈량諸葛亮이 이른 '위급존망危急存亡의 때'이다"[1]고 한 영재의 지적처럼 위난의 시기였다.

즉 외부적으로 잇단 서세西勢에 의한 개방의 강요는 결국 운양호雲

---

1 "此誠賈誼流涕痛哭之日 而諸葛亮危急存亡之秋也". 「擬論時政疏」, 『李建昌全集』 上 (아세아
문화사 영인본, 1978), 338-89쪽. 이하 『전집』으로 약칭하고 쪽수만 밝힌다.

二. 영재寧齋의 역사적 위치와 시대 의식 | 17

揚號 사건(1875)으로 이어지면서 병자수호조약丙子修好條約(1876)이 체결되었고 이로 인해 개항을 하지 않을 수 없었던 바, 이로부터 한반도는 열강의 이권쟁탈장이 되었다. 갑오농민전쟁甲午農民戰爭을 빌미로 일어난 청일전쟁淸日戰爭(1894~1895)이 그 대표적인 것이라 할 수 있다. 내부적으로는 봉건국가 자체의 구조적 모순과 탐관오리들의 가혹한 수탈로 민란民亂 형태의 민중저항이 대규모로 발전하였다. 1862년 진주晉州를 시작으로 익산益山·제주濟州·함흥咸興 등지에서 민란이 발생하였던 바, 이를 통해 봉건 국가의 분해·몰락을 예감하기에는 충분하였다.

그리고 1882년의 임오군란壬午軍亂, 1884년의 갑신정변甲申政變, 1894년의 동학농민전쟁東學農民戰爭과 그 수습을 위한 갑오개혁甲午改革, 을미사변乙未事變(1895)과 뒤이은 의병들의 봉기 등이 이시기에 일어난 역사적 사건들이다. 실로 대전환의 국면이었지만 민족적 시련이 겹치고 겹친 시기였던 것이다.

결국 이 시기는 외세의 물리적 힘과 봉건제도의 구조적 모순에 의해 발생된 여러 사건들이 복잡한 양상을 띠며 한꺼번에 들이닥친 시기였으며, 우리 민족은 외세에 대한 지속적 항쟁을 계속하는 동시에 봉건제도의 개혁을 통해 근대 시민국가를 성립시켜 나가야 할 역사적 과제를 달성해야할 무렵이었다.

이러한 시기를 살았던 영재의 생애는 어떠하였던가? 그의 가계와 생애에 대한 것은 전기적 자료를 통해 소상히 알 수 있다.[2]

이조 정종定宗의 십남十男인 덕천군德泉君 후생厚生으로부터 분파分派하는 그의 집안은 대대로 현귀顯貴했던 명문으로 보여진다.[3] 그러나

---

2 이에 대한 자료로는 李建昌, 「先府君行狀」, 『전집』 하, 945쪽과 「明美堂詩文集叙傳」, 『전집』 하, 909쪽, 李建昇, 『先伯氏參判府君行略』(국사편찬위원회본)이 있다.

3 直系를 중심으로 살피면 石門 景禝(戶曹判書 贈領議政, 白軒 景奭의 兄), 西谷 正英(判敦寧), 大成(戶曹參判 贈吏曹判書) 등이 있다.

신축辛丑년(1721)과 임인壬寅년(1722)의 옥사獄事, 나주벽서사건羅州壁書事件(1755) 등을 통한 노론老論과의 당쟁에서 소론少論이었던 그의 집안은 결정적 타격을 입고 강화도江華島에 칩거하게 된다. 바로 이 무렵에 그의 오대조五代祖인 광명匡明(1701~1778)이 조선조 양명학의 태두인 하곡霞谷 정제두鄭齊斗(1649~1736)의 손서孫壻가 되어 그의 집안이 양명학과 연관을 가지게 된다.

노론 정권이 계속되는 동안 그의 집안은 관로에서 멀어져 매우 빈한하였으나 근검절약으로 사대부로서의 문호를 유지하고 문한文翰을 지켰다. 양반의 신분으로 몸소 자리를 짜서 장터에 내다 팔아 생계를 이어가며 독서를 계속하였다는 것은 유명한 일화이다. 다시 가세가 일어나기 시작한 것은 그의 조부인 시원是遠(1790~1866: 吏曹判書 贈領議政)에 이르러서 이다. 당시에 시원은 어사御史로 명성을 떨쳤고, 병인양요丙寅洋擾 때에 중제仲弟 지원止遠과 함께 순절하였다.

영재는 강화도 사곡沙谷에서 증이조판서贈吏曹判書 상학象學과 진사進士 파평坡平 윤자구尹滋九의 따님 사이에서 출생했다. 자字는 봉조鳳朝, 호號는 영재寧齋 또는 담녕재澹寧齋, 당호堂號는 명미당明美堂이다. 어려서부터 매우 총명하여 10살 때 이미 사서오경四書五經을 통달하였다 한다. 15살(1866)에 강화별시江華別試에 급제하였고, 19살(1870)에 기거주起居注에 보임 되었다. 23살(1866)에 서장관書狀官으로 추금秋琴 강위姜瑋(1820~1884)와 함께 연경燕京에 가게 되는데 이 이후 일정한 교유를 지속하며 그로부터 상당한 영향을 받은 것으로 보여진다. 이 사행使行길에 중국의 한림명사翰林名士였던 황옥黃鈺·장가양張家驤·서부徐郙 등과 시문詩文을 주고받아 국제적인 문명을 얻었다고 한다.

26살(1877)에 충청도안렴忠淸道按廉의 명을 받아, 그의 조부가 어사로 명성을 떨친 것을 상기하고 단신 여리閭里를 다니며 민간民間의 질고疾苦를 묻고 항상 백성의 편에서 일을 처리하였다. 이러한 그의 태도로 충청우도관찰사忠淸右道觀察使인 조병식趙秉式과 갈등이 일어나 그를 탄핵하였다가 도리어 모함에 빠져서 28살(1879) 되던 해 평안도平安道 벽동碧潼으로 귀양 가게 된다. 영재의 재주를 아끼던 민영익閔泳翊(1860~1914)의 도움으로 곧 풀리어 32살(1882)에 경기도안렴사京畿道按廉使가 되었다. 경기도 연안 13개 읍을 설진設賑하여 먹이고, 광주廣州·수원水原·개성開城의 세금을 덜어주는 등 모든 일을 임의대로 처리하고 보고하지 않아도 좋았다고 한다. 그의 일 처리가 모두 백성들을 위한 것이었음은 물론이다. 이 두 차례의 안렴으로 그는 어사로서 커다란 명성을 얻게 되어 나중에는 고종高宗이 지방관을 파견할 때 선정을 베풀지 않으면 건창을 내려 보내겠다고 까지 하였다 한다. 한편 영재는 개화파의 인사들과 지속적으로 마찰을 빚었다. 황준헌黃遵憲이『조선책략朝鮮策略』을 가지고 왔을 때 김홍집金弘集(1842~1896)을 면박하여 "황준헌이 예수교가 무해하다고 하였는데, 그대는 도리어 황준헌이 척사斥邪한다고 하였으니 면전에서 속이는 것이 아니고 무엇인가"라고 꾸짖었다. 이에 김홍집은 사과하였고, 그 자리에 있던 민영익은 마침내 화를 내고 말았다 한다.[4] 이러한 일화는 영재가 보수적 수구파의 인물로 오해받는데 상당 부분 기여한 것으로 보인다.

그 뒤 차례로 양친의 상을 당하여 계속 강화에 머문다. 한성소윤漢城少尹(1891)·함경도안핵사咸鏡道按覈使·승지承旨(1892) 등을 거쳐 공조참판工曹參判·법부협판法部協判(1894)·해주관찰사海州觀察使(1896) 등에 임명되었으나 모두 사퇴하여 취임하지 않았고, 47살의 나이로 1898년 6월 18일에 일생을 마쳤다. 장지葬地는 강화도江華島 건평산乾平山이다. 그의 중제仲弟인 경재耕齋 이건승李建昇과 당제堂弟인 난곡蘭谷 이건방李建芳이 아울러 문명을 날리고 있었다.

---

4 「明美堂詩文集叙傳」,『전집』하, 914쪽 참조

2. 현실現實에 대처對處한 자세姿勢

영재가 살았던 시기는 앞에서 살폈듯이 제국주의 세력의 침입과 그에 상응하여 문호를 열지 않을 수 없었던 이른 바 개항기開港期였다. 이 시기에 우리 민족이 해결해야 했던 최대의 난제는 문호개방門戶開放, 즉 제국주의 세력에 대처하는 문제였다. 당연히 지식계층은 이 문제에 지대한 관심을 기울였고, 관심의 정도가 높았던 만큼 관점의 차이도 심했다. 그 관점의 차이에 따라 대응의 방식도 크게 위정척사파衛正斥邪派와 개화파開化派로 나뉘어졌다.[5]

이 문제에 영재도 역시 커다란 관심을 표명하고 있다. 이를 살펴봄으로써 우리는 그가 문호개방의 문제에 어떠한 태도와 인식을 지녔으며, 위정척사와 개화사상의 사이에서 그의 사상은 어떤 위치를 차지하는가를 파악할 수 있을 것이다. 애초에 영재는 한반도를 둘러싼 당시 국제정세의 흐름에 대해 그다지 깊은 인식을 갖지 못했던 것으로 보인다.

> 처음에 조정이 倭와 洋을 물리치고 싸워 지킬 것을 주장하였지만 사실 그 요령을 알지 못하였다. 建昌이 근심하여 일찍이 말하기를 "중국은 외국의 중추이다. 만약 중국에 들어가서 잘 살피면 외국의 정세를 알 수 있을 것이다"고 하였다. 이미 중국에 들어가서는 "내가 오히려 중국이 이런 지경에 이른 줄 몰랐다. 중국이 이 같으니 우리나라도 반드시 따를 뿐이다"고 하였다.[6]

> 初朝廷 斥倭洋主戰守 然實不得其要領 建昌以爲憂 嘗曰 中國者 外國之樞也

---

5 이 시기 또 하나의 사상적 흐름으로 동학사상이 있으나, 이는 농민을 중심으로 한 민중들의 사상이므로 그 중요성에도 불구하고 지식층들의 사상적 대립의 범주에 넣을 수 없다.
6 寧齋의 燕京行에 대한 보다 상세한 기록은 「送朴梧西行臺之燕序」, 『전집』 상, 510-11쪽에 보인다.

如入中國而善覘之 則可以知外國之情 旣入中國 則歎曰 吾猶不知中國之至
於此也 中國如此 吾邦必隨而已〈「明美堂詩文集叙傳」,『전집』하, 913쪽〉.

중국에 들어가 보면 동아시아에 진출한 세계열강의 형세를 짐작할
수 있으리라 생각했던 바, 과연 그가 목도한 것은 아편전쟁(1840~1842)
이후 완전히 선진 제국주의 국가들의 쟁탈 장으로 화한 중국이었다. 제
국주의 열강들의 침탈·잠식의 대상이 되어 허우적거리며 다시 일어나기
어려운 상태에 놓인 중국의 실상을 목도함으로써, 왜양의 세력이 상상하
던 것 보다 훨씬 더 엄청나다는 것을 실감케 된다. 새로운 경험의 세계
가 열린 것이다. 그가 예측한 대로 그로부터 2년 뒤인 1876년에 과연 우
리나라도 일본으로부터 굴욕적이고 일방적인 개항을 강요당하게 되고,
필경은 중국 보다 더한 고초를 겪게 된다.

서장관書狀官으로서의 새로운 경험은 영재의 안목을 넓힐 수 있는
중요한 계기였다. 사행 길에서 목도한 당시 중국이 처했던 현실은 그로
하여금 한반도를 둘러싼 국제정세의 흐름을 파악할 수 있게 했고, 뒤이
어 이홍장李鴻章(1823~1901)과 이유원李裕元(1824~1888) 사이에 오고
간 밀서로 야기된 조야朝野의 갈등 대립의 소용돌이 속에서 독자적 인식
을 갖도록 하는데 일정하게 기여한다.

이홍장이 우리에게 밀서를 보내어 通和의 이익으로 꼬드겼다. 당시 사
람들이 모두 '이홍장은 중국의 名臣이니 만큼 그 말을 믿을 만 하다'고
여겼다. 건창이 홀로 말하기를 "이홍장은 큰 거간꾼이다. 거간꾼은 오
직 시세를 쫓을 뿐이다. 우리가 스스로 믿는 것 없이 이홍장을 믿는다
면 뒤에 반드시 팔리게 되고 말 것이다"라고 하였다.

李鴻章貽書于我 啗以通和之利 時人皆謂鴻章中國名臣 其言可信 建昌
獨曰 鴻章大儈也 儈惟時勢之從而已 我無以自恃而恃鴻章 則後必爲所
賣〈「明美堂詩文集叙傳」, 위와 같은 곳〉

위의 글에서 일컬은 '시인時人'이란 개화의 물결을 타고 마구 날뛰던 조정의 사이비들일 것이다.[7] 이홍장의 밀서에 대한 위정척사파의 반응은 "장차 청문聽聞을 현혹시키고 국시國是를 괴란乖亂시키려 한다"[8]는 것이었다. 위정척사파의 입장이 "조선왕조 말기에 있어서 지배신분으로서 주자학적 유림이 서양세력의 도전에 대응하여 펼쳐낸 자기보존의 보수적 논리"[9]에서 나온 것이라면, 영재의 글이 갖는 논리는 그것과 차원을 달리하고 있다.

차이점은 우선 이홍장을 일개 '거간꾼'으로 파악한 것에서 드러난다. 거간꾼이라면 당연히 그의 말대로 오직 시세만을 쫓아 물건을 사고 팔 뿐이므로 믿을 수 없는 것은 당연한 일이 아닌가? "스스로 믿는 것 없이 이홍장을 믿는다면 뒤에 반드시 팔리고 말 것"이라고 지적하였는바, 이를 조금 유추하면, 자기의 주체를 지키면서 힘을 길러 외국과 대등한 위치에서 외교활동을 전개해 나아갈 만한 힘을 축적했을 때 비로소 수호통상조약 따위를 맺을 수 있으며, 자신의 역량에 대한 자신감 없이 남의 말만을 믿고 따르다가는 필경 거간꾼에 의해 매매되는 처지에 놓이게 된다는 것이다. 이러한 것은 개항과 그에 따른 서구문물의 수용을 환영하지 않는다는 점에서 위정척사파와 같은 노선이라고 할 수 있겠으나, 급박한 상황에 주체적으로 대응하려 했다는 면에서 구분되는 것이다.

어떻든 개항은 역사적으로 필연적인 것이었다. 「의론시정소擬論時政

---

7 이 해(1881)에 紳士遊覽團을 파견하고 堀本禮造를 초빙하여 別技軍을 두고 신식훈련을 시키는 등 온통 개화 일색이었다. 한편 이에 대한 위정척사파의 반격도 만만치 않았다.

8 "將以眩惑聽聞 乖亂國是'. 國史編纂委員會(편), 『高宗純宗實錄』 中(탐구당 영인본, 1970), 16쪽. 高宗 十八年 辛巳 閏七月條, 申檴 上疏文. 또 이런 구절도 눈에 뜨인다. "夫美耶蘇教 國也 與之通商 往來密接 則邪敎之漸染 必然之勢也 此不待智者而可明也 此何異養虎於庭園 納賊於門戶 而望其護我救我耶'.

9 金泰永, 「衛正斥邪思想」, 李家源 外 四人(공편), 『韓國學研究入門』(지식산업사, 1981), 371쪽.

疏」[10]에 개항기라는 특수한 역사적 국면에 대한 대처방안이 상세히 언급되어 있는 바, 이는 모두가 양명학적인 학문경향에서 나온 것으로 평가되고 있다. 이 글을 중심으로 영재의 개항에 대처한 자세를 살핀다.

中庸에 이르기를 '誠하지 않으면 物이 없다'고 하였으니 대체로 성이라는 것은 實理입니다. 실리의 소재는 곧 實事의 말미암는 바이므로 실리가 안에 존재하지 않으면 실사가 바깥에서 이루어지지 않습니다. 성하지 않으면 물이 없다고 하였으므로 진실로 實心 없이 한갓 그 名만을 취한다면, 비록 漢武帝가 禮樂을 일으킨 것과 漢元帝가 儒術을 숭상한 것으로도 衰亂에서 구해낼 수 없었을 것입니다.

傳曰 不誠無物 盖誠者實理也 實理之所在 卽實事之所由 實理不存乎內 則實事不成乎外 不誠則無物矣 故苟無實心而徒取其名 則雖漢武之興禮樂 漢元之崇儒術 無救於衰亂 〈「擬論時政疏」, 『전집』 상, 389쪽〉

실질적인 부강富强을 이룩하기 위한 방안을 제시하는 서두 부분이다. 부강을 이루자면 무엇보다도 실리實理가 있어야 한다고 주장한다. '심즉리心卽理'에 의거할 때 실리實理는 곧 실심實心이다. 실심 없이 한갓 '명名'만을 쫓다가는 실패하고 만다는 것으로 이해된다.

유길준兪吉濬(1856~1914)은 개화파 지식인들 중에서 처음으로 개화사상을 체계화시켰다. 그는 개화를 허명개화虛名開化와 실상개화實狀開化의 둘로 나누고, 아직 근대화를 이룩하지 못한 나라는 대체로 허명개화의 시행착오를 거쳐 실상개화로 나간다고 하였다.[11] 반면 영재는 "무릇 명名은 실實의 손일뿐이다. 實을 앞세우고 명名을 뒤로해야 하나니 천하의 도가 모두 그러하며, 부국강병의 꾀를 행하는 자는 더욱 명名을 거

---

10 『전집』 상, 387-409쪽.
11 『兪吉濬全書』 I, (일조각 영인본, 1971), 400-01쪽 참조.

리낀다"[12]고 하였다. 즉 명名을 '실지빈實之賓'으로 파악하고 명名을 버리고 실實을 취하라고 한 것이다. 즉 유길준은 허명개화를 실상개화로 나가기 위한 하나의 단계로 파악하였음에 반하여 영재는 명名과 실實을 대립되는 개념으로 파악한 것이다. "설령 인국隣國의 정치제도에 취할 만한 것이 있다 하더라도 실實에 있는 것이지 명名에 있는 것이 아니다. 반드시 그 명名이 있은 뒤에 실實이 있는 것은 아니다"[13]고 하여 허명개화를 과도적인 착오로 인정하지 않고 아주 부정해 버린 것이다.

> 전하께서 진실로 부강에 뜻을 두어서 반드시 효과 거두기를 기대 하신 다면 저는 '名'에서 찾지 말고 '實'에서 찾으실 것을 청합니다. 진실로 명에서 찾지 않고 실에서 찾으시려면 저는 이웃나라에서 찾지 말고 우리에게서 찾으실 것을 청합니다. 무릇 우리가 부유해지지 않는 이유는 반드시 우리에게 가난한 까닭이 있기 때문이며, 우리가 강대해지지 않는 이유는 반드시 우리에게 약한 까닭이 있기 때문입니다. 이는 모두가 우리에게 있지 남에게 있는 것이 아닙니다. 가난하고 약함이 이미 나로 말미암고 남으로 말미암지 않는다면, 부강도 또한 반드시 나로 말미암지 남으로 말미암지 않습니다.

> 殿下誠有意乎富強 而期其必效 則臣請無求於名而求於實 誠無求於名而求於實 則臣請無求於隣國求於我 凡我所以不富者 必我有所以貧也 我所以不強者 必我有所以弱也 是皆在我 不在人 貧與弱 旣由我而不由人 則富與強 亦必由我而不由人 〈위의 글, 『전집』 상, 391쪽〉

부강을 실현하자면 '명名'이 아닌 '실實'에서 그 방법을 구해야 한다

---

12 "夫名者 實之賓也 先實而後名 天下之道皆然 而惟爲富強之術者 尤以名爲忌". 「擬論時政疏」, 『전집』 상, 390쪽.
13 "夫隣國之政 設令有可取者 在實不在名 未必有其名 然後可以有其實也". 위의 글, 『전집』 상, 391쪽.

고 하고, 나아가 '이웃나라'가 아닌 '아我'에서 구해야 한다고 주장한다. 가난하고 약하게 된 원인이 모두 '아我'에게 있는 만큼 부강의 원천도 '아我'에게 있다는 것이다. 다른 글에서 스스로의 역량에 대한 자신감을 강조한 것도 이와 마찬가지로 통하는 논리이다. '아我'를 바로 세울 것을 먼저 생각하지 않고 구미歐美 문명의 허울에만 경도한 몰아적沒我的·몰주체적沒主體的 개화주의開化主義에 반대한 것이다.

당시 눈앞에 전개된 개화란 허명개화虛名開化였으며, 우왕좌왕右往左往 조변석개朝變夕改하는 상황이었다.[14] 이러한 현실을 비판하여 그는 '아我'의 현실을 바로 인식하고 '아我'의 현실에 부합하는 '실實'을 모색해야 한다고 주장한 것이다. 나로부터 문제를 발견하고 나의 실정에 맞는 처방이 나와야만 '실'을 얻을 수 있다는 그의 생각은 개화파의 입장과 매우 다르다.

정리하면, 영재는 개항에 부정적 입장이었지만 근본적으로 거부한 것은 아니었다. 개항을 위한 대비로서 우리의 실력을 먼저 배양해야 한다는 주장에서 알 수 있다. 그는 몰주체적 개화론을 경계한 것이다. 이러한 영재의 현실에 대처한 자세에서 제기된 '아我'와 '실實'의 명제는 그의 문학사상과 창작의 면에 있어서 중요한 의미를 가지게 된다.

---

14 "自頃以來 變更多矣 而臣未聞其利 有册一署設一局 置官若干 用費若干 而又從以屢變其名屢更其制 在下之臣 莫之適從". 위의 글, 『전집』상, 390-91쪽.

三. 영재寧齋의 시세계詩世界

1. '연정緣情'의 시정신詩精神

시인에게 있어서 무엇 보다 문제가 되는 것은 무엇을 어떻게 표현할 것인가라는 점이다. 영재 역시 이에 관심을 기울이고 시를 통해 자신의 견해를 밝히고 있다. 다음은 그가 시를 통해 무엇을 그리고자 했던 가를 잘 드러내고 있다.

小吏縣門去	小吏는 縣門으로
老農田野適	老農은 들로 간다
牆頭小兒女	담장 머리 계집아이는
引竿撲棗栗	장대로 대추 밤 따고
亦有下山僧	중도 절에서 내려와
日暮猶行乞	석양에 시주를 구하누나
而我獨何人	나는 홀로 무슨 사람이기에
坐受此安逸	이다지 안일을 앉아서 받고만 있을까
朝夕有兩盂	조석 두 끼 밥이 있고
起居有一室	기거할 집이 있지만

室固非我有　집은 진실로 내 것 아니고
食當從何出　밥은 또 어디서 나오나
聊爲丈夫語　애오라지 丈夫의 말을 하여
他日重報必[1]　뒷날 기필코 두터이 갚으리

1893년(42살)에 보성寶城에 귀양 갔을 때의 작품이다. 소리小吏·노농부老農夫·소아녀小兒女·산승山僧 모두가 자신이 해야할 일을 하고 있는데 자신만이 무위도식하고 있음에 대한 자각이다. 스스로의 존재가치를 탐색해 보는 것이다. 그리고는 장부의 말을 하겠다고 한다. 장부의 말이란 천지간에 한 장부로 존재하면서 마땅히 천하사를 감당해야 하며, 그러한 포부를 표현해야 한다는 것으로, 곧 시인의 말인 셈이다. 올바른 시인의 역할을 수행함으로써만이 자신이 존재의의를 가질 수 있다는 각성이다. 민족적 격동기에 처한 올바른 시인으로서의 역할을 수행하자면 '민시우국憫時憂國'을 빼놓을 수 없다. 이는 뒤에서 확인되겠지만 영재는 우선 무엇을 표현할 것인가 하는 점에서 '민시우국憫時憂國'적인 것을 표현하고자 했던 것이다.

영재는 "책은 성글게 보면서도 시는 잊지 아니 한다"[2]고 했고, "도연명陶淵明에 화답한 이는 소식蘇軾이고 소식에 화답한 이는 나이로되 나에 화답할 이는 누구인가! 생각이 아득하다"[3]고도 했다. 항상 시를 잊지 않았다는 것과 자신의 시에 화답할 자가 누구인가 하는 되물음은 그의 시인으로서의 자기인식에 다름 아니다. 이러한 인식은 마침내 그로 하여금 "성질性質이 영수靈秀하지 못해 능히 경인驚人할 만한 시를 짓지 못한다. … 시가 경인驚人하는 데에 이를 수 있다면 한 편 만이 전해져도

1 「借坡集讀東坡八首次韻須便寄保卿」, 『전집』 상, 259쪽.
2 「卽事」, 『전집』 상, 89쪽. "懶往人家猶戀客 疎看書卷未忘詩".
3 「復次湘字韻寄荷亭」, 『전집』 상, 275쪽. "和陶者蘇和蘇我 後誰和我思茫茫".

가하다. 하필 백편 천 편이겠는가"[4]라고 까지 말하게 한다. 또 그는 고시
문古詩文을 익혀 조선오백년간朝鮮五百年間의 일가一家가 되기를 자기
自期하여 시인時人과 병칭幷稱되기를 꺼려했고, "내 시詩 중에서 어떤
것은 글씨 보다 낫고, 가처佳處는 고인에게 뒤떨어지지 않는다"[5]고 할
정도로 자부심自負心이 대단하였다. 그리고 어떤 사람이 강위姜瑋의 시
를 매우 칭찬하자 그런 시는 나도 지을 수 있으니 경인시驚人詩라고 할
수 없다고 잘라 말했다고 한다. 여기에서 우리는 영재의 시인으로서의
자기인식自己認識과 자부심을 읽어내기에 충분하다.

이러한 자기인식은 곧 시인으로서의 자신이 무엇을 보아야 하며, 무
엇을 형상화시켜야 하는가에 대한 자기 성찰을 가능케 해주고, 자부심은
보다 뛰어난 시를 짓기 위한 밑바탕이 될 수 있다. 이를 토대로 하여 당
대의 현실에 대한 통찰력 있는 인식이 가능하고, 그 인식의 사실적 형상
화가 가능한 것이다.

다음의 시는 영재가 시를 어떻게 표현할 것인가에 대한 스스로의 진
술이다.

詩者本緣情	시는 緣情을 근본으로 하는 것
然後有律呂	그 뒤에 律呂가 있다
區區切音韻	구구히 音韻에 정성들임은
卑哉無足語	너무도 비루하여 말할 것 없네
君看三百篇	그대는 보았는가 삼백편이
閭巷及師旅	閭巷 아니면 師旅의 노래인 것을
初豈欲工者	처음부터 어찌 공교로이 지으려 했겠나
聲入心無阻	소리가 마음으로 들어와 막힘이 없다

---

4 金澤榮, 「雜言」九, 『金澤榮全集』貳(아세아문화사 영인본, 1978), 139쪽. "寧齋嘗向余有歎言
   性質不靈 不能作驚人詩…詩能至於驚人 則雖傳一篇於世 可也 何必百千篇".
5 「戲書贈此北靑李擎天」, 『전집』상, 228쪽. "我詩或者勝我書 佳處不落古人後".

屈宋信奇麗	屈原과 宋玉이 참으로 곱지만
不過述其緒	그 실마리를 이은 것일 뿐
吾亦昧此義	나 또한 이 뜻을 몰라
久向別處去	오래도록 다른 곳을 헤매었지
孰知澗溪毛	누가 알겠는가 시냇가의 물풀이
可羞王公筥	王公에게 진상될 줄을
邇來學平淡	근래에 平淡을 배워
獨唱撫村醨	홀로 읊조리며 막걸리 잔을 어루만진다
開緘得君詩	편지 뜯어 그대의 시를 보니
往往亦可與	왕왕 또한 허여할 만
霜鐘自發響	霜鍾은 절로 소리를 내어서
不關莛與杵	망치나 공이에 관계치 않는다
家雞足文采	집 닭의 文彩로도 자족하거니
焉用人嘴距[6]	무엇 하러 남의 부리와 발톱을 쓰리

영재는 먼저 시는 '연정緣情'에 근본하고 있고, 그런 다음에 율려律呂가 있으므로 성률聲律에 얽매일 필요가 없다고 하였다. 여항閻巷과 사려師旅의 노래는 곧 민요이다. 이것들로 이루어진 것이 『시경』이고, 이들은 처음부터 성률을 따져서 공교로이 지으려 한 것이 아니라 자연스럽게 지어졌지만 아름답다고 하였다. 곧 '천성天成'인 것이다. 영재는 "풍시風詩 삼백편三百篇이 본디 천성인데 여자餘子는 구구하게 성병聲病에 빠져있다"[7]고도 하였다. 영재 자신도 이러한 시도詩道를 알지 못하였기에 다른 길로 갔다고 하였다. 그러나 '평담平淡'을 배우게 된 이후로 참다운 뜻을 깨닫게 되었다고 하였다.

'연정緣情'이라는 용어는 육기陸機의 「문부文賦」에 처음으로 나타나

---

6 「次韻答保卿」, 『전집』 상, 136쪽.
7 「謹書道雲閣詩稿後」, 『전집』 상, 85쪽. "風詩三百本天成, 餘子區區溺病聲".

는데 "시연정이기미詩緣情而綺靡"라고 하였다. 이선李善은 이를 풀이하여 "시이언지詩以言志 고왈연정故曰緣情"이라 했다.[8] 여기에서 정이란 특별한 의미를 가진 말이 아니고, 곧 정감 내지 정서이다. 따라서 '연정'이란 사람의 정감 또는 정서에서 흘러나오는 대로 따른다는 말이다. 즉 어떠한 대상을 마주하였을 때 시인이 가지는 느낌이라고 말할 수 있다. 그러나 이 소박한 의미의 시의 본질이 잊혀지고 왜곡되어, 성률만을 따지는 병폐에 빠지게 되었던 것이다. 여기에서 또 하나 지적되어야 할 것은 '평담平淡'이다. 육기陸機는 '연정'을 본질로 보고 표현 형식은 '기미綺靡'로 규정하였다. 그런데 영재는 '연정'을 시의 본질로 보면서도 '기미'를 오히려 시의 기본 정신에서 멀어진 것으로 보고 '평담'을 주장한 것이다. 즉 '정情'이 자신의 주체에 내재해 있는 것으로 보고 참다운 정감이 가식假飾과 기미綺靡에 의해 매몰되지 않기 위해 '평담'이 요망된다고 주장한 것이다.

영재가 '연정'을 강조한 것은 자신에 대한 자각과 깊은 관련이 있다. 상종霜鍾이 스스로 소리를 내재하고 있기에 망치나 공이에 관계치 않고, 내 집의 닭이 비록 범상하지만 저대로 문채를 가지고 있기에 남의 투계가 지닌 뾰족한 부리나 발톱이 필요치 않다는 것이다. 이는, 시가 다른 무엇이 아니고 나의 정감에서 우러나와야 한다는 주장이며, 이러한 주장은 나에 대한 '주체적主體的 자각自覺'에 바탕을 두고 있는 것이다.

---

8 蕭統(편), 『文選』(奎章閣本), 卷17 張7. 陸機의 緣情說은 당시 문학 창작 면에서의 발전을 이론상으로 반영시킨 것으로 이는 吟詠性情의 준말로 파악된다. 한편으로 이는 詩歌藝術이 가지는 특유의 정감을 강조한 것이기도 하다. '言志'와 '緣情'은 결국 중국문학비평사상 양립되는 개념으로, 서로 상대방을 공박하는 이론적 근거가 되면서 시기별로 주도권을 번갈아 장악하였다. 동시에 상호간에 영향을 끼쳐 최종적으로는 '志情合一論'을 형성하였다. 이에 대해서는 郁沅, 『中國古典美學初編』(上海: 長江文藝出版社), 15-19쪽 및 趙則誠 등(편), 『中國古代文學理論辭典』(吉林: 吉林文史出版社, 1985), 414-15쪽 참조. 문의 載道와 시의 言志는 같은 맥락에서 파악될 수 있다. 즉 載道之器로서의 문장론이 강화되면 자연히 言志의 시론도 입지가 두드러지게 되는 것이다.

결국 영재의 시정신은 시인으로서 가장 기본적인 문제, 즉 무엇을 어떻게 표현할 것인가라는 점에서 두드러지게 나타난 것이다. 앞서 영재는 '장부丈夫의 말'을 하겠다고 하였으니 이는 곧 자기가 살고 있는 시대적 상황과 긴밀한 것, 즉 '민시우국憫時憂國'을 중요한 소재로 하겠다는 의미로 파악할 수 있다. 그리고 무엇 보다 '연정'을 중시하였는 바 이는 대상을 마주했을 때의 느낌을 진솔하고 평이하게 표현하겠다는 생각의 표출이다.

한편 그는 '연정緣情'과 '평담平淡'을 주장하면서도 경박한 재주와 평범함을 경계하고 있다. 즉 "소기小技(詩)도 모름지기 뛰어난 품준品峻을 지녀야 하나니 젊은 시절에는 재주의 날림이 두려운 일"[9]이라고 하였다. 이를 방지하기 위해 필요한 것이 '적건입혼積健入渾'이다. '건健'은 인공적 기교에 얽매이지 않는 건강하고 씩씩한 자세를 뜻하며, '혼渾'은 天成으로 이루어진 듯 혼후渾厚한 경지를 가리킨다. 즉 '건健'을 쌓아 '혼渾'에 들어가는 것이야말로 시의 최고 경지라고 파악한 것이다. 어떻게 하면 이러한 '적건입혼積健入渾'의 경지에 도달할 수 있는가? 별다른 방도가 있는 것이 아니고 독서를 많이 하면 진기眞氣가 자연히 형성된다고 한다. 독서를 통해 혼후한 기운을 기르고 고준한 품격을 형성하도록 하여야 한다는 것이다.[10]

'연정'과 '평담', 이 두 명제는 영재의 시세계에서 일관되게 지켜지고 있는 것으로 파악되는 바 실제의 작품을 통해 확인할 수 있을 것이다.

---

9 「題鄭寬卿詩稿後仍送其行于咸關」, 『전집』상, 179쪽. "小技亦須持品峻 英年最怕使才輕".
10 같은 글, 같은 곳. "積健入渾無別法 讀書眞氣自然生".

2. 영재寧齋의 애민우국시愛民憂國詩와 현실주의적 경향

앞에서 영재가 소중히 여긴 것은 '연정緣情'임을 살폈다. 시적 대상을 마주하였을 때 마음에서 일어나는 정감을 소중히 여긴 것이다. 그런데 만약 이것이 단순히 주관적이고 개인적인 정서로 끝난다면 그다지 큰 의미를 갖지 못할 것이다. 개인의 체험과 정감이 한 차원을 뛰어넘어 보편성을 획득할 수 있을 때 비로소 큰 의미를 갖게 되는 것이다. 더욱이 당시의 안으로 밖으로 어려운 상황에 비추어 민중과 나라에 절실한 내용을 지닌 시에 우리의 관심이 기우는 것은 당연하다. 민시우국憫時憂國의 작품에 주목하지 않을 수 없다.

그의 시세계에는 농민農民·어민漁民·화전민火田民 등 서민들의 생활 형상이 매우 다채롭게 묘사되어 있고, 환곡還穀·조운漕運·금광金礦 등 국계민생國計民生에 관련된 중요한 문제들이 구체적으로 파헤쳐져 있다. 시대 현실에 핍진하면서 애민우국의 정감이 선명한 작품을 다루어 보기로 한다.

1) 「연평행延平行」[11]

「연평행」은 『벽성기행碧城紀行』이란 시권에 들어 있는 것으로 1896년(45세)에 지어진 것이다. 시인이 배를 타고 해주로 가는 길에 연평도에서 조기를 잡는 현장을 포착한 것이다. 시의 서두에서 임경업林慶業 장군이 조기를 잡히게 했다는 전설로 독자의 관심을 끌어들인 다음 본장으로 들어간다. 다음은 시의 후반부이다.

鱗光出水金的爍   비늘은 물 밖에서 금빛으로 반짝이는데

---

11 『전집』 상, 319-20쪽.

箇箇首中俱有石	낱낱이 머리에 돌이 박혀 있네
蠢不可論蕘更美	생것이야 말할 것 없고 굴비도 맛있으니
鮸鱸雖大珍難敵	민어 숭어 크지만 맛은 적수가 없다
五兩高帆舸峨艑	다섯 쌍 높은 돛 커다란 배에
張網勢若雲垂天	그물을 펼치니 구름이 드리우는 듯
有物驅魚魚不覺	모는 게 있어도 고기는 알지 못하고
凄風驟急輕雷闐	싸늘한 바람 갑자기 몰려오고 가벼이 우레 친다
擧網百夫聲呼耶	그물 드는 어부들 으쌰 소리를 지르니
拾魚如芥積如沙	고기를 지푸라기 줍듯, 모래처럼 쌓인다
舟重人歡畵鼓發	배 무거워지자 어부들 모두 즐거워하며 꽃북을 치는데
鼓聲漸高客還家	북소리 점점 높아 歸家를 알린다
家中少婦春夢驚	집안의 젊은 아낙네 봄 단꿈을 깨어서
手挽雲鬐出門迎	구름 같은 머리채 매만지며 문 밖에서 맞이한다
海風鬵面腥逆鼻	해풍에 그은 얼굴 비린내도 역하지만
抱郎但道郎更媚	신랑을 끌어안고 "사랑하는 서방님"

반짝이는 조기의 비늘, 높게 돛을 단 배, 구름이 드리워지듯 펼쳐지는 그물, 우레처럼 밀려오는 해풍, 어부들의 함성, 모래처럼 많이 잡힌 조기, 만선의 귀가를 알리는 꽃북 소리 등을 통해 조기를 잡는 연평도 어부들의 모습을 그림 그리듯 생생하게 묘사하고 있다. 곧 노동의 현장을 서민들의 입장에서 생동감 있는 시어를 통해 그려내고 있는 것이다. 시인의 미의식이 아닌 어민들의 미의식으로 형상화되었다. 비록 해풍에 그을리고 비린내가 나지만 자신의 신랑을 반기는 아낙의 모습은 바로 서민들의 진실된 정감에 통하는 부분이다. 인정의 기미에 통하는 인간의 진실된 정감의 한 국면을 여지없이 포착해 냄으로써, 그가 스스로 제시한 '연정'의 시의식을 잘 구현한 셈이다.

그러나 위의 시에서 형상화되어 있듯이 어민들의 생활이 항상 행복한 것만은 아니었다. 다음의 시를 보자.

2) 「숙광성진기선중새신어宿廣城津記船中賽神語」[12]

그가 한성소윤漢城少尹이 되던 해인 1891년(40살)에 지어졌다. 광성진은 강화도의 동쪽에 있는 뭍과 연결되는 나루터이며 동시에 어항이기도 한 곳이다. 아마도 영재가 뭍으로 나오기 위해 그곳에 머문 듯 하다. 풍어 굿의 한 장면을 포착한 것으로 무당의 입을 통한 신과 어부들과의 대화로 구성되어 있다.

앞부분은 어부들이 바다의 신들에게 베풀기 위해 준비하는 굿판의 서경이다. 준비에 여념이 없는 여러 인물들의 동적인 모습이 사실적으로 묘사되어 있다.[13]

既醉既飽何錫予	이미 취하고 배불렀거니 무엇을 줄까
水宮之寶持與汝	수중의 보배를 너희와 나누리
延平石首七山鰣	연평의 조기와 칠산의 준치
只恐船重擡不擧	다만 너무 무거워 들지 못할까 걱정
歸來計利淸本錢	돌아와서 이익 계산 본전을 청산하고
緡算恰贏三萬千	꿰미 돈 흡족히 수천 수만을 헤아리리
便可一生不操檝	일생 동안 다시는 노 잡지 않아도
買田買宅終汝年	밭 사고 집 사서 여생을 마치리

풍어를 기원하여 빌었던 어민들을 향한 해신海神들의 대답이다. 물론 무당의 입을 통한 것이다. 조기와 준치를 무거워 들지 못할 정도로 잡게 해서 목숨을 걸어야 하는 고기잡이 생활을 청산하고 편히 농사 지으며

---

12 『전집』 상, 226-28쪽.
13 "大船擊鼓鼓三四, 小船打鼓聲無次. 長竿大旗如火紅, 風颭照江江水沸. 船頭殺猪大如馬, 船人瀝酒搗窓下. 長年禿頭搔如蒜, 女巫廣袖紛低亞. 潮來舟動一丈高, 明月滿天江無濤. 金支翠羽光晻靄, 靈來如雲滿江皐."

살 수 있게 해 주겠다 하였다. 이는 바로 어민들이 간절히 바라는 바이기도 하다. 어민들의 생활과 밀착된 무당이기에 이런 말을 할 수 있었을 것이고 이를 영재가 포착한 것이다.

船人聞之謝神賜	뱃사람 듣고서 공수에 감사하면서도
口中又有祈請事	아직 입 속에 기원할 말 남았다
聖主寬仁恤農商	"임금님 어지사 백성을 궁휼히 여기시나
君縣處處猶苦吏	고을 곳곳에 고약한 관리들 있어
去歲明詔罷水稅	지난해 조서 내려 수세를 파했는데도
今年截港覓抽計	올해도 항구 막아 징수를 한답니다
三南特遣運漕艘	三南에는 특별히 조운선을 보내었지만
濱海捉船仍煩槳	바닷가에서 배를 잡아내니 번거로운 폐단이라
又如神賜得錢多	공수 주신 말처럼 돈 많이 번다한들
買田買宅誰耐過	밭 사고 집 사서 누가 견뎌 내리오
紅泥蹋紙字如斗	붉은 도장 찍힌 문서 글자는 말〔斗〕만 한데
馬尾壓頂事如何	말꼬리 이마를 찍어 누르니 어찌 하리요"

많이 자셨으면 우리에게 무엇을 해 주시겠는가는 물음에 값비싼 연평의 조기와 칠산의 준치를 무거워 들지 못할 정도로 많이 잡아서, 험한 바다에 나가지 않고도 전답과 집을 장만하여 잘 살 수 있도록 해주겠다고 공수를 준다. 이는 아마도 어부들이 가지는 보편적 희망에 해당될 것이다. 그러나 풍어豊魚만으로 모든 문제가 다 해결되는 것은 아니다. 오히려 남는 문제가 더 크다. 비록 임금이 조서를 내려 선정을 당부하지만 교활한 아전들 때문에 전답과 집을 장만해 보았자 소용이 없다는 것이다. 그런데 여기에서 농민들이 겪는 고통을 들지 않고 어민들이 겪어야만 하는 여러 질고를 예로 들고 있다. 수세水稅를 파했음에도 여전히 징수한다는 것과 조운漕運 때문에 징발 당해야 하는 어려움을 들고 있는 것이다. 이는 언뜻 보면 논리적으로 연결 가능한 예가 아닌 것처럼 보인

36

다. 그러나 이들이 농민으로서의 삶을 한번도 살아보지 않았던 사람들임을 상기한다면 오히려 더욱 현실성 있는 예가 되는 것이다. 이러한 것은 어민들의 생활에 대한 피상적인 이해로는 도저히 불가능하다. 당대 기층민들의 생활에 대한 깊은 이해를 바탕으로 시를 지었다는 것은 매우 중요한 의미를 갖는다. 영재의 시가 차원 높은 현실주의를 획득할 수 있었던 기반이 바로 여기에 있기 때문이다.

여기에 대한 신神들의 대답은 어떠하였던가?

神言此事非我職　　신이 말하기를 "이 일은 내 소관 아니다
汝雖百拜請無益　　네 아무리 백배하고 청해도 소용없느니
往訴岸上吟詩人　　언덕 위의 시인에게 호소해 보아라
採入風謠獻京國　　풍요에 채입하여 나라님께 바치도록"

어민들을 봉건적 수탈에서 구하는 일은 신도 어찌할 수 없다고 하였다. 매우 풍자적이고 역설적이다. 여기에서 우리는 영재의 시인으로서의 의식과 사명감을 엿볼 수 있다. 시인의 사명은 풍자에 있고 그렇기 때문에 이 시편을 짓게 되었다는 의미로 파악되기도 한다. 곧 어민들의 생활 모습과 고통을 시로 형상화함으로써 "타일필중보他日必重報"하리라던 그의 약속을 실행한 것이다. 여기에 그려진 광성진의 모습은 물론 전국적으로 보편적인 상황일 것이다.

3) 「안흥安興」[14]

1877년(26살) 충청우도안렴忠淸右道按廉의 명을 받아 각 지방을 돌아보던 중 지은 것이다. 안흥安興은 태안반도泰安半島의 서쪽 끝에 위치

---

14 『전집』 상, 97-98쪽.

하여 바다로 불쑥 나와 안면도安眠島를 굽어보고 있는 곳이다. 효종孝宗 6년(1655)에 진성鎭城을 세웠고, 근포첨사斤浦僉使의 분병分兵이 수자리 살던 곳으로 되어 있다.[15] 19세기초부터 양이洋夷의 출몰이 심해지다가 드디어 병인양요丙寅洋擾가 일어났고, 조부가 순절하였던 해안의 요충에 영재가 관심을 가지는 것은 극히 당연한 것으로 보인다.

먼저 진성鎭城의 지리적 위치에 관심을 기울이고 다음으로 이어진다.

三南貢稅路	삼남의 세금 바치는 길
過此方會同	이곳 지나 모이나니
雲帆與風檣	바람을 가득 받은 구름 같은 돛
飄忽若驚鴻	놀랜 기러기처럼 펄럭인다
況復交隣國	하물며 이웃나라
江南日本東	중국·일본과 교역함에랴
一朝有緩急	어느 날 급한 일 생기면
便可呼吸通	숨 한번 쉴 사이에 통할 수 있네
有國之大政	나라의 큰 일 무엇인가
食哉其次戎	경제가 으뜸이고 그 다음은 국방
茲邦實兼有	이 곳은 실로 둘을 겸비하였으니
雖小乃要衝	좁지만 요충일시 분명하다
(중략)	
承平少將帥	태평시의 젊은 장수
恬嬉以成風	게을리 지낸 것이 버릇되어
疇肯竭心力	누가 기꺼이 심력을 다해
念始圖厥終	시종일관 잘 하겠나
破艦臥長浦	깨진 함선은 긴 포구에 누워 있고
孤燧隱荒叢	외로운 봉화대는 잡초만 우거졌네

---

15 민족문화추진회(역), 『國譯新增東國輿地勝覽』, Ⅲ(민족문화추진회, 1977), 131쪽.

倉餉多雀鼠　　창고의 곡식은 참새 쥐의 차지이고
戍卒半兒童　　수졸의 반은 어린아이네

우선 그는 이 곳이 '식食'(經濟)과 '융戎'(國防) 두 가지를 겸비하여
전략적으로 매우 중요한 곳임을 지적한다. 정부에서도 역시 중요성을 인
정하고 격을 높였으나 이미 버릇이 되어버린 무장들의 나태함으로 실효
가 없었으며, 함선艦船과 봉화대·군량·수졸 등 어느 것 하나 제대로 되
어 있는 것이 없음을 낱낱이 지적한다. 돛 가득 바람을 받은 배들이 한
가로이 떠있는 풍경을 보면서 이곳이 전략적 요충임을 생각하고 있는 점
에서 영재의 시인으로서의 탁월한 역량이 돋보인다.
　이 배가 조운선이라는 것에서 생각이 다음으로 이어진다.

復聞轉運粟　　더욱이 듣자하니 전운하던 곡식
屢入馮夷宮　　자주도 바다에 가라앉으나
護送一無責　　호송관에는 전혀 책임이 없고
重以斂鰥窮　　다시 가난한 백성에게서 걷어 들인다
侈名而瘝實　　이름은 번지르나 속은 병들었으니
安得有成功　　어떻게 성공할 수 있겠나
不才叨恩命　　천학비재로 임금의 명을 받아
白簡乘靑驄　　어사가 되어 푸른 나귀를 탔다
削迹偶過此　　종적을 감추고 우연히 이곳을 지나더니
有憂心忡忡　　우려하는 마음 더욱 근심스럽기만
願將輿田誦　　원하나니 여러 사람의 의견을 가지고
庶補祈父聰　　祈父의 총명에 보태기를 바라노라
三歎綴長句　　세 번의 탄식 끝에 긴 시구를 엮노라니
雪白郵燈紅　　눈이 흰데 역참의 등불 붉구나

상인의 농간에 의한 것인지는 알 수 없으나 자칫 전운하던 곡식이
바다에 빠져버려도 그 부담은 다시 가난한 백성들에게 돌아가고 만다.

그 모든 병폐의 원인은 '실實'이 아닌 '명名'의 추구에 있다고 본 것이다. 영재 자신이 앞에서 지적한 바 있듯이 부국강병을 위한 근대화에서 중요한 것은 '실實'인 것이다. 바로 그러한 그의 사상이 잘 반영되었다고 하겠다. 나머지 부분에서 어사로서의 사명을 망각하지 않고 견지하려는 그의 자세가 잘 엿보인다.

4) 「광주적廣州糴」[16]

1881년(30살) 경기도안렴사京畿道按廉使가 되었을 때 지은 시이다. 전체적으로 환곡에 얽힌 아전들의 부정과 그로 인한 백성들의 고통을 세밀하게 형상화하고 있다. 환곡에 대해서는 이미 성호星湖도 그의 『성호사설星湖僿說』에서 지적한 바 있거니와, 백성을 도와주려 시작한 제도지만 이조후기로 내려와서는 오히려 백성을 수탈하는 제도가 되고 말았다.[17] 삼정三政 가운데에서 가장 문란했던 이 환곡에 영재의 눈이 미친 것이다.

亂離恐無食	난리에 식량을 걱정하여
積儲太平時	태평시에 저축을 하였더니
太平二百年	이백 년 토록 태평함에
民日逢亂離	백성 날마다 난리를 만나네
春分作農糧	봄이면 나누어주어 농량을 삼게 하고
秋收給軍貲	가을이면 거두어들여 군량을 삼는다
取息僅十一	이식은 겨우 일할인데
胡遽厲民爲	어찌 갑자기 백성을 괴롭히는 것이 되었나
糴時錢半穀	낼 때는 돈이 곡식의 반값

---

16 『전집』 상, 158-59쪽.
17 「糴糶」, 『星湖僿說』 人事門, 권10 장43 참조.

糶時穀無遺	들일 때는 곡식을 남김이 없네
佩錢不匝腰	돈을 차도 허리에 한번 두르지 못하는데
馱穀牛折肢	곡식 실은 소는 다리가 휘청
糶亦不入倉	들이는 곡식 창고에 들어가지 않고
糶亦民不知	내는 것 또한 백성들은 알지 못해
販糶賤售直	빌린 쌀 팔 때는 값이 헐하고
防糶價倍之	들일 때의 값은 두 배
糶米土和沙	내는 쌀에는 흙모래 섞기 예사요
糶米精用篩	들이는 쌀 얼레 질도 정하다
臨糶急發令	들일 때는 급히 영을 내리고
臨糶屢退期	낼 때는 자꾸만 기일을 물린다
不忍此困逼	이 곤욕과 핍박 견딜 수 없지만
情願坐受欺	앉아서 속을 도리 밖에
民錢罄吏手	백성의 돈은 아전의 손에서 다 없어지고
官簿虛推移	관청의 장부는 부질없이 이리저리
將錢復作穀	돈 가지고 곡식을 만들었다가
作穀更如斯	곡식 만들고선 다시 이같이
苟令國廩實	진실로 나라의 창고를 충실히 한다면
民苦亦何辭	백성들이 고통을 어찌 사양하리
一朝有緩急	어느 날 급한 일이 생기면
何以供王師	무엇으로 군사들을 공궤할까

　서두에서 영재는 군량미의 비축을 목적으로 하였던 환곡의 제도가 태평한 세월이 계속되자, 그러한 목적은 간 데 없이 되어 버리고 백성들에게 난리를 만난 것처럼 고통을 주고 있다고 문제의 심각성을 지적하고 있다. 그리고선 피상적 관찰만으로는 도저히 드러나지 않을 환곡에 얽힌 온갖 부정의 양상을 폭로하고 있다. 환곡의 운영실태에 관한 세밀한 이해가 없고서는 불가능한 것이다. 특히 "백성의 돈은 아전의 손에서 다 없어지고, 관청의 장부는 부질없이 이리저리"한다는 지적은 당시 환곡의 모순이

얼마나 심각하였던 가를 여실히 밝혀준다. 애초의 목적은 간 데가 없어지고 부패한 관리의 살만 찌우고 있는 현실에 대한 날카로운 지적이다. 마지막 두 구는 당대의 위기적 상황을 염두에 둔 언급일 터이다.

5) 「금파金坡」[18]

함흥에서 일어난 민란의 안핵사로 임명되어 임무를 마치고 돌아오는 길에 영흥의 금파촌에 들러 지은 것으로 보인다. 먼저 서두에서 자신의 임무에 대해 약간 언급한 다음 봉건제도 하에서 모순이 발생되고 그 모순을 근본적으로 바로잡지 못하고 미봉하는 것을, 헌데가 나고 헌데 구멍에서 새 살이 돋아나는 것으로 비유한다. 그런데 그 헌데 구멍이 수천 수만이라서 이루 다 진술하기조차 어렵다고 하였다.[19] 그래서 금파촌에서 목도한 것만을 말하겠다고 한다. 여러 모순의 대표격으로 금파촌의 정경을 서술하겠다는 의미로 받아들여진다. 이어서 무뢰배와 망명한 도둑들이 떼를 지어 모여 있고, 가래·부삽 등이 구름처럼 쌓여 있는 마을의 대체적인 모습에 대한 서경으로 불길한 예감이 들게 하는 부분이다.

卽此金坡村	이 금파촌에
開礦已十春	금광 연지 벌써 10년
金盡坡亦平	금이 다 파내어지고 언덕도 평평해져
所得惟沙塵	얻는 건 모래 먼지 뿐
何以樹無花	왜 나무에 꽃이 피지 않나
其半摧爲薪	반 너머 꺾여 장작이 되기 때문
何以井無汲	왜 우물을 길을 수 없나

---

18 『전집』상, 252-54쪽.
19 "比如一瘡孔, 瘡合肌當新. 此有千萬瘡, 其患難具陳".

汲多泉遂堙	긷는 이 많아 샘이 말랐기 때문
況聞山谷間	더욱이 산골짜기 사이에는
骨骼委荊榛	백골이 가시덤불에 버려져 있다 하네
蓬顙失所庇	쑥대머리 백성들 가릴 곳 잃고
雨立愁靑燐	빗속에 서서 도깨비불에 근심한다
閭家好兒女	여염집 좋은 처녀
繡襦紅羅裙	비단 속곳에 붉은 치마 저고리
衆嬲棄之去	뭇 사람 희롱하고 버리고 떠나가
宛轉道傍呻	길가에 뒹굴며 신음하네

이조 후기 광산촌의 실정은 이미 성대중成大中(1732~1812)에 의해
증언된 바 있다.[20] 이 시에 나타난 영흥 금파촌의 현실도 거기에서 크게
벗어나지 않을 것이다. 다만 이곳은 이미 광산으로서의 수명이 다해버리
고 남은 것은 오직 부정적인 측면뿐이다. 특히 도깨비불에 근심하는 의
지할 곳 없는 쑥대머리 백성들과 길가에 뒹굴며 신음하는 여염집 처녀의
모습은 금파촌 백성들의 고단한 생활을 웅변한다. 근대화라는 필연적 과
제를 해결하기 위해 자원의 이용은 바람직한 것이었으나, 영재는 고난에
찬 백성의 생활 모습을 묘사함으로써 부정적 견해를 표한 것이다.

지금까지 「연평행延平行」과 「숙광성진기선중새신어宿廣城津記船中賽
神語」에서는 실감 나게 묘사된 노동의 현장과 풍어만으로는 인간다운
삶을 살아가기에 부족한 어민의 모습을, 「안흥安興」을 통해서는 국방의
허술한 대비를, 「광주적廣州糴」과 「금파金坡」에서는 봉건적 수탈과 부
정적 요인에 의해 신음하는 백성들의 모습을 보았다. 광범위한 제재를
통해 당시 여러 모순의 실상을 여지없이 드러내고 있다는 점에서 주목에

---

20 「礦山村」, 『李朝漢文短篇集』下, 李佑成·林熒澤(共編譯)(일조각, 1978), 222-23쪽 참조.

값한다. 이러한 일련의 애민우국의 시에는 그의 남다른 현실인식이 숨어 있다. 투철한 현실인식을 바탕으로 '주체적主體的 자각自覺'이 가능하였고, 이를 통해 그는 현실을 독자적으로 직시할 수 있는 시각을 마련했던 것이다. 그러했기 때문에 비로소 사회의 여러 방면에 걸친 모순의 적출이 가능했고, 정제된 시를 통해 형상화할 수 있었던 것이다. 즉 당시의 안으로 밖으로 어려운 상황에 비추어 국가와 민족에 절실한 내용의 시, 곧 '민시우국憫時憂國'의 시를 다수 창작한 것이다. 뒤에서도 살펴지겠지만 그의 시세계는 매우 다채롭게 펼쳐지는 바, 농민·어민·화전민 등 민중들의 생활형상이 잘 드러나 있고, 환곡還穀·조운漕運·금광金礦 등 국계민생國計民生에 관련되는 중요한 문제들을 정면으로 다루고 있다. 이러한 영재의 시세계를 현실주의적이라고 말해도 지나치지 않을 것이다. 한편 암행어사로서의 임무 수행은 그의 시세계 형성에 상당한 영향을 끼친 것으로 보이기도 한다.

3. 서사적敍事的 구성構成의 시詩

서사시에 관해서는 현대시에 있어서도 그 개념이 유동적이다. 그 원인은 개념 자체에 문제가 있어서가 아니라 서사양식이 아직 확립되어 있지 않기 때문이다. 더구나 한시에 있어서 서사시의 개념이 뚜렷하지 않은 것은 말할 것도 없다. 서사시가 양식적으로 완전히 분화되지는 않은 셈이다. 그런데 복잡하게 전개되는 현실과 그 속에서 살아가는 여러 인간 군상들의 다양한 삶의 모습을 묘사하는 과정에서 서사적인 형태를 취한 것이 자연발생적으로 나오게 되었다. 중국의 경우 두보杜甫와 백거이白居易의 경우를 예로 들 수 있을 것이다. 우리나라 한시의 전통에서도 마찬가지이다. 이규보李奎報로부터 비롯된 서사시의 전통이 면면히 맥을 잇고 있는 것이다.[21] 영재의 경우에 있어서도 서사시의 개념이 뚜렷하게 드러나는 것은 아니다. 다만 영재도 당시의 현실과 백성의 삶의 모습을 그리는 과정에서 서사성의 필요를 느낀 것이다. 이 필요성이 '장어설리長於說理'한 그의 문학 전반의 특성과 결합되어,[22] 그의 시에서 현저한 서사성을 개입시킨 것이라 볼 수 있다.

여기에서 다루고자 하는 것은 「전가추석田家秋夕」·「협촌기사峽村記事」·「벌오룡伐吾龍」·「고령탄高靈歎」·「한구편韓狗篇」의 다섯 수이다. 이들도 내용 면에서 볼 경우 역시 애민우국으로 되어 있으나, 유동적이기는 하지만 서사시의 개념을 '구체적인 인물이 등장하고 인과관계에 의해서 사건이 진행되는 서술체의 시'라고 잠정적으로 규정할 경우, 형식상의 차이점이 인정되므로 앞의 시들과 구분하여 다루려 하는 것이다.

1) 「전가추석田家秋夕」[23]

이는 1877년(26살)에 영재가 충청우도안렴사로 나갔을 때 견문한 사실을 형상화한 것이다.[24] 제목 그대로 농가의 추석 정경을 그린 것인데

---

21 여기에 대해서는 최근 임형택 교수가 견해를 밝힌 바 있다. 『이조시대 서사시』(창작과비평사, 1992)의 총설 부분인 「현실주의의 발전과 서사한시」라는 글이 그것이다. 이글에서 "나는 그 명칭에 대해 천착하고 싶지 않다. 서사시란 말뜻이 내용에 어긋나지 않거니와, 이왕이면 친숙한 말을 채택하는 것이 좋다고 생각한다. 또 한자로 씌어진 것이기에 구분하자면 서사한시라 이를 것이다"고 하였다. 소박하기는 하지만 이에 대한 보다 진척된 논의가 없으므로 잠정적으로 이를 그대로 수용하기로 한다.

22 「金于霖詩論贈有瑞」, 『전집』 下, 781쪽 "詔濩子, 每謂余詩文長於說理".

23 『전집』 상, 92-94쪽.

24 黃玹의 『梅泉野錄』, 卷之一(甲午以前), 『黃玹全集』 下(亞細亞文化社 영인본, 1978), 945-46쪽에 다음과 같은 언급이 있다. "是歲大旱之餘 至八月初旬下霜 遂成大無 故數兒荒者 必曰己甲 丙子後 遂無己甲 直曰丙子年云云 (中略) 南方稻斗至百錢 餓莩溢目 閭里悽慘而民猶閉口待盡"이라 하였다. 丙子年은 1876년으로 이 시가 지어지기 한 해 전이다.

연작시이다. 그 중 첫 번째 것을 살핀다.

京師富貴地	서울 부귀한 곳은
四時多佳節	철따라 명절도 많지만
鄕里貧賤人	시골 가난한 사람들에겐
莫如仲秋日	추석 같은 명절이 없다네
秋日有淸暉	가을 낮엔 햇빛도 맑고
秋宵有明月	가을 밤엔 밝은 달
風景固自佳	풍경이 참으로 아름답지만
非爲我輩設	우리를 위한 것은 아니로세
但見四野中	다만 보이는 건 사방의 들판에
嘉穀正垂實	좋은 곡식 열매 드리운 것
早禾已登場	올벼는 벌써 타작마당에 올랐고
荳菽亦採擷	콩도 손으로 딴다네
中庭剝旅葵	안뜰에서 해바라기 씨 까고
後園摘苞栗	뒤뜰에선 밤을 깐다
團團土火爐	동그란 흙 화로
吹扇紅榾柮	부채질에 등걸이 붉게 타는데
煮飯作羹湯	밥 짓고 국 끓여서
大家劇喝啜	온 식구 마구 먹어치우네
一飽便意氣	한번 포식에 기분이 좋아져서
散漫雜言說	시끄럽게 말들이 오가네
去年大凶年	지난해 큰 흉년엔
幾乎死不活	거의 죽고 못살 것만 같더니
今年大豊年	금년 농사 대풍이라
天意固不殺	하늘이 죽이려 함은 아니로세
恨不腹如鼓	배가 북처럼 불쑥해지지 않음을 한하고
恨不口雙裂	입이 쭉 찢어지지 않음을 원망하며
日食十日糧	하루에 열흘 양식 먹어치우니
快意償饕餮	상쾌한 마음 음식도 탐할 만 하네

父老在上座	상좌에 앉은 어르신
呼語勿亂聒	떠들지 말라 이르시고는
民生實艱難	"민생은 실로 어려우니라
物理忌盈溢	물리란 가득 차 넘침을 꺼리니
莫以今醉飽	지금 배부르고 취하였다고
或忘舊飢渴	지난날의 주림을 잊지 말아라
吾老頗經事	우리 늙은이 일도 많이 겪었는데
過食則生疾	과식하면 병이 나느니"

　　오뉴월의 뜨거운 뙤약볕 속에서 모진 고생을 하면서도 무한한 애정을 쏟아 넣은 농작물이 충실한 열매를 맺어 풍년이 된 뒤에 맞이하는 추석은 무엇보다 반가운 것이 아닐 수 없다. 우선 먹거리가 많기에 농부들에게 진정한 명절은 추석일 수밖에 없는 셈이다. 비록 명월이 온 세상을 훤히 비추고 있는 아름다운 추석 밤이지만 눈에 보이는 것은 주위의 아름다운 자연 경관이 아니라 알알이 영근 곡식이다. 생산·노동의 현장으로 자연을 파악하는 자세가 아니고서는 이루어지기 어려운 인식의 표출이다. 이 시의 특징은 농촌의 정취와 농민의 생활정감이 여실하게 그려진 것이다. "배가 북처럼 불쑥하지 않음을 한하고 입이 쭉 찢어지지 않음을 원망하며" 게걸스럽게 음식을 먹는 정경은 해학적이고 또 약간은 과장되게 표현되어 있다. 이를 통해 풍년과 명일의 즐거움이 극적으로 드러나는 한편, 농민들이 얼마나 배고픔을 견뎌 왔던가를 느낄 수 있게 한다는 점에서 오히려 눈물겹게 느껴지기도 한다. 작품은 작중에 설정된 한 농가 어른의 훈계하는 말로 끝을 맺는다. 모든 것이 너무 지나치면 좋지 않다는 것은 평범한 말이지만 그 속에 실로 지극한 이치를 담고 있다. 추석날 실컷 먹어대는데 대해 절약의 논리를 편다면 오히려 우스꽝스러울 것이다. 그러나 노동으로 늙은 어른으로서 수많은 경험의 축적에서 우러난 말임을 이해한다면 이는 더 없이 순박하고 진실한 것임을 알

수 있다.

시인 자신이 비록 관인이요 학사이지만 시에 표현된 것은 그대로 농민의 정감이다. 앞에서도 지적한 바 있지만 영재의 경우 자신의 관점으로 시적 대상을 바라보기보다는 시적 대상의 정서와 일치시키고 형상화하고 있다. 이점은 시인의 현실에 대한 인식태도와 작가적 역량을 단적으로 드러내는 부분으로, 여기에서 영재의 시인으로서의 탁월한 면모를 잘 알 수 있다.

위의 시편에서는 그야말로 풍요와 환희가 펼쳐져 있다. 그러나 두 번째 수에서는 전혀 분위기가 바뀐다.

南里釀白酒	남쪽 집에선 막걸리 거르고
北里宰黃犢	북쪽 집에서 송아지 잡는데
獨有西隣家	홀로 서쪽 집에
哀哀終夜哭	슬프디 슬프게 밤새워 곡하네
借問哭者誰	우는 이 누구냐고 물으니
寡婦抱遺腹	과부가 유복자를 안고 있구나
夫君在世日	"남편이 세상에 살았을 적엔
兩口守一屋	두 사람이 한집을 지켜
門前一席地	문 앞의 자리 한 닢 깔 땅으로
歲收僅糜粥	해마다 거두어 겨우 죽은 끓였는데
去年秋早霜	지난해 가을 일찍 서리 내려
掃地無半菽	땅을 쓸어도 콩 반쪽을 못 얻었다오
糠麩雜松皮	술지게미 밀기울에 송피를 섞었지만
過冬猶不足	겨울나기도 오히려 부족했소
春來向富人	봄 되어 부자에게
乞禾得滿匊	볍씨 한 움큼 얻어
一粒惜不嚼	한 톨도 아까워 먹지 못하고
持爲種田穀	두었다 봄에 파종하였는데
氣力日以微	기력은 날로 약해지고

腸胃日以縮	위장은 날로 오그라 들었소
同是一般飢	똑같이 굶기는 한가지였는데
妾何頑如木	첩은 어찌 모질기가 나무같았나
却送夫君去	남편이 떠나가 저 세상 감에
去埋前山麓	앞산 기슭에 묻었다오
埋人人骨朽	묻은 사람 뼈 썩어갈 때에
種穀穀頭熟	뿌린 곡식도 익어 갔답니다
穀頭熟何爲	곡식은 익어 무엇 하나
閉門不忍目	문 닫고 차마 보지 못 하였소
卽欲決相隨	뒤따라 죽으려 했지만
奈此兒匍匐	발발 기는 이 아이는 어찌하나
兒雖不識父	아이는 아버지 알지 못하나
猶是君骨肉	그래도 내 남편 골육인 것을
抱兒向靈語	아이를 안고 영전 향해 넋두리하다
氣絶久不續	기절하여 오래도록 깨어나지 못했는데
忽驚吏打門	아전들 문 두들기는 소리에 놀라니
叫呼覓稅粟	세곡 내라고 호통 치네"

앞에서 살핀 작품이 농가 추석의 '밝은 면'이라면, 이 두 번째 수는 '어두운 면'에 해당될 것이다. 온 마을 사람들이 술을 거른다, 송아지를 잡는다 하면서 마음껏 명일을 즐기고 있는데 홀로 서쪽 이웃집만 곡소리가 들린다고 서두를 시작하여 음울한 사건의 전개를 암시한다. 독자의 시선을 끌기 위한 장치이다. 다음부터는, 흔히 악부 양식의 시들이 그러하듯, 온통 여인이 통곡할 수밖에 없는 이유를 스스로 구술하는 형식을 취한다. "땅을 쓸어도 콩 반쪽을 못얻"는 큰 흉년을 만나 근근이 목숨을 유지한다. 다음에서 우리는 처절하기 조차한 농민의 종자에 대한 애착을 본다. '농부아사農夫餓死 침궐종자枕厥種子'라는 속담이 없는 바 아니나 진정 농민이 아니고서는 이해조차 어려운 행동이다. 부부가 같이 굶주렸지만 자기는 살아남고 남편이 세상을 먼저 떠났다는 부분에 이르러서는

자못 자신의 모진 목숨에 대한 원망이다. 남편의 뼈가 썩어갈 때 벼가 익어간다는 것은 하나의 아이러니다. 따라서 풍성하게 익어 가는 곡식도 자꾸만 남편의 환영이 겹쳐져 볼 수조차 없는 것이다. 하늘같이 믿던 남편이 없는 세상, 하직할 수 없는 것은 또 다른 비극이다. 남편의 분신이 남아 있는 것은 그나마 다행이라 할 수 있을까. 그래서 남편이 뿌린 종자가 풍성한 수확을 볼 수 있게 된 추석날 만감이 교차되어 아이를 끌어 안고 영전에서 대답 없는 넋두리를 시작하였지만 기절하고 만다. 그 기절을 깨우며 등장하는 것은 놀랍게도 세금을 내라고 호통치는 아전들이다. 아전의 등장은 이내 독자를 충격으로 몰아가고, 그리고는 끝이다.

이 「전가추석」은 읽는 이에게 무한한 감동을 주는 보기 드문 시이다. 그러한 감동의 원동력은 다음과 같은 점들에 기인하는 것으로 보인다. 먼저 자칫 해이한 줄거리의 진행과 한 여인의 영탄조에 빠지기 쉬운 점을 아전을 등장시켜 훌륭하게 극복하고 있다는 점, 그리고 여타 작가들의 시에서 보이는, 말미 부분의, 작자의 의견 첨부가 생략되고 온통 시속에 녹여놓은 작가적 수완, 앞뒤 두 편의 선명한 대조와 같은 점들을 들 수 있을 것이다. 이 여인의 비극적 삶 자체가 이미 보편성을 획득한 당대 농민들의 삶의 한 전형에 거의 접근한 것이라 할 수 있지만, 아전의 등장은 이를 한층 더 강화시켜 준다는 것도 빠뜨릴 수 없다. 이러한 것들이 농민의 정감으로 형상화시킨 작가의 역량과 맞물리면서 귀중한 문학 유산으로 남게 된 것이다.

2) 「협촌기사峽村記事」[25]

1886년(35살) 모친상을 당하여 강화도에 머물고 있을 때 지은 것이

---

25 『전집』 상, 188-89쪽.

다. 시에 드러난 사실적이고 구체적인 표현으로 미루어 자신이 직접 견문한 것을 형상화한 것으로 보이기도 한다. 시의 흐름을 살펴 세부분으로 나눌 수 있다.

峽人豈好險	일부러 산에 살랴
野居無田宅	논밭과 집이 없기 때문
靑山不拒貧	청산은 가난한 사람도 막지 않아
赤手來謀食	맨주먹으로 농사를 지으려 하네
烈炬燎灌莽	불 질러 우거진 숲을 태우고
勁耒鑽磽瘠	굳센 보습으로 자갈밭을 일구었네
皇天均雨露	하늘이 雨露를 고르게 하여
歲課收粟麥	해마다 조랑 보리를 거두니
爲農誰不苦	어느 농부인들 고생하지 않으리오
此穀眞堪惜	이 낟알 참으로 아낄 만 하다
當盂不忍飽	밥사발 마주해도 차마 배불리 먹지 못하고
暗喜盎中積	속으로 항아리에 쌓이는 것을 기뻐했네
邇來逢穀貴	최근 곡식 값이 올라
出山利販糴	산을 내려가 내다 팔았네
前年買一犢	지난해에는 송아지 한 마리
今歲屋墁壁	올해에는 벽도 좀 손질하고
且令兒有匙	아이에게 숟가락을 주었으니
寧可婦無幘	마누라에게 수건이 없을쏘냐
人生稍備物	살며 차츰 살림을 갖추어가니
如轂方長翮	새 새끼가 바야흐로 깃털이 돋는 듯
豈敢望富厚	어찌 부자 되기를 바라리오
庶期償筋力	노력한 만큼 바랄 뿐

들에 땅과 집이 없기 때문에 주인공은 험한 것을 무릅쓰고 산에 들어가 화전민이 되었다. 청산은 누구나 포용하기 때문이다. 숲을 태우고

자갈밭을 일구기가 몹시 힘들지만, 수확의 기쁨으로 보상받는다. 거둔 곡식을 먹는 것도 아껴 저축하고 값이 올랐을 때 내다 팔아서 조금씩 살림을 장만한다. 송아지를 사고 집에 벽도 제대로 바르며, 아이에겐 수저를 마누라에겐 수건을 사주는 등 단란하면서도 행복한 가정을 일군다. 이들이 원하는 것은 노동에 대한 대가일 뿐이지만 그지없이 흐뭇한 나날을 향유한다. 그러나 상황은 여기에서 급전직하한다.

此山無虎豹	이 산에는 호랑이도 없고
旁郡無盜賊	이웃 고을에 도적도 없는데
白晝屋中坐	한낮 집안에 앉았노라니
何意轟霹靂	왠 벽력 소리인가
官校直入來	관교들이 곧장 들이닥치는데
未聲面先赤	소리 지르기 전에 얼굴이 먼저 시뻘겠네
皂衣肩半卸	더그레 옷 어깨는 반 넘어 드러내고
紅條手雙擲	붉은 오라를 양손으로 던지네
搗翁與竊嫂	늙은이 패고 아낙네 욕보이고
極口無倫脊	형편없는 행동 말도 다 못 하겠네
一辭那可鳴	비명인들 한번 내지를까
生死繫拳踢	생사가 주먹과 발길에 달려있네
罪狀且姑舍	죄상은 고사하고
財物先搜斥	재물을 먼저 뒤져 내네
瓮牖無藩蔽	항아리 창에 울도 없으니
何由得藏匿	어디에 감출 수나 있을까
頃刻盡掃去	삽시간에 모두 쓸어가니
霜林風捲蘀	단풍든 숲에 바람이 낙엽 말아 올리듯
出門尙咆哮	문을 나서서도 오히려 고래고래
餘怒猶未釋	남은 화가 풀리지 않은 듯
惡鬼生搏人	악귀가 생사람을 잡지만
隣里誰敢逼	이웃 사람 누군들 가까이 하랴

역시 악역은 세금을 찾아내는 관속들이다. 한마디 변명의 여지도 주지 않고 떨어진 나뭇잎을 바람이 쓸어가듯 모두 가져가 버리고, 사람들을 마구 구타한다. 그 모습은 마치 악귀와도 같다. "때로는 산 속으로 들어가 화전민이 되었다. 일정한 주소를 가지지 않고 여기저기로 옮아가며 임시적인 개간지에서 농업을 경영하는 것이었다. 수확은 적었고 따라서 생활은 가난하였다. 다만 관리들의 압박을 벗어날 수 있다는 것으로서 낙을 삼는 형편이었다. 그러나 이 화전민에게도 관리들이 손을 뻗쳐서 세를 받아갔다"[26]는 사가史家의 이 시기 농민의 처지에 대한 진술은, 위 시의 내용이 정확히 일치한다. 당대 농민들의 처지를 잘 고발하고 있는 것이다. 동시에 전형성을 획득하고 있다는 점도 간과할 수 없다.

山日翳將墜	산으로 해가 뉘엿뉘엿 넘어가니
籬落異前夕	울안이 전날 저녁과 다르다
啼兒色半死	아이는 울어 사색이 다되었고
蹲犬猶喘息	쭈그린 개는 아직도 헐떡인다
何用更點檢	챙겨봐야 무슨 소용
空坑餘弊席	빈방에 헤진 삿자리만 남았다
氣結不能歔	기가 막혀 숨조차 쉴 수 없으니
叩心復何益	가슴을 친들 소용이 없네
所悲力田久	다만 슬프기는 오래도록 농사일에 힘써
氣衰髮盡白	기력이 쇠잔해지고 검던 머리 희어진 것
已老不重少	이미 늙어 다시 젊어질 수 없고
已失難再得	잃은 것 다시 얻기 어려워
此地不可住	이젠 이 땅에 살 수 없는데
舍此無所適	이곳을 버리고 갈 데가 없다
城中多富人	성안에는 부자들이 많아

---

26 李基白, 『韓國史新論』(改正版)(一潮閣, 1982), 304쪽.

破産猶得職　　파산해도 일자리는 얻을 수 있다는데

한바탕 악귀들이 쓸고 간 뒤에 남은 것이라고는 헤진 삿자리뿐이다. 너무나 창졸간에 당한 엄청난 일이라 도무지 수습조차 할 수 없을 정도이다. 전날만 하더라도 알뜰한 살림에 오붓한 집안이었는데 해가 져서 어둑어둑해지자 수라장 뒤의 살풍경이 더욱 처참하게 보인다. 이런 모습은 사색이 된 아이와 헐떡이는 개를 통해 더욱 사실적인 경지를 획득하였다. 사람들이 모여 사는 들에 살 수 없어서, 산골로 들어온 이들에게 산도 더 이상 이들의 삶의 터전이 되지 못했다. 처음부터 다시 시작할 수조차 없을 정도로 이미 늙어버린 자신의 모습을 한탄할 밖에 도리가 없다. 도회지라면 임노賃勞라도 되어서 생계를 유지할 수 있겠지만 아무런 연고도 없으니 그렇게도 할 수 없음을 역설적으로 나타낸 것이 마지막의 두 구이다. 난리를 겪고 난 뒤의 모습을 "아이는 울어 사색이 다되었고, 쭈그린 개는 아직도 헐떡인다" 등의 탁월한 사실적 묘사를 통해 상황을 그리고 있는 바, 바로 이점이 이 시를 유명하게 만들었던 것이다. 그리고 이미 사건이 종료되고 난 뒤의 상황 묘사이지만 긴장감을 유지하게 하였던 것이다. 한마디로 농민 중에서도 더욱 형편이 어려운 편인 화전민의 비참한 생활의 모습을 사실적으로 그려냄으로써, 봉건제도의 질곡 속에서 신음하던 당시 백성들의 생활의 한 단면을 극명하게 부각시키고 있는 작품이라 할 수 있을 것이다.

3) 「고령탄高靈歎」[27]

1886년(35살)에 지어진 작품으로 "아우가 우리 역사를 읽다가 악부樂

---

27 『전집』 상, 192-94쪽.

府 한 편 지을 것을 요구했다. 인하여 이 시를 지어서 그에게 보여 준다"[28]는 주가 붙어 있다. 51운이나 되는 장편으로 일인칭 서술시점을 취하고 있는 것이 특이하다. 전체가 신숙주申叔舟(1417~1475)의 회고와 자탄 형식으로 구성되어 있다. 현재에서 과거로, 과거에서 다시 현재로 시간이동을 하면서 서술되고 있는 바 이를 기준으로 세 부분으로 나누어 살필 수 있다. 장황한 인용은 피하고 전문은 주로 돌린다.

① 인생회지차人生會止此~상공심자지相公心自知[29]

59세의 나이로 병석에 드러누운 장면으로, 첫 머리가 "인생이 마침내 이에서 그치네"라고 되어 있다. 곧 자신의 죽음이 임박했음을 암시하는 우울한 독백이다. 대문 앞에는 창을 든 병사들이 나열해 있고 후당後堂에는 사죽絲竹이 연주되는 호화로운 생활과 인신人臣의 극에 달한 벼슬, 오랑캐 땅에 까지 빛난 불후不朽의 성사盛事 등이 자신의 현재 모습이다. 그런데 어느 날 병석에 눕게 되자 임금이 어약御藥을 내리는 등 대단한 관심이지만, 신숙주는 한숨만 내쉴 뿐 말이 없다. "인생이 마침내 이에서 그치네, 59년의 일생이 다 잘못이로다(人生會止此, 五十九年非)"라는 독백을 통해 죽어 가면서야 비로소 인간적 자각을 하고 있다. 단지 지난 59년간의 일이 뚜렷해 졌다가 흐려지고, 흐려졌다가 뚜렷해지고 할 따름이다.

28 "家弟讀東史 要作樂府一篇 因書此示之".

29 "人生會止此, 至此亦大難. 恩封府院君, 大匡議政官. 子孫數十人, 一一登朝端. 賜宅第一區, 賜號稱保閑. 前門棨戟樹, 後堂絲竹彈. 步履落天上, 咳唾流人間. 功德被黔黎, 文章燿戎蠻. 一朝嬰疢疾, 御醫齎御藥. 承旨與內侍, 奉敎來几閣. 相公疾何如, 能無甚癘瘧. 相公疾何如, 聖主爲不樂. 相公默無言, 仰天長歔欷. 人生會止此, 五十九年非. 五十九年事, 歷歷復依依. 依依復歷歷, 相公心自知".

② 입이괴사마廿二魁司馬 ~ 소신독고상小臣獨翶翔[30]

여기에서는 상림원上林苑 연회 때 술이 취한 자신에게 세종이 자초 구紫貂裘를 덮어준 에피소드가 가장 크게 다루어져 있고, 집현전集賢殿 시절의 여러 벗들의 죽음과 단종端宗의 죽음이 파노라마처럼 전개된다. 또 사육신 중 집현전에 함께 있었던 여러 학사들에 대해서는 다음과 같이 기억하고 있다.

> 仁叟(朴彭年)는 經術을 좋아했고
> 謹甫(成三問)는 문장을 잘 했다.
> 仲章(河緯地)은 經世濟民할 만한 선비
> 太初(柳誠源)은 英妙한 사내.
> 伯高(李塏)는 才思가 富贍하였는데
> 나도 같이 이름을 떨쳤다.

이 시기야 말로 신숙주에게 있어서는 가장 전성기였을 것이다. 그러나 상황은 급변하여, 어린 손자를 잘 부탁한다는 세종世宗의 특별한 말씀이 있었음에도 불구하고, 자규子規로 변한 단종端宗의 피만 보일 뿐이다. 집현전의 여러 학사들은 모두 죽어 버리고 오직 자신만 남아서 이름을 떨치고 있다. 상황의 극적인 변화를 "이 손자 어디 있는가, 이일 다시 말 할 수 없다(此孫在何處, 此事不可論)"라는 표현으로 사건의 전개를 극

---

30 "廿二魁司馬, 廿三壯元爲. 三十重試第, 四十踐台司. 憶昔三十前, 際會英陵時. 英陵大聖人, 愛才如金玉. 置我集賢殿, 賜我湖堂讀. 內廚饋盤饍, 內府供筆札. 內侍宜召入, 內人宜醖出. 宣醖四五行, 御藥奏未闋. 娟娟上林花, 灩灩天池月. 小臣醉如泥, 月墮香沁骨. 煌煌紫貂裘, 驚顧此何物. 聖主手自解, 覆與小臣醉. 小臣醉不知, 小臣死無地. 仁叟好經術, 謹甫多文章. 仲章經濟士, 太初英妙郎. 伯高富才思, 小臣同翶翔. 翶翔復何爲, 戒之愼勿忘. 人生會止此, 誰意大不然. 英陵旣棄臣, 顯陵又賓天. 英陵好孫子, 聖人曾有言. 千秋萬歲後, 望卿念此孫. 此孫在何處, 此事不可論. 淸泠浦水淸, 子規啼明月. 不聞子規聲, 但見子規血. 仁叟好經術, 謹甫多文章. 仲章經濟士, 太初英妙郎. 伯高富才思, 此輩盡淪亡. 此輩盡淪亡, 小臣獨翶翔."

56

히 압축하여 표현함으로써 박진감 있게 형상화하고 있다.

③ 고상수십년翶翔數十年 ~ 물부유차탄勿復有此歎[31]

죽음에 임박하여 자꾸만 떠오르는 세종과 집현전 학사들의 모습에 못내 괴로워하는 신숙주의 모습이 잘 표현되어 있다. "원하나니 세상의 신하된 자들은, 다시는 이런 탄식하지 말아라(願世爲臣者, 勿復有此歎)"는 말로 끝을 맺고 있는 바, 이것이 남기는 교훈적 효과는 매우 크다고 할 것이다.

영재의 산문 중에 「육신사략六臣事略」이란 것이 있다. 집현전集賢殿 학사學士 시절부터 육신六臣의 죽음에 이르기까지의 역사의 추이를 담담한 필치로 그리고 있는 바, "인생회당지차人生會當止此"라는 탄식조의 신숙주의 말로 끝을 맺고 있는 것으로 보아 하나의 주제를 시와 문으로 형식을 달리하여 형상화한 것으로 파악된다. 다만 「육신사략」과는 달리 「고령탄」에서는 신숙주에 초점을 맞추었고, 줄거리를 압축시키고 의미를 함축시켜 시적 형상화의 과정을 거치고 있다.

이상에서 우리는 죽음에 임박해서야 비로소 한 인간으로서 자각하며 자신의 일생을 돌아보는 신숙주의 모습을 보았다. 여기에 영재가 담고자 했던 것은 무엇인가? "인생회지차人生會止此"라고 거듭 탄식하며 자신의 일생이 모두가 잘못되었다고 뉘우치는 신숙주의 모습에서 인간적 주체성主體性 내지 자아自我의 각성覺醒을 발견하기란 쉽다. 즉 영재의 시편에 있어서의 중요한 명제인 '아我의 각성'의 시적 발현인 것이다. 한편 이 작품은 나름대로의 충실한 시대적 의미를 가지고 있는 것으로 보인

---

31 "翶翔數十年, 富貴未遽央. 人生會止此, 日月不我與. 富貴不相留, 五十九年去. 去去何所見, 何以見先王. 先王在我上, 謹甫在我傍. 仁叟與太初, 伯高與仲章. 人生會止此, 此事難又難. 願世爲臣者, 勿復有此歎."

다. 즉 국가의 중요한 이권을 외세에 팔아넘기기에 급급하였던 일부 인
사들의 매국적 작태와 일정하게 관련을 지어 생각해 볼 가능성이 열려있
는 것이다.

4) 「한구편韓狗篇」[32]

이 시는 그의 나이 35세(1886) 때 지어진 것이다. 모상母喪을 당한지
2년 뒤이다. 창작의 동기를 기술한 서장序章과 한구韓狗의 충절을 그린
본장本章, 자신의 의견을 통해 교훈을 끌어낸 종장終章의 세부분으로 나
뉘어 진다.

서장의 내용은 그의 계제季弟인 건면建冕이 「한구문韓狗文」을 보여
주었는데 감탄하여 시로 짓지 않을 수 없었다는 것이다. 즉 창작의 동기
를 진술한 셈이다.

본장의 줄거리를 요약하면 다음과 같다.

1) 江西産인 이 개는 韓氏가 가난함에도 불구하고 기를 정도로 뛰어났
   다. 예를 들면 장바구니에 편지와 돈을 넣어 가면 장사치가 차마 값
   을 속이지 못하고 물목대로 주어 개가 다시 돌아온다.
2) 邑豪가 길에서 주인을 때리려 하자 호랑이가 달려들듯 하지만 주인
   이 말리자 다소곳 한다.
3) 이 사건이 있은 다음 온 고을에 유명해져서 빚쟁이가 돈 대신 韓狗
   를 요구하게 되고 결국 주인과 눈물로 이별한다.
4) 한구를 보내고 눈물을 흘리며 다시 문밖으로 나가 보니 한구는 어
   느새 다시 돌아오기를 4~5일 동안 계속한다.
5) 새 주인이 와서 한구를 길들일 수 없으니 돈을 내라고 요구한다.

---

32 『전집』, 상, 183-86쪽.

6) 다시 간곡히 한구를 타일러 돌려보낸다.

7) 한씨의 말을 듣고 새 주인에게 가지만, 날이 어두워지면 다시 옛 주인에게 돌아와 울타리에서 밤새 지키다 새벽에 돌아가기를 매일 같이 한다. 두 집의 상거는 40리이다.

8) 두 집이 한참만에야 깨닫게 되지만 한구는 곧 죽고 말아서 韓家村에 묻힌다.

한시 작품으로서의 아름다움보다는 한구의 충절을 잘 드러내는 줄거리를 제시하는데 치중하였다.

좀더 상세히 분석해 본다. 우선 그 표현이 매우 생동감 있게 이루어지고 있다. 한구가 혼자 시장을 보고 돌아오는 장면은 "한구가 이고서 횡하니 돌아와서는, 꼬리를 흔들며 좋아라 하네(狗戴累累歸, 掉尾喜且歡)"로 묘사하였다. 또 읍호가 주인을 협박함에 이르러서는 "기세를 부리고 때리려하니, 개가 보고 성내어 달려가, 으르렁하며 와락 덤벼드니, 호랑이가 돼지 깨물려는 듯. 주인이 안된다고 타이르니, 옆에 얌전히 쭈그리고 앉네(肆氣勢欲歐, 狗見怒而奔. 吽呀直逼前, 如虎將噬豚. 主人曰不可, 麌之狗傍蹲)"라고 그려내고 있는 바, 모두가 개의 동작을 세밀하게 형상화시켜 마치 움직이는 그림을 보는 듯 하다.

또 하나 빠뜨릴 수 없는 것은 주인과 한구의 대화이다. 물론 주인의 일방적 의미 전달이기는 하나 마치 사람과 대화하듯이 하는 주인의 말과 그 말에 순종하는 한구의 모습을 통해 한구의 충절을 더욱 잘 형상화하고 있는 것이다. 빚쟁이의 독촉에 한구와 이별하면서 "너와 나는 무엇 때문에, 갑자기 서로 이별해야 하나. 가난한 집을 떠나 부잣집으로 가니, 네가 잘된 것을 축하한다. 잘 가서 새 주인을 섬겨서, 죽도록 배불리 먹거라(何意汝與我, 一朝相棄捐. 去貧入富家, 賀汝得高遷. 好去事新主, 飽食以終年)"고 한 것과 한구가 갔다가는 자꾸만 돌아오기를 반복하였을 때, 빚쟁이가 다시 개를 내놓으라고 하자 "옛 주인도 생각해야겠지만, 새 주인의 의리도 마찬가지. 참으로 옛 주인을 생각커든, 신실하게 새 주인을 섬기거라. 왜 내가 이른 말을 어기고서, 번거롭게 왔다 갔다 하느냐(舊主誠可念, 新主義亦均. 汝誠念舊主, 勤心宜事新. 奈何違所命, 往來不憚煩)"고 한 것 등이다. 마치 사람에게 간곡히 타이르는 듯 하다.

이렇듯 생동하는 묘사와 주인과 한구 간의 따스한 교감에 의해 이 시는 독자의 감동을 불러일으킨다. 다음 대목은 한구의 행동을 묘사한 본장 중에서 말미에 해당된다.

狗受主人敎	한구 주인의 말을 듣고
却往新主門	물러나 새 주인에게 갔네
白日何太遲	낮은 어찌 그리도 더딘가
擧首望黃昏	머리 들어 황혼이 되기만 바라네
潛還舊主家	몰래 옛 주인 집으로 와서는
垂首隱籬藩	울타리 사이에 머리를 늘어뜨리고
不敢見主人	감히 옛 주인 보지는 못하고
但爲守其閽	다만 그 집을 지키네
相距四十里	상거 사십 리 길
道險多荊榛	험하고 가시도 많은데
日日無暫廢	하루도 그만두지 않고
寒暑風雨辰	추우나 더우나 바람 부나 비 오나

한구가 옛 주인이 더 이상 자신으로 인해 해를 입지 않도록 배려하면서 동시에 옛 주인을 섬길 수 있는 하나의 해결점으로 찾아낸 것이 바로 낮에는 새 주인집에 머물러 있다가 밤이면 옛 주인의 집을 지키는 것이다. 사람으로서도 찾아내기 힘든 그야말로 절묘한 타결책이다. 그러나 이는 자신의 죽음을 담보한 것으로, 자신의 죽음을 담보하면서 옛 주인에 충절을 지킨 한구의 모습을 영재는 잘 포착하여 형상화한 것이다. 앞에서 제시한 한구에 대한 에피소드는 결국 이 부분을 위해 예비된 셈이

다. 인근의 사람들이 한구를 의구義狗라고 한 것이 결코 과장이 아님이
잘 증명된다.

이 시의 말미에 영재는 스스로 작시의 의도를 밝히고 있다.

國家五百載	나라 선지 오백 년
養士重縉紳	선비를 기르고 양반을 중히 여겨
社稷如太山	사직은 태산 같아
環海無風塵	바다를 둘러 풍진이 없어
高官與厚祿	고관과 두터운 녹 받는 이들은
豢飫富以安	부귀영화로 편안히 지냈는데
甘心附夷虜	외적에 붙기를 기꺼이 여겨
賣國不少難	매국을 별로 어려워 않았네
逆賊悉窮逋	역적들 모두 잡혀
朝著方紛紜	조정이 한창 시끄러운데
何由得此狗	어찌해야 이런 의구를 얻어
持以獻吾君	임금께 바칠 수 있을까.

이 시가 지어지기 2년 전에 갑신정변甲申政變이 일어났다. 시에 나오
는 역적들이란 바로 정변을 일으켰던 개화당開化黨을 가리키는 것으로
보인다. 백척간두의 민족적 위기 속에서 의도야 어떻든 간에, 외세를 끌
어들여 정권의 장악을 노렸던 그들의 행동이 자각적 주체성을 간직하고
있었던 영재의 눈에는 한구韓狗와도 비교할 수 없는 존재들로 보였던 것
이다. 결국 영재는「한구편」을 통해 한구의 충절을 그려냄으로써 민족적
위기를 타개하기 위해서는 한구와 같은 충절의 인물이 필요함을 역설하
는 동시에, 이조 지배계층의 몰주체적 행위를 여지없이 풍자하는 이중적
성과를 노리고 있는 것으로 파악된다.

지금까지 모두 4편의 서사성이 강한 영재의 시편을 살폈다.「전가추
석」에서는 추석의 환희 속에서 홀로 고통 받는 촌부를,「협촌기사」에서

는 들에서 살 수 없어 산으로 들어와 새로운 삶터를 찾았지만 그나마 관리들에 의해 무참히 꿈이 깨어져 버린 화전민 일가의 모습을, 「고령탄」에서는 죽어 가면서야 비로소 인간적 자아를 각성하는 신숙주의 모습을, 「한구편」에서는 자신의 죽음을 담보하면서도 주인에게 진실된 충을 구현하였던 의구를 보았다. 이 중에서 「고령탄」과 「한구편」은 각각 역사와 민담을 소재로 하여 시로 형상화한 것으로 모두가 강한 서사성을 띠면서 그 속에 일정한 메시지를 간직하고 있다. 즉 「고령탄」은 자아의 각성을, 「한구편」은 국난을 타개한 충성된 인물의 출현에 대한 고대를 담고 있는 것이다. 이들은 모두 당시의 현실 상황과 일정하게 연결됨으로써 역사와 민담의 시적 형상화라는 것 이상의 의미를 가지게 된다. 즉 영재는 이들 시편 속에서 민족에게 가해지는 외부로부터의 압력을 배제하기 위한 자기 나름대로의 해결점을 제시하고 있는 것이다.

四. 영재寧齋의 산문散文

1. '유오심협惟吾心愜'의 산문정신散文精神과 작문론作文論

영재는 앞에서도 지적하였듯 전문적인 문인이었다. 그래서인지 유자
가 해야 할 일을 성리와 문장의 두 가지로 나누고,[1] 오히려 문장을 그 우
위에 두고 있다. 이는 문장이 더 치력하기 어려운 것이라고 언급한 것에
서 잘 드러난다.[2] 그렇다면 문장을 가장 우위에 두고 있던 영재의 고문
가로서의 산문정신은 어떠하였던가?

다음의 글에 영재가 지녔던 산문정신의 핵심이 담겨 있는 것으로 보
인다.

---

1 "蓋儒者之學有二 曰性理 曰文章 文章之學有二 曰古文 曰時文". 「征邁夏課錄序」, 『전집』 상,
538쪽.
2 "治科擧之學者 搆撘帖括 求售於一時 而直以古文爲迂闊 專心於經旨者 巧論聖賢之精微 而以
雜書爲戒 斯二者 雖其卑高之不侔 而其所牽之不分 與致力之易以爲 則同 若所謂多讀而慕效
爲文者 雖不知其於道果有合乎不乎 於世果有用乎不乎 而其爲之而致力 則甚難矣 故科擧之
學者 在郡盈郡 在縣盈縣 斯無論已 極乎儒者之事 而世所稱經學 顯門名家 亦往往有之 惟能
文章之人 通國而指不數屈 其勢然也". 「梁進士進永晚義集序」, 『明美堂麤稿』九(국사편찬위
원회본).

무릇 천하는 넓고 후세는 먼데 내 글을 알아주는 자는 드물다. 설령 알
아주는 자가 있다 하더라도 서로 만나기는 어렵다. 오직 내 마음에만
내 글에 대해 물어 볼 수 있을 뿐이다. 무릇 내 마음에서 촉발되고 내
마음에서 감흥되었는데도 내 마음에 흡족하지 않는다면 이는 매우 유
감스러워할 만하다. 나는 오직 내 마음에 흡족하기만을 구할 뿐이다.
어찌 천하·후세가 기대할 바이겠는가? 천하·후세도 기대하기에 부족
하거늘 하물며 구구한 한 때의 칭송에 있어서이겠는가? 무릇 오직 내
마음에만 흡족하면 나의 글 짓는 일은 끝난다.

夫天下廣矣 後世遠矣 其知吾文者 鮮矣 縱有知之者 相値相待 難矣 惟
吾心可與質吾文耳 夫發於吾心 感於吾心 而猶不愜於吾心 則是甚可憾
也 吾惟吾心之愜是求 安所蘄天下後世哉 天下後世 猶不足以蘄 而況區
區一時之譽哉 夫惟吾心愜而吾文之事畢 〈「答友人論作文書」, 『전집』
상, 467쪽〉

먼저 자신의 글을 평가해 줄 수 있는 것은 자신과 천하의 사람들, 그
리고 후세의 사람들이라고 했다.[3] 그러나 천하·후세의 사람으로 자신의
글을 제대로 알아주고 평가해 줄 사람을 만나기란 어렵다고 하였다. 자
신의 글을 제대로 평가해 줄 수 있는 존재로서 동시대의 천하 사람들과
후세의 사람들마저 부정적이 될 때 결국은 자신만이 남게 된다. 즉 다만
자신만이 자신의 글을 제대로 평가해 줄 수 있는 단 하나의 존재가 되게
된다. 그러므로 자신의 마음에 흡족하면 그 뿐이라는 것이다.(惟吾心愜)
글이란 자신의 마음에서 촉발되고 감흥된 것이기 때문이라는 이유를 들
고 있다. 피상적으로 살피면 극히 주관적인 견해로 보이기도 한다. 그러
나 이러한 영재의 지적은 뒤집어 보면 자신의 마음에 흡족하지 않는 글

---

3 이에 대해 方苞는 다음과 같은 언급을 하고 있다. "自古文之不寢於永久者 往往當其時 則鬱
焉 韓杜之文 其暴見而大行 乃在北宋中葉 近世歸有光 同時人亦不相知". 「與劉大山書」, 『方望
溪全集』(臺北: 世界書局, 民國 54), 25쪽.

이 어떻게 다른 사람의 마음에 들 수 있겠으며, 후대에까지 전해질 수 있겠는가 하는 물음이라 할 수 있을 것이다.

한편 이는 자신의 문장에 대한 강한 자부심의 표현이라 할 수 있다. 자신의 문장에 대한 강한 자부심을 가질 수 있기에 감히 자신만이 자신의 글을 평가해 줄 수 있는 존재로 파악하게 되고, 그러한 자부심을 토대로 끊임없는 수련을 하였기에 당대에 유명하였을 뿐 아니라 후대에도 뛰어난 고문가로 인식되기에 이른 것이다.[4]

그런데 그의 '유오심협惟吾心愜'의 산문정신은 무엇보다 자신의 주체를 강조하고 있다는 측면에서 그가 현실에 대처한 자세에서 살필 수 있었던 '아我'와 '실實'과 일맥상통한다. 즉 '아我'의 자각自覺을 통한 주체적 자세를 확립하여 전환기의 급박한 상황에 대처하며, 문학에 있어서도 '아我'의 각성에 통하는 창조를 모색한 것이었다.

영재는 다른 글에서 근세의 중국 학자들의 학문이 경학과 고증학으로 나뉘어져 있음을 비판하고, 심학心學이야 말로 하나의 정당한 학문이 될 수 있고, 우리의 학자들이 그런 면에 비추어 올바른 학문을 하고 있음을 강조한 바 있다.[5] 여기에서 말하는 심학이란 양명학과도 일정한 관련을 가지는 것으로 보인다. 그리고 학문이 발전할수록 분화된다는 사실에 비추어 퇴행적인 것으로 보이기도 한다. 그러나 여기에서 우리는 영재가 얼마나 '심心'을 강조하고 있나를 알 수 있다. 이는 역시 '유오심협惟吾心愜'의 산문정신과 깊이 관련되는 것으로 파악된다. 앞에서 보았듯 '연정緣情'의 시정신이 나의 정감에서 우러나와야 함을 강조한 것이었을 때, '유오심협惟吾心愜'의 산문정신 역시 그것과 긴밀하게 연결되는 것이다.

---

4 方苞도 위의 글에서 "蓋言之出於己 與顯晦於世 非偶然也"라고 지적하고 있는 바, 자신의 글에 대한 강한 자부심이 없으면 후세를 기대하는 것도 지난함을 암시하고 있다.
5 「上鉢山成吏部(大永)書」, 『전집』 상, 494-501쪽 참조.

여기에서 양명학과의 연관성을 살피기로 한다. 소론少論이었던 그의 집안은 신축년辛丑年(1721)과 임인년壬寅年(1722)의 옥사獄事, 나주벽서사건羅州壁書事件(1755) 등을 통한 노론老論과의 각축에서 결정적 타격을 입고 낙향하여 이후로 강화도에서 세거한다. 그 무렵 영재의 오대조五代祖인 광명匡明(1701~1778)이 우리나라 양명학의 태두인 하곡霞谷 정제두鄭齊斗(1649~1736)의 손서孫壻가 됨으로써, 그의 집안은 양명학과 떼어놓을 수 없는 관련을 맺게 된다. 이른 바 강화학江華學이 성립된 것이다. 그 이후 영재의 집안은 성리학 일색이었던 이조시대의 특이한 한 존재로 남게 되었다. 영재의 사고에서 양명학적 영향이 드리워지게 된 것에는 가문적 배경이 절대적 비중을 차지한다. 왕양명王陽明은 '격물치지格物致知'의 뜻을 깨달아 "성인의 도가 자성自性에서 자족自足한 것이다. 밖의 사물에서 구할 것이 아니다"라고 하였다 한다.[6] 주변적 상황에 자신을 매몰시키지 않고 자아를 각성하였으며, '명名'이 아닌 '실實'을 강조하였던 영재의 사상적 근저를 여기에서 찾을 수 있을 것이다. 이를 토대로 하여, 자신의 정감으로부터 우러나와야 함을 강조하였던 '연정緣情'의 시정신과 주체적인 면이 특히 강조된 '유오심협惟吾心愜'의 산문정신이 나올 수 있었던 것이다.

한편 고문의 작법에 관한 영재의 견해는 여규형呂圭亨(1849~1922)에게 보낸 「답우인론작문서答友人論作文書」[7]라는 글에 집약되어 있는 바[8] 이것이 가장 핵심적인 자료이다. 이를 바탕으로 하여 '유오심협惟吾

---

6 鄭寅普, 『陽明學演論』 삼성문화문고 11(삼성문화재단, 1972), 16쪽 참조.
7 『전집』 상, 462-69쪽. 이하 이 절에서 인용된 것은 특별히 밝히지 않은 경우 모두 같은 글이다. 『明美堂簏稿』 七(국사편찬위원회본)에도 수록되어 있다. 이 글이 여규형에게 보낸 것이라는 사실은 초고본에 근거한다.
8 이 글을 중심으로 한 영재의 작문론에 대해서는 이미 金都鍊 선생이 「寧齋 李建昌과 滄江 金澤榮의 古文觀」, 『한국학논총』 제3집(국민대 한국학연구소, 1980)에서 搆意·修辭·比絜·調律·寫讀·獨創性의 여섯 단계로 나누어 상세히 살핀 바 있다.

心愜'의 산문정신이 실제 창작의 방법론으로 어떻게 구체화되어 나타나는지를 살핀다.

· 구의構意

「답우인론작문서答友人論作文書」에서 영재가 가장 먼저 언급한 것은 '구의構意'이다.

> 문장을 지음에 반드시 構意를 먼저해야 한다. 의에는 首尾와 間架(글의 짜임새)가 있는데 수미가 대충 갖추어지고 간가가 얼추 적당하여지면 붓을 재빨리 놀려 베껴 써서, 단지 연속되고 서로 관통되게 하여 명료하고 쉽게 드러나도록 할 뿐 어조사 등의 閑字를 쓸 여가가 없고 俗俚語를 피할 겨를이 없다. 正意를 잃거나 하고 싶은 말을 싣지 못할까 두렵기 때문이다. 의가 확립된 뒤 말을 다듬어야 한다. 수사라는 것은 諧美·潔精하려는 것일 뿐이다.

> 凡爲文必先構意 意有首尾 有間架 首尾粗具 間架粗當 卽疾筆寫之 但令聯屬相貫通 了了易曉 不暇用語助等閑字 不暇避俗俚語 恐亡失正意 所欲言者不載也 意立然後修其辭 凡修辭者 欲諧美潔精而已

여기에서 말하는 '구의構意'란 뚜렷한 주제 의식을 통해 전개되는 논지와 같은 의미로 보인다. 문장의 형식미를 강조하는 의고문파擬古文派를 제외한 대부분의 고문가들이 그러하였듯, 영재도 '구의'를 앞세우고 수사를 뒤로 함으로써 내용의 전달에 치중하는 작문론을 편 것이다. 따라서 구의에도 신중한 선택이 있어야 한다고 주장한다.

> 구의에도 우선적인 선택이 있어야 한다. 主意가 있으면 반드시 敵意가 있으므로 주의로 글을 짓고자 한다면 따로 적의를 써서 글을 지어 적의로 주의를 공격해 보아야 한다. 주의는 갑옷과 같고 적의는 병기와

같다. 갑옷이 굳세면 병기가 절로 꺾여 버리니 거듭 공격해도 계속 꺾이면 주의가 이기는 것이다. 그렇게 되면 적의를 거두어 포로로 잡아들이고 주의를 더욱 밝게할 수 있다. 만약 或勝或敗하거나 승패의 거리가 그다지 멀지 않은 것은 모두 글을 짓기에 부족한 것이므로 주의도 마저 버려야 한다.

凡構意亦宜先擇之 有主意 必有敵意 將以主意爲文 宜別用敵意爲一文
以彼攻此 主意如鎧 敵意如兵 鎧堅者 兵自折 累攻屢折 則主意勝也 卽
收敵意俘繫而入之 使主意益尊以明 如惑勝或敗 或勝敗無甚相遠者 皆
不足以爲文 卽幷主意棄之

문장을 통해 자신의 어떠한 견해(主意)를 나타내고자 할 경우 그 견해에 반대되는 의견(敵意)이 있을 수 있으므로, 적의로 글을 지어 주의를 공격해 보아야 한다는 것이다. 주의가 굳센 갑옷과도 같아서 아무리 날카롭게 공격해 보아도 병기(적의)가 꺾여 버리면 그로 인해 주의主意를 '익존이명益尊以明'할 수 있다는 것이다. 덧붙여 혹승혹패或勝或敗하거나 승패가 불확실하여 잘 가려지지 않는 것은 글을 짓기에 부적절한 것이므로 주의도 마저 버려야 한다고 하였다.

• 수사修辭

위에서 기술한 대로 하여 구의構意를 마치면 그 다음에는 수사로 들어간다.

意가 확립된 뒤 말을 다듬어야 한다. 修辭라는 것은 諧美·潔精하려는 것일 뿐이다. 앞의 한 구를 다듬음에 뒤의 한 구를 생각하지 말고, 위의 한 자를 다듬음에 아래의 한 자를 생각하지 말아야 한다. 비록 천만언으로 된 문장일 지라도 한 글자에 대해 전전긍긍하는 것이 小律詩를 짓는 듯 해야 한다. 그러나 사에는 雙行과 單行이 있고, 四字成句와 三

五字成句가 있으므로 다듬음에 먼저 그것을 골라야 한다. 雙行으로 해야 할 것을 單行으로 할 수 없고, 마찬가지로 單行으로 해야 할 것을 雙行으로 할 수 없다. 四字成句와 三五字成句도 또한 그와 같다. 말에는 古人의 것을 取意하여 지은 것이 있고, 스스로 造意하여 지은 것이 있다. 取意하여 지은 것은 말을 어렵게 하여 남들에게 이전에 보지 못한 것처럼 하여야 하고, 造意하여 지은 것은 그 말을 쉽게 하여 남들이 의혹됨이 없게 하여야 한다. 取意하고 아울러 그 말을 취한 것은 반드시 古人과 古書의 이름을 밝혀 구별하여 나의 말을 혼란스럽게 해서는 안된다. 그렇게 하지 않으면 陳腐가 되고, 剽竊이 된다.

意立然後修其辭 凡修辭者 欲諧美潔精而已 修前一句 勿思後一句 修上一字 勿思下一字 雖爲千萬言之文 其兢兢乎一字 如爲小律詩 然凡辭有雙行 有單行 有四字成句 有三五字成句 修之宜先擇之 雙之不可以單 猶單之不可以雙 四與三五 亦如之 凡辭有取古人之意而爲者 有造意而爲者 取古人之意而爲者 欲難其辭 使人如未始見也 造意而爲者 欲易其辭 使人無惑也 取古人之意而幷取其辭者 必書古人古書名 以別之 勿使亂吾辭 不則爲陳腐爲剽竊

수사를 좀더 세분하여 해미諧美·결정潔精이라는 용어를 쓰고 있다. 해미諧美란 말을 조화롭게 하거나 아름답게 꾸미는 것을 의미하며, 결정潔精이란 말을 깨끗하게 하거나 정밀하게 한다는 의미일 것이다. 글자하나를 소율시 짓듯이 다듬어야 한다고 하였으며, 단행單行과 쌍행雙行, 4자성구와 3·5자성구를 적절히 구사해야 한다고 하였다. 다른 글에서 스스로 "고문은 더 쉽고 편하니 일정한 규구規矩와 법도가 없기 때문이다"[9]라는 말도 남기고 있지만, 고문이 얼핏 보기에는 짓기 쉬워 보이지만 빼어난 글을 위해서는 엄청난 노력이 수반되어야 함을 지적한 것이다. 그리고 뒷부분에서는 진부와 표절을 경계하고 있다. 즉 고인의 것을

---

9 "古文尤易而尤便 以其無規矩法度之一定者也". 「征邁夏課錄序」, 『전집』 상, 539쪽.

취의하고 말을 가져온 것은 반드시 인명과 서명을 밝혀야 하며 그렇게 하지 않으면 진부와 표절이 되어버린다고 하였다. 진부와 표절에 대한 경계는 앞서의 '유오심협惟吾心愜'의 산문정신과 이어지면서 영재가 주체적이고 개성적인 고문을 지향하였음을 드러낸다.

· 법法

이렇듯 "의意가 확립되고 사辭가 다듬어지면 글을 마칠 수 있지만 의意와 사辭를 취하여 칭량稱量하고 비혈比絜하는 일이 있다"[10] 칭량稱量·비혈比絜이란 헤아려 알맞게 하고 비교하여 재어본다는 정도의 의미로 파악된다.[11] 여기에서 특히 중요하게 대두되는 것이 의意와 사辭의 알맞음, 곧 '법法'이다.

> 辭는 意에 알맞아야 하고, 意는 辭에 알맞아야 한다. 辭가 意에 알맞지 않으면 공교롭게 지으려 해도 졸렬해지기 쉽고, 意가 辭에 알맞지 않으면 가지런히 지으려 해도 혼란스러워지기 쉽다. 졸렬하게 된 뒤 더욱 공교롭게 지으려 하고, 혼란스러워진 뒤에 더욱 가지런히 하려 하지만 구절마다 공교로운 것은 반드시 意를 해롭게 하고 말마다 올바른 것은 반드시 辭에 누를 끼친다. 辭와 意가 서로(조화되어) 병들지 않음이 '알맞음'이 되고, '알맞음'이 '法'이 되며, '法'이 정해져야 문을 여기에서 끝마칠 수 있다.

> 以辭當意 以意當辭 辭不當意 則雖巧可 使拙也 意不當辭 則雖整可 使亂也 拙之然後逾工 亂之然後逾整 句句而皆工者 必害於意 言言而皆正者 必累於辭 辭與意 不相瘉之爲當 當之爲法 法定而文斯可畢矣

---

10 "意立辭修 則文可畢矣 而又取意與辭而稱量比絜之 以有事焉".
11 "於是長者短之 短者長之 疎者密之 密者疎之 緩者促之 促者緩之 顯者晦之 晦者顯之 虛者實之 實者虛之 首顧尾 尾瞻首 前呼後 後應前 或縱或擒 或揣或挫 或結或理 紛紜乎其不可壹槩也 瞭乎其不可岐也 適乎其相當也".

요컨대 가장 중요한 것은 의意와 사辭의 '알맞음'에서 비롯되는 '법法'이라고 하였다. 의意를 글의 내용으로, 사辭를 글의 형식으로 바꾸어 말할 수 있다. 그렇다면 결국 어떤 것을 내용으로 하여 글을 짓느냐에 따라 가장 적당한 형식을 골라내어 그 둘을 알맞게 조화시켜야만 '법'이 생겨나고 '법'이 정해져야 훌륭한 글이 나올 수 있다는 지적인 것이다.

　창강滄江은 '법'을 "장편章篇 사이에서의 기起·승承·전轉·합合"[12]이라고 하면서 "법은 만세불역이지만 바뀌지 않는 중에 반드시 크게 변화되고 바뀌는 것이 있어야만, 법이 살아나서 문이 공교로운데 이를 수 있게 된다"[13]고 하였다. 영재가 말한 '법'과 창강이 말한 '법'은 동일한 것으로 결코 다른 대상을 두고 한 말은 아니다. 물론 창강도 융통성이 없어서는 안된다고 하였지만 영재는 훨씬 앞서나가서 내용에 따라 형식을 자유자재로 변화시켜 알맞게 하여야 한다고 주장하고 있는 것이다.

　의意와 사辭의 '알맞음'에 대한 것은 비지碑誌에 관한 견해를 드러낸 다음의 글을 보면 더욱 분명히 이해된다.

　　대체로 古文이 碑誌에 이르면 짓기가 어렵다. 비속한 말을 쓸 수 없으며, 옛 傳記의 말을 쓸 수 없으며, 새로운 법을 창안할 수도, 판에 박힌 법을 그대로 따를 수도 없다. 敍事를 어지럽힐 수도, 하나를 향하게끔 가지런히 할 수도 없다. 立地를 허황하게도, 너무 朴實하게도 할 수 없다. 照應이 없을 수도 없으며, 照應할 수도 없다. 序·論 처럼 鋪陳이 없을 수도 없지만, 鋪陳할 수도 없다. 表·狀 처럼 抑揚縱奪이 없을 수도 없으며, 抑揚縱奪할 수도 없다. (중략) 柳宗元의 「南霽雲碑」는 騈儷를 썼고, 蘇軾의 「司馬溫公碑」는 세상에서 司馬溫公論이라고 하는 바이같은 실수는 쉽게 드러난다. 하지만 蘇軾의 「富鄭公碑」의 서사의 교

---

12 "法者 於章篇之間起之承之轉之合之之名也". 「答人論古文書」, 『金澤榮全集』 壹(아세아문화사 영인본, 1978), 425쪽.
13 "然法雖萬世不易 而不易之中 又必有大變易 然後其法也活 而文至於工". 위의 글.

묘함은 어찌 太史公 보다 못할까 마는 끝내 史傳文일 뿐 碑誌의 正體
는 얻지 못했다.

蓋文至於碑誌 難以爲也 不得使俗下語 不得使古傳記語 不得創新法 不
得襲用板法 敍事不可亂 不可一向整齊 立指不可虛 不可太朴實 不可無
照應 不可照應 如序論不可無鋪陳 不可鋪陳 如表狀不可無抑揚縱奪 不
可抑揚縱奪 (中略) 子厚碑南霽雲用騈儷 子瞻碑司馬溫公 世謂司馬溫公
論 此其失易見 若子瞻富鄭公碑敍事之妙 何減太史公 然終是史傳 不得
爲碑誌之正體〈「與友人書」, 『明美堂散稿』 10(국사편찬위원회본)〉

요컨대 비지碑誌는 비지의 정체正體로 써야만 되는 것이지 다른 양
식의 글처럼 써서는 되지 않는다는 것이다. 비지를 제외한 다른 양식의
글에도 모두 적용되는 언급이다. 비지를 지을 때 정체를 써야하는 것은
기본이고, 그 내용에 따라 역시 의意와 사辭를 조화시켜 '법法'을 얻도록
해야 할 것이다.

이렇게 한 뒤에 고인의 글과 자기가 지은 글을 섞어 읽어보아서 잘
어울렸을 때 글 짓는 일이 끝난다고 하였다.[14] 여기에 더하여 지은 글을
잘 베껴 써서, 소리 내어 읽어보아 절주節奏가 있도록 해야 한다고 하였다.[15]

· 다개多改와 다산多刪

마지막으로 다개多改와 다산多刪을 강조하고 있다.

---

14 "又取古人之文 或唐或宋或近世名家之作 與吾文雜而讀之 使吾貴重吾文之心生而後 律之以
古人之文 則合者立見其合 不合者立見其不合 不合則又不難竟棄之 必惟可以自是 而且有以
合於古人 然後吾之事畢矣".
15 "故凡爲文 非惟思之難 思而記之 勿亡失之爲難 累寫累讀之又難 凡寫文必精 必夾影紙 作楷
字 必用朱墨點句讀 欲令增減竄易處 覽之不眩 凡讀文必緩尋熟念 咀之嚼之 烹之鍊之 引之
墜之 搖之曳之 欲令抑揚曲折 旋回反覆 響而有節 覽之而眩 響而無節 寫與讀之不善也 寫與
讀善矣 而猶且然者 文之疵也 必亟改之 凡爲文 必十寫十讀而不得其庇也 然後止焉".

그러나 魏叔子가 이른 바 '多作은 多改만 못하고 多改는 多刪만 못하다'라고 한 것은 고인도 전하지 않은 비법이다. 叔子의 말은 문장에 큰 공을 세운 셈이다. 진실로 하루에 한 번 고쳐 일년에 약간 수를 얻고 그 약간 수를 刪削하여 약간 수만 남겨 두어 이렇게 십 년을 하면 한 권을 만들 수 있다. 참으로 그 한 권이 다시는 고칠 필요도 없고 다시는 산삭할 필요도 없는 글이라면 내 마음에 흡족하게 된다. 한 권으로 십 년과 바꾼다면 노력에 비해 성과가 적은 듯하지만 십 년으로 천만 년을 도모한다면 매우 두터운 이익이다. 기대할 만한 것이다.

然叔子所云　多作不如多改　多改不如多刪　是固古人所不傳之秘法　而叔子言之　甚有功於文章　誠能一日一改　一年得若干首　又於若干首　而刪而存之　爲若干首　如是十年　則可一卷矣　誠能爲一卷　不可復改　不可復刪之文　則吾心愜矣　夫以一卷而易十年者　雖勞而寡效　以十年而圖千萬歲　則甚厚利也　則亦可以蘄矣

명明나라 위희魏禧의 말을 인용하면서 다개와 다산의 중요성을 강조한 것이다. 즉 치열한 정련과 개산의 과정을 거쳐 10년에 한 권을 얻고, 그 한 권이 전혀 고치거나 산삭할 필요가 없는 것이라면 내 마음에 흡족해 질 수 있다(惟吾心愜)는 것이다.

이상에서 살핀 바 '구의構意'에서 '수사修辭'의 과정을 거치며 지어진 산문에서, 특히 '법法'을 강조하고 '다개多改와 다산多刪'을 중시하였던 영재의 작문론이 궁극적으로 도달하려 하였던 것은 바로 '유오심협惟吾心愜'이다. 지금까지 장황하게 진술된 작문의 과정은 온통 '유오심협'을 이루어내기 위한 하나의 방법론이었던 셈이다. 비록 고문의 본질에 관한 논의는 찾아보기 어렵지만 고문의 작법에 관하여 매우 꼼꼼하게 언급하고 있는 것으로 보인다. 영재의 빼어난 고문들은 이러한 이론적 바탕 위에서 가능했던 것이다.

2. 영재寧齋 산문散文의 비평정신批評精神

수 없이 진행된 개정과 산삭 끝에 남겨진 영재의 산문 중 역사적 사건과 인물을 다룬 것이 다수 있다. 「의객상평진후서擬客上平津侯書」(『전집』상, 445-49쪽)·「의상재상서擬上宰相書」(『전집』상, 469-71쪽)·「여홍문원론순욱서與洪汶園論荀彧書」(『전집』상, 479-83쪽)·「중론순욱서重論荀彧書」(『전집』상, 483-87쪽)·「맹민론孟敏論」(『전집』하, 639-41쪽)·「우충숙론于忠肅論」(『전집』하, 642-45쪽)·「논당순종사論唐順宗事」(『전집』하, 645-50쪽)·「백이열전비평伯夷列傳批評」(『전집』하, 769-78쪽)·「조문정공전趙文正公傳」(『전집』하, 872-89쪽)·「육신사략六臣事略」(『전집』하, 1001-07쪽) 등이 그것이다. 모두 역사적 사건과 인물들을 새롭게 조명하여 일정한 비평적 성과를 거두고 있다. 여기에서는 이조李朝의 경종景宗과 관계있는 것으로 보이는 「논당순종사論唐順宗事」와 본격적 문장비평이라고 할 수 있는 「백이열전비평伯夷列傳批評」을 대상으로 그의 비평정신을 살피고자 한다.

1) 「논당순종사論唐順宗事」

당唐 순종順宗은 805년(德宗, 貞元 21) 정월에 덕종德宗의 죽음에 따라 황위에 오르고, 2개월 뒤인 3월에 광릉군왕廣陵郡王 순순純을 황태자로 세우고 8월에 선양禪讓의 형식을 빌려 순순純에게 제위帝位를 물려준다. 비록 말을 하지 못하는 병이 있었다고 하나 불과 8개월에도 미치지 못하는 짧은 제위기간이었다.[16] 이에 대해 영재寧齋는 당의 커다란 병폐였던 당쟁黨爭과 환관宦官의 농간에 의한 것이라 지적하고, 순종順宗과 신하들에 대한

---

16 歐陽修, 『新唐書』(景仁文化社 影印本, 1977), 64쪽 참조.

기왕의 기록을 조목조목 따져가며 비판한다. 몇 가지 중요한 것만 추린다.

① 德宗이 운명하려 할 때 順宗이 稱病하고 임종하지 못했던 일에 대해
　영재는 환관의 저지 때문이라고 하고, 그 이유를 순종이 東宮에 거처
　하는 십수 년 동안 한 번도 병을 앓은 적이 없다는 것에서 찾고 있다.

② 순종이 임금 그릇이 되지 못한다는 평가에 대해 그는 敎坊의 小兒를
　혁파하고, 貢獻을 근절시켰으며, 逋責을 덜었으니 能政이라 할 수 있
　고, 王㑩, 王叔文, 陸贄, 杜佑, 杜黃裳, 柳宗元, 劉禹錫 등의 훌륭한
　인물들을 요직에 등용했으므로 知人이라 할 수 있다고 말하고, 能政하
　고 知人한 사람으로 임금 노릇 못할 자 어디 있겠는가라고 반문한다.

③ 王㑩, 王叔文 등이 순종을 도와 用事하며 汲汲하기가 미친 듯 했고,
　왕과 신하가 서로 伊尹과 周公으로 推許했다는 비난에 그는 국가의
　커다란 폐해인 藩鎭과 宦官의 권세를 빼앗아 잘 다스리려했으니 미
　쳤다고 할 수 없고, 신하가 임금을 섬김에 伊・周로 推許하지 않는다
　면 무엇으로 並稱할 수 있겠는가라고 지적하고 있다.

위의 것 외에도 영재는 여러 가지로 예리한 비판을 가하고 있는 바,
대체로 순종과 신하들에게 대한 모든 부정적 견해와 오류들에 비판을 가
하고 긍정적 시선을 던지고 있다. 왕비王㑩, 왕숙문王叔文은 만고의 소
인이요, 유종원柳宗元을 소인小人의 당黨으로 몰아 부친 것이 종래의 정
설이었다. 우리나라에서 이 정설을 아무 이의 없이 받아 들였던 것이다.
영재는 정설에 반론을 가하고 역사에 비판적인 해석을 내리고 있다. 그
의 역사를 바라보는 시각과 비판 정신은 주목에 값한다.

그렇다면 여기에서 한 가지 의문을 품지 않을 수 없다. 그가 왜 하필
이면 당 순종의 사적을 들추어 논평하고 있는가 하는 것이다. 당 순종의
사적과 이조李朝 경종景宗의 사적을 비교해 보면 둘 사이에 유사점을 발
견할 수 있다. 숙종肅宗과 장희빈張姬嬪 사이에서 태어난 경종은 세자 때
여러 번의 위험한 고비를 넘긴다. 숙종 말년(43, 1717)에 이르러 "갑자기

준엄한 말로 세자世子의 과실過失을 책하고 좌상左相 이이명李頤命을 비밀히 불러 무슨 말인지 하였다. 이것이 소위 정유독대丁酉獨對다."[17] 이때 경종은 대리청정代理聽政을 하고 있었으나 이 사건으로 인해 더욱 곤경에 빠진다. 이 위기에서 경종의 이필李泌[18]이 되어 준 것이 윤지완尹趾完 (1635~1718)이다. 고비를 넘긴 경종은 1720년 6월 숙종의 죽음으로 비로소 왕위에 오른다. 그러나 대리청정 때부터 어려서의 총명함이 점점 사라지고 아둔해지기 시작했다고 한다. 1721년 8월에 노론老論 일파의 강요로 연잉군延礽君 금昑(英祖)을 왕세제王世弟에 책봉하고, 그해 12월에는 대리청정의 교서를 내렸다가 거둬들인다. 그러다가 즉위한지 5년도 못되어 1724년 8월 운명하였다.[19]

이 시기에 이르러 숙종 대에 갈라선 노론老論과 소론少論의 분열, 대립은 더욱 치열해져서 내시와 궁녀들까지 당색黨色을 달리해서 자기가 속한 당파를 후원했다고 한다.[20] 유혈이 낭자했음은 물론이다. 경종이 39세의 나이로 죽은 것도 이러한 당쟁과 관련이 깊은 것으로 보인다. 영재가 "무릇 천하의 큰 변고는 '시弑'와 '폐廢'가 있을 뿐이다. 그러나 '시弑'는 몰래 할 수 있지만 '폐廢'는 반드시 천하에 선포해야 한다. 때문에 임금이 시해당하고도 사람들이 모를 수 있다."[21]고 한 말은 실로 의미심장하다.

앞서 살폈듯 경종 연간에 일어난 일련의 옥사獄事와 당쟁으로 그의 집안은 커다란 타격을 입었다. 당쟁의 피해를 직접 입은 집안의 후손으로 『당의통략黨議通略』을 저술하는 등 당쟁에 지속적 관심을 표명하고 있었

17 成樂熏, 「韓國黨爭史」, 『韓國思想論考』, 放隱紀念事業會(編)(同和出版公社, 1979) 258쪽.
18 순종이 태자였을 때 郜國의 獄을 만나 매우 위태로웠으나 李泌의 도움과 보호로 안정될 수 있었다. 「論唐順宗事」를 참고할 것.
19 이상은 成樂熏의 위의 책, 258-66쪽을 참고할 것.
20 「黨議通略」, 『전집』, 하, 1239쪽. "自分黨以來 宦官宮妾 皆有西南老少之目 迭相爲援".
21 「論唐順宗事」, 『전집』, 하, 646쪽. "夫天下之大變 弑與廢而已 然弑可以暗曖爲 而廢以宣布於 天下 故弑君而人不知者 有之矣".

던[22] 그가 경종 대에 잠시 이루었던 '소론천하少論天下'의 임금과 신하를 두둔하는 것은 지극히 자연스러운 일이다. 그러나 "또한 집안이 대대로 다른 이들과 혐극嫌郤이 많았기 때문에 동열同列일지라도 서로 피하였다. 때문에 옥당玉堂에서 십수 년을 지났지만 상직上直한 것은 겨우 하루였다."[23]고 토로할 정도로 당쟁의 여얼이 식지 않았던 만큼 사적이 비슷한 당 순종에 가탁하지 않을 수 없었을 것이다.

그러나 단순히 영재가 소론이기 때문에 당 순종에 가탁해서 '소론천하少論天下'를 두둔하고 나섰다고 볼 수는 없다. 설사 그렇다 하더라도 "순종順宗의 사적을 논한 글은 천고千古의 독견獨見으로 한유韓愈로 하여금 그것을 보게 하더라도 또한 스스로 그 실록實錄한 것을 후회할 것이다."[24]라는 심재深齋 조긍섭曹兢燮의 평가처럼, 역사적 통찰력을 바탕으로 한 비판정신批判精神과 그를 통한 비평정신批評精神이 없다면 결코 '천고독견千古獨見'을 제시할 수 없을 것이기 때문이다. 결국 「논당순종사論唐順宗事」는 하나의 훌륭한 '역사비평歷史批評'으로 볼 수 있다.

2)「백이열전비평伯夷列傳批評」[25]

백이열전伯夷列傳은 주지하다시피 『사기史記』의 열전들 중 첫 번째

---

22 『黨議通略』 외에 당쟁과 관련하여 영재가 남긴 글로는 「原論」(『전집』 하, 650쪽), 「論啓運宮禮說」(『전집』 하, 696쪽), 「論己亥禮說」(『전집』 하, 700쪽) 등이 있다.

23 「明美堂詩文集叙傳」, 『전집』 하, 911쪽. "又以家世與人多嫌郤 故同列交相避 以此玉堂十數年 上直纔一日".

24 曹兢燮, 「與金滄江書」, 『深齋集』(경문사, 영인본, 1980), 91쪽. "順宗事 是千古獨見 卽使昌黎見之 亦必自悔其實錄"이라 하였고, 이어서 "永貞行之作 但恐是爲景廟發者 而又好酾成案爲新論 不能無紛紛之談耳"이라 하였다. 永貞은 순종의 연호로 아마 순종의 사적을 詠史樂府로 형상한 것으로 보인다. 그러나 현전하지 않는다. 한편 위의 기록으로 미루어 보면 당시에도 이미 당 순종의 사적과 경종의 사적을 견주어 보는 시각이 존재했던 것으로 보인다.

25 『전집』 하, 769-78쪽.

의 자리를 점하고 있다. 사마천司馬遷이 백이열전을 첫 머리에 놓은 것이 단순한 문제가 아니라고 여겨져서인지 예부터 이에 대해 많은 관심이 지속되었다. 영재도 이에 대해 평범하게 보아 넘기기 쉬운 점들까지 낱낱이 꼬집어 지적하고, 자칫 오류에 빠질 수 있는 점들에 대해서도 세밀하게 비평을 가하고 있다. 흔히 접할 수 있는 종류의 글이 아니고, 그의 비평정신을 살피는 데에도 좋은 자료라 여겨진다.

영재는 "이 전傳의 문장이 변화가 심해서 자세히 살펴도 별반 기특한 것이 없는 하나의 평설評說에 지나지 않는 듯 보이므로 시험 삼아 다시 배열하여 그 뜻을 명백히 한다."²⁶고 전제하고, 전체를 6개의 대절大節로 나누어 백이열전의 의미를 새롭게 해석하고 있다. 또 하나의 대절마다 눈(眼)이 되는 글자가 있으니 일절一節은 '신信', 이절二節은 '원怨', 삼절三節은 '천도天道', 사절四節은 '인도人道', 오절五節은 '명名', 육절六節은 '성인聖人'이라고 하여, 무엇을 '주의主意'로 하여 글을 읽고 비평해야 할 것인가에 대해서도 언급하고 있다.

다음은 영재가 백이열전을 새롭게 풀이하여 요약한 것이다.

① 대체로 仁人·聖人·賢人으로 일컬어진 사람은 많다. 그러나 許由같은 여러 사람들은 義는 높지만 그 사적이 近理하지 않다. 오직 백이만은 공자께서 일컬었고 공자께서 六藝를 刪述하여 학자들로 하여금 信을 취할 곳이 있게 하였다. 나(司馬遷: 필자)는 공자를 믿기 때문에 백이도 믿는다.

蓋古所稱仁聖賢人者多矣 然如許由諸人 義雖高而其事不近理 惟伯夷爲孔子所稱 孔子刪述六藝 使學者有所取信 吾信孔子 故信伯夷也(此一節: 原註)

② 그러나 공자는 백이를 일러 원망치 않았다고 하였지만 백이의 시를

---

26 "此傳文章極變化 細看亦無奇特 不過是一串評說 今試檗括鋪叙 以明其意".

보면 원망(怨)이 없을 수 없는 것은 무엇 때문인가?

然孔子謂伯夷不怨 而余觀伯夷之詩 不能無怨 何也(此一節)

③ 또한 백이 뿐만이 아니다. 고금의 성현들은 부귀를 얻지 못하고 상
궤에서 벗어난 자들이 도리어 逸樂함이 많다. 그렇다면 天道란 진실로
믿을 수 없는 것인가?

且非特伯夷而已 古今聖賢不獲富貴 而不軌者反逸樂 多矣 然則天道固
不可信也(此一節)

④ 비록 그렇지만 人道는 닦지 않을 수 없다.

雖然 人道則不可以不修也(此一節)

⑤ 세상에 혹 그 人道를 닦는 이가 있지만 이미 하늘에서 보답을 취할
수 없었고, 또 죽은 뒤에 이름도 전할 수 없었다. 이러한 것은 참으로
슬퍼할 만하다. 때문에 비록 烈士라 할지라도 이름(名)에 뜻을 두지
않을 수 없다.

世或有修其人道 而旣不能取報於天 又不得傳其名於身後 此卽眞可悲也
故雖烈士 不能無意於名(此一節)

⑥ 그러나 이름이란 스스로 세울 수 없다. 오직 聖人이 그를 위해 차례를
서술한 뒤에야 이름을 전할 수 있다. 때문에 비록 伯夷의 어짊이라 할지라
도 반드시 孔子를 얻은 뒤에야 후세에 襃彰되고 학자에게서 信望되었다.

然名不能自立 惟有聖人爲之叙列 然後名可以傳矣 故雖以伯夷之賢 必
得孔子 然後彰於後世 而信於學者也(此一節)

난삽한 글을 쉽게 풀이하고 요약하여 백이열전을 『사기』의 첫머리에
제시한 사마천의 의도가 무엇인지 명백히 드러내었다. 곧 우리는 영재의
지적처럼 〈사기전부총서史記全部總序〉로서의 백이열전의 '주의主意' — 허
유許由같은 여러 사람으로부터 시작하지 않고 백이로부터 시작한 이유

－는 육예六藝를 산술刪述하여 후세의 학자에게 신신을 가지게 했던 것처럼 열전 중에 서술된 인물군상人物群像들이 자신의 글로 말미암아 후세의 사람들에게 신신을 얻을 수 있게 한다는 것이다. 곧 이 열전으로 후세에 신빙할 근거를 제시한다는 뜻이다. 따라서 예부터 『사기』를 읽은 사람들이 '원원冤怨'으로 '주의主意'를 삼은 것은 옳지 않다고 한 그의 지적은 큰 설득력을 가지게 된다.[27]

「백이열전비평伯夷列傳批評」은 백이열전에 대한 재해석이다. 지배紙背를 꿰뚫을 만한 놀라운 통찰력을 가지고, 글자 하나하나에 이르기까지의 세밀한 검토와 치밀한 논리 끝에 내려진, 백이열전伯夷列傳은 〈사기전부총서史記全部總序〉라는 결론은, 하나의 탁월한 문장비평文章批評의 예가 아닐 수 없다.

이상에서 살핀 한 편의 역사비평歷史批評과 한 편의 문장비평을 통해서 그의 천고千古의 독견獨見을 볼 수 있었다. 이 독견－비판적批判的 안목眼目은 어디에서 나온 것인가? 옛사람의 자취를 묵수墨守하거나 성설成說을 맹신하지 않고 자신의 밝은 마음에 물어보는 학문적 자세에서 얻어진 것일 터이다. '유오심협惟吾心愜'의 문장관에 직접 연결시키면 다소 논리의 비약이 있을지 모르나, '아我의 각성覺醒'으로부터 출발한 그의 사상적인 자세로부터 이러한 개성적인 비판정신이 나왔을 것으로 보인다. 그가 만년에 경의經義를 궁구하여 자득自得한 것 중 전유前儒가 말하지 않은 것이 많았다[28]는 사실도 역시 이와 맥을 같이 하는 것으로 생각된다. 영재의 비평정신批評精神은 그의 산문 창작에 있어 중요한 기

---

27 이에 대한 연구로 쉽게 접할 수 있는 것은 李漢祚, 「伯夷와 司馬遷」, 『大東文化研究』 제8집 (성대 대동문화연구원, 1971)이 있다. 특히 217-23쪽을 참조할 것.

28 李建芳, 「行狀」, (中華南通翰墨林書局, 中華民國 6年版, 『明美堂集』), 張4. "晚究經義 其所自得 多有前儒所未言者".

반이 된다. 특히 인물기사는 객관성과 진실성을 확보해야한다는 점에서 더욱 중요한 구실을 하는 것으로 파악된다.

3. 영재寧齋 산문散文에 있어서의 인물기사人物記事

영재의 산문에 대한 전통적인 평가를 보면 특히 기사문에 뛰어났던 것으로 알려진다. 다음의 언급을 보면 이를 확인할 수 있다.

> 寧齋의 記事文은 氣骨이 비록 朴燕巖과 洪淵泉에는 미치지 못하지만 그러나 또한 한 近世의 良手이다.
> 李寧齋記事之文 氣骨雖不及朴燕巖洪淵泉 然亦一近世之良手也〈「雜言」 九, 『金澤榮全集』貳, 140쪽〉

연암燕巖과 연천淵泉에 견주었을 때 기골氣骨에 약간의 모자람은 있지만 기사문記事文에 있어서는 근세의 양수라는 평가이다. 영재의 문장이 일반적으로 기골이 모자란다는 언급은 심재深齋 조긍섭曺兢燮의 글에서도 확인된다.[29] 그리고 그의 산문은 안목이 매우 높고 사해思解가 투철한 것으로 인정되기도 한다.[30]

영재의 산문 중에서 특히 뛰어난 것으로 평가받는 인물기사人物記事를 중심으로 논의를 진행하고자 한다. 인물기사란 비지전장碑誌傳狀을

---

29 "大抵寧文雖若氣短 然其一段光彩炯然處 終未易及". 「答金滄江」, 『深齋集』(경문사 영인본, 1980), 91쪽.
30 "兢於寧齋文見之不多 然如原論及餘諸弟論蘆沙集書 每讀之 不覺寢食爲廢 蓋其眼目之高 思解之徹 不但近代所未見". 「與金滄江」, 위의 책, 89쪽.

말하는 것으로 한문학의 가장 전통적인 양식의 일부이다. 이것들은 대개 남의 요청에 의해 쓰는 응구지작應求之作으로서의 고형화固形化된 글로 인식되기 쉽고 실제로도 그런 면이 적지 않았다고 본다. 그러나 영재의 비지전장류碑誌傳狀類의 산문은 우선 다루어진 인물이나 내용이 다채롭고 풍부할 뿐 아니라 심상치 않은 의미를 부여해 놓기도 한 것으로 보인다. 곧 자기와 함께 살았던 여러 인간들에 대한 관찰이며 삶의 자세에 대한 반성으로서의 의미를 갖는 것이다. 그 자체가 문학성을 구현하였을 뿐 아니라 내면에 시대성을 담고 있는 것으로 생각된다.

3-1. 인물기사류人物記事類의 작품내용과 의미

1) 자료資料의 개황槪況

기사문이란 사공事功을 기재한 글을 가리키는데, 주로는 사전문史傳文을 지칭한다. 이와 관련하여 원元·명明 교체기의 인물인 송렴宋濂이 '재도지문載道之文'을 강조하는 근본적인 전제 하에서 '기사지문記事之文'이라는 용어를 사용한 바 있다. 송렴은 "세상의 문을 논하는 사람들이 두 가지를 두었다. 하나는 재도載道의 문장이고 하나는 기사記事의 문장이다. 기사의 문장은 사마천司馬遷과 반고班固에 그 근본을 두었다."[31]고 하였다. 기사문은 인물의 언행과 공적을 기술하는 것을 그 중요한 기능으로 한다. 따라서 그 기술이 진실되다는 것을 전제한다면, 역사 서술의 일차 자료로서도 손색이 없는, 비지전장류碑誌傳狀類로 파악하여도 별다

---

31 "世之論文者有二. 曰載道 曰記事 記事之文 當本之司馬遷班固". 趙則誠 등(편), 『中國古代文學理論辭典』(吉林文辭出版社, 1985), 560쪽에서 재인용.

른 무리가 없을 것이다.

여기에 속하는 글로, 영재는 비지류碑誌類 34편, 인물전人物傳 14편, 사략事略 8편, 기타 서사書事 등의 것을 10편 정도 남기고 있다. 이들 중 중요한 것을 도표화 하면 다음과 같다.

제 목	출 전	양 식	대상인물
亡妻徐淑人墓地銘	권 19	碑誌	徐淑人(士族의 妻)
李杏西墓地銘	권 19		李德言(士族)
兪叟墓地銘	권 19		字가 君業(未詳)
李君墓碣陰記	권 20		李志壽(士族)
姜古懽墓地銘	권 19		姜瑋(士族, 譯官)
老愚曹公墓碣銘	권 20		曹命勳(士族)
离峰和尚塔銘	권 16		俗名 金樂玹(僧)
工曹判書梁公墓誌銘	권 19		梁憲洙(士族)
高孝子旌門銘	권 16	銘	高正鎭(士族)
烈女石氏旌門銘	권 16		石氏(士族 崔順明의 妻)
烈女韓氏旌門銘	권 16		韓氏(士族 劉興臣의 母)
百祥月傳	권 15	傳	百祥月(妓生)
清隱傳	권 16		金時習, 金麟厚(士族)
可憐傳	國 4		可憐(妓生)
李守則傳	권 16		李氏(良人)
李峿堂詩傳	권 15		李象秀(士族)
趙文正公傳	권 15		趙光祖(士族)
韓心遠子傳	권 15		韓在濂(士族)
秋水子傳	권 16		李根洙(士族)
惠岡崔公傳	國 10		崔漢綺(士族)
韓景晦小傳	권 15		韓成履(士族)
李春日傳	권 15		李春日(良人)
某學者傳	國 4		假道學者(士族)
鄭桐溪事略	권 17	事略	鄭薀(士族)
六臣事略	권 18		死六臣(士族)
朴吏部事略	권 17		朴齊教(士族)
書金秉周事	권 12	書事	金秉周(胥吏)
書新孝子事	권 12		未詳(士族)
書李氏事	권 12		李氏(賤人 洪太福의 妻)
謹書先忠貞公記金貞女事後	권 13	書後	金貞女(良人)
鎭撫中軍魚公哀辭	권 15	哀辭	魚在淵(士族)

* 위에서 권수만 밝힌 것은 통행본 소재의 것이고, 國으로 표시한 것은 국사편찬위원회 본이다.

위의 표가 영재의 기사문을 전부 망라한 것은 아니다. 뒤에서 다시
언급하겠지만 기사문의 양식이라고 할 수 없는 서사書事·서후書後·애사
哀辭 등이 포함되어 있다. 반면에 비지류 가운데 약간은 위의 표에서 제
외하였다. 제외된 비지류는 대체로 선조들의 묘도墓道 문자文字 즉 가선
문자家先文字들이다. 그리고 다른 인물들을 대상으로 한 것이라도 본고
가 영재가 지은 기사문의 본질적 특징을 규명하는데 초점을 맞추고 있다
는 점을 고려하면서 상당량을 생략하였다.[32] 인물전의 경우도 역시 가전
家傳(「本生六代祖考洗馬府君家傳」,「謙山僉藜敍傳」)과 자전自傳(「明美堂
詩文集叙傳」)은 생략하였다. 서사·서후·애사 등을 여기에 포함시켜 다
루는 것은 비록 이들이 기사문의 양식에 속하지는 않지만 기사문과 동일
한 구성을 가지면서 그 문학적 성과도 만만치 않기 때문이다.

대상 인물들을 분류해 보면 사족士族과 무인武人, 즉 양반들이 대부
분을 차지하지만, 서리胥吏·양인良人·중·기생妓生·천인賤人들도 가치
를 인정할 만한 행적을 보였을 경우 기사記事의 대상으로 삼았다. 이점
에서 영재가 남긴 기사문의 세계가 상당히 폭넓고 다양하다는 것을 확인
할 수 있다.

이들 작품 중에 상당한 비중을 차지하는 부류로 먼저 병인丙寅·신미
辛未의 양요洋擾와 관련된 인물에 대한 기록이 있다. 그리고 충忠과 효
孝라는 도덕적 가치를 구현한 인물들, 또 여성으로 절절節과 열렬烈의 가치
를 구현한 인물들에 대해서도 일정한 관심을 기울인다. 한편 학자·시인
으로 주체적 개성을 나타낸 인물들도 적지 않게 다루어진다. 대체로 당

---

32 여기에는 상당량의 墓誌銘, 墓碣銘이 포함되어 있다. 본고에서 다룬 글들은 대체로 비교적
인물형상이 선명하거나, 역사적으로 중요한 사건과 깊이 관련되었거나, 특이한 구성을
보여주거나 하는 것들이다. 따라서 상대적으로 중요성이 떨어진다고 보여서 제외한 셈이
다. 즉 언급하지 않았다고 해서 작품의 수준이 현저하게 떨어지거나 하는 것은 아니다.
단지 연구자의 자의적 안목으로 선별되었을 뿐이다. 따라서 이 때문에 야기되는 모든
문제의 책임은 전적으로 본인에게 있다.

대의 인물들이지만 역사적 인물에 대한 조명으로 이어지기도 한다. 본고
는 그 내용 성격을 중심으로 몇가지로 나누어 고찰해 보고자 한다.

2) 병인丙寅·신미양요辛未洋擾 중의 인물들

이 두 차례의 양요는 영재의 생애에서 크게 충격을 준 사건이었을 뿐
아니라, 국가의 운명에도 큰 영향을 끼친 사건이었다. 자신의 조부인 이
시원李是遠이 병인양요 때 강화가 함락되자 아우인 이지원李止遠과 함께
유소遺疏를 남기고 순절한 것은 널리 알려진 사실이다. 사실상 조부를 스
승으로 삼아 공부를 지속하였던 영재가 감당하기 어려운 충격을 받았던
것은 미루어 짐작할 수 있다. 그리고 앞에서도 언급하였듯 영재는 그의
나이 15세에 조부의 순절을 기리기 위해 강화에서 치루어진 별시에 급제
하였다. 이런 여러 가지 사정으로 인하여 영재가 병인양요에 관심을 기울
인 것은 극히 자연스러운 일이었고, 이러한 관심은 뒤이은 신미양요
(1871)에 까지 이어졌다. 영재가 「이춘일전李春日傳」·「공조판서양공묘지
명工曹判書梁公墓誌銘」·「진무중군어공애사鎭撫中軍魚公哀辭」[33] 등을 통
해 양요와 관련된 인물들의 영웅적인 면모를 부각시킬 수 있는 빼어난 산
문을 남긴 것은 이해가 갈 수 있는 측면이 있다.

· 「이춘일전李春日傳」[34]

이춘일은 강화 사람으로 다른 재능은 없었고, 술을 잘 마실 뿐이었다

---

33 이 글은 애사의 형식으로 이루어진 것이지만 幷序 부분에 어공의 장렬한 전투 모습이
   세밀하고 사실적으로 묘사되어 있다. 하나의 서사물로 여겨도 지장이 없을 정도이다.
   우리가 주목하고자 하는 것은 바로 幷序의 敍事이다.
34 『전집』 하, 861-62쪽.

고 하였다. 강화읍 남성南城의 수문장은 실로 천역賤役이었는데 이춘일이 스스로 구해 되어서는 술만 취하면 자기도 장수라고 하였다 한다. 불군佛軍이 강화에 상륙하자 진무사鎭撫使 이하 모든 사람들이 달아나기 바빴는데 이춘일만 홀로 술을 잔뜩 마시고, 더그레 옷을 입고 칼까지 차고서 문 중앙에 우뚝 서 있었다. 한 노병老兵이 달아날 것을 권유하고 옷까지 벗겼지만 이춘일은 눈을 똑바로 뜨고 쳐다보았을 뿐 움직이지 않았다고 한다.

다음은 이 글에서 가장 핵심적인 서사부분이다.

적들이 이미 성문 가까이 오자 춘일이 머리를 숙여 옷을 집어 입고 한편으로 칼을 뽑아 들었다. 적들이 괴이하게 여겨 '무엇 하는 자이기에 홀로 달아나지 않았는가?' 물었다. 춘일이 눈을 부릅뜨고 꾸짖어 말하기를 '나는 남성문의 장수이다. 내가 이 문을 지키고 있으니 羯狗야! 너희들은 들어올 수 없으리라. 반드시 들어오고 싶으면 나를 죽여야만 될 것이다.'라고 응수했다. 적들이 분노하여 칼로 찌르니 酒氣가 부글부글 뱃속으로부터 나왔다. 그럼에도 더욱 욕을 하며 죽을 때까지 그치지 않았다.

賊旣薄門 春日俛取衣衣 且拔劍 賊怪問 何爲者 獨不走 春日張目罵曰 我南城門將也 我守此門 羯狗 汝不得入 必欲入者 殺我乃可 賊怒而刃剚 之 酒氣拂拂腹中出 而口益罵 至死不絶

많은 적들이 몰려 왔음에도 조금도 굴하지 않았고, 죽음이 임박하여서도 적들을 꾸짖어 마지않았던 이춘일의 모습이 매우 섬세하게 그려졌다. 불군이 춘일을 보고 무엇 하는 사람이냐고 묻는 대목은 아마도 영재가 작품의 내용을 보다 풍부히 하기 위해 삽입한 허구적 요소일 가능성도 있으나, 그렇다 하더라도 이로 인해 작품의 진실성이 손상되는 것은 결코 아니다.

논찬論贊에서 영재는 이곳이 옛적 병자호란이 일어났을 당시 김상용 金尙容(1561~1637)이 순사한 곳임을 상기시키고, 더하여 아래와 같이 언급하고 있다.

어떤 이가 이르기를 '春日은 평소 무식하였으니 술을 마시지 않았다면 반드시 죽을 수는 없었을 것이다.'하였다. 나는 홀로 괴이하게 여기나 니 古今에 많은 죽지 못한 사람들, 그들에게 누가 술을 마시지 못하게 하였던가?

或謂春日素無識 不飲酒 未必能死 吾獨怪古今多不能死者 孰使其不飲酒哉

술에 취했기 때문에 죽을 수 있었으리라는 지적으로 자신들의 삶을 합리화하려는 무리들에 대해 누가 술을 마시지 못하게 하였느냐고 되묻고 있다.

요컨대 이춘일은 천인이었지만 자신의 직분을 다하려다 영광스런 죽음을 맞이하였고, 이러한 행동은 순무사巡撫使 이하 여러 관리들이 불군이 상륙하자마자 자신의 직분을 망각하고 달아나 버렸던 것과는 대조적으로 훌륭하다는 것이 영재의 생각인 것으로 보인다. 즉 이춘일의 행위에 열렬한 찬양을 보냄으로써 우리 민족이 고난의 시대를 맞이하여 어떻게 대처해야 할 것인가 하는 방향을 제시한 것으로 보인다.

• 「공조판서양공묘지명工曹判書梁公墓誌銘」[35]

이 작품은 병인양요가 일어났을 때 우부천총右部千總으로 정족산성 鼎足山城에서 불군을 격파했던 양헌수梁憲洙(1816~1888)의 묘지명이다.

친상親喪을 당했을 때 거상居喪의 지성스러움과 삼정三政의 문란을

───────────

35 『전집』하, 1068-79쪽.

해소하기 위한 대책문의 내용도 기술하고 있지만 어디까지나 이 글의 핵심은 병인양요가 일어났을 때의 양헌수의 영웅적인 면모이다.

조정이 불군에 대응하기 위해 순무영巡撫營을 설치하였는데 순무사巡撫使에 이경하李景夏, 중군中軍에 이용희李容熙 등이었고, 그는 천총의 직분으로 부대를 총괄하여 출정하였다. 출정하면서 "그는 한번 죽음을 본분으로 여기고 글을 남겨 자식들과 영결하고 길을 떠났다."[36]

한성근韓聖根이 지키던 문수산성文殊山城이 습격당하였을 때 구원하러 출동하였지만 미치지 못하였는데 적의 총알이 이마를 스쳐지나갈 정도였지만 꿈적도 하지 않았다. 덕포德浦에 이르러 적과 서로 물줄기 하나를 사이에 두고 대치하였는데 강도江都가 점령당한 지 한달 여였고, 중군中軍이 통진通津에 출진出陣한지도 십수 일이 지나서 의병義兵으로 이른 자들도 조금씩 해이해졌다. 그가 여러 차례 출전할 것을 청하였지만 허락되지 않자 중대한 결심을 하기에 이른다.

이에 이르러 속으로 결심하고 손돌 무덤에 몰래 기도하여 '너에게 만약 영험이 있다면 비나니 나를 江都에 이르게 해 달라. 그러면 죽어도 유감이 없으리라.'하였다. 손돌이라는 자는 옛 뱃사공으로 죽어 신이 되어서 바람을 일으킬 수 있다고 알려진다. 기도를 마치고 손을 들어 서남의 세 봉우리를 보니 우뚝한 모습이 마치 손으로 서로 부르는 것 같았다. 다른 이에게 물어 鼎足山城이라는 것을 알고 크게 기뻐하면서 이르기를 '내 일이 이루어졌다.'고 하였다.

至是意決 乃默禱于孫石塚曰 爾如有靈 乞以我致身江都 卽死無所憾 孫石者 古篙師 死而爲神 能爲風云 禱已 擧手見西南三峰 突兀狀 若以手相招者 問知爲鼎足山城 大喜曰 吾事濟矣

---

36 "公則自分以一死 留書訣子而行"

『삼국사기』의「김유신전」에서 김유신이 하늘에 신통력을 부여해 달라고 기도하는 것과 흡사한 분위기이다. 출전하기 직전의 비장한 행동을 섬세하게 표현하고 있다. 드디어 500여의 병사에게 이틀분의 양식을 지니게 하고 배에 올랐다. 중군中軍으로부터 배를 돌리라는 명령이 내려왔을 때 군사들이 동요하였다. 그러자 그는 칼을 휘두르며 외치기를 "겁쟁이들은 모두 가라. 나 혼자서라도 강을 건널 뿐이다."[37]라고 하였다. 병사들이 곧 안정되었다고 한다. 과감한 결단과 이를 결행하는 장수로서의 모습이 잘 드러나는 대목이다.

드디어 정족산성으로 들어가 매복하고 있다가 불군을 크게 쳐부수었다. 다친 사람은 그 상처를 빨아주고, 죽은 사람은 그 주검을 베고 통곡을 하였는데 군사들이 모두 감분感奮하여 더욱 열심히 전투에 임했다고 한다. 이는 역시 그의 장수로서의 진면목이 잘 드러나는 부분이다.

한편 이 글의 곳곳에 다른 장수들의 무능함을 형용하고 있다. 예컨대 당시의 장수들은 대부분 벌열閥閱들의 자격과 명망으로 선발되었고, 그만이 주군州郡에서 선발된 경우였다. 허약한 배경으로 움직일 때마다 견제를 당하여 보는 이들도 한심하게 여겼다고 한다. 그리고 일의대수—衣帶水를 사이에 두고 대치하는 형국이었을 때 과감한 작전을 수행하지 못하고 시일만 끌고 있었던 것과 그가 배를 타고 강화로 들어가려 할 때 실패를 두려워하여 배를 돌리라고 명령한 것 등이다.[38] 이렇듯 상당한 분량에 걸쳐 그들의 무능함을 기술하고 있는 것은 상대적으로 양헌수의 뛰어난 면모를 돋보이게 하려는 서술 방식일 것이다.

이 글을 통해 영재는 양헌수의 장수로서의 과감한 결단력과 작전능

---

37 "軍動有却者 公麾劍呼曰 怯夫皆去 吾獨身渡江耳".
38 丙寅洋擾와 관련된 寧齋의 기술은『江華史』(강화문화원, 1983)의 기록과 대체로 일치하고 있다.

력, 그리고 탁월한 지휘력을 형상화해 내고 있는 바 이를 통해 민족의 외세에 대한 저항의 의지와 그 기상을 진취시키려는 주제의식을 잘 담아 내고 있다.

• 「진무중군어공애사鎭撫中軍魚公哀辭」[39]

앞에서도 이미 언급하였지만 이 글은 애사로 지어진 것이다. 여기에서 문제 삼고자 하는 것은 애사의 서에 해당하는 부분으로 신미양요辛未洋擾가 일어나서 미군美軍이 광성진廣城鎭을 침범하였을 때 진무중군이었던 어재연魚在淵이 힘껏 싸우다가 장렬하게 전사한 사적이 매우 구체적이고도 세밀하게 그려져 있다.

애사 뒤에 부기되어 있는 「애사후서哀辭後書」[40]에 애사를 짓게된 내력이 자세히 기록되어 있다. 신미양요가 일어났을 때 영재는 사곡沙谷에 머물러 있었는데 광성진과는 20리 상거였다. 아군이 패배하기 시작할 때 여러 피난 온 사람들에게 전투의 상황과 어재연의 근황을 물었다. 어공이 전사했다는 소식을 듣고 여러 사람의 말 중 신빙성이 가는 것을 골라 애사를 지었다고 하였다. 무사장武士將 유예준劉禮俊 등 10인이 포로로 잡혀 있다가 돌아왔는데 어공이 싸울 때의 일을 매우 상세히 들려주었고, 자신이 지은 글과 부합되었다고 하였다. 다시 말하면 이들은 진실된 내용의 기록물로서도 손색이 없는 글이라 할 수 있다.

어재연은 무과에 급제하여 벼슬이 회령도호부사會寧都護府使에 이르렀는데 청렴하고 유능하기로 명성이 자자하였다. 체구가 남보다 엄청 컸고, 팔 힘도 절륜하였다고 한다. 양요가 일어나자 대신들의 추천으로 즉일로 광성진에 부임하였다. 부임한지 겨우 9일 만에 미군이 광성진에 쳐

39『전집』하, 838-41쪽.
40『전집』하, 841-44쪽.

들어왔는데 이후로는 온통 전투의 묘사로 이루어져 있다.

방비가 단단하다는 것을 안 미군이 곧바로 공격하지 못하고 멀리서 대포를 쏘았는데 포탄이 사방에서 터졌지만 어공은 조금도 두려워하지 않았다. 그리고는 장교들에게 경영병京營兵을 거느리고 성 뒤에 매복하게 하였다. 상륙한 미군이 성 뒤로 몰려오자 매복한 병력이 먼지만 보고도 겁을 내어 모두 달아나고 말았다. 거침이 없어진 적들의 숫자가 점점 불어나서 드디어는 성안에서 백병전을 벌이게 되었다.

> 墩堡의 지세가 너무도 좁아서 彼我가 섞여 눈썹과 이마가 서로 부딪힐 지경이었다. 공이 江華府의 千總 金鉉曔과 함께 피거품을 물고 군사들을 독려하면서 죽기로 맹세하고 싸우니 감히 발을 돌리는 이가 없었다. 한 병졸이 달아나자 현경이 곧바로 가서 그 등을 찔렀다. 병졸이 간청하면서 이르기를 '어찌 나를 죽게하느냐?'하자, 공이 빙그레 웃으며 이르기를 '죽음은 참으로 죽음일 뿐이다. 너희들이 行伍에 편입된지 몇 년인데 어찌 한 번 죽음이 있을 지 몰랐더냐?'하였다.
>
> 墩堡地勢甚狹 彼我雜糅 眉額相擊憂 公與府千總金鉉曔 沫血徇師 誓殊 死戰 無敢旋踵也 有一卒亡走 鉉曔直前剔其背 卒誶語曰 奈何令我死 公 莞爾曰 死則固死耳 汝輩編行伍幾年 寧不知有一死耶

죽기로 맹세하고 싸우던 중 한 군사가 달아나자 벌어진 상황을 기술한 대목이다. 어공의 급박한 상황에 임해서도 여유를 잃지 않는 모습과 전투에 임하는 결의를 잘 나타내는 부분이다.

이 때 경향의 군사들이 겨우 300명 남짓이었는데 정예는 반도 되지 못하였다. 그러나 短兵接戰을 벌이자 칼과 창이 모두 부러져 심지어는 총 자루를 가지고 칠 지경이었고, 피가 비처럼 날려 지척을 분간할 수도 없었지만 아침부터 저물녘까지 끝끝내 조금도 게을리 하지 않았다. 공은 土卒들에게 두루 갑옷을 입히지 못하였기 때문에 오직 소매가 좁

은 옷만을 입었다. 손수 그 가운데에서 칼 한 자루를 휘둘렀고 또 총알
을 왼쪽 소매에 넣고서 오른 손으로 그것을 쏘았는데 겨누는 곳마다
곧 죽지 않는 자가 없었다. 流丸이 그의 왼쪽 다리에 맞아 쓰러졌는데
적들이 공을 몹시 미워하여 빙 둘러서서 칼질을 해서 너덜너덜하여 온
전한 곳이 없었다.

是時京鄕軍 僅三百餘 精銳者 不能半 然短兵相接 刀鎗斷折 至用礮柄以
搏之 飛血如雨 咫尺不辨 自朝至晡 終不少怠 公以士卒不能遍甲 故惟衣
狹袖衣 手一劍揮霍其中 又取大礮丸袖之左 以右手彈之 所向無不立殪
者 有流丸中其左股 乃仆 賊恚公甚 環立而刃之 糜爛無完膚

백병전의 급박한 상황과 어공의 영웅적인 전투 모습, 끝까지 최선을
다해 싸우다가 전사하는 모습을 실로 생동하게 묘사하고 있다. 영화의
한 장면을 연상할 수 있을 정도이다.

이 전투에서 어재연의 동생인 재순在淳도 포의로 종군하여 전사하였고,
비장裨將 한 사람과 어공의 종자도 죽었다. 앞서 언급한 김현경도 마찬가지
였다. 이 전투의 치열함에 대해 미국인 그리피스의 증언은 다음과 같다.

그들 조선군은 비상한 용기를 가지고 응전하면서 성벽에 올라와서 미
군에게 돌을 던졌다. 그들은 창과 칼로 미군을 상대하는데 그나마도 없
는 적수공권의 병사들은 맨손으로 흙을 쥐어 미군의 눈에 뿌렸다. 모든
것을 각오한 채 그들은 한 걸음 한 걸음 포위해 다가오는 적군에게 오
로지 죽기를 다하여 싸웠다. 그리하여 마침내는 사살 당하는가 하면 물
속으로 떨어져 죽기도 하였다. 부상당한 자는 거의 투신자살을 감행하
는데 개중에는 먼저 스스로 제 목을 찌른 다음, 물 속으로 뛰어들기도
하였다. (중략) 城堡 내에서의 전투는 더욱 처참해서 거의 1백 명에 가
까운 한국군이 백병전에서 쓰러졌다.[41]

41 『강화사』(강화문화원, 1983), 228쪽에서 재인용.

어재연 휘하의 부대가 얼마나 용감히 싸웠는가, 어재연의 전투 지휘 역량이 얼마나 뛰어났는가를 위의 글을 통해서도 잘 알 수 있다. 단지 무기의 열세로 패배를 감수해야만 했던 것이다.

또 하나의 패인은 복병들의 도주이다. 복병들이 싸우지도 않고 도주해버림으로써 기선을 제압할 절호의 기회를 놓쳤던 것이다. 복병의 도주 사실에 대해서 「애사후서」에서 영재는 포로로 잡혔다가 돌아온 유예준의 증언을 통해 들은 사실을 기록하고 있다. 유예준이 미군이 주는 옷을 거절하고 벌거벗은 몸으로 기어서 군영에 이르러 복병들이 도주한 사실을 말하면서 자기와 함께 죽여주기를 청했으나, 미군이 상륙하자 그 역시 달아났던 유수留守가 유예준을 사면하면서 복병에 대해서는 묵살하고 말았다는 것이다.

영재는 「애사후서」에서 전傳의 논찬부와 같은 역할에 해당하는 논의를 남기고 있다.

오호라! 공은 일을 살핀 지 열흘도 안된 관리로 수백 명의 오합지졸을 거느리고 만 번 죽고 한 번도 살수 없는 곳을 지켰다. 軍民에게 예전부터 은혜를 베푼 것도 아니고, 작은 원조라도 있어서 믿을 만하여 두려움이 없었던 것도 아니다. 단지 忠驅와 義感으로 뼈가 튀고 살이 날게 포탄이 쏟아지고 피가 흩날리는 곳에서 종일 격투하여 죽이거나 부상을 입힌 바도 헤아릴 수 없다. 만약 공이 적에게 죽지 않았더라면 조금이라도 퇴각시킬 수 있었을 것이고, 군대도 궤멸되지 않았을 것이다. 공이 한 번 죽자 공의 아우가 형을 따라 죽었고, 종자가 주인을 따라 죽었으며, 裨將과 병졸들은 군영에서 죽었다. 같은 날 항거의 의지가 이같이 열렬하였으니 이는 공이 아니면 누가 그렇게 할 수 있었겠는가? 또 공이 죽고 군대가 궤멸되었을 때 적들이 승승장구하여 무인지경처럼 할 수 있었지만 도리어 머뭇거리고 기가 꺾여서 감히 전진하지 못하고 하루 저녁만에 물러갔으니, 저들이 과연 무엇을 두려워하여 그랬던가? 공의 한 번 죽은 공력이 아니었다면 불가능했다고 생각된다.

烏乎 公以視事不浹旬之官 率數百烏合之師 守萬死不一生之地 非有宿昔
之恩加於軍民也 非有蟻蜉之援可恃而無恐也 徒以忠驅義感 骨騰肉飛 終
日格鬪於礮雷血雨之中 而所殺傷亦無算 使公不死賊 可以少却而師不潰
矣 公一死而公之弟死於兄 從者死於主人 裨裨卒伍 死於軍 抗志同日烈烈
如此 微公孰能使之 且公旣死而師潰矣 賊可以乘勝長驅 如無人之境 而顧
逡巡沮齮 不敢前 一夕遁去 彼果何畏而然哉 謂非公一死之力 不可也

　모든 것이 불리한 악조건 하에서 오직 충구의감忠驅義感으로 용감히
싸웠다고 하였다. 그리고 동생과 종자, 비장들을 비롯하여 병사들이 그
토록 열렬히 싸울 수 있었던 것은 오로지 어공이었기에 가능하였다고 했
다. 마지막으로 미군이 더 이상 전진하여 강화를 점령하지 못하고 물러
간 것은 어공의 죽음을 무릅쓴 항전의 결과라고 마무리 짓고 있다. 이
글의 중심에 어재연이 놓여 있기는 하지만 주위의 인물에 대해서도 부단
히 시선을 주고 있다는 점도 간과되어서는 안될 것이다. 김현경을 비롯
하여 김재순과 종자, 무병의 병사들이 바로 그들이다.

　병인양요 때의 양헌수와는 달리 어재연은 패배하여 전사하고 말았다.
승리와 패배의 결과는 달랐지만 어재연이 벌였던 전투에 대한 묘사는 더
욱 치밀하게 이루어져 있다. 그야말로 정성을 기울인 결과일 것이다. 승
전의 값어치야 말할 것도 없지만 비록 패전일지언정 거둔 공적은 전혀 작
지 않다고 보고 실제의 전투 장면에 초점을 맞추어 더욱 더 치밀하고 생
동하게 표현함으로써 빼어난 기록 문학을 만들었던 것이다. 어재연이 사
력을 다해 싸우다가 전사하는 대목은 민족의 피를 끓게 하기에 충분하다.

　이 작품은 앞의 것과는 달리 현장감이 매우 풍부하고 묘사가 치밀하
다는 특징을 지닌다. 영재가 현장에서 직접 목도한 것은 아니지만 현장
가까이에 있었고, 사건이 있은 직후에 서술되었기 때문이다. 무기와 병
력 등 모든 것이 부족한 악조건 하에서 문자 그대로 악전고투 끝에 전사
한 한 무장의 모습을 묘사함으로써 영재는 민족혼을 불러 일으키려한 것

이 아닐까? 다음에 인용되는 애사의 마지막 부분은 그 점을 시사한다.

齋精誠兮斂煩寃　　정성으로 제수를 장만하여 많은 원혼을 거두오니
莽超忽兮排帝闥　　아득히 구름을 뚫고 天帝의 문을 밀치소서
格上帝兮厪烈祖　　상제에게 나아가 烈祖를 厪從하면
神赫戲兮威靈怒　　신들은 번쩍이고 위엄 있는 혼령들 분노하리
揚海旗兮震天鼓　　海旗를 휘날리며 天鼓를 둥둥 울려
從天兵兮下如雨　　天兵을 놓아 비가 쏟아지듯 내려와
撞大礮兮拉大舶　　대포를 쏘아 큰 배를 꺾어버리고
臠虜肉兮爲脯腊　　오랑캐 살을 저며서 육포를 만들리라
妖祲豁兮海氛淸　　요사스런 기운 다 없애 바다 재앙의 조짐도 맑아지니
民康樂兮桑且耕　　백성들 편안하여 길쌈하고 농사 짓네

　　운문으로 온통 광성진에서의 전투 장면을 그리고 난 뒷부분이다. 어
재연이 죽은 뒤 혼령이 되어 하늘로 올라가서 천병을 거느리고 다시 내
려와 외적外敵들을 일소시켰으면 하는 바램을 담고 있다. 그러면 바다로
부터의 근심이 전혀 없어지고 백성들이 안심하고 생업에 종사할 수 있으
리라는 것이다. 매천梅泉 황현黃玹의 「이충무공귀선가李忠武公龜船歌」
와 같은 소망을 담고 있다.

　　앞서 살핀 세 인물은 신분과 지위가 다르고 맡은 직분도 달랐지만 한
가지 공통점을 지니고 있다. 즉 자기에게 주어진 임무에 충실했다는 것이
다. 영재는 이점을 매우 중시하고 있다. 다음은 자신이 보성寶城으로 귀
양가 있을 때 알게 된 임신원林愼源의 묘갈명墓碣銘(「灌水翁墓碣銘」)의
한 대목이다.

　　적들도 처음 일어날 때는 백성이었다. 관리들의 貪暴에 고통을 당하여
모여서 떠들썩하자 관리들이 곧 달아나 버렸기에 적들이 軍器를 취할

마음이 생겼고, 혹 도망가지 않은 자들도 적들이 군기를 빌리자고 요구하자 곧 손수 군기고의 자물쇠를 열고 바치기를 조심스럽게 하였다. 이로써 말 잘 듣는 백성들을 모두 군기 잡은 도적으로 만들어, 화가 만연하여 나라가 나라일 수 없는 지경에 이르게 하였다. 접때 만약 호남의 자사 이하 여러 관리들이 모두 임신원 같은 사람들이었다면, 어찌 병기를 훔쳐 가는 데 이바지하고 양식을 보따리로 싸 주게 하며 성과 인끈을 잃어서 천하 사람들이 비웃으며 조선은 사람이 없는 나라라고 여기게 하는 지경에 이르렀겠으며, 외국이 그 틈을 탔어도 끝내 죽음으로 막는 사람이 없게 하여 지금처럼 나라를 나라다울 수 없게 하는 지경에 이르게 하였겠는가?

賊之始起 猶民也 苦官吏貪暴 聚而譟之 官吏便跳去 賊遂生心取其軍器 或不跳者 賊要借軍器 便手開庫鎖而奉之謹 以此馴令民 盡操軍器爲賊 而禍蔓延 至國不可以國 向令湖南刺史以下諸官吏 皆如翁者 豈至資寇 兵齎盜糧 失城喪印綬 貽天下笑謂朝鮮無人之國 而至令外國闖其陳 卒 亦無人以拒以死 以至如今國不可以國哉 〈『전집』하, 1141쪽〉

임신원은 동학군이 봉기하였을 때 섬진별장蟾津別將이었다. 수천의 동학군이 섬진진蟾津鎭으로 와서 그에게 군기軍器를 빌려 달라고 요구하면서 달려들어 자물쇠를 부수려 했지만 온몸으로 막아내었고, 칼로 위협하자 가슴을 풀어헤치고 미소를 지으며 "나는 나이 일흔에 국은을 입어 성에 올라 녹禄을 먹고 있으니 오늘 죽을 곳을 얻었다. 너희들이 내 주검을 보면 향기가 나리라. 빨리 찔러라. 빨리 찔러라."[42]라고 말하여 동학군이 경탄하면서 그냥 물러가게 하였다. 위의 글은 민란이 일어난 여러 지역의 관리들이 모두 임신원처럼 자기가 맡은 임무를 다하였더라

---

42 "三南大亂 賊數千過蟾津鎭 要翁借軍器 翁曰軍器豈可借之物耶 賊奔軍器庫 將撞破其鎖 翁 挺身拒於門 賊以刃向之 翁披胸笑曰 老夫年七十 荷國恩 乘障食祿 今日得死所 汝觀吾屍生 香也 趣刺 趣刺 賊驚歎相引去". 『전집』하, 1141쪽.

면―위임탄갈委任殫竭하였더라면 백성들을 도적으로 만들지 않았을 것이며, 농민전쟁으로 말미암아 야기된 청일전쟁도 일어나지 않았을 것이라는 지적이다. 결과적으로 여러 외국의 비웃음도 사지 않았을 것이며, 나라의 체모도 온전히 지킬 수 있었으리라는 것이다.

여기에서 영재의 조부인 충정공忠貞公 이시원李是遠이 병인양요가 일어났을 때 순절하였음을 상기할 필요가 있다.

병인양요가 일어났을 때 강화유수江華留守 이하 대부분의 관원들이 모두 달아났고, 무인지경의 상황에서 노략질 당하고 있었다. 충정공은 78세로 사곡에 거처하면서 이질로 위독하였다. 자제들이 공을 모시고 피난하려 하였지만 공은 억지로 일어나 선영에 하직 인사를 올리고 유소遺疏를 엮으면서 순절할 것을 결심한다. 순절의 명분으로 그는 "내가 이곳에 세거하였으니 옛날의 이른 바 향대부鄕大夫이다. 어찌 일시의 벼슬에 견주겠는가? 이미 늙었고 병들어 친히 북을 울리며 의병을 모아 적들을 없애어 보국할 수 없는 마당에 어찌 난을 피하여 살기를 구할 수 있겠는가? 오직 죽음만이 내 마음을 밝힐 수 있을 뿐이다"[43]라는 말을 하였다. 의병을 모아 싸울 수 없다면 자신이 택할 수 있는 길은 죽음 밖에 없다는 말이다. 즉 향대부로서 자신이 할 수 있는 최선의 길을 택한 것이고, 다시 말하면 '위임탄갈委任殫竭'한 셈이다.

바로 여기에 영재가 앞서 거론된 세 작품을 기술한 이유를 찾아볼 수 있다. 향대부로서의 본분을 다하기 위해 순절했던 충정공의 모습은 영재의 뇌리에 깊이 각인되었고, 그 점이 두 차례 양요의 과정에서 자신이 맡은 바 최선을 다하였던 양헌수·이춘일·어재연의 모습을 형상화한 산문 작품으로 발현시킨 것이다.

---

43 "吾世居玆土 古之所謂鄕大夫者 豈一時官守比哉 旣老且病 不能親枹鼓募義旅 減賊以報國 寧可避難求活 惟死可以明吾心耳". 「祖考…贈謚忠貞公府君墓誌」, 『全集』下, 1028쪽.

한편 충정공의 마음을 돌이킬 수 없게 되자 중제仲弟인 이지원李止遠이 "형님이 여귀厲鬼가 되어 적을 섬멸하고자 하시니 아우가 비록 용맹스럽지 못하지만 형님의 전구前驅가 되겠습니다"[44]하면서 같이 순절하기를 청하였다. 충정공이 지나친 일이라고 말렸지만 "국가에 환난이 있으면 신하가 순사하고, 형에게 행함이 있으면 아우가 뒤를 따라야 합니다. 어찌 불가하다고 하십니까?"[45]라고 하면서 간청하였다. 충정공이 허락하여 마주 앉아 종이로 싼 약을 꺼내어 나누어 먹었다. 집안 일에 대해서는 전혀 언급하지 않고 양인들이 저절로 물러갈 테니 함부로 움직이지 말라는 당부를 남기고, 자리를 바로 하고 의관을 정제하고는 운명하였다. 유소遺疏가 아뢰어지자 고종高宗이 크게 안타까워하고 의정부議政府 영의정領議政을 추증하면서 충정이라는 시호를 내렸다. 이때 중국의 사신이 의주義州에 이르러서 일을 듣고는 칭송하면서 "조선에 사람이 있으니 나라에 근심이 없다(朝鮮有人 國無憂矣)"[46] 하였다.

앞서 「관수옹묘갈명灌水翁墓碣銘」에서 '조선은 사람이 없는 나라'라는 표현이 있었던 바 중국 사신이 충정공의 순절을 언급하면서 '조선에 사람이 있다'고 한 말 역시 영재에게는 영원히 잊지 못할 하나의 명제가 되었다. 바로 충정공의 순절이 영재로 하여금 '조선유인朝鮮有人'의 작가정신을 가지게 한 계기가 되었던 것이다.

'조선에 사람이 있다'고 했을 때 '사람'은 물론 단순한 사람이 아니고, '나라다운 나라'라고 할 때와 마찬가지로 '사람다운 사람'이다. 서세동점西勢東漸의 위기적 상황에서 '사람다운 사람'이 갖추어야 할 덕목으로 영재는 '위임탄갈委任殫竭'을 상정하였다. 앞에서 보았듯이 두 차례의 양요

44 "兄欲化厲以殲賊 弟雖不武 請爲兄前驅". 「從祖考贈參判公墓地銘」, 『全集』 下, 1035쪽.
45 "國有難 臣則殉 兄有行 弟則從 如之何其不可". 위와 같은 곳.
46 「祖考 … 贈諡忠貞公府君墓誌」, 『全集』 下, 1028쪽.

에서 결사적으로 항전했던 양헌수梁憲洙·이춘일李春日·어재연魚在淵은 모두 자신이 맡은 직분에 최선을 다하였던 인물들이다. '위임탄갈'하였기에 위기적 상황을 타개할 수 있었거나 하나의 계기를 만들 수 있었던, '사람다운 사람'일 수 있었고, 그들의 행동이야말로 '조선유인朝鮮有人'의 평가를 받아서 '나라다운 나라'를 만들어 가는 밑거름이 될 수 있었던 것이다. 아울러 이는 다음에 거론될 것이지만 변함없는 '절의節義'와 「한구편韓狗篇」에서 파악할 수 있었던 '의열義烈', '충순忠純'과 함께 영재가 생각한 중요한 시대적 요구였던 셈이다.

3) 충효의 인물들

• 「서신효자사書新孝子事」[47]

이는 영재가 보성寶城에 귀양가 있을 때 이병위李秉瑋라는 사람이 들려준 이야기를 형상화한 것이다. 이 서사의 주인공은 사족士族으로 행세하기는 하였지만 위인이 우둔하고 문식文識도 없는 불효자였다. 형이 모친을 봉양하고 있었는데 몹시 가난하였고, 자신은 살림이 넉넉하였지만 굶기까지 하는 어머니를 돌보지 않아 온 마을 사람들이 불효자로 여긴지 30년이나 되었다. 1894년 4월 향약鄕約을 닦고 밝혀서 효제孝悌를 권장하고 사벽邪辟을 금하며, 백성의 선악을 기록하여 장려하고 벌 주게 하는 제서制書를 내려 백성들에게 포유布諭하였다. 이 제서가 신효자를 탄생시키게 된 것이다.

이 사람이 빽빽한 사람들 사이에서 포유한 뜻을 듣고, 머리를 숙이고 잠자코 있었다. 한참 뒤에 샛길로 급히 어머니의 집에 이르러 꿇어 앉

---

47 『전집』 하, 715-18쪽.

아 형에게 사과하여 이르기를 '아우가 어리석어 不孝不悌하였으니 그 죄 살 수 없습니다. 바라건대 어머니와 형님께서 사랑으로 제가 행실을 고치도록 허락해 주시겠습니까?'하고, 곧 자기의 재산 삼분의 이를 바쳐 형을 도와 어머니를 봉양할 것을 청하였다. 또 이르기를 '제가 제 집에서 어머니를 봉양하고 싶지만 형님은 장자이므로 아우가 감히 청할 수 없습니다.' 하였다. 어머니와 형이 크게 경탄하였다. 물러나서 곧 전답과 재산을 기록하여 형에게 귀속시키고, 또 따로 어머니를 위하여 食物을 갖추었는데 닷 새 만에 한 번 씩 시장에 가서 생선을 사서 권하였다. 이로부터 마을에서 이 사람을 불러 新孝子라고 하였다.

此人於稠衆中 聞所論意 頻首憫默良久 徑趨至母家 跽謝其兄曰 弟昏不孝不悌 罪不可活 幸以母與兄之愛 許我改乎 則請奉私貨三之二 以助兄事母 又曰 弟心欲養母于弟之家 然兄長子也 弟不敢干 母與兄大驚歎 退則具籍其田産 歸之兄 而又以其私爲母具食物 每五日一適市 買鮮魚以進 自是里中呼此人爲新孝子

실로 극적으로 변신하였다. 불효자의 이야기를 듣고 있던 형과 어머니마저 경탄할 정도였으니, 아마 그 당시에는 아무도 믿으려 하지 않았을 것이다. 향약장鄕約長이 그를 불러 술을 권하며 어떻게 그렇게 빨리 불효를 고칠 수 있었는가를 묻자 대답하지 못하고 고개만 숙이고 있을 뿐이었다고 한다.

논찬부論贊部에서 영재는 향약의 효험을 이에서 처음으로 알았다고 하면서, 자신도 납득이 가지 않는 듯 사람이 장성하여 행실을 갑자기 고치기 어려운 이유를 세가지 들고 있다. 첫째, 사람이 젊어서는 부모를 사모하지만 결혼하면 사랑이 나누어지고, 나이를 먹을수록 기욕嗜慾이 더욱 깊어지고 근골筋骨이 강해져서 처음으로 돌아갈 수 없다. 둘째, 심산유곡의 견문이 없는 사람이라면 혹 모르겠으나, 보성寶城같은 비교적 번화한 고을에서는 어렵다. 더구나 30년이 되도록 마을에서 그를 불효자로 지목했음에도 행실을 고치지 않았으니 말이다. 셋째, 성군이 얼굴을 맞대고 타일렀다면 모르겠으되 800리나 떨어진 곳에서 윤음綸音을 듣고 고치기 어렵다는 것이다. 어떤 사람은 악적惡籍에 오르는 벌을 두려워하여 고쳤다고 하지만 그것도 아니라고 하였다. 그러면서 이 일을 상서로운 일로 치부하였다.

내 듣건대 항상 있는 사물이 아닌데 德이 기대에 응한 것을 일러 祥瑞라고 했다. 이 사람이 비록 미미하나 그 일은 상서가 될 수 있다. 聖主의 敎化가 이로부터 날로 융성해지고 백성들을 날로 善으로 나아가게 하되 스스로는 알지 못하게 함을 기대한다. 내 太史氏에게 알리려고 이 글을 쓴다.

吾聞之 事物之不常有而德之應乎期者 謂之祥瑞 此人雖微 其事足以爲瑞 庶幾聖主之化 自是而日昇 使民日遷善而不自知 吾將誌于太史氏而書之

요컨대 신효자의 일은 상서祥瑞라고 이를 만 하고 이는 앞으로 나라의 운세가 크게 펼쳐질 조짐으로 영재는 생각한 것이다. 국가의 장래를 크게 염려한 나머지 그렇게 중요하지 않은 일임에도 불구하고 의미를 부여하고 있는 것이 이즈음의 영재의 모습이었다.

그런데 여기에서 우리는 "성인聖人의 도가 자성自性에서 자족自足한 것"이라는 왕양명王陽明의 말을 떠 올릴 수 있다. 그렇다면 이 위인은 본래적으로 효성을 간직하고 있었는데 제서制書로 감발되어 효자로 변신했다는 추측이 가능해 진다. 드러내어 지적하지는 않았지만 양명학적 사상을 견지하였던 영재로서 그러한 점을 염두에 두고 서술한 것으로 생각된다.

• 「서김병주사書金秉周事」[48]

여기에 형상화된 김병주는 강화 출신이다. 영재와 직접 접촉이 있었던 인물로 영재를 위해 충고까지 하였다. 그의 집안은 대대로 아전이었

---

48 『전집』, 하, 712-14쪽.

는데 그는 약을 팔아 생계를 이어갔다. 모습이 매우 성실하였고 문의文
義에 밝았다. 부모의 상을 잘 치루었기에 고을 사람들이 모두 효자로 칭
하였다. 대원군이 천주교도를 박해할 때 그도 연루되어 김병주의 온가족
이 체포되어 서울로 압송되게 되었다. 이때 강화읍 사람들이 노소를 막
론하고 모두 눈물을 흘리며 "어찌 김효자가 서양학을 했겠는가? 우리가
편히 앉아서 구하지 않으면 인심이 아니다."[49]하며 발을 걷고 김병주를
따라나섰다. 옥에 갇히고 난 뒤 김병주가 감졸監卒에게 형수와 함께 갇
혀 있을 수 없으니 자신을 옮겨달라고 요구하였다. 이 말을 듣고 치사자
治事者가 의아하게 여겼고, 강화 사람들의 '김효자는 결코 서양학을 하
지 않았으니 수백 명으로 보증하기를 청한다.'는 소장을 받게 되었다. 김
병주를 불러 의관을 갖추어 마루로 오르게 하고는 "네가 어떻게 하였기
에 향당鄕黨에 이런 인심을 얻었느냐?"[50]고 하면서 곧 그를 석방하였다.
풀려난 뒤 평소에도 넉넉하지 않았지만 살림이 더욱 어려워져서 조석을
남에게 빌릴 정도였다. 하루는 크게 통곡을 하고 "내가 진실로 도적질을
하지 않고는 살 도리가 없다."[51]하고는 목을 매어 죽고 말았다.

　　서사의 초점이 김병주가 고을 사람들의 인심을 얻었고, 모함에 빠졌
을 때 극력 구원해주었다는 것에 맞추어져 있다. 고을 사람들의 인심을
얻은 이유는 그가 부모의 상을 잘 치뤄 냈기 때문이다. 요는 효자였으므
로 인심을 얻었던 것이다. 영재는 김병주를 잔인한 사람이라고 하면서
우환에 현혹되어 실심實心을 잃었다고 하며 안타까워하고 있다. 효와 다
른 성실한 행실로 고을 사람들의 인심을 얻었던, 그러나 깊이 있는 학문
을 통해 자신을 수행하지는 않았던 김병주로서는 죽음 이외에는 달리 취
할 방도가 없었을 것이다. 한편 이 글의 분위기로는 영재도 거기에 수긍

49 "寧有金孝子而爲西洋學耶　吾儕安坐不救　非人心".
50 "汝何以得此於鄕黨也".
51 "吾苟不爲盜　決無活理".

하고 있는 것처럼 보인다.

이 글은 앞에서도 지적하였지만 효孝에만 초점을 맞춘 것은 아니다. 김병주라는 인물의 총체적 면모를 드러내는데 더 주안을 두고 있다. 그런데 김병주의 인간적 면모에서 가장 두드러지는 것이 효로 파악하였기에 영재가 이를 형상화의 중심으로 삼았던 것이다.

예로부터 충과 효를 같이 언급한 경우가 많았다. 영재는 충과 효에 대해 다음과 같이 언급하였다.

> 충과 효는 진실로 한가지이다. 자식이 부모를 위해 3년상을 지내는 것은 위아래가 마찬가지이다. 堯임금이 돌아가셨을 때 백성들이 부모의 상처럼 3년복을 입었으니, 先儒들이 '百官들이 섬김에 致養服勤하기를 일일이 부모 섬기듯 한 뒤에야 喪事도 그처럼 할 수 있다.'고 여겼다.
>
> 忠孝固一也 而子爲父母三年之喪 達乎上下 堯徂落而百姓如喪考妣三年 則先儒以爲百官也 盖嘗事之致養服勤 一如事親 然後喪亦如之.〈「老愚曹公墓碣銘」, 『전집』 하, 1151쪽〉

부모를 섬기는 도리나 임금을 섬기는 도리는 결국 한가지라는 지적이다. 「이봉화상탑명离峰和尙塔銘」의 이봉화상离峰和尙과 「노우조공묘갈명老愚曹公墓碣銘」의 조명훈曹命勳은 효성스러우면서도 충성스러웠기에 영재가 형상화하였다.

- •「이봉화상탑명离峰和尙塔銘」[52]

이봉화상离峰和尙은 17살에 연거푸 두 번의 상을 당하였는데 중의 신분으로 예를 다 차릴 수 없음을 애통해 하며 피눈물을 흘렸고, 상중에

---

52 『전집』 하, 933-37쪽.

간장을 먹지 않아 이웃사람들이 효동孝童 혹은 효승孝僧으로 불렀다고
한다. 그의 충과 관련된 행적은 다음과 같다.

평생토록 반드시 子夜에 일어나 먼저 북으로 대궐을 향하여 4배하여 비
바람이 불거나 병이 들어도 중단하지 않았다. 나라에 큰 喪事가 있으면
문득 스스로 齋醮를 베풀어 정성을 다해 祈祝하였다. 어떤 이가 물어서
이르기를 '佛氏의 법은 道로 즐거움을 삼는 것인데 자네는 어찌 그리 다
투는 것이 이와 같은가?' 선사가 이르기를 '충효의 理는 본디 지니는 것
이다. 空寂으로 달아났다고 하여 충효를 잊는다면 이른 바 도가 아니다.
장부가 때를 만나 등용되면 조정의 충을 가져야 하고, 때를 만나지 못하
여 은둔하면 산림의 충을 가져야 한다. 내가 조석으로 수양하여 임금의
은혜에 보답하기를 맹세하는 것을 곧 나는 도로 여긴다.'하였다.

平生必以子夜起 先北向望闕四拜 風雨疾病未嘗廢 國有大喪 輒自設齋
醮 殫誠祈祝 或有問曰 佛氏之法 以道爲樂 子何齗齗如此 師曰 忠孝理
之固有 逃空寂而忘忠孝 非所謂道也 丈夫遇而登庸 則有朝廷之忠 其不
遇而隱淪 則有山林之忠 吾所以昕夕熏修 誓報君恩者 乃吾以爲道也

출가인出家人으로 새벽마다 대궐을 향해 사배하고 국가적 상사喪事
에 관심을 기울이는 것만도 기이하다. 이봉화상离峰和尙이 든 '산림지충
山林之忠'과 '조정지충朝廷之忠'이라는 말에 영재도 깊이 공감하고 유정
대사惟政大師의 경우를 예로 들면서 다음과 같이 부연하고 있다.

내가 근세의 사대부들을 보건대, 先祖의 閥閱을 깔개로 하고 임금의 寵祿
을 울러 매고, 남의 손을 빌려 일신을 이룬 자들은 아낙네나 내시의 小忠
에 지나지 않았다. 그 마음에 誠에서 나온 것은 항상 적고 利에서 나온
것은 항상 많다. 그렇다면 禪師가 남이 알지 못하는 곳에서 望拜하고 祈祝
하여 늙어 죽을 때까지 게을리 하지 않는 것은 賢이라고 이를만 하다.

吾觀近世士大夫 席祖先之閥閱 荷君上之寵祿 所藉手而致身者 不過爲

婦寺之小忠 其心之出於誠者 恒少 而出於利者 恒多 然則師之望拜祈祝
於人所不知之地 至老死而靡懈者 可以謂賢矣

좋은 가문에서 태어나 나라의 은혜를 한몸에 받고서도 '성誠'보다는
'이利'에 따라 움직이는 사대부들 보다 이봉화상离峰和尙이 남들이 알지
못하는 곳에서 임금을 생각한 행동이 훨씬 가치 있다는 것이다. 당시 조
정의 사대부들에 대해 심각한 비난을 가하고 있는 것이다.

• 「노우조공묘갈명老愚曹公墓碣銘」[53]

조명훈曹命勳도 역시 이봉화상과 마찬가지로 충과 효를 겸비하였다.

공은 효성스러워 黃孺人의 병석을 지킴에 똥을 맛보고 피를 먹였으며,
이미 장례를 치르고는 무덤 앞에서 통곡하여 혹 하루가 지나도 차마
떠나지 못하였다. 持平公의 가르침을 받들고서야 돌아갔다. 持平公의
상에 이르러 삼 년 동안 무덤 앞에서 廬幕살이를 했다. '전에 자진하지
못한 것은 아버지가 계시기 때문이었다.'고 하면서 슬픔으로 몸을 해쳐
서 거의 지탱하지 못할 지경이었다. 그 때 庾黔婁에 그를 견주었다. 일
찍이 이르기를 '아버지가 낳아주고 임금이 먹여주었으니 충효는 한 가
지이다.'고 했다. 正祖가 운명하자 술과 고기를 먹지 않았고, 매달 초하
루에 집 뒤안의 작은 언덕에 올라가 위패를 만들고 북향하여 곡을 하
였다. 동네 사람들이 그 곳을 이름하여 '泣弓臺'라 하였다.

公性孝 侍黃孺人疾 嘗糞餌血 旣喪而葬 伏哭墓前 或經日不忍去 奉持平
公誡 乃趨歸 及喪持平公 則廬於墓三年曰 前所以不得自盡者 以父在也
哀毁幾不支 時比之庾黔婁 嘗曰 父生之 君食之 忠孝一也 正宗賓天 不
飮酒食肉 每月朔 登舍後小岡爲位 北向而哭 里人名其地曰 泣弓臺

53 『전집』 하, 1150-53쪽.

남명南冥 조식曺植의 육세손六世孫인 조명훈曺命勳이 모친의 병간호에 온갖 정성을 다 기울였으며, 부모의 상을 치르면서 거의 몸을 지탱하지 못할 정도로 하였다는 것이다. 그러면서 정조正祖의 상을 당하자 술과 고기를 먹지 않고 매월 초하루 북향하여 곡을 하였기에 마을 사람들이 그곳을 읍궁대泣弓臺라고 불렀다는 것이다. 조명훈 역시 충효를 한가지로 보고 몸소 실천하였던 것이다. 여기에서 영재가 든 것은 충과 효에 관련된 조명훈의 행적 중 가장 특징적인 것 하나씩만을 거론한 것으로 보인다. 다른 것은 미루어 짐작할 수 있도록 안배하였다.

영재가 효에만 초점을 맞추고 쓴 기사문은 흔치않다. 굳이 들자면 「서김병주사書金秉周事」와 「서신효자사書新孝子事」를 들 수 있을 정도이다. 그나마 이것도 효행 자체에만 초점을 맞춘 것은 아니다. 그리고 「이봉화상탑명离峰和尙塔銘」과 「노우조공묘갈명老愚曺公墓碣銘」에서 주인공의 다른 행적과 관련하에서 효행孝行이 언급되었고, 「고효자정문명高孝子旌門銘」[54]은 효의 사적은 전혀 찾아볼 수 없고 관련된 의논만 두드러질 뿐이다. 영재 자신 효孝와 열烈의 경우 더욱 엄격하게 창작에 임하였을 뿐 아니라, "효孝는 인도人道의 지극한 것이다. 그러나 다른 절節이나 열烈과 비교해 보았을 때 평범하여 징험徵驗하면 할수록 더욱 쉽게 현혹된다. 따라서 선택할 때 신중하지 않으면 되지 않는다."[55]는 인식을 가졌기 때문인 것으로 보인다.

그렇다고 해서 영재가 지은 효자에 관한 기사가 특별한 행적을 기록하고 있지는 않다. 오히려 평범하기 그지없는 사적일 뿐이다. 영재의 효

---

54 『전집』하, 927-30쪽.
55 "孝子人道之至 然視他節爲庸 徵之逾易眩 而選擇之 誠不可以不愼". 「高孝子旌門銘」, 『전집』하, 927-28쪽.

에 관한 인식은 다음에서 잘 나타난다.

국가가 敎化를 敦崇하여 거의 윤년마다 널리 旌閭를 행하였다. 일을
관장하는 것은 有司에게 있지만 간혹 使者를 파견하여 숨겨지고 없어
지며 감추어져서 襃彰되지 않은 사람을 찾게 하였다. 그러나 도리어
세속이 점점 타락하여 넘치거나 冒稱함이 없을 수 없었다. (중략) 또
효를 평범한 행동으로 여겼기 때문에 다투어 기이한 칭호를 만들어 붙
여서 여러 다른 사람들에 비해 별다른 것을 구하였다. 이에 氷鯉와 雪
筍 같은 것을 이루 기술할 수 없는 지경에 이르렀다.

國家敦敎崇化 率歲閏廣行旌 典職在有司 間復遣使者 以搜訪其佚靡隱
不彰 顧世俗駸駸下 不能無溢與冒矣 (중략) 又以孝爲庸行 故競傳爲奇
異之稱 求以別於衆多 於是氷鯉雪筍 又不可以勝述. 〈「高孝子旌門銘」,
『전집』하, 927-28쪽〉

효가 국가에서 중시하는 중요한 덕목이었고, 효행이 평범한 것처럼
보이며, 세속의 정이 점점 타락하였기 때문에 여러 가지 부작용이 생겼
다는 지적이다. 특히 효행이 평범한 것처럼 보이므로 남에 비해 특별하
게 보일 필요성이 생겼고, 빙리氷鯉와 설순雪筍 같은 믿을 수 없는 이야
기마저 나타나게 되었다는 지적이다.

따라서 영재의 효자에 관한 기사문은 "그 일이 모두 다른 사람들도
할 수 있는 것 같은데 그렇게 함이 드물기 때문"[56]에 지어진 경우이다.
영재가 제시한 충효의 구체적 행적은 거창하거나 요란스럽지 않다. 누구
나 마음을 먹고 한다면 가능한, 평범해 보이는 경우가 대부분이다. 효행
의 평범함에 대해서 영재 스스로 이미 그러한 점을 지적한 바 있지만 충
과 관계된 것도 마찬가지 경향을 보인다. 영재는 충효의 일상적인 생활

---

[56] "其事皆若人之所可能 而鮮有然者". 위의 글.

화라는 면에 주목하고 위의 인물기사를 지은 것이다.

「이춘일전李春日傳」의 논찬부에서 이춘일의 죽음을 두고 시비하자 영재는 "나는 홀로 괴이하게 여기나니 고금에 많은 죽지 못한 자들, 그들에게 누가 술을 마시지 못하게 하였던가?"라고 반문한 바 있다. 국가적 위기를 맞이하여 목숨을 던지지 못하고 시샘을 일삼던 무리들에 대한 질책인 동시에, 배우지 못한 천인으로 목숨을 던진 이춘일에 대한 상찬이었다. 영재는 기사문에서 누구나 마음먹으면 할 수 있는, 평범한 것처럼 보이기도 하는 충효의 행적을 형상화하고 있는 바 마찬가지 논리인 것이다. 영재는, 이러한 평범해 보이는 개개인의 생활 속에서의 작은 충효의 선행이 모여서 축적되었을 때, 국가적 위기를 극복할 수 있는 원동력이 되는 것으로 파악하였고, 그러한 점을 염두에 두고서 충효의 행적을 보였던 인물들을 형상화하였던 것으로 보아 지나치지 않을 것이다.

치열한 양인들과의 전투에서 큰 전공을 세웠거나, 국가를 위해 목숨을 바쳤던 인물들에 대해 이미 살펴본 바 있다. 세상 사람들의 눈과 귀에 쏙 들어오는 두드러진 행적은 아니지만 일상적이고도 평범해 보이는 충忠이 손색이 없음을 인정하였기에, 영재가 위의 기사문을 지었던 것이다. 영재가 강조한 것은 겉으로 드러난 떠들썩하고 화려해 보이는 '명名'이 아닌 평범해 보이고 일상적이지만 가치 있는 '실實'이라는 점을 염두에 둘 필요가 있다.

4) 주체적主體的 모습의 학자學者·시인詩人들

영재는 그 자신 양심적 사대부였다. 관인으로서 조금의 부끄러움도 없이 자신의 책무를 충실히 이행하였고,[57] 물러나서도 국가의 안위安危

---

57 高宗이 近臣으로 地方首領으로 나간 자가 탐학을 일삼으면 사람을 보내 이건창을 어사

에 끊임없는 관심을 기울였다.[58] 지배계층으로서의 백성에 대한 횡포 같은 것은 애당초 그에게는 당치도 않는 일이었다. 그런가 하면 자신이 지키던 바에 있어서는 조금의 굽힘도 없었다. 즉 세도를 잡고 있는 무리들과 일정하게 타협하거나 굽히는 것 따위와는 거리가 멀었던 것이다. 민영익閔泳翊·김홍집金弘集·홍영식洪英植·박영효朴泳孝 등이 모인 술자리에서 김홍집이 일본에서 황준헌黃遵憲의 『조선책략朝鮮策略』을 가져와 고종에게 바친 것을 두고, 영재는 조금의 거리낌도 없이 꾸짖어서 "황준헌이 예수교가 해가 없다고 분명히 말했는데 자네는 상소하여 '준헌이 척사斥邪했다.'고 하였으니 태만한 것이 아니면 무엇인가?" 하였다고 한다. 이로 인해 민영익이 화를 내었고, 이 일이 고종의 귀에 까지 들어갔다고 한다. 이로 인해 영재는 고종의 미움을 사기에 이른 것으로 보인다.[59] 아울러 충청도안렴사忠淸道按廉使로 조병식趙秉式을 탄핵했던 것은 너무나도 유명하다. 영재의 주체적 자세를 잘 드러내는 것들이다. 이미 그가 주체적 자세를 굳게 견지하였음을 알 수 있거니와 이러한 그의 자세는 애민우국을 주된 내용으로 하는 그의 시세계에 잘 드러나 있었다. 산문 역시 양심적이고 전혀 굽힘이 없었던 주체적인 그의 자세와 의식이 깊이 반영되었을 것으로 짐작된다.

　　여기에서는 주로 사대부로서 곧은 자세를 견지하였고, 어떤 압력에도

로 내려보내겠다고 사사로이 깨우친 것은 이와 관련된 유명한 일화이다. 李建昇, 『先伯氏參判府君行略』. "後有近臣出宰而貪者 上使人以私戒之曰 如不悛 予將遣御使如李某者 汝其無悔".

58 강화도의 사저에 야인으로 머물면서 국가적인 중대한 사건이 있을 때 상소문을 통해 관심을 기울였다. 乙未事變이 일어났을 때 올린 「請討復疏」와 같은 것이 대표적이다.

59 "會金弘集自倭還 以淸人黃遵憲所爲朝鮮策進於上 有悉通西洋諸國之說 一日 泳翊邀建昌飮 弘集及朴泳孝洪英植等在坐 建昌心知泳翊將借諸人以拄己也 乃先面數弘集曰 黃遵憲顯言 耶蘇之敎無害 而子上疏乃云 遵憲斥邪 非謾而何 弘集猶遜謝 而泳翊怫然罷酒 入言于上曰 臣與諸人論時事 而李建昌爲橫議 此人雖官卑 有文學名 此等人如此 國是不可定 上以此愈不 悅建昌. 「明美堂詩文集敍傳」, 『전집』하, 914쪽.

굴하지 않았던 강직하면서도 주체적 면모를 보인 인물에 대한 기사문을 살핀다.

· 「이어당시전李峿堂詩傳」[60]

이는 어당峿堂 이상수李象秀라는 시인을 입전한 것이다. 그는 종성宗姓이며 강위姜瑋와 교분이 있었던 인물이다. 강위를 매개로 하여 영재와도 교분이 있었던 것으로 보인다. 다음은 그가 글을 배우게 되는 과정이다.

峿堂이 어렸을 때 모친을 여의었고 집이 가난하여 굶주림에 고통 받았다. 부친이 族人의 집에서 더부살이하면서 농사를 익히게 하였다. 하루는 돌아와서 울며 말하기를 "농사는 제가 맡을 수 있는 바가 아닙니다. 듣자하니 글을 배우면 농사를 대신할 수 있다하니 업을 바꾸기를 원합니다."하였다. 부친이 가엾고도 기특하게 여겨서 한 선생을 배알케 했다. 선생이 말하기를 "네가 글을 배우고 싶으냐?" "그랬으면 합니다." 선생이 이르기를 "네가 나를 위해 청소를 깨끗이 해서 반드시 내 뜻과 같이 해야 너를 가르치리라."라고 하여 어당이 드디어 선생의 집에서 거처하게 되었다. 僮指들과 섞여 지내면서 명한 바를 조금도 남김없이 처리하니 선생이 그를 아끼게 되어 가르치기를 매우 부지런히 하였다. 어당의 천성이 총명한데다 힘껏 스스로를 격려하여 부지런히 공부하여 마지않았다. 선생이 한 밤중에 잠을 깰 때마다 글 읽는 소리가 茶竈와 筆牀 사이에서 들려왔는데 반드시 어당이었다.

峿堂幼失恃 家貧苦飢 父使寓族人家習農 一日歸泣曰 耒耜非我所能任 聞學書可以代耕 願改業焉 父憐而奇之 謁一先生 先生曰 汝欲學書乎 曰 幸甚 先生曰 汝能爲我 供汎掃 必如我意 乃敎汝 峿堂遂居先生門 與僮 指雜處 所命無少遺者 先生愛之 課授甚勤 峿堂性聰詣 又痛自刻勵 矹矹 不已 先生每中夜睡覺 聞茶竈筆牀間有伊吾聲 必峿堂也

60 『전집』 하, 863-65쪽.

어당의 학문을 향한 집념이 감동적으로 서술되어 있다. 인용된 부분은 그의 성실하고 근면한 모습을 잘 드러내고 있지만, 이어지는 부분에서는 그의 총명함을 밝히고 있다.[61]

어당의 인간적인 면모에 대한 직접적인 언급은 다음과 같다. "평소 성품이 소졸疏拙하여 귀현貴顯들과 사귀지 못하였다."[62]라든지, "위인이 재주가 높고 기氣는 낮았다. 만년에는 더욱 스스로를 단속하여 조금도 법규를 어기지 않았으니 아마도 문인으로 행실이 좋지 않은 것을 깊은 수치로 여겼기 때문일 것이다. 때문에 어당을 아는 사람들은 '인품이 문장보다 뛰어나서 거의 이른바 은거해서 뜻을 구하는 자일 것이다.'라고 여겼다."[63]는 것 등이다. 여기에 이상수의 자신을 깨끗이 지키려는 선비로서의 몸가짐이 잘 드러나 있다. 선비로서의 몸가짐이 누구보다 깨끗하였음에도 불구하고 그는 현실적으로 불행한 생활을 하지 않으면 않되었다.

어당이 일찍이 어떤 이와 약속하고 廣霞山 중에 집을 짓고 처자를 거느리고 먼저 들어갔다. 그 사람이 끝내 오지 않았기에 어당은 홀로 지내야만 했고 이야기 할 사람도 없었다. 척박한 한 이랑의 밭은 세금 내기에도 모자랐고, 집은 띠도 엮지 못하여 풍우가 몰아치면 부서진 배처럼 흔들렸다. 어당은 어린 아이와 글을 읽을 때가 그 중의 즐거움이었다. 아아! 그 얼마나 슬픈 일인가!

唔堂嘗約人 築室廣霞山中 挈妻子先之 其人竟不來 唔堂獨處踽踽 無所與語 薄田一頃 不足以給公上 屋不能編茅 風雨時至 漂搖如破航 唔堂方與三丈夫子讀書 其中以爲樂 嗟乎 其可悲也

---

61 "甫幾年 盡讀先生書 深究獨造 卽於性命之原有所契 入古文詞類若神解者然 自是游藝四方 藻思日以彎茂 聲噪都下 遂成進士".

62 "然雅疏拙 不能交貴顯".

63 "唔堂爲人才高而氣下 晚益自斂 繩墨無少舛 蓋以文人無行爲深恥 故知唔堂者 以爲人品過於文章 殆所謂隱居求志者非歟".

뛰어난 재능과 조금도 흐트러짐이 없는 선비로서의 자세에도 불구하고 손수 농사를 지으며 세금조차 내지 못하여 곤경을 치르고, 지붕에 띠를 엮지도 못하는 고통스러운 그의 생활을 그려내고 있다. 대화를 나눌 만한 사람도 없는 고독한 생활 속에서의 즐거움이란 어린아이에게 글을 가르칠 때뿐이었다. 영재는 이러한 이상수의 생활에 무한한 동정을 보내고 있다.

그의 많은 저술 가운데 시 한 권을 겨우 얻어 강위姜瑋와 함께 교정하고 연경으로 갈 때 가지고 가면서 이 글을 지은 것으로 되어 있다. 천하 사람들에게 우리나라에 가난하지만 독서를 열심히 한 이상수라는 사람이 있다는 것을 알리려는 의도였다고 영재 스스로 밝히고 있다.[64] 그러나 이는 표면적인 것이고, 영재가 이 글을 창작한 가장 큰 이유는 어당의 인물 됨됨이에 기인하는 것으로 보인다. 뛰어난 재능과 깊은 학식에도 불구하고 끝내 불우한 생활을 할 수밖에 없었던 인물이 바로 어당 이상수이다. 그럼에도 불구하고 몸가짐은 끝내 깨끗하였던 어당의 자세를 무엇보다 훌륭하게 여겼기 때문이다. 논찬부는 생략되어 있다.

• 「한경회소전韓景晦小傳」[65]

청주淸州 사람인 한성리韓成履를 입전한 것으로 경회景晦는 그의 자이다. 아버지를 여의고 성미가 고약한 형과 같은 집에 거처하면서 형의 술주정을 받고 지내다가, 어느날 느낀 바가 있어 관동지방關東地方으로 가서 구연만폭九淵萬瀑을 유람하고는 깊이 뉘우치고 수행하여 성현의 글을 읽기 시작하였다고 한다. 문리를 스스로 해득하였고, 남의 가르침

---

64 "嶹堂著讚甚富 謙不肯示人 余僅得其詩一卷 與姜古歡老人 共加讐校 篋之以至上京 冀或有 天下君子賜之觀覽 而知東國有家貧讀書之李嶹堂者 豈非幸哉".
65 『전집』 하, 869-71쪽.

을 기다리지 않을 정도였다고 하였다. 이 글에서 한성리의 위인을 가장 잘 드러내는 것은 다음 부분이다.

> 한 무뢰배가 선비의 服色을 하고 景晦에게 사귀기를 청했으나 경회가 그 거짓됨을 알아차리고 거절하였더니, 이 자가 모의하여 作奸하다가 일이 발각되었다. 관가에서 그의 문서를 수색하여 경회의 이름을 얻어 討捕營에 잡아 가두었다. 討捕使는 武人으로 공상을 바래서 獄務를 엄히 다스렸고, 또 경회는 명가의 자손으로 일이 白脫되면 후일 도리어 자기에게 화가 미칠까 두려워하여 誣服하게끔 볼기쳐서 고문하고 사납게 처리하여 사람의 도리가 없었다. 그러나 경회는 시종 失色하지 않았고, 말에 흐트러짐이 없었다. 獄卒들이 서로 돌아보며 '이는 木人이다. 사람이 이럴 수가 있겠는가?'하였다. 일이 아뢰어짐에 조정이 억울한 일이라고 판단하여 풀려날 수 있었다.

> 有亡賴子詭儒服 造景晦求驩 景晦察其詐拒之 此子謀作賊 事發 官搜其文書 得景晦名 逮繫討捕營 討捕使武人 希功賞 治獄務健 又謂景晦名家子 事白脫 他日懼反禍己 期令其誣服 榜掠刺劚 無人理 景晦終始無失色 無撓辭 獄卒相顧言 此木人耳 人豈有此 事聞朝廷 以爲寃 得釋

혹독한 고문에도 불구하고 얼굴빛을 잃지 않고 말에 흐트러짐이 없어서 '목인木人'으로 불리울 정도였다는 것이다. 보통사람이라면 불가능한 일이다. 학문에 의한 깊은 수양이 전제되었을 때 비로소 가능한 것이다. 이는 바로 목에 칼이 들어와도 굽히지 않는 선비로서의 꼿꼿함에 다름 아니다. 10년 뒤 經術經術과 학행學行을 인정받아 재상의 추천으로 벼슬자리에 나아가게 되었지만 그만 죽고 말았다고 하였다. 죽기 직전의 그의 언행도 이 글에서 중요한 몫을 차지한다.

> 경회는 몸가짐이 매우 근엄하였다. 그러다가 조금 부드러워졌지만 作爲의 모양은 전혀 없었고, 안으로 지킴은 더욱 날카로워서 의로운 자가

아니면 범접할 수 없었다. 或人이 그가 너무 가난하여 죽을까 염려해서 조용히 말하기를 '어찌 조금 스스로 도모하지 않는가?'하니 경회가 이르기를 '篤信好學하며 守死善道라 하였으니 이것이 내가 스스로 도모할 바이다. 또 내가 온갖 풍상을 겪었으니 비록 굶어 죽더라도 이에 지나지 않을 것이다. 내 무엇을 두려워하리오?'라고 응수했다. 마침내 설사를 며칠 계속하여 기운이 소진되었지만 오히려 冠帶를 하고서 남의 눈에 이상하게 비치지 않도록 하였다. 변소에 가서 돌아오다가 팔짱을 끼고 담을 등지고 서서 한참 동안 움직이지 않았다. 사람들이 가서 보니 죽어있었다.

景晦持躬甚飭 久稱和易 無作爲之形 內防逾確 非義者不敢干 或愍其貧 且死 從容語 盍少自謀 景晦曰 篤信好學 守死善道 此吾所以自謀也 此 吾所嘗者備矣 雖飢餓死 不過是也 吾何懼哉 會暴下數日 氣盡猶冠帶 不 令人見異 如厠還 拱手負牆立 移時不動 人就視之 死矣

몸가짐과 교유의 자세에서의 한성리의 강직한 면모를 형용하였다. 경제적인 것에 신경을 써야 하지 않겠는가는 권유에 대한 응대 또한 조금의 흔들림이나 굽힘이 없었다. 앞에서 고문을 당할 때 이미 한성리의 선비로서의 꼿꼿한 자세가 잘 드러났지만 일상생활에서의 언행에서도 여전하며, 심지어 죽음에 임해서도 그러한 자세를 견지하고 있는 것이다.

논찬부論贊部의 구성은 좀 특이하다. 입전立傳 인물에 대한 총체적인 평가를 내리는 것이 일반적인데 여기에서는 자신과 입전 인물과의 교유 관계에 대한 것부터 언급하고 있다. 그리고 또 다른 일화를 거론한다. 천지의 중앙이 어디인가 하는 문제에 대해 한성리가 낙양洛陽이라고 하자 어떤 이가 그곳은 우공구주禹貢九州의 중앙일 뿐이라고 하였다. 이에 대해 한성리는 "구주九州 외에 또 천지가 있다는 말인가? 자네는 독서하면서 우禹·주공周公을 믿지 않고 누구를 믿는가?"라고 응수하였다는 것이다.[66] 시대의 변화를 전혀 인정하지 않으려는 고루한 선비로 보이기도 한다. 그런데 이러한 일화를 들고 영재는 다른 의미를 부여하고 있다. 즉 "경회의 뜻을 미루어 보면 아마도 '성현이 이른 바가 아니면 비록 천하 사람이 다 믿는 확실한 것일지라도 나는 반드시 그런 일이 없다.'고 여기는 자세이니, 아마도 세상이 그릇되어 가는 것을 바로잡으려고 이른 것이리라."[67]고 하였다. 영재 자신 이미 중국을 많은 외국의 하나로 파악하고 있었던 만큼 한성리의 고루한 의견에 찬동하지는 않았고, 한성리의 이러한 언행이 그릇되어 가는 세상을 바로잡을 수 있는 사표가 될 수 있다는 쪽으로 의미를 부여한 것이다.

이 글을 통해 우리는 어떠한 어려움 속에서도 자신이 지키는 바를 바꾸지 않고 견지하였던 한 강직한 선비의 주체적인 모습을 발견할 수 있다. 영재가 한성리를 입전한 이유도 바로 여기에 있었던 것이다.

• 「추수자전秋水子傳」[68]

의령宜寧 사람 이근수李根洙를 입전한 것이다. 남의 무고로 잡혀 들어가 신문을 당하는 과정에서 죽은 것으로 기술되어 있다. 그가 무고를 당한 이유는 대체로 "다만 그 의기만을 믿고 간혹 향인鄕人 중에 마음에 온당치 않은 이를 배척하는 말을 하였기 때문"[69]이다. 그가 지은 사언시四言詩를 길게 인용하고, 이근수의 위인에 대해 영재는 다음과 같이 언급하고 있다.

秋水子는 성질이 剛直하여 온당치 않은 사람이라고 생각되면 얼굴을

---

66 "景晦嘗與客言天地之中 景晦曰 周公宅土中 洛陽是也 客曰 此禹貢九州之中也 景晦毅然曰 子謂九州外又有天地耶 子讀書不信禹周公而信誰耶".
67 "推景晦之意 蓋以聖賢所不言者 雖天下的然有之 而吾必謂之無也 豈亦矯世之爲誕者而云耶".
68 『전집』하, 906-09쪽.
69 "特其負氣 或斥語其鄕人之意不可者".

검붉게 하고 똑바로 쳐다보았다. 비록 顯達한 자일지라도 굽히지 않았다. 평생 서로 좋아하는 사람이 많지 않았고, 비록 좋아하는 사이일지라도 온당치 않게 여기면 끝내 이전과 같아졌다. (중략) 그러나 추수자는 실로 孝友가 있고, 자애롭고, 착하며, 의리를 중히 여기고, 정직함을 지켰다. 만약 그가 한 번이라도 벼슬을 하였더라면 나라의 사고를 당하여 반드시 死節할 수 있어서 임금의 총애를 받았을 것이다.

秋水子性愩髒 意不可人 面赤黑直視 雖顯者不爲屈 平生相好不多 人雖
相好 意不可 終自如也 (中略) 然秋水子實孝友慈善 重義守正直 使其需
一命 遇國家事故 必能死節 以邀人主之褒寵

대체로 이근수의 위인이 매우 강직하고 무뚝뚝하여 사귀기 어렵지만, 겉보기와는 달리 내면적으로는 다른 어느 누구와 견주어도 떨어지지 않을 만큼 훌륭한 덕목을 갖춘 선비로 파악하고 있다. 특히 국가적인 변고에 자신을 바칠 수 있는 인물로 치부하고 있는 것이다.

영재는 조영하趙寧夏의 집에서 추수자를 상면한 것으로 되어있다.[70] 영재에 대해서조차 추수자는 달갑지 않은 시선을 보낸다. "자네는 명사일 뿐이다. 나라를 위해 큰 일을 맡을 수 있는 자가 아니다."라고 지적하고 있다. 추수자가 평생 사귄 사람은 조영하 뿐이고, 다음이 영재라고 하면서도 듣기 거슬리는 말을 마구 내뱉은 것이다.[71] 영재 자신이 불의와 전혀 타협하지 않았던 꼬장꼬장한 선비로서의 면모를 지니고 있었기에 추수자의 강직한 모습에 큰 인상을 받았던 것이다. 그러한 강렬한 인상이야말로 이 글을 전반적으로 지배하는 가장 중요한 요소일 것이다.

---

70 본문에서는 趙大夫라고만 기록되어 있다. 조대부가 조영하라는 것은 영재가 그와 교분이 있었고, 영재보다 일찍 下世하였으며, 왕실의 친척이라는 점에 근거한다. 조영하는 호가 惠人으로 영재의 시 중에「趙惠人(寧夏)閔杓庭(台鎬)再莽日作」이라는 것이 있다.
71 "嘗與余言 子名士耳 非能爲國家任大事者 余遜謝願聞過 秋水子曰 子好文章 語中止氣憤 遽引枕臥 余最號相好者 然終不敢自謂秋水子以余爲知己也 秋水子嘗喟然歎曰 吾所與游惟 趙大夫 今死矣 其次子也".

영재는 이근수와 관련하여「제이위사패상시권후題李葦士(根洙)浿上詩卷後」[72]라는 시를 남긴 바도 있다.

•「혜강최공전惠岡崔公傳」[73]

최한기崔漢綺(1803~1877)를 주인공으로 한 열전체의 인물전이다. 조선 후기 사상사에서 가장 중요한 위치를 차지하는 최한기의 인간적 면모를 살필 수 있는 거의 유일한 전기적 자료라는 면에서 오히려 문한 작품이기보다는 일차一次 사료史料로서의 중요성도 간과할 수 없다.

최한기는 무엇보다도 학자라 할 수 있다. 따라서 이 글에서 관심을 제일 많이 기울이는 것도 역시 그의 학자적인 면모이다. 먼저 그의 학문하는 자세에 대한 기술을 본다. 좋은 책이 있다는 것을 들으면 후한 값으로 구입해서 오랫동안 읽고 나서 다시 헐가로 팔아버렸다. 중국의 신간 중에 그의 손을 거치지 않은 책이 거의 없었다. 어떤 이가 책을 구입하는 비용이 지나친 것을 지적하자 혜강惠岡은 "가령 이 책 속의 사람이 나와 동시대에 산다면 비록 천리 밖일지라도 내가 반드시 갔을 것이다. 지금 내가 앉아서 힘들이지 않고 그를 불러 들였으니 책값이 많이 든다한들 양식을 싸들고 먼 길을 가는 것보다는 오히려 낫지 않겠느냐?"고 응수했다.[74] 집이 평소 유족한 편이었지만 필경 과다한 책값 때문에 집을 팔고 성문 밖에서 셋방살이했다고 한다. 또 어떤 이가 시골로 가서 농사를 지으며 살라고 권하자 혜강은 "이는 내가 하고 싶은 바이지만 하고 싶은 것이 이보다 더한 것이 있다. 내 견문을 넓히고 내 지려智慮를 여는 것이다. 어찌 조금 굶주린다고 스스로 과누寡陋한 곳으로 갈 수 있

---

72 『전집』상, 76쪽.
73 『明美堂散稿』十(국사편찬위원회본).
74 "假令此書中人 幷世而居 雖千里吾必往 今吾不勞而坐致之 購書雖費 不猶愈於齎糧而適遠乎".

겠는가?"고 대답했다.[75] 학문을 위해서라면 어떤 희생도 감수할 수 있다는 그의 확고한 의지가 그대로 드러나 보인다. 바로 이러한 자세로 해서 그의 위대한 학문의 세계가 열릴 수 있었던 것이다.

병인년丙寅年 불군佛軍이 강화江華를 침공했을 때 강화유수江華留守인 정기원鄭岐源이 평소 혜강惠岡과 친분이 있어서 자주 사람을 보내어 의논하고는 하였는데 하루는 불군이 모래를 잔뜩 배로 실어 날랐다. 아무도 그 연유를 몰랐는데 혜강이 그 말을 듣고는 "저들은 반드시 물이 떨어졌을 것이다. 항아리에 모래를 담고 바닷물을 저장하면 소금기가 없어져 담수가 된다. 그렇지만 저들이 이미 깊이 들어와 물을 구할 방도가 없으니 장차 절로 물러갈 것이다."라고 풀이하였다.[76] 몇일 뒤 과연 불군이 물러가고 말았다. 이는 혜강의 과학적 지식의 깊이에서 나올 수 있었던 통찰력을 웅변해 주는 부분이라 할 것이다.

왜인이 인천을 정탐할 때 아들인 병대炳大가 화친和親을 믿고 방비를 철회할 수 없다고 상소하였다. 이 상소로 대신의 탄핵을 받아 원배遠配됨에 혜강은 "네가 언론言論으로 죄를 얻었으니 영광이라 할 만하다. 화복은 근심할 것이 못된다."고 하였다.[77] 이 대목에서 영재는 "혜강의 위인이 호학하였고, 구애되지 않을 수 있음이 이와 같다."고 평하였다.[78]

이 뒤에 그의 저술을 소개하고 또 하나의 일화를 소개하고 있다. "혜강이 총달회기聰達恢奇하여 하나의 일이라도 모르면 부끄러워했는데, 우연히 해득한 바가 있으면 종이를 펼치고 급히 써 내려 가서 잠깐 만에 수천언數千言이었다. 어떤 이가 자구字句에 실검失儉이 있다고 지적하면 곧

---

75 "此吾所欲也 然所欲有大於此者 博我聞見 開我智慮 惟群書是賴 求書之路 莫便於京 安可憚飢餓之苦 而自就於寡陋哉".
76 "彼必乏水也 盛沙於甕而貯海水 則鹹化爲淡耳 然彼旣深入而無汲道 將自退矣".
77 "汝能以言獲罪 可謂榮矣 禍福非所恤也".
78 "槩惠岡平生爲人好學 而能不苟如此".

응수하여 '그런가! 왜 나를 위해 고쳐주지 않는가? 내가 어찌 문장하는 사람이리오?' 하였다."고 한다.[79] 자신의 학문만을 위해서 정진할 뿐 다른 것에는 전혀 신경을 쓰지 않는 혜강의 면모를 잘 전해주는 대목이다.

그러나 또 한편으로 우리의 관심을 끄는 것은 그의 주체적 면모이다. 혜강의 학식은 이미 당대에도 널리 알려져 있었다. 그로 인해 조인영趙寅永(1782~1850)에 의해 유일遺逸로 천거 받을 기회가 있었지만 절명간진竊名干進할 수 없다고 한 마디로 거절한다. 또 홍석주洪奭周(1774~1842)에 의해 당시 극선極選이라 일컬어지던 노량사상사鷺梁四相祠(果川 四忠書院) 유사有司와 우암尤菴 송시열宋時烈을 배향한 호서원사湖書院事로 추천되지만 이도 역시 한 마디로 잘라 거절한다. 거절의 표면적인 이유는 당색이 다르기 때문이라는 것이었지만 이끗과 세력에 끌리지 않는 혜강의 주체적 면모가 잘 드러나는 일화라 할 것이다.

이상에서 우리는 혜강惠岡 최한기崔漢綺의 학문을 위해서라면 어떠한 것도 희생할 수 있는 자세와 이끗에 끌리거나 세력에 굽히지 않는 주체적인 모습을 볼 수 있었다. 고집스러워 보이기도 하지만 자신의 학문의 세계만을 주체적으로 견지하려 했던 혜강의 모습을 형상화하여 당대의 현실에 비추어 바람직한 학자상을 제시하려했던 것이 영재의 의도로 보인다.

• 「모학자전某學者傳」[80]

서사증徐師曾의 사품四品의 분류에 따르면 탁전托傳에 해당되는 작품이다. 영재가 남긴 전傳 중에서 유일한 탁전이다. 영재가 충청도안렴

---

79 "惠岡聰達恢奇 以一事不知爲恥 遇有所解 伸紙疾書 頃刻數千言 或言字句有失儉 則應之曰 其然乎 盍爲吾改之 吾豈爲文章者哉".
80 『明美堂彙艸』 四(국사편찬위원회본).

사忠淸道按廉使로 나가서 조병식趙秉式을 탄핵하였다가 도리어 평안도 벽동碧潼으로 귀양 간 적이 있었는데(1879) 그 시기의 작품으로 보인다. 자신이 직접 목도한 것을 형상화한 것으로 보인다.

모학자는 한마디로 가도학자假道學者이다. 서두를 "모학자某學者는 성씨를 알지 못한다. 모칭冒稱함이 있었지만 믿을 수 없기에 그를 모라 칭한다."[81]고 꺼낸다. 글의 서두에서부터 그에 대한 강한 불신감을 드러내고 있다. 기사 부분은 크게 둘로 나뉜다. 첫째는 모학자가 연출한 도학자로서의 가면이 크게 효과를 거두어 모든 이가 속아 넘어가는 부분이고, 둘째는 그러한 가면 속의 모학자의 실체가 숨길 수 없는 본연적인 행실로 인해 차츰 밝혀지는 부분이다. 차례로 살펴본다.

궁벽한 고을에 등장한 모학자는 오자마자 "나는 모선생某先生의 후손이고 모공某公과는 족형제族兄弟 사이이다. 조정을 위해 글을 올려 선성先聖과 선현先賢의 철폐된 사원祠院을 빨리 복구하라고 하였기에 죄를 얻었다."[82]고 했다. 서원 철폐에 대한 전국적인 반대 여론을 교묘하게 이용한 것이다. 모학자의 말을 들은 고을 유력 인사들의 작태가 가관이다. 워낙 궁벽한 고을이라 무관武官이었던 군수가 모학자의 가세家勢에 놀라 즉시 알현하고 모든 주선을 다해 주어 불편함이 없도록 하였고, 온 고을 사람들이 이구동성으로 "모학자에게는 욕일 터이지만 우리 고을로서는 그렇게 다행스러울 수 없다."[83]고 했다. 선비들은 한술 더 떠서 명자名刺와 폐백幣帛을 갖추어 알현하기에 급급했다. 이런 주변 인물들의 행태에 맞추어 모학자의 처신은 더욱 교묘해져 갔다.

---

81 "某學者 不知誰氏也 雖有所冒 不足信 故某之".
82 "我某先生之後 某公之族兄弟也 爲朝廷上書 言先聖先賢祠院之撤者 宜亟復 以此得罪".
83 "某學者乃辱 吾邑幸甚".

모학자는 얼굴 모습이 매우 단아하고 잘 꾸며서 종일 의관을 바로 하고 단정히 앉아서 말과 웃음을 망녕되이 하지 않았다. 독서를 즐겨해서 사람들과 이야기를 나누면 반드시 程朱氏와 여러 선생의 언론을 들먹였으며, 楷書를 매우 정교하게 썼다. 일찍이 스스로 말하기를 '일찍부터 학문에 뜻을 두어서 과거를 보지 않았고 집에서 모친을 봉양하면서 세상의 榮名利祿 보기를 부운처럼 하였더니, 지금 불행히도 여기에 이르렀으니 운명이로다!' 하였다.

某學者 狀貌甚雅 善修飾 終日正衣冠危坐 不妄言笑 喜讀書 與人言 必稱程朱氏與諸先生之緒論 又作楷字甚工 嘗自道蚤志于學 謝科擧 家居養母 視世之榮名利祿 如浮雲 今不幸至此 命矣

학문에만 뜻을 둔 전형적인 산림학자山林學者의 모습이 아닐 수 없다. 여기에 이르자 고을 사람들이 백금의 돈을 갹출하여 모학자의 시량柴糧을 주선해 준다. 모학자가 부득이해서 받는 것처럼 하였음은 물론이다.

바로 이 뒤부터 모학자는 마각을 드러낸다. 가면 속의 실체가 밝혀지기 시작하는 것이다.

몇 달 뒤 모학자가 한 기생을 좋아해서 데리고 사니, 더러는 '학자도 또한 이를 면하지 못하는 구나.' 하고 의심했지만 감히 말하지는 못하였다. 한참 뒤에 고을에 訟事가 발생하자 모학자가 정직하지 못한 자의 돈을 몰래 받고 군수를 강요하여 억지로 따르게 했다. 또 고을의 座首·別監 등의 任役을 모학자가 돈을 받고 군수에게 요구하니 군수가 모두 따르지 않을 수 없었으나 차차 그를 싫어하기 시작했다. 그 뒤에 모학자가 부자 집의 어린 자제들을 모아 마작을 시키고 돈을 잃으면 자기 돈을 꾸어주어서 세배로 갚게 했다. 게다가 기생을 꼬여서 합환을 시키고 돈이 생기면 갈라 나누기까지 하였다.

居數月 某學者 見一妓而悅之 畜與居 或疑學者亦不免此 然不敢言也 久之 邑有訟 某學者 潛受不直者錢 爲之右君守 强徇之 又邑中任役所謂座

首別監者 某學者 受其錢 求於君守 君守不能盡從 稍稍厭之 又久之 某
學者 聚邑中富人子年少者 使爲馬弔江牌 所負錢 輒以己錢出而責三倍
復誘妓 使與合 得錢與剖分之

축첩·사건브로커·인사 청탁·도박장 개설·고리대금업·포주노릇 등
악행은 거의 망라되었다. 그것도 특히 죄질이 나쁜 파렴치범의 성격이 질
다. 일이 이 지경에 이르자 드디어 모학자에게 천하의 망뢰자亡賴者라는
평가가 내려지고 군수는 물론 전일 명자名刺와 폐백幣帛으로 뵙기를 청하
던 자들이 모두 침을 뱉고 달아났다. 주었던 돈을 다시 뺏자는 의논도 나오
게 되었고, 학자가 머물던 집주인이 그의 소행을 가장 더럽게 여겨서 날마
다 욕을 해댄다. 모학자가 견디다 못하여 여관으로 숙소를 옮긴다.

더욱 가관인 것은 국가에 경사가 있어서 사면령赦免令이 내리고 난
뒤의 모학자의 행동이다. 사면령이 내렸어도 떠나지 않았는데 그 이유는
조정에서 자기를 사면했다면 반드시 자기를 불러줄 것이므로 성지聖旨
를 받들고 역마驛馬를 타지 않으면 가지 않겠다는 것이었다. 또 몇 달이
지나 돈이 떨어지고 식채食債가 쌓이는데도 자기가 불려갈 때를 기다려
주면 중보重報하겠다고 큰 소리를 친다. 마침 여관 주인이 일이 있어서
하룻밤 집을 비운 틈을 타 모학자가 방안에 있던 물건이란 물건은 몽땅
싸서 달아나 버린다. 결국 사기에서 출발하여 도둑질로 마감한 것이다.
이러한 모학자의 행동에 영재는 심각한 논찬論贊을 가하고 있다.

세상에는 씨족을 冒稱하고 행동거지를 숨기고 남을 속이는 자들이 많
지만 모학자같이 심한 자는 없었다. 그러나 나는 유독 여기에서 분개함
이 있다. 사대부가 안으로 門閥에 기대며 독서를 통해 도의를 말하고,
出處가 밝아 氏族을 모칭하거나 행동거지를 숨김이 없는 자일지라도
조금씩 유명해졌을 때 이곳으로 그를 유혹함에 어느 날 옳지 않은 일
이 털끝만큼 만이라도 있게 되면 이미 자신의 몸에 누를 끼치기에 족

122

하니 어찌 부끄러워하지 않을 수 있으리오? 날마다 조금씩 그 속에 빠져 들어가서 드디어는 전날 했던 바가 남을 속이는 행위에 알맞게 될 뿐이다. 아아! 모학자는 한 亡賴者일 뿐이다. 달아났으니 이는 그만이거니와 만약에 달아날 수도 없는 자라면 어떻게 해야 하나?

世之冒氏族匿行止 以欺人者 多矣 未有如某學者之甚者也 然吾獨有慨焉 士大夫蔭藉門閥 讀書談道義 出處較然 非有冒且匿者 及名稍盛而利有以誘之 一朝有不韙事 僅如毫髮 已足累其身 奈何不能愧畏 日駸駸入其中 遂爲下流 卽前日所爲 適足以欺人而已 噫 某學者一亡賴者 遁則斯已矣 若不能遁者 又何哉

매우 의미심장한 글이다. 모학자는 허다한 집안을 모칭하고 행동거지를 숨겨서 남을 속이는 자 중의 하나에 지나지 않는다는 지적이다. 명문가에서 태어나 학문과 도덕을 갖추어 명성을 떨치던 선비라 할지라도 유혹에 이기지 못하여 약간의 잘못만 저질러도 흠절欠節이 되어버린다고 하였다. 잘못을 즉시 뉘우쳐 돌이키지 아니하고 깊이 발을 담그게 되면 드디어는 하류배가 되어 버려 지난날의 행동은 남을 속이기 위한 것이 되어버리고 만다는 것이다. 사대부라면 마땅히 경계해야할 점을 분명히 지적하고 있다.

이 글에 입전立傳된 모학자는 달아나 버리면 그만인 조무래기인 만큼 별 문제될 것이 없다. 그러나 문제는 '불능둔자不能遁者'에 있다. 즉 '달아날 수 없는 자'는 바로 곡학아세를 일삼던 '산림山林'을 지적하는 것으로 생각된다.[84] 정인홍鄭仁弘(1535~1623)으로부터 비롯하여 상징적 존재로 중대重待를 받아오던 산림은 순조純祖 이후에 외척外戚이 정권을 농단壟斷하는 시기에 이르러서는 거의 외척의 사인私人으로 전락했

---

84 '山林'에 대해서는 李佑成,「李朝 儒敎政治와 '山林'의 存在」,『韓國의 歷史像』(창작과 비평사, 1892)를 참조할 것. 이후 산림에 대한 언급은 모두 이글을 참조하였다.

다. 이들에 대해 매천 황현(1855~1910)은 『오하기문梧下記聞』에서 "산림은 세도가에 깊이 연결되지 않은 이가 없었다. 간혹 국가의 전례典禮를 논하게 되면 반드시 먼저 세도를 쥔 사람의 뜻에 아부하여 그 사주使嗾를 받아 안팎으로 호응하고 시비를 뒤바꾸어 놓는다."[85]고 날카롭게 지적한 바 있다. 산림이라는 지위를 유지하기 위해 세도가에 아부하지 않을 수 없었던 것이다. 결국 기호지세騎虎之勢로 '달아날 수 없는' 처지에 빠지는 것이다. 이들의 행태는 위의 논찬에서 지적한 영재의 발언과 거의 일치한다. 한편 앞에서 살핀 모학자의 행태 중 고을의 송사訟事에 간여하고, 인사에까지 끼어든 것을 조금 확대하여 해석해 보면 이조 후기 노론老論 정권의 하수인이자 외척의 사당私黨 노릇을 했던 산림의 존재 방식과 아주 근사하다.

한편 논찬에서는 언급하지 않았지만 모학자의 손에 놀아났던 그 고을 사람들의 모습도 가관이다. 특히 군수郡守와 유자儒者 등 유력자들의 행태가 모학자의 본색이 드러나기 전과 후로 판이하게 달라지고 있는 것이다. 모학자가 처음 왔을 때 가세家勢에 놀라 그토록 경건하게 예의를 차리면서 숙소까지 마련해 주던 군수가 나중에는 전혀 통교通交하지 않았고, 남에게 뒤질세라 명자名刺와 폐백幣帛 마련에 바빴던 유자들이 나중에는 침을 뱉고 달아났으며, 돈을 갹출하여 시량柴糧을 주선해 주었던 부인富人들이 나중에는 다시 가서 돈을 뺏으려 했으나 장자長者의 저지로 그만둔다. 자신의 이익을 지키기에 급급해서 진실을 전혀 바라보지 못하는 권력지향적인 어리석은 자들의 전형적인 모습이다. 실로 이들의 모습이 생동하게 잘 묘사되어 있다.

어떻든 이 「모학자전某學者傳」은 탁전托傳으로, 만연되어 있는 사대부 계층의 위선적인 모습과 권력지향적 인사들에 대한 신랄한 풍자라 할

---

85 이우성, 위의 논문, 267-68쪽에서 재인용.

124

것이다. 앞에서 살펴본 인물들이 강직한 선비로서의 주체적 자세를 견지하여 한 전범이 될 만 하기에 입전된 것이라면, 모학자는 전혀 바람직하지 못한 하나의 모델로서 입전된 것이라 하겠다.

영재의 시대는 격동기였다. 그리고 영재는 그러한 역사적 격동기를 헤쳐나가기 위해 무엇보다 주체적인 자세가 필요한 것으로 파악하였다. 그러한 인식을 기사문을 통해 펼쳤던 것이다.

이상수李象秀는 어려운 환경이었음에도 학문에 뜻을 두어 높은 경지에 이르렀고, 뛰어난 재능에도 불구하고 매우 불우한 생활을 하였다. 그러나 선비로서의 몸가짐을 깨끗하게 하려고 노력하였던 인물이다. 한성리韓成履는 남의 작적作賊에 연루되어 고문을 받았지만 끝내 실색하거나 말이 흐트러지지 않았을 정도로 강직한 면모를 지닌 인물로, 평소의 몸가짐 뿐 아니라 다른 사람과의 교유에서도 그러한 자세는 계속 견지되었다. 심지어 죽음의 순간에도 강직한 선비로서의 면모를 보여 주었다. 이근수李根洙는 겉으로는 거세고 무뚝뚝하여 사귀기 어렵지만 내면적으로 선비로서의 여러 가지 훌륭한 덕목을 갖춘 인재로 국가적 변고를 당해서는 사절死節할 수 있을 정도의 인물이다.

한편 영재의 삶의 궤적을 추적하면 위에서 형상화된 인물들과 유사점을 발견할 수 있다. 그가 남긴「청토복소請討復疏」를 비롯한 여러 상소문과 불의를 보고 참지 못하였기에 벽동으로 유배가야 했고, 해주관찰사海州觀察使가 되느냐 아니면 고군산古群山으로 유배되느냐의 기로에서 유배의 길을 택하였던 것에서 우리는 영재의 강직하고 흔들림이 없는, 주체적이며 깨끗한 몸가짐을 견지하려는 선비로서의 모습을 볼 수 있다. 비록 여러 가지 사정에 의해 좌절하고 말았지만 영재 자신 격동기에 처한 국가적 위기를 좌시하지 않고 타개하려 노력했던 것이다. 여기에서 살핀 인물 기사에는 영재의 이러한 자의식이 깊이 투영된 것으로 보인다.

영재의 작품에 나타난 주체적 면모를 보여준 학자·시인들의 자세는 절의節義와도 일정한 관련을 가지는 것으로 보인다. 영재는 「정동계사략鄭桐溪事略」의 논찬에서 다음과 같이 절의에 대해 언급한 바 있다.

사대부가 한 일을 당하여 의기가 느껴 격동되어 젊어서 수립함이 있더라도 꺾여버리면 다시 발을 돋우어 전일과 같이 하지 못하는 이들이 많다. 그렇지만 공과 같은 이에 이르러서는 백 번 죽어도 돌이키지 않을 이라고 할 만하다. 선비라면 반드시 공과 같은 뒤에야 절의를 말할 수 있다. 그렇지 않으면 그만두는 것이 낫다.

士大夫當一事 義氣感激 有少樹立 遇摧折 不復能翹然 如前日者 比比也 至如公 可謂百死而不回者 士必如公 然後可以言節義 不則不如已也 〈『전집』 하, 996-97쪽〉

한 번 결심을 하였으면 일이관지一以貫之해야지 중간에 좌절당하였다고 하여 절의를 꺾어서는 안된다는 지적이다. 정온鄭蘊의 절의를 칭송하는 과정에서 언급한 말이지만 절의의 중요성을 잘 강조하고 있다.

영재는 절의를 매우 중시하였다. 물론 그 자신 양심적이고 주체적인 사대부로서 티끌만한 흠도 찾아볼 수 없는 삶을 살았지만, 이는 그의 시대와 밀접한 관련을 가지는 것으로 보이기도 한다. 이 시기에는 크게 위정척사衛正斥邪 사상思想과 개화 사상의 충돌이 있었으며, 개항 후 청淸·일日·러시아의 세력을 등에 업고 행해진 정권 장악을 위한 소용돌이가 있었다. 그리고 대원군과 민씨 일파를 둘러싼 정권 쟁탈전도 빼놓을 수 없을 것이다. 수시로 정세가 변하고 정권이 바뀌는 상황에서 대다수의 인사들이 주체적으로 처신하지 못하고 우왕좌왕하는 판국이었다. 이러한 시대적 상황에서, 위에서 살핀 일련의 인물들의 주체적인 자세는 매우 바람직한 하나의 모델이 되는 셈이다. 그리고 영재 자신이 무엇보다 강조하였던 것이 다름아닌 '아我'의 주체적 자각이었고, 이들이 또한 절의와도 일정하게 관련이 되기에 입전하였던 것이다.

즉 영재는 당대의 현실에 비추어 사대부 계층의 역사적 사명을 충분히 인식하고, 고결하고 주체적 면모를 보인 다수의 긍정적 인물들을 형상화함으로써 시대가 요구하는 인간상을 제시하였던 것이다.

5) 절節과 열烈의 여인들

• 「가련전可憐傳」[86]

함흥咸興의 부기府妓 가련可憐을 입전한 것이다. 열네댓 살 때 감사監司의 객客으로 온 목생睦生과 사랑하는 사이가 되었다. 그런데 이 목생睦生은 남인南人의 대족大族으로 당론黨論을 매우 좋아했다. 함흥에 와서 이야기 할만한 이가 없자 가련을 상대로 서인西人은 그릇되었고 남인이 옳다고 강설講說하였고, 말상대였던 가련도 당론에 일가견을 가지게 되었다. 가련이 「출사표出師表」를 가락에 맞추어 비장하게 잘 외우는 재주가 있었지만 모두 남인 일색이었던 함흥 부중은 그보다는 가련의 당론을 더 원하였다. 심지어 당론 중에 곡절이 은미隱微해서 사람들이 잘 알지 못하는 부분을 제목으로 삼아 책문策文으로 선비를 시험 보이는 것 같이 하기도 할 정도였다. 서울까지 가련의 명성이 자자하게 되었다.

갑술경화甲戌更化(1694)로 정치적 상황이 바뀌어 남인이 몰락하고 노론 정권이 들어서자 가련은 남복男服을 하고 육진六鎭으로 달아난다. 육진에 가서도 귀양 온 남인이 있으면 반드시 안부를 묻고 당론을 꺼내었다. 그러면 귀양 온 사람은 두려움에 손사래를 치면서 말렸다. 남인이 완전히 몰락하고 가련이 관심권에서 멀어졌을 때 비로소 함흥으로 돌아올 수 있었

---

86 『明美堂彙艸』四(국사편찬위원회본).

다. 이때의 감사監司·판관判官·비좌裨佐·빈객賓客이 모두 노론 일색이었기에 "가련은 즐겨 배알하지 않았고, 비록 억지로 불려 가더라도 즐겨 기뻐하거나 웃지 않았다. 억지로 잡아끌어 가까이 하려는 경우가 있으면 거짓말로 회피하고 혹은 몸을 빼쳐 달아나기까지 하였다."[87] 그 뒤에도 항상 탄식하면서 "차라리 남인의 종이 될지언정 노론의 첩은 되지 않겠다."[88]고 했다. 오직 소론을 만나면 자신의 속내를 털어놓으면서 "소론은 일찍이 남인에게 덕을 베풀었으니 제가 멀리하지 못하겠습니다."[89]하였다.

「가련전可憐傳」에는 논찬論贊이 없고 그 자리에 「가련전」을 짓게 된 이유를 설명하는 부분이 들어있다.

太學士 冠陽公이 귀양길에 함흥을 지나갈 때 가련의 나이 이미 80여 살이었다. 공의 문장이 이름난 것을 듣고 술을 가지고 驛舍로 나와 問候하였다. 出師表를 청해 듣던 중 三顧草廬의 대목에 이르러서 관양공이 감동하여 몇 줄 눈물을 흘리고는 '아아! 이 사람은 女俠이로구나! 천한 기생의 신분으로 조정의 사대부를 꾸짖은 죄는 죽어 마땅하나 그 用心이 밝아서 흥망성쇠에 따라 절조를 바꾸지 않았으니, 옛날의 이른 바 俠者가 그러했을 것이다.'하고 女俠詩를 지어 그녀에게 주었다고 한다.[90]

太學士冠陽公 謫過咸興 憐年己八十餘矣 聞公文章名 携酒出候驛舍 請

---

87 "憐不肯謁 雖見召强赴 不肯歡笑 有引之欲自近 輒詭辭以免 甚或奮身跳去".
88 "寧爲南人婢 不爲老論妾".
89 "少論嘗有德於南人 憐不敢疏也".
90 이광덕이 가련에게 주었던 시는 다음과 같다.
　　「題贈咸興老妓詩軸二首」(『冠陽集』卷之一)
　　　其一
　　咸關女俠滿頭絲　함흥의 여협 머리카락 아직 검은데
　　醉後高歌兩出師　취한 뒤에 소리 높여 출사표를 부르네
　　唱到草廬三顧語　창이 삼고초려의 구절에 이르자
　　逐臣淸淚萬行垂　쫓겨난 신하의 맑은 눈물 만 줄기 떨어지네
　　其二는 略한다.

歌出師表 至三顧臣於草廬之中 冠陽公爲之泣數行下曰 嗟呼 此女俠也
夫以賤妓詆訾朝廷士大夫罪 當死 然其用心皭然 不以盛衰改操 古之所
謂俠者然也 爲女俠詩 以貽之云

관양冠陽은 이광덕李匡德(1690~1748)의 호인데 그는 백헌百軒 이경
석李景奭의 증손인 대제학大提學 진망眞望(1672~1737)의 아들로 육진팔
광六眞八匡의 일인一人이다. 이 글은 집안에 전해오는 이야기를 영재가
입전한 것이다. 영재가 말미에 따로 논찬을 가하지 않은 것은, 위에 인용
한 가련을 여협으로 여긴 관양의 생각과 자신의 생각이 일치했기 때문일
것이다. 즉 가련을 입전한 것은 여협으로 여겨질 정도로 흥망성쇠에도
불구하고 자신이 지키던 바를 바꾸지 않았기 때문이다.

한편 이 글에서는 당론이 상당히 많이 언급되어 있다. 대체로 영재
자신의 당파였던 소론에 대해 긍정적인 입장을 취하고 있는데, 가련의
특기가 당론이었기 때문이겠거니와 이를 통해 어이없이 당쟁에 휘말리
게 된 가련의 모습을 부각시키기 위한 방편이기도 하다.

• 「백상월전百祥月傳」[91]

백상월百祥月은 안주安州의 기생이었다. 병마사兵馬使의 비장裨將이
었던 이군李君과 사랑하는 사이였는데 병마사가 인색하였고, 이군 또한
가난하였기에 재물의 수수는 전혀 없었고 마음으로 사랑하였을 뿐이었
다. 이군이 병마사와 의견 충돌을 일으켜 병마사로부터 심한 질책을 당
하고, 돈 육만전六萬錢을 포흠逋欠했다는 누명을 쓰게 된다. 이군이 꼼
짝없이 당하게 되었을 때 백상월이 병마사를 만나 자신이 대신 갚아주겠
으니 이군을 방면해 달라고 하였다. 그리고 곧 시장 사람을 불러 집문서

91 『전집』하, 865-66쪽.

와 가구 등을 내어주고 칠만전七萬錢을 구했다. 포흠 진 것을 갚고 나머지는 모두 이군의 여비로 주었다. 이군이 떠날 때 차마하지 못하는 기색이 있자 백상월은 "저는 천한 몸이니 한 지아비를 따를 수 없습니다. 당신은 부디 노력하여 다시는 저를 염두에 두지 마십시오."[92]하였고, 그 뒤 이전처럼 다시 기생 노릇을 하였다고 한다.

이 글에서 주목되는 것은 이군이 백상월의 도움으로 풀려나서 둘이 나눈 대화 부분이다.

이군이 말하기를 '내가 너 때문에 방면되었지만 참으로 돈이 없으니 앞으로 너에게 끼칠 누를 어찌할까?'하였다. 백상월이 방을 둘러보며 말하기를 '저에게는 이 거처가 있고 또 밭 약간 가구 약간이 있으니 모두 팔면 갚을 수 있을 것입니다. 당신은 걱정하지 마십시오.'했다. 이군이 '내가 너와 살림한지 겨우 몇 달이지만 너에게 아무 것도 준 바가 없으니 네가 가진 것은 모두 前夫의 물건이렸다. 어떻게 나를 위해 갚을 수 있겠는가?'하였다. 백상월이 '무슨 말씀을 그리 구구하게 하십니까? 아무튼 제가 하는대로 따르세요.'하였다.

李君曰 吾縱由汝免 然實無錢 將累汝奈何 百祥月指其室曰 妾有此居 又有田若干 粧奩若干 悉鬻之可以償 君勿憂也 李君曰 吾蓄汝 僅數月 無所與汝 汝所有皆前夫物 何爲償吾 百祥月曰 何言之區區也 第聽吾所爲

평소에 전혀 도움을 주지 못하였다가 자신이 위급해졌을 때 도리어 도움을 받은 이군의 쑥스러워함에 대한 백상월의 모습은 전혀 기생이거나 일개 여자로서의 모습이 아니라 호협하고 당당한 남아의 모습으로 다가온다. 대화체를 사용하여 백상월의 그러한 모습을 훌륭하게 형상화하고 있다. 이러한 백상월의 자세에 대해 영재는 논찬에서 다음과 같이 언급하고 있다.

---

92 "妾賤人 不能從一夫 君努力 勿復念妾也".

이건창은 이르노라. 安州에 百祥樓가 있으니 온 나라에 유명하다. 百祥月의 이름은 이 때문에 이른 것이리라. 太史公의 말에 '緩急은 사람에게 때로 있다'는 것이 있다. 무릇 완급은 참으로 사람에게 때로 있는 바이지만 완급을 같이 해 주는 사람은 때로 있을 수 없다. 이는 예로부터 사대부로서도 어려운 바이지만 백상월이 능히 그것을 하였다. 아아! 누가 백상월을 기생이라고 말하겠는가?

李鳳藻曰 安州有百祥樓 名國中 百祥月之名 以此云 太史公有言 緩急人所時有 夫緩急固人所時有 而同緩急者 不能時有 此自古士大夫所難也 而百祥月能之 噫 孰謂百祥月妓哉

위에서 '완급緩急'이라고 한 말은 유고有故가 있을 때와 없을 때를 지칭하는 말이다. 남이 어려운 처지에 빠졌을 때 등을 돌리지 않고 동참해주는 것도 어려운데, 백상월은 자신의 처지를 돌보지 않고 오히려 구원해 주었다는 것에 영재는 큰 의미를 부여하고 있다. 특히 이러한 행동은 사대부로서도 하기 어려운 것이니 만큼 백상월을 기생이라고 소홀히 취급할 수 없지 않겠는가고 반문하고 있다. 영재는 이 글을 통해서 당시의 염량세태炎涼世態에 대한 하나의 경종을 울린 셈이다.

• 「서이씨사書李氏事」[93]

이 글은 앞의 글과는 달리 여염의 여인으로 열烈을 보인 경우이다. 이씨李氏는 논산論山의 노성현魯城縣 사람 홍태복洪太福과 결혼하였는데 남편이 요절하였다. 15살이었는데 개가하지 않겠다고 맹세하였다. 주위의 사람들이 모두 믿지 않아서 노인들은 "아이가 아직 인도를 몰라서 말을 쉽게 하지만 시간이 지나면 스스로 시집갈 것이다."[94]라고 하였다.

---

93 『전집』 하, 714-15쪽.
94 "是尙不知人道 而言之易 久將自嫁耳".

망뢰자가 음심을 품고 조금씩 말을 흘리자 이씨가 단호하게 대처하였다. 즉 "걱정마세요. 무릇 사람들이 나를 취하려 하는 것은 자식을 낳을 수 있기 때문입니다. 자식을 두려면 젖이 있어야 하는데, 젖을 없애버리면 나를 어쩌지 못할 것입니다."[95]하고 칼로 두 유방을 잘라 장대에 매달아 뜰에 세웠다. 온 마을이 크게 놀란 것은 물론이다.

이상이 이씨가 보인 열의 대강이다. 영재가 충청우도 어사로 나갔을 때 "도보로 마을을 누비며 백성들의 질고를 물었"[96]는데 그 때의 수확이다. 사람들로부터 이야기를 전해 듣고 이씨를 불러 보았는데 애초부터 유방이 없었던 것 같았다고 하였다. 이씨의 시어머니의 말을 인용하고 있는데 자른 날 저녁에 벌써 상처가 치유되어 고통도 없었다고 하였다. 영재는 논찬에서 먼저 중국의 열녀로 몸을 해치면서 까지 절조를 지킨 사람들 중, 머리카락을 자르고 귀를 자르며 나중에는 코마저 잘라 버려서 가장 매서운 행동을 보인 하후령夏侯令의 딸을 예로 들었다. 그러면서 이씨가 유방을 잘라 버린 것은 매우면서도 지혜로운 행동이라 하였다. 자식을 키우는데 가장 요긴한 유방을 자르는 단 한 차례의 행동으로 족했기 때문에 영재가 그렇게 평가한 것이다. 그러면서 하후령의 딸은 대대로 현달顯達하였고, 이씨의 모친은 노비였던 점을 대조하였다. 그런 만큼 이씨의 행동은 더욱 어려운 것이었다고 칭송하였다.[97]

• 「열녀석씨정문명烈女石氏旌門銘」[98]

석씨는 은진恩津 사람으로 18살에 여산礪山의 최순명崔順明에게 시

---

95 "無患 凡人欲取我者 以可子也 可子在乳 卽去乳 安以我爲".
96 "徒行閭里 詢問疾苦". 「明美堂詩文集叙傳」, 『전집』 하, 911쪽.
97 "贊曰 昔夏侯令女 夫蚤死 恐家嫁己 乃斷髮爲誓 其後復截兩耳 及夫家夷滅 歸父家復斷其鼻 古烈女 牋身而完節 未有烈於令女 然彼其數數然者 豈得已哉 若李氏之剪乳 烈且智矣 然令 女家世貴顯 而氏之母 嘗爲人婢云 烏呼 不尤難哉".
98 『전집』 하, 923-24쪽.

집갔는데 효순孝順으로 칭송이 자자했다. 남편이 얼마 뒤 멱을 감다가 죽음에, 통곡하다가 여러 차례 기절하기도 하였다. 시부모를 모시고 억지로 밥을 먹고 지냈는데 3년 뒤 남편의 제사를 지내고 사라져 버렸다. 집안 사람들이 찾아나섰는데 석씨가 들판 가운데 서서 무언가를 찾는 것처럼 하더니 집안 사람들이 이르자 앞의 시내에 몸을 던졌다. 물이 얕아 곧 죽지는 않고 다음날 숨을 거두었다. 앞의 이씨와는 달리 죽음으로 자신의 정절을 지키려 한 것이다.

다음은 죽음에 임박한 석씨의 행동에 대한 형상이다.

다음날 울면서 시어머니에게 고하여 이르기를 "제가 남편 죽은 날 남편 죽은 곳에서 죽으려 하였더니, 지금 집에서 죽게 되었고 또 하루가 늦어졌습니다. 한스럽고 한스럽습니다. 남편의 도포가 제 품 속에 있으니 이것을 가지고 염해 주세요."하였다. 말을 마치자 절명하였다.

翌日 泣告姑曰 婦願以夫死日 死夫死處 今死於家 又遲一日 恨恨矣 夫故袍在婦懷中 幸以此爲斂 言訖而絶

석씨가 그날 밤 들판에서 무언가를 찾는 것처럼 행동하였다고 하였는데 그 무언가는 바로 남편이 죽은 곳이었음을 알려 주고 있다. 짧막하지만 치밀한 구성을 가지고 섬세하게 열녀의 죽음을 묘사한 가작이다. 석씨의 행동에서 받은 감동을 그대로 이어서 명銘에서 표현하고 있다.

• 「근서선충정공기김정녀사후謹書先忠貞公記金貞女事後」[99]

조부인 이시원李是遠의 글에 더하여 지은 서후書後의 형식이다. 이시원의 글이 김정녀가 초례를 치르지 않은 남편 박모에게 시집가서 상제喪

99 『전집』 하, 721-22쪽.

祭를 치루고 시부모를 3년 동안 봉양한 것에서 그치고 있는데, 영재의 글은 그 뒤의 김정녀의 행적에 주목하고 있다.

남편이 죽은 뒤 시어머니가 이어 죽었고 거상居喪하면서 몸을 몹시 해쳤지만 "내가 남편이 죽었을 때 죽지 않은 것은 시부모가 계셨기 때문이다. 지금 시어머니가 비록 돌아가셨지만 시아버지에게 의지해야 하는 것을 운명으로 여기기에 내가 죽음을 참는다."[100]고 하였다. 시어머니의 복을 마치던 해 남편이 죽은지 7년째 되던 날 김정녀가 죽었는데 석씨의 경우와 마찬가지로 임종시의 행동을 실로 극적으로 그려내고 있다.

貞女의 병이 갑자기 깊어져서 시아버지에게 이르기를 "제가 처음부터 죽을 때까지 아버님을 모시려 하였지만 지금 남편이 부르는군요. 제가 아버님을 끝까지 섬기지는 못하지만 너무 슬퍼하지 마시기 바랍니다." 하였다. 입양한 族人의 아이를 가리키며 "이 손자를 잘 살펴주십시요." 하였다. 시아버지가 놀라 울면서 "네 병이 어찌 갑자기 이에 이르렀느냐? 네가 어찌 차마 나를 버리느냐?"하였다. 대답하기를 "저 또한 몹시도 죽고 싶지 않지만 명이 다하였으니 어쩔 수 없을 뿐입니다."하고, 또 "제가 손수 지은 저고리와 치마가 있는데 모두 綵色을 썼습니다. 빼곡한 상자 속에 있으니 죽으면 꺼내어 염할 수 있을 것입니다. 얼굴에 모름지기 조금 脂粉을 발라서 남편이 처음 저를 보고 못생겼다고 싫어하지 않게 해 주십시요. 남편이 손수 쓴 작은 책과 차던 비단 주머니를 제 왼쪽과 오른쪽의 손으로 잡게 해 주십시요. 피차 얼굴을 모르고 상면하는 것이니 모름지기 징험이 될 것입니다."하였다. 말을 마치자 자리를 깨끗이 하고 누워서 자주 해 그림자를 돌아보더니 끝내 남편이 죽은 시각에 죽었다. 이날 저녁 마을 사람들이 그 남편이 푸른 도포를 입고 말을 타고 묘문을 나와서 '나는 신부를 맞이하러 간다.'고 말하는 꿈을 꾸었다고 한다.

---

100 "吾不死於夫者 以有舅姑耳 今姑雖已矣 尙賴舅以爲命 吾忍死".

貞女忽病劇 告其舅曰 婦始欲終事舅 今夫召之矣 婦事舅不得終 願舅勿
恫 指所養族人兒曰 善視此孫 舅驚泣曰 汝病豈遽至此 汝何忍棄我 對曰
婦亦不甚欲死 奈命盡不得自爲耳 又曰 婦有自製衣裳 皆用綵色 在密箱
中 卽死可出以爲斂 面上須少脂粉 冀夫初見婦 不嫌醜也 夫手書一小冊
所帶錦囊 可令婦左右手握之 彼此不識面相見 須有驗也 言已 潔席臥 數
顧日影 竟以夫死之時 沒 是夕里中人 夢其夫綠袍騎馬 從墓門出曰 我迎
新婦去也

대부분 대화로 이루어져 있다 김정녀가 죽어가면서 시아버지를 걱정
하고 입양한 아이를 잘 돌보아 달라고 당부하는 모습이 눈에 선하다. 그
리고 고운 치마저고리로 염을 해달라는 것과 얼굴에 분과 연지를 발라
처음 대면하는 남편이 밉게 보지 않도록 해 달라는 수줍은 여인의 모습
마저 생동하게 묘사된다. 남편과 상면할 때의 증거로 책과 비단 주머니
를 손에 쥐어달라고 당부하는 대목은 그야말로 눈물겹다. 영재도 해 그
림자를 쳐다보며 남편이 죽은 시각에 맞추어 죽은 것이 우연이 아닌 것
으로 파악한 듯 하다. 말미에 마을 사람들이 꾸었던 꿈을 언급하여 김정
녀가 남편이 자기를 부른다고 한 말과 남편을 만나기 위해 갖추었던 세
밀한 준비를 진실된 것으로 만들고 있다. 낭만적인 요소가 가미되면서
이 글이 더욱 감동적이게 하였고, 아름다운 소품으로 형상화된 것이다.
　　한편 위의 열녀를 형상화한 글들이 거둔 문학적 성과는 매우 주목할
만하다. 특히 「열녀석씨정문명」과 「근서선충정공기김정녀사후謹書先忠
貞公記金貞女事後」에서 보여준 죽음에 임박해서의 장면에 대한 묘사는
탁월하다. 마치 영재 자신이 옆에서 보고 들은 것처럼 대화체를 사용하
면서 생동하게 그리고 있는 바, 이는 열녀의 행적 자체가 감동적인 것에
서 비롯할 수도 있겠지만 탁월한 영재의 작가적 역량을 보여주는 증거에
다름 아니다. 영재의 기사문이 단순한 역사적 기록물로 그치는 것이 아
니라, 일정한 문학적 성과를 거두고 있음을 우리는 여기에서 분명하게

확인할 수 있다.

• 「이수칙전李守則傳」[101]

여기에 입전된 이씨는 매우 특이한 인물이다. 궁인이 아닌 양가의 여자로 우연히 궐내에서 세자를 하룻밤 모시게 되었고, 그 뒤로 수절을 하였다. 대강의 경개는 다음과 같다.

영조 말년, 이씨의 외가 쪽으로 후궁에 충원된 사람이 있었다. 15살의 나이였던 이씨가 어머니를 따라 궐내로 들어갔다가 장헌세자莊憲世子(思悼世子)를 하룻밤 모시게 되었다. 나와서는 그 사실을 깊이 숨겼다. 세자가 죽자 세수도 하지 않고 머리도 빗지 않았으며 주야로 작은 방 속에서 지냈다. 끼니때와 대소변을 볼 때도 떠나지 않아서 마치 미친 사람 같았다. 부모가 죽자 동생에게 의지하여 지냈다. 동생이 그 연유를 묻자 조금 알려주고는 말이 새나가지 않도록 신신 당부했다. 10여 년이 지나 정조가 즉위하였을 때 일찍이 세자를 섬겼던 사람들에게 모두 은혜를 베풀었지만 이씨는 더욱 신칙하여 숨기게 하였다. 그러나 이때부터 조금씩 소문이 나게 되었다. 또 10년 뒤 임금이 크게 인정仁政을 베풀어 가난하여 혼인을 치르지 못한 남녀에게 재물을 주어 혼인을 치르게 하였다. 남부령南部令이 살피는 과정에서 이정里正이 그 일을 알려주었고, 남부령은 재상에게, 재상은 정조에게 아뢰었다. 정조가 늙은 궁인을 불러 사실을 확인하고, 직접 이씨를 불러 세자의 용모를 말하게 하니 모두 사실과 부합되었다. 그리하여 수칙守則이란 호를 내리고 삼품三品의 녹을 먹게 하였으며, 정려를 하였다. 이상이 대강의 줄거리이다. 영재는 이씨가 사도세자를 모셨고, 그 사실을 끝내 숨겼다는 것에 초점을 맞추었다.

101『전집』하, 903-06쪽.

다음은 논찬부의 기술이다.

외사씨는 이르노라. 처음에 이씨가 동생에게 이르기를 "내가 이리하는 까닭은 내 뜻을 굳게 하고 내 몸을 깨끗이 하여 죽으려는 것일 뿐이지 先世子 때문이 아니다. 선세자가 어떤 사람인데 천인으로 감히 사사로이 말할 수 있겠느냐?"고 하였다. 정조가 그 말을 듣고 감탄하면서 더욱 현명하다고 여겼다. 그러나 이씨의 뜻은 여기에서 그치지 않는다. 정조도 그 뜻을 알았지만 차마 명백히 말하지 않았다. 세자가 있을 때 賊臣들이 그 英明함을 꺼려서 밤낮으로 流言을 만들어 영조에게 참소하였고, 민간에도 '세자가 閭里를 微行하면서 예쁜 여자를 겁탈한다.'고 널리 전해져서 흉흉하여 그치지 않았다. 이씨가 사랑을 얻은 것도 일이 매우 명백하지 않다. 만일 이러한 사실이 퍼트려져서 세자에게 무거운 누가 되면 죄가 이씨에게 있다. 깊이 숨기고서 말하지 않은 것은 까닭이 있으니 忠하면서 슬기롭다고 말할 수 있다. 정조가 깊이 세자를 새기고 적신들을 먼저 죽이고 李彝章·林德躋 등의 제현들을 褒贈한 것은 모두 세자를 위한 까닭이었다. 이씨가 끝내 스스로 말하지 않아서 수십 년 뒤에 비로소 알려졌으니 그녀가 이른 '堅志潔身'이라는 말을 더욱 믿을 만 하다. 丙吉은 德으로, 李守則은 節로 하였지만 말하지 않았으면서 보답을 바라지 않은 것은 마찬가지이다. 누가 천한 여자라고 말하겠는가?

外史氏曰 始李氏告其弟曰 吾所以爲此者 堅吾志潔吾身 以死而已 非爲先世子也 先世子何如人 豈賤人所敢言私哉 正宗聞之 嗟歎以爲賢 然李氏竟不止此 正宗知其意 然不忍明言之也 方世子時 賊臣忌其英明 日夜爲流言 讒於英宗 民間譁傳世子微行閭里 奪人好女子 洶洶不止 李氏得幸 其事不甚明白 萬一以此實流言 而重累世子 罪在李氏 其深匿不言有以 夫可謂忠且智矣 當正宗痛念世子 首戮賊臣 悉褒贈李彝章林德躋諸賢 皆爲世子故也 李氏竟亦不自言 至數十年後 始以聞 其所謂堅志潔身者益信 丙博陽以德 李守則以節 其能不言而不望報 則均也 孰謂賤女子哉

여기에 영재가 이수칙을 입전한 이유가 명백히 드러난다. 이수칙이 단순히 사도세자를 위해 수절했기 때문이 아니라 '견지결신堅志潔身'의 뜻을 품고 그것을 실천했기 때문이다. 더욱 깊이 생각하여, 자신이 사도세자와 관계를 맺었다는 사실이 유포되면 그 누가 결국은 세자에게 돌아갈 것임을 헤아렸기도 하다. 이러한 이수칙의 행동을 보고 영재는 '충차현忠且賢'이라고 표현하였다. 아무런 보답도 생각하지 않고 30년의 세월을 묵묵하게 있었으니 참으로 천한 여자라고 할 수 없다는 것이다.

이수칙은 이미 이옥李鈺(1760~1812)에 의해 입전된 바 있다.[102] 그리고 실록에도 수칙에 관한 기사가 실려 있다. 대체로 이옥의 「수칙전守則傳」은 실록의 내용과 거의 일치하는 것으로 파악된다.[103] 영재의 「이수칙전」은 이옥의 것과 내용에 약간의 차이가 발견된다. 먼저 궁에 들어간 경위에 대해 「이수칙전」은 궁인이었던 이모를 연줄로 하여 어머니를 따라 들어간 것으로 되어있다. 「수칙전」에는 단순히 승은承恩한 것으로 처리하였지만, 「이수칙전」에서는 장헌세자를 하룻밤 모셨다고 대상을 명시하고 있다. 그리고 출궁出宮 후 「수칙전」은 이모와 동거한 것으로 되어 있지만, 「이수칙전」은 부모와 함께 살다가 부모가 모두 죽자 동생과 같이 지낸 것으로 되어 있다. 「수칙전」에 나오는 개를 길러 사람을 막았다든지 불이 났어도 밖으로 나오지 않았다든지 하는 대목은 「이수칙전」에 나타나지 않는다. 반면 위에서 인용한 논찬부의 언급은 「수칙전」에서 발견할 수 없다. 이러한 내용상의 차이점과 함께 두 사람의 입전의식에 있어서도 상당한 차이가 있는 것으로 보인다. 이옥의 입전 동기는 절의의 지속성에 있는 것으로 알려진다.[104] 부연하면 세자와 관계한 몸을 다른 사람에 의해 더럽힐 수 없다는 생각으로 수절한 것을 높이 평가한 것

---

102 『藫庭叢書』 十一(梅花外史), 4頁에 「守則傳」이라는 제목으로 수록되어 있다.
103 朴晙遠, 「朝鮮後期 傳의 事實受容樣相」, 『한국한문학연구』 제12집(한국한문학연구회, 1989)를 참조할 것.
104 김균태, 『이옥의 문학이론과 작품세계의 연구』(서울대 박사학위논문), 199~201쪽 참조.

이다. 그러나 사실을 숨기고 드러내지 않은 이유에 대한 설명은 전혀 이루어지지 않고 있다. 반면 영재의 입전 동기는 논찬부에서 드러나듯 이수칙의 '견지결신堅志潔身'의 정신에 있다. 사실을 숨긴 것도 세자에게 누가 될까 저어한 것도 있지만 '견지결신'의 결심이 강하게 작용한 것으로 파악하고 있다. 이수칙의 "선세자를 위함이 아니"라는 말을 언급하고 있는 것에서 잘 드러난다. 그렇다면 영재가 이옥보다 더 높은 차원에서 이수칙을 평가하고 있는 셈이다. 즉 이옥이 의식한 이수칙은 굴종적으로 수절한 여인의 형상을 가지고 있다면, 영재가 의식한 이수칙은 독립된 한 인간으로서의 주체적 사고를 통해 행동하였던 여인상인 셈이다. 앞에서 살핀 주체적 면모를 보인 학자·시인들을 기사의 대상으로 한 것과도 일정하게 관련이 되는 것이다.

일반적으로 봉건사회하의 여성들이 바람직한 행위를 보이고 그로 인해 기사로 형상화되는 것은 주로 '열烈'과 관련되는 경우였다. '절節'은 거의 양반 사대부의 전유물이다시피 한 것이 사실이다. 그런데 영재는 가련과 백상월에게서 사대부들이 보여주기 힘든 훌륭한 절의의 행동을 발견하고 그들을 입전하였다. 한치 앞도 제대로 내다보기 어려운 혼란스러운 시대적 상황 하에서, 가련可憐이 목생睦生과 인연을 맺은 뒤 죽을 때까지 남인을 칭찬하고 노론을 욕하였던 것, 백상월이 자신의 온 재산을 털어 남의 위기를 구해준 행위—절의를 꺾지 않았던 모습—에 중요한 의미를 부여한 것이다. 영재 자신이 무엇보다 강조했던 것이 다름 아닌 '아我'의 주체적 자각이라는 것을 염두에 둔다면, 영재가 절의를 중시하고 관심을 기울인 까닭을 납득할 수 있을 것이다. 한편 이수칙의 '견지결신堅志潔身'의 정신도 독립된 인간으로서의 주체성을 토대로 한 '절節'이라는 점에서 이와 관련이 깊다.

영재가 절의를 중시하고 자신의 기사문의 중요한 주제로 삼았던 것은 앞에서 누누이 언급하였듯이 시대적 요구였다. 한편 주체적으로 자아를 각성하고 고결한 삶의 면모를 보인 인물들의 경우도 절의와 매우 깊은 관련을 갖는 것으로 보인다.

그리고 영재의 '열烈'에 대한 인식은 다음에서 잘 나타난다.

아아! 신하가 임금 때문에 죽고 아내가 남편 때문에 죽는 것은 모두가 스스로의 도리를 다한 바이지, 반드시 임금과 남편에게 도움이 있은 뒤에 죽는 것은 아니다. (중략) 그러나 자고로 충신과 열녀는 亡國과 喪家에서 많이 나왔기 때문에 죽어서 도움이 있었던 사람은 항상 적고, 도움이 없었던 사람은 항상 많았다. 이에 세속의 의논이 왕왕 헛된 죽음이라고 허물을 삼았다. 비록 그러한 말은 가릴 것도 없지만 충신과 열녀에게 불행하게 되는 것은 심하다. 만일에 죽어서 임금과 남편에게 도움을 줄 수 있다면 스스로의 도리를 다한 사람에게 진실로 더할 나위가 없게 되고, 혼백이 알게 된다면 또한 지하에서 유쾌해 하리니 어찌 다행이 아니겠는가? 게다가 이른 바 세속의 의논이 닫혀 버려서 용훼가 감히 나타나지 않을 것이다. 그리고 세상의 풍교를 주관하는 자가 잘 드러내어서 충신과 열녀에게 이같음이 없을 수 없다는 것을 알게 하고, 또 도움이 없었던 사람과 도움이 있었던 사람이 스스로의 도리를 다했다는 점에 있어서는 꼭 같아서 우열을 용납하지 않는다는 점을 알게 하면, 더더욱 도움이 있었던 자의 공이 아니겠는가?

烏乎 臣而死於君 婦而死於夫 皆所以自盡也 非必有益於君與夫而後死也 (中略) 然自古以來 忠臣烈女 多出於亡國喪家 而死而有益者 常少 其無益者 常多 於是 世俗之論 往往以徒死爲咎 雖其說不足以辨 而其爲 忠臣烈女之不幸 則甚矣 萬一有死而能益於其君與夫 則雖於其所以自盡 者 固無所加焉 而魂魄有知 亦將愉快於地下 豈非幸哉 況所謂世俗之論 閉 喙不敢出 而世之主風敎者 又從以揚之 使知忠臣烈女之不可無如此 而又因以知所謂無益與有益者 均之爲自盡 而不容軒輊 則尤豈非有益者 之功歟.〈「烈婦韓氏旌門銘」,『전집』하, 925-26쪽〉

대체로 논의의 초점이 충신과 열녀의 죽음은 임금과 남편에게 도움이 있든 없든 스스로의 도리를 다한 것이기에 훌륭하게 취급되어야 한다는 점에 모여 있다. 그리고 여기에서 한 가지 주목되는 것은 충신과 열녀를 나란히 언급하고 있는 점이다. 물론 이는 전통사회에서 공지의 사실로 인정되고 있지만 영재 역시 예외가 아님을 확인할 수 있다. 그리고 영재가 열녀에 관한 기사문을 왜 짓게 되었나 하는 논거가 되기도 한다.

영재는 열과 충을 동등한 가치를 지닌 것으로 파악하고 있다. 절의와 효, 그리고 충이 민족이 처한 위기적 상황을 헤쳐 나가기 위해 소중한 것으로 파악하였던 만큼 그와 동등한 사회적 규범으로서의 가치를 지니고 있는 열에 대해 주목했던 것이다. 충과 효, 열이 전통 사회에서 일반적으로 중시되는 규범적 덕목이고, 그에 상응하여 인물전을 비롯한 많은 양식으로 허다한 작가들이 그를 주제로 형상화한 것이 사실이다. 이러한 사실은 곧 열의 중요성을 뒷받침하는 명백한 증거이기도 하다.

6) 역사상歷史上의 인물에 대한 재조명再照明

• 「육신사략六臣事略」[105]

이는 물론 사육신死六臣에 관한 기사문이다. 박팽년朴彭年・성삼문成三問・유응부兪應孚 등의 육신 개개인을 문제 삼은 것이 아니고, 육신을 한 묶음으로 파악하여 기술하고 있는 것이 특징이다.

서두를 세종이 집현전集賢殿을 설치하여 신숙주申叔舟・정인지鄭麟趾・성삼문成三問・유성원柳誠源 등으로 충원하여 집안 사람들처럼 그들을 대우하였다는 사실로 시작한다. 신숙주가 술에 취해 자고 있을 때 세

---

105 『전집』 하, 1001-07쪽.

종이 손수 자초구紫貂裘를 덮어 주었다는 사실을 특필하고 있다. 이 글의 마지막을 '인생이 마침내 이에서 그리는 구나!'[106]라는 신숙주의 넋두리고 맺고 있는 바, 앞과 뒤에서 호응할 수 있게 안배한 것이다. 그리고 성삼문이 숙직하고 있을 때 심야에 동궁이었던 문종文宗이 이제는 오지 않겠거니 하고 옷을 벗고 자는데, 신발 끄는 소리가 나면서 동궁이 찾아와 급히 마중하였다는 일화를 들고 있다. 이러한 총애를 받자 "여러 학사學士들은 모두 뒷날 한 번 죽음으로써 보국하기를 원하였다."[107]

　세종과 문종이 연이어 죽고 어린 단종이 즉위하자 세조가 한명회韓命澮·권람權擥 등의 도움으로 김종서金宗瑞를 비롯한 선조先朝의 중신들을 모두 죽이고 대권을 장악하는 과정을 간략히 기술하고 있다. 정인지와 신숙주는 공으로 부원군府院君에 봉해져서 끝내 세조의 명신이 되었고, 박팽년 등의 다섯 사람과 유응부는 죽었다고 하였다. 이 대목에서 다시 육신의 거사 모의로 돌아간다. 세조가 즉위하였을 때 성삼문이 옥새를 안고 통곡하였다는 것과 박팽년이 경회루의 연못에 투신하려 했다는 사실을 언급한 다음, 성삼문이 박팽년에게 들려준 이야기를 기록하고 있다. "상왕이 무양하고 우리들이 죽지 않았으니 오히려 일을 꾸밀 수 있다. 일이 이루어지지 않은 뒤에 죽어도 늦지 않다."[108]는 내용이다. 그리하여 중국의 사신이 온 기회를 타서 거사하려 계획하였다. 그러나 한명회의 말로 운검雲劒이 없어져 실패하고 만다. 거사를 하느냐 마느냐로 빚어진 유응부와 성삼문 등의 갈등에 대해서도 간략히 언급하고 있다. 결국 김질金礩의 고변으로 모두 잡혀 국문을 당하게 되었다.

　박팽년, 성삼문, 유응부의 순서로 문초 받는 모습을 그리고 있다. 박

---

106 "人生會當止此".
107 "當是時 諸學士 皆願他日以一死報國".
108 "上王無恙 我等不死 尙可以有爲 事不成 死亦不遲".

팽년의 경우 세조를 나으리라고 부르고, '신臣'자를 쓰지 않고 모두 '거巨' 자를 썼다는 것을 특필하였다. 성삼문이 문초 받는 모습의 형용에 많은 지면을 할애하고 있는데 세조의 녹을 먹지 않았음과 신숙주를 꾸짖는 장 면이 인상적이다. "숙주야! 전날 너와 집현전에 있을 때 세종이 원손元孫 을 안고 달 비치는 정원을 거닐면서 우리들에게 '과인이 죽은 뒤 너희들 이 이 아이를 생각해다오.'하신 말씀이 오히려 귀에 있는데 너만 홀로 그 것을 잊었느냐?"[109]고 하였다. 성삼문이 죽은 뒤 집을 적몰籍沒하는 과 정에서 찬탈 뒤의 녹을 먹지 않았다는 것은 사실로 드러난다. 유응부의 경우 자신의 주장대로 거사를 미루지 않았어야 했음을 들어 성삼문을 축 생畜生과 다름없다고 매도하며, 혹독한 고문에도 얼굴색을 바꾸지 않고 견뎌 낸다. 이개와 하위지의 경우는 매우 간략하다.

문초를 다 받고 형장으로 끌려가면서 보인 성삼문의 언행에 대한 기 술이 특히 감동적으로 되어 있다.

성공이 장차 나가려 할 때 諸臣들을 돌아보며 이르기를 "너희들은 新 君을 잘 보좌하여 태평을 이루어라. 나는 돌아가 지하에서 옛 임금을 뵐뿐이다."고 하였다. 어린 딸이 檻車를 따라오며 곡을 하자 공이 머리 를 숙이고 이르기를 "우리 남자들은 반드시 모두 죽을 것이나 너는 여 자이므로 살 수 있을 것이다."하였다. 종이 술을 따라 올리자 공이 그 것을 마시고 시를 지었는데 '顯陵의 松柏이 꿈에 어릿어릿하네.'라는 구절이 있었다.

成公將出 顧謂諸臣曰 若輩好佐新君 致太平 某歸見故君於地下耳 幼女 隨檻車而哭 公俯首謂曰 我男必盡死 汝女也 可以生矣 其奴上之酒 公飮 之賦詩 有顯陵松栢夢依依之句

---

[109] "叔舟 昔與汝在集賢殿時 英廟抱元孫 步月於庭 於臣等曰 寡人千秋萬歲後 若曹須念此兒 言猶在耳 汝獨忍忘之耶".

문초를 받는 과정에서도 이미 성삼문의 어떠한 폭압에도 굴하지 않는 서릿발 같은 의지가 잘 묘사되어 있지만, 이 대목에서는 그러한 불굴의 의지뿐만이 아니라 어린 딸의 처지를 가엾게 생각하는 평범한 아버지로서의 모습을 그림으로써 그의 인간적인 면모를 보다 풍부하게 형상화하였다.

잡혀서 문초를 받지 않고 스스로 자결한 유성원의 죽음의 모습을 기술한 다음, 사육신이 모두 죽은 뒤 정인지 등의 행각을 기술하고 있다. 즉 그들이 상소를 올려 "모某 등의 모의를 상왕上王이 반드시 미리 들었을 것이니 종묘사직宗廟社稷에 죄를 얻은 것입니다. 일찍 도모하여 후환을 끊어버리기를 청합니다."[110]하여 단종을 영월로 이배移配하였다가 뒤이어 살해한 부분을 말한다. 그리고 앞에서 언급한 것처럼 신숙주의 회한에 찬 "인생이 마침내 이에서 그치는구나!"라는 말로 전체를 마무리하고 있다. 같은 세종대의 집현전 학사로서 정인지와 신숙주는 변절하여 세조의 세력에 가담하였던 반면 사육신은 최후까지 세종에 대한 충절을 지킨 것을 대조시킴으로써, 사육신의 절조를 더욱 높이는 효과를 얻었다.

사육신에 대해서는 이미 남효온이 「육신전」을 지어 그들의 충절을 남김없이 형상화한 바 있다. 「육신사략」을 「육신전」과 비교하였을 때 구성 수법에 있어서 상당한 차이점이 발견된다. 「육신전」이 사육신을 개인별로 나누어 기술하면서 작품 전체의 유기적 통일을 지향하고 있다면, 「육신사략」은 아예 집현전에서부터 죽음에 이르기까지의 과정을 개별이 아닌 전체로서 추적해 가는 방법을 쓰고 있는 것이다. 즉 「육신전」이 인물을 통해 사건을 추적하고 있다면 「육신사략」은 사건의 전개를 통해 인물을 형상하고 있는 것이다. 이 점은 단지 구성 수법상의 차이일 뿐 두 작품의 문학성의 차이를 나타내는 것은 아니다. 내용면에서 보면 가끔씩 정

---

110 "某等之謀 上王必預聞 得罪宗社 請早圖 以絶後患".

인지와 신숙주에 대해 기술하고 있다. 서두 부분에서 이들이 사육신과 함께 세종의 총애를 받던 모습, 그리고 마지막 부분에서 변절자로서의 정인지의 두려움에 떨면서 취하는 추한 행동, 신숙주의 죽음에 임박해서의 고뇌에 찬 독백 등은 이 작품의 앞과 뒤에서 서로 호응하면서 이 글을 사육신의 전기적 기록물 이상의 차원으로 끌어올리고 있다.

영재의 시詩 중에서 「고령탄高靈歎」이 있다. 고령부원군에 봉해진 신숙주에게 초점을 맞춘 시이다. "인생이 마침내 이에서 그치네!"[111]라는 구절을 반복적으로 사용함으로써 신숙주의 죽음에 임박해서의 인간적 회한을 선명하게 그리고 있는 작품이다. 이 「고령탄」을 염두에 두면서 「육신사략」에서의 영재의 의도를 생각해 보면 영재가 왜 사육신의 전기적 사실에만 관심을 두지 않고 정인지·신숙주 등의 인물에 대해서도 기술하였는지를 알 수 있다. 즉 영재의 의도는 단순히 사육신의 충절을 그리는 것에서 더 나아가 정인지·신숙주의 변절과 죽음에 임박해서의 신숙주의 회한의 모습을 그려냄으로써 충절의 모습과 변절의 모습을 대조시키고, 그를 통해 더욱 충절을 강조하는 것에 있었던 것이다. 영재의 이러한 의도가 소기의 성과를 일구어내었음은 물론이다.

• 「조문정공전趙文正公傳」[112]

물론 정암靜庵 조광조趙光祖를 입전하였고, 무려 4,000여자에 달하고 등장하는 인물만 헤아려도 63명에 달하는 방대한 작품이다. 정암이 김굉필金宏弼에게 사사받는 데에서 시작하여, 기묘사화己卯士禍로 사약을 받고 운명하기까지를 비교적 객관적으로 담담하게 서술하고 있다. 물론 정암이 이 글의 중심에 놓여지지만, 도학정치를 실현하기 위해 동분서주하

---

111 "人生會止此".
112 「전집」 하, 872-89쪽.

는 모습과 기묘사화의 전말을 하나도 놓치지 않고 상세히 기술하고 있는 것도 하나의 특징이다.

먼저 정암의 인물됨됨이에 대한 언급을 살피도록 한다.

광조가 부름을 받고도 응하지 않자 혹인이 그 이유를 물었다. 광조가 얼굴을 찡그리며 "나는 평소에 이익이나 영달을 마음에 두지 않았고 또 지금 세상은 옛날과 다르다. 虛譽와 過情을 내가 수치스럽게 여기니 차라리 과거로 벼슬에 나아가 行道의 계단으로 삼으리다."고 말하였다.

光祖被徵不赴 或問之 光祖蹙然曰 吾素不以利達爲心 且今之時與古異
虛譽過情 吾心恥之 無寧由科擧進 以爲行道之階

조지서造紙署의 종육품직從六品職인 사지司紙로 불렀을 때 응하지 않은 이유를 스스로 말한 것이다. 여기에서 정암의 헛된 명예 따위를 추구하지 않고, 정도를 걸으려는 사대부로서 참된 모습이 잘 드러난다. 이러한 정암의 자세는 여진족이 갑산甲山을 침범했을 때 대응책을 의논하는 과정에서도 잘 드러난다. 기병奇兵을 내어 불시에 습격하자는 조정의 공론에 정암은 "지금 일을 의논한 자들의 말은, 도적들이 틈을 보아 속이려는 꾀이지 왕자가 오랑캐를 막는 도리가 아닙니다. 어찌 당당한 왕조로 한 보잘 것 없는 오랑캐 때문에 도적의 음모를 행해서 나라의 위엄을 욕되게 할 수 있겠습니까? 저는 그 점을 안타깝게 생각합니다."[113]라고 하였다. 어떤 면에서는 융통성 없는 고루한 선비의 모습으로 보이기도 하지만, 조지서造紙署의 사지司紙로 불렸을 때 나아가지 않은 그의 모습과 함께 정인군자로서의 당당한 면모를 잘 드러내는 일화이다. 다음은 직접적으로 정암의 모습을 형용한 부분이다.

---

113 "今議事者之言 乃盜賊狙詐之謀 非王者禦戎之道 奈何以堂堂王朝 爲一么麽醜虜 行盜賊陰謀 辱國損威 臣竊病之".

광조는 天資가 특이해서 키가 크고 얼굴이 희었다. 조회에 여러 사람
이 모이면 우뚝 다른 이들보다 빼어났고, 일찍이 輦臺로부터 廷班을
지나칠 때 풍채가 훤하여 모든 관료들이 그 때문에 마음이 절로 수그
려졌다. 그가 선비는 반드시 修己治人으로 가르치고 일반인은 반드시
孝親敬長으로 가르쳤다. 요행을 엄히 눌렀고 공도를 크게 떨쳤으며 밝
고도 훤하여 조금의 은폐도 없었다. 사헌부에 있었을 때에는 형정이 간
명하고도 엄숙하여 경향간에 기강이 있었다.

光祖天資特異 長身玉色 朝會衆集 巍然出人 嘗自下輦臺 趨過廷班 風采
朗映 百僚爲之心沮 其敎士必以修己治人 敎人必以孝親敬長 痛抑僥倖
恢張公道 明白洞達 無毫髮隱蔽 居憲府 刑政簡肅 都鄙有章

정암의 자품資品이 워낙에 옥골玉骨로 빼어났기에 남들이 주눅이 들
정도였다고 하였다. 그리고 다른 이를 인도할 때의 자세, 일상생활에서
의 공명정대함을 형용하고 있다. 바른 길을 걷는 정인군자正人君子로서
의 연장선상에 있는 행동인 것이다. 다음은 정암이 강조한 수기치인修己
治人과 관련되는 대표적 일화이다.

일찍이 길에서 보니 어떤 유생이 남의 冠巾을 빼앗아 찢으면서 이르기
를 "부자가 相姦하니 함께 나란히 설 수 없다."하였다. 그 사람이 통곡
을 하고 광조에게 와서 호소하였다. 광조가 이르기를 "이는 너에게 달
려있다. 네가 지금부터 몸을 건실하게 하고 행동을 닦아서 善人으로
알려지면 사람들이 모두 '앞의 한 말은 잘못이다.'라고 하리라. 네가 만
약 행사가 패려궂어서 不善人으로 일컬어지면, 내가 너를 위해 변명하
려 해도 할 수 있겠는가?"라고 타일렀다. 그 사람이 머리를 조아리고
나가더니 뒤에 과연 善人이 되어서 다시는 相姦者라는 말이 없었다.
광조가 출입할 때마다 저자 사람들이 서로 줄지어 앞에서 절을 하고
간혹 우리 상전이라고 불렀다.

嘗路見儒生奪人冠巾裂之曰 父子相姦 不可與齒 其人痛哭 歸訴光祖 光

祖曰 是則在汝 汝自今飭躬修行 以善人聞 則人必曰 前言誤耳 汝若行事
悖戾 以不善人稱 則吾雖欲爲汝辨之 其可得乎 其人叩頭出 後果爲善士
無復言相姦者 光祖每出入 市人相與羅拜於前 往往呼吾上典

위의 일화는 정암의 수기치인으로 남을 훈도하는 모습과 당시 사람들로부터 그가 얼마나 존경을 받고 있었나 하는 것을 잘 드러내고 있다.

그런가하면 곳곳에서 정암의 외롭고 고뇌에 찬 모습을 그려내고 있기도 하다. 현량과賢良科의 설치로 사류士類들이 대거 등용된 뒤부터는 김식金湜 등의 인물이 도리어 정암을 머뭇거린다고 배척하려 한 것이다. 정암이 성수침成守琛·허백기許伯琦와 함께 시사를 논할 때 사류의 틈이 벌어지고 과격해 지는 것을 우려했다고 한다. 그리고 일이 벌어져서 모두 옥에 갇혀 있을 때 정암이 밤새도록 통곡을 하자 김정金淨과 김구金絿가 "효직孝直이! 죽음은 항상 있는 것인데 어찌 곡을 하며 눈물을 짓기까지 하는가?"[114]라며 오해하였다. 이에 대한 정암의 대답은 "내가 죽음을 두려워하는 것은 아니라네. 다만 내 임금을 보고 싶을 뿐일세. 내 임금이 어찌 이러실 수 있겠나?"[115]라는 말이었다. 이 대화는 정암의 주변에 있었던 가까운 사류들조차 정암의 속마음을 진정으로 이해해 주지 못하였다는 것을 여실히 나타낸다.

다음은 기묘사화己卯士禍의 전말에 대한 것이다.

영재는 기묘사화를 일으킨 인물들에 대해 세세한 묘사를 하고 있다. 먼저 남곤南袞·심정沈貞·홍경주洪景舟·고형산高荊山 등의 주모자가 어떤 연유로 정암과 등을 돌리게 되었나 하는 사실에 주목한다. 그리고 방조자라 할 수 있는 윤순尹珣의 처와 정미수鄭眉壽의 첩에게도 시선을 돌

---

114 "孝直 死常耳 何至哭泣爲".
115 "吾非畏死也 但欲見吾君 吾君豈有是哉".

리고 있다. 이들이 홍경주의 딸인 희빈熙嬪과 경빈敬嬪 박씨朴氏 등을 동원하여 일을 꾸미고, 밀지密旨를 거짓으로 만들어서 시임 형조판서였던 이장곤李長坤을 끌어들이는 대목도 놓치지 않고 세밀하게 기술하고 있다. 남곤이 거짓으로 꾸민 밀지를 가지고 초립포의草笠布衣로 영의정이었던 정광필鄭光弼의 집에 갔다가 힐난을 당한 조그만 사실마저 기술하였다. 특히 이 대목에서 주목되는 것은 남곤 등이 일을 꾸밀 때 날카롭게 대립하였던 정광필의 위인에 대한 언급이다. 이미 그가 초립포의로 자기에게 온 남곤을 나무란 바 있거니와 중종의 재가로 기묘당적己卯黨籍에 오른 사람들을 모두 체포한 후 심정과 홍경주가 국문할 것 없이 박살할 것을 청하자, 이장곤이 "임금이 도적의 술책을 쓸 수 없고, 나라에 큰 일이 있는데 수상首相이 몰라서는 안된다."[116]고 항의 하였다. 이에 정광필을 불렀는데 이 때의 행적 또한 상세히 기술하였다. "정광필은 평소 대체大體를 지니고 있어서 광조가 용사할 때 건백이 있기만 하면 부지런히 그것을 좇았다."고 기술하였고, 불려 들어와서는 중종에게 간청하여 "광조 등이 연소年少한 유생儒生으로 시의時宜를 알지 못하여, 망녕되이 옛 것을 끌어 지금에 베풀려 했지만 어찌 다른 뜻이야 있었겠습니까? 조금 용서를 베풀어주시고 공경公卿과 함께 의논하여 그들을 논죄論罪하십시요."[117]하면서 말을 마치고 눈물을 흘렸는데 소매가 온통 젖을 지경이었다고 하였다. 조광조 등이 하옥되어 있는 동안 태학생太學生 신명인申命仁 등과 생원生員 임붕林鵬 등의 상소가 연이어 올라와서 조정이 온통 소용돌이 속에 휘말려 있을 즈음 정광필은 유운柳雲·이사균李思鈞 두 사람을 등용하여 양사兩司에 두었다. 두 사람이 홍경주의 밀지가 거짓된 것임을 밝혀내고, 조정에 나갈 때마다 정암이 억울하게 누

---

116 "人主不可行盜賊之術 且國有大事 首相不可不知".
117 "光祖等 年少儒生 不知時宜 妄欲引古施今 豈有他意 少垂寬貸 請與公卿 議定其罪".

명을 쓰고 있다고 다투었으므로 세상 사람들이 정광필을 사람 볼 줄 안다고 여겼다고 하였다. 이러한 정광필을 비롯한 이장곤 등의 정암을 비호하는 언행은 남곤 등의 소인배들의 모습과 매우 대조적으로 그려져 있다. 즉 남곤 등은 자신의 잘못은 뉘우치지 않고 피해 의식에 젖어 기묘사류己卯士類를 해치려고 발광하는 소인배로 묘사되고 있고, 정광필 등의 행위는 정당하게 그려져 있는 것이다.

다음은 중종의 모습이다.

소릉昭陵의 복위와 소격서昭格署의 혁파를 주장하기 이전까지 중종이 보여준 모습은 자못 기묘사류들에게 고무적인 것이었다. 소격서는 어쩔 수 없이 혁파에 동의하였지만, 반정反正 공신功臣들 중 외람된 자들을 공훈록에서 삭제하자는 주장에는 면유面諭할 때 좋지 않은 기색을 보였다. 정암이 사직할 뜻을 보이자 하는 수 없이 허락하였다. 영재는 이로부터 차츰 중종과 정암의 사이가 벌어지기 시작한 것으로 파악한 듯 하다.

> 광조가 임금을 알현할 때마다 반드시 종일 극언을 해서 임금이 오래되면 권태로워져서 하품을 하고 기지개를 켜며 자리를 고쳐 앉아 御床이 삐걱거렸다. 소격서를 혁파하고 공신을 깎는데 이르러 임금이 비록 겉으로는 허용을 하였지만 실제로는 조금씩 견딜 수 없어 하였다.
>
> 光祖每見上 必極言終日 上久而倦 欠申更坐 御床戞然有聲 及罷昭格署 削功臣 上雖外示容許 而實稍稍不能堪

중종이 즉위 초기에 보여 주었던 개혁적 의지가 차츰 약화되면서 그 개혁의 주도자였던 정암에 대해서도 싫증을 내기 시작하는 모습이 잘 드러나 있다. 남곤과 심정이 만들어내고 윤순의 처와 미수의 첩, 그리고 경빈과 희빈이 선동한 유언비어에 중종이 우선은 불문에 붙였다. 그러나 '주초위왕走肖爲王'의 건에 있어서는 위구하였다. 급기야 남곤 등이 자기

편과 정광필 등의 이름을 도용하여 만든 장계를 올리자 정암 등의 하옥을 명하고 만다. 그리고 앞에서 언급한 것처럼 태학생 신명인 등과 생원 임붕 등의 연명 상소가 연이어 올라오고 온 저자가 모두 문을 닫는 등 민심이 흉흉해지자, 중종은 정암이 민심을 얻었다는 것을 더욱 믿고 그를 죽여야겠다고 결심하게 된다. 결국 정암 등에게 사약을 내리고 말았던 것이다. 이상에서 보듯 사태 발전의 열쇠를 쥐고 있었던 중종의 정암에 대한 총애가 식어가면서 남곤 등의 소인배들이 틈을 노렸고, 그 결과로 기묘사화가 일어나게 되었음을 곳곳에 그려진 중종의 모습을 통해 간접적으로 암시하고 있는 것이다.

「조문정공전」은 세 개의 축을 가지고 있다. 하나는 당연히 정암을 중심으로 한 기묘사류이고, 남곤을 비롯한 소인배들과 정광필을 비롯한 선류善類로 이루어진 주변 인물들, 그리고 중종이다. 그런데 이 세 개의 축은 모두 정암을 중심으로 한 하나의 고리로 긴밀하게 연결되어 있다. 즉 정암을 중심으로 기묘사류가 득세하고, 남곤 등에 의해 사화가 발생하며, 사화의 발생으로부터 정암이 죽기까지 수시로 변화해가는 중종을 중심으로 한 정세의 변화를 기술하고 있는 것이다.

그리고 서술에 있어 객관적인 자세를 시종 견지하고 있다. 영재가 개입되어 있는 흔적을 군이 찾자면 중종의 심경을 기술하는 부분 정도일 것이다. 정암의 입신으로 시작하여 사약을 받고 죽는 과정을 어떤 격앙된 감정이나 흥분 없이 차분하고 담담하게 그리고 있는 것이다. 이러한 경향은 논찬부에까지 그대로 이어진다. 논찬에서 영재는 일반적인 경우처럼 자신의 견해를 밝히지 않고 있다. 다만 퇴계退溪와 율곡栗谷의 의견만을 제시하고 뒷날의 군자를 기다린다고 하였다. 즉 영재의 창작의도는 완전히 숨겨져 있는 셈이다. 다만 기사의 마직막 부분에서 그 단서를 찾을 수 있는 가능성이 있다. 하옥되었을 때의 정암의 상소문과 언행, 능주綾州에서 사약을 받고 나서의 모습에 영재는 특히 신경을 써서 기술하고 있다. 뒤로 정암이 죽은 날에 대한 언급으로 이어진다.

이 날 흰 무지개가 해를 에워싼 것이 셋이었고, 사방의 소식을 들은 자 중에 눈물을 흘리지 않은 이가 없었다. 아우 崇祖가 광조가 죽었다는 것을 듣고 길로 달려나와 통곡을 하였더니 어떤 노파가 산골짜기 사이에서 나와 또한 곡을 하였다. 숭조가 이르기를 "나는 내 형의 죽음을 들었기 때문에 곡을 하지만 할머니는 무엇 때문에 곡을 합니까?" 할머니가 이르기를 "나는 나라가 조광조를 죽였다는 것을 들었다. 현인이 죽음에 백성들이 장차 살아갈 수 없겠기에 곡을 하는 것이다." 하였다.

是日白虹繞日者三 四方聞者 莫不流涕 弟崇祖聞光祖死 奔往道哭 有老 嫗從山谷間出 亦哭 崇祖曰 吾聞吾兄死 故哭 嫗何哭也 嫗曰 吾聞國家 殺趙光祖 賢人死矣 民將不得生 所以哭也

정암이 옥에 갇혔을 때 이미 그가 민심을 얼마나 얻었나 하는 것이 드러났지만 죽고 나서도 마찬가지였다. 노파조차 정암을 현인으로 파악하고 나라가 현인을 죽였기에 살아 갈 길이 막연해졌으므로 통곡한다고 하였다. 즉 정암의 개혁적인 정치는 온 나라의 희망이었고, 실제 그 성과를 보았기 때문에 백성들조차 정암을 '상전'으로 불렀고, 죽은 뒤에 노파마저 통곡하였던 것이다. 그럼에도 불구하고 중종은 남곤 등의 소인배의 농간에 정암을 제거해야할 하나의 두려운 정적으로 파악하고 결국은 죽이고 말았던 것이다. 여기에서 우리는 영재의 창작의도를 어느 정도 파악할 수 있게 된다.

나라를 지치至治로 끌어올릴 수 있는 현인이 나왔음에도 사소한 것으로 원한을 맺은 소인배들이 방해를 하였고, 군주 또한 정사를 올바로 다스리지 못하여 소인배들이 일을 꾸미는 것을 방관한 것에 대한 안타까움이 바로 창작의도로 보인다. 그리고 이는 바로 이 글의 주제로 연결될 것이다. 앞 절에서 살폈듯 영재는 전아한 선비들이 제대로 쓰이지 못하는 현실을 가슴 아파하였고, 그러한 점을 관련된 인물의 기사문을 통해 누누이 밝혀왔던 만큼 이러한 추정도 크게 무리는 아닐 것이다.

한편으로 이 「조문정공전」은 파편화되어 여러 곳에 흩어져 있던 정암과 그를 중심으로 진행된 기묘사화의 전말을 잘 보여주는, 완결된 역사기록으로서도 조금의 손색이 없는 것으로 보인다.

• 「청은전淸隱傳」[118]

매월당梅月堂 김시습金時習과 하서河西 김인후金麟厚를 함께 입전한 것이다. 두 사람을 한데 묶은 이유를 영재 스스로 밝히고 있다.

공자께서 말씀하시기를 "그 뜻을 굽히지 않고 그 몸을 욕되게 하지 않은 이는 伯夷·叔齊이다."하시고, 虞仲과 夷逸을 일러 "은거하여 말을 함부로 하였으나 몸은 맑은데 맞으며 스스로 폐해짐은 권도에 맞는다."고 하셨다. 무릇 백이·숙제·우중 이 세 군자는 내가 진실로 그들에 대해 들었지만 이일은 어떤 사람인가? 비록 공자의 聖을 얻어 전해지기는 하였지만 이름만 전해졌고, 사적은 전해지지 않았다. 이는 공자께서도 闕文을 탄식한 까닭이다. 무릇 전해지지 않음은 隱者에게 참으로 좋지만 好古尙德하는 선비는 오히려 유감스러워 한다. 이에 청은전을 짓는다.

孔子曰 不降其志 不辱其身 伯夷叔齊與 謂虞仲夷逸 隱居放言 身中淸廢中權 夫伯夷叔齊虞仲 此三君子 吾固聞之矣 夷逸何人哉 雖得孔子之聖而傳之 然傳名不傳事 此孔子所以歎闕文也 夫不傳 於隱者固善 然好古尙德之士 猶憾焉 於是 作淸隱傳

선인으로 흠모할 만한 자취를 남긴 분일 경우 사적이 전해지지 않는 경우를 들고, 사적이 전해지지 않았을 때 호고상덕好古尙德하는 선비들

---

118 「전집」 하, 895-903쪽.

은 안타까워한다고 하면서 그런 점을 염두에 두었다고 하였다.

먼저 김시습에 대한 부분을 살핀다.

그가 다섯 살 때 세종으로부터 칭찬을 받았다는 사실을 언급하고, 단종이 죽은 후 미친 듯한 행동에 대해서도 눈길을 주고 있다. 그렇게 행동한 이유를 "스스로 다섯 살 때 성주聖主의 지우知遇를 입었고, 세종과 문종, 단종을 알현함에 이르러 의리상 차마 노산군魯山君을 버리고 수양대군首陽大君의 신하가 될 수 없다고 여겼다."[119]고 지적한다. 그리고 한양 성중에서 서거정徐居正과 조우한 일화, 세조가 베푼 법회法會를 망쳐버린 일화를 들었다. 당시의 승도들이 모두 김시습을 생불生佛이라고 일컫고, 자신도 불법佛法을 안다고 생각한 것에 대해 영재는 "시습이 진실로 불법을 알지 못하였다."고 단정한다. 뒤이은 언급을 본다.

> 시습은 奇才를 자부하였고, 평소에 하고 싶은 바가 있었다. 만약 그가 함이 있었다면 반드시 朴彭年·成三問과 같이 헛되이 차꼬 사이에서 죽지 않았을 것이다. 그러나 시습은 천명을 너무도 잘 알았다. 세조의 세상에서 어찌 시습이 할 수 있는 바였겠는가? 일을 끝내 할 수 없었고, 맺힌 마음을 끝내 풀 수 없었기에 부처에 의탁하여 스스로를 좌절시키고 녹여 없앤 것이다.
>
> 時習負奇才 雅有所欲爲 使其有爲 必不如彭年三問徒死桁楊間 然時習灼知天命 世祖之世 豈時習所能哉 事卒不可爲 意卒不可解 故托於佛 以自摧挫銷爍之

만약 김시습이 일을 벌였더라면 사육신들처럼 실패하지는 않았으리라는 지적이다. 그러나 천명을 알았기에 부처에 의탁하여 자신의 답답함을 달랜 것이지 불법을 잘 안다거나 하는 것과는 거리가 멀다는 것이 영

---

119 "自以五歲爲聖主所知 及見其三世 義不忍捨魯山君而臣首陽大君也".

재의 지적인 것이다.

이어서 머리를 기르고 결혼을 하였고, 버려두었던 집안의 전답을 소송을 하여 모두 찾고는 문서를 태워버린다. 처자가 죽자 다시 머리를 깎았지만 중이라 부르지 않고 두타頭陀라고 불렀다. 매년 낙엽이 지는 가을이 되면 산의 폭포가 높은 곳으로 올라가 시를 지어 나뭇잎에 써서 띄워 보냈다. 나뭇잎 하나를 띄워 보내고 한 번 통곡하고는 하였는데 그 시의 내용이 무엇인지는 모른다고 하였다. 다만 통곡하는 사이에 간혹 세종을 불렀다고 한다.

여러 곳을 전전하다가 홍산鴻山 무량사無量寺에서 죽었는데 유언으로 유자儒者의 의관衣冠으로 장례를 치르되 화장하지 말라고 하였다. 탑에 그의 주검을 안치하였는데 3년 뒤에 발굴해 보니 얼굴이 그대로였다. 결국 화장하고 말았다고 하였다. 죽은 뒤에도 가슴에 맺힌 것이 한으로 남은 결과로 파악한 것이다.

여기에 제시된 일화들은 모두 김시습의 불안정한 심리 상태로 인한 것들로, 이를 통해 우리는 김시습의 고뇌를 짐작하기에 조금도 모자람이 없게 된다. 한편 위에 제시된 "스스로를 좌절시키고 녹여 없애려 했다."는 영재의 지적은 이러한 작은 일화들에 대해서도 여전히 유효할 것으로 보인다.

다음에 김인후金麟厚에 대한 기술을 살핀다.

김인후도 역시 어렸을 때부터 매우 총명하여 김안국金安國에게 재능을 인정받았으며, 독서를 하고 부터 성현으로 자기自期하여 소안자小顔子로 불릴 정도였다. 다음은 당시 세자로 있으면서 현사대부賢士大夫들에게 희망을 주었던 인종仁宗과의 만남에 지면을 할애하고 있다. 인종이 김인후를 일부러 궁중으로 불러들인 것이었다. 인종과의 고금 성현의 학문에 대한 강론은 그의 생애에 한 전기가 된다. 평소 벼슬할 생각이 없었던 그가 이로부터 과거에 응시하여 등제登第하였고, 설서說書가 되어 세자를 모시게 되었던 것이다.

다음에 영재는 문정왕후文定王后와 윤원형尹元衡에 의해 자행된 인종에 대한 여러 가지 종류의 핍박에 주목한다. 원래 병약하였던 인종이 뙤약볕 아래 하루 종일 피눈물로 용서를 비는 지경에 이르게 되고 급기야 병이 깊어진다. 인종이 혼정신성昏定晨省하기도 어렵게 되자 김인후는 별궁別宮에 거처하면서 조양調養하기를 청하였다. 이에 대해 윤원형의 당여黨與가 김인후가 임금 모자를 이간질한다고 떠들어 대었고, 인종이 하는 수 없이 김인후를 옥과현감玉果縣監으로 내보냈다. 겨우 몇 달 뒤 인종이 승하하였는데, 이 부분을 주의 깊게 살피면 문정왕후와 윤원형 등의 음모로 인종이 죽은 것으로 결론지으려는 영재의 의도가 거의 드러난다. 인종의 승하 소식을 듣자 김인후는 관직을 버리고 집으로 돌아가 문을 닫고 모든 인사를 사절하였다. 매해 5월이면 깊은 산중으로 달려들어가 인종이 하사한 화죽선畵竹扇을 품에 안고 가슴을 치며 통곡하였다고 하였다. 다음은 영재가 들고 있는 김인후에 대한 마지막 일화이다.

왕후가 죽은 후 명종이 인후가 어질다는 것을 듣고 그를 등용하고자 校理로 불렀다. 집안 사람들이 인후가 가지 않아 죄를 얻을까 염려하였는데, 인후가 그날로 길에 오르며 어려워하는 기색이 없었다. 다만 술을 많이 실으라고 했다. 길을 가다가 인가에 고운 꽃이나 좋은 대나무가 있으면, 곧 말에서 내려 술을 가져가 혼자서 취하도록 마셨다. 호남 곳곳에 꽃과 대나무가 많아서 인후는 하루 길이 수십 리에 지나지 않았다. 몇 일만에 술이 다 떨어졌고, 인후도 또한 병이 들었다. 곧 사자를 보내어 사죄하게 하고 스스로 말을 끌고 돌아왔다. 임금 또한 벌을 주지 않았다.

後后薨 明宗頗聞麟厚賢 欲用之 以校理召 家人恐麟厚不行得罪 麟厚顧
卽日就途 無難色 第令多載酒 路遇人家有佳花好竹 輒下馬取酒 獨飮至
醉 湖南處處多花竹 麟厚日行不過數十里 數日酒盡 麟厚亦病 乃謝遣使
者 自引歸 上亦不罪也

옥과현감을 사직하였을 때의 초지를 관철시키기 위해 꾀를 생각해 내고 남의 눈에 이상하게 보이지 않게 하기 위하여 가화佳花·호죽好竹을 만나면 술을 마시는 방법을 사용하였고, 영재가 그점에 주목한 것이다. 죽으면서도 자신의 명정銘旌에 옥과현감이라고 쓰도록 하였다.

영재는 김시습과 김인후 두 사람을 묶어 다음과 같이 언급하고 있다.

무릇 시습은 동자로서, 인후는 포의로 세종과 인종이 그 명성을 기뻐하여 급히 그들을 引見하였다. 그 서로 기약한 바가 어찌 원대하지 않겠는가? 그러나 일이 모두 불행해져서 이 두 신하가 드디어 한스러워하면서 일생을 마쳤고, 죽음도 그 뜻을 보상하기에 부족하였다. 천하의 선비들이 자신을 임금께 바치고자 하지만 어찌 쉽게 할 수 있겠는가? 저 탐욕스럽고 경솔하며 구차스럽고 성미가 급하여 그 몸을 중히 여길 줄 모르는 자들이 그 임금에 대해서인들 어찌 사랑할 줄 알겠는가?

夫時習童子 麟厚布衣 世宗仁宗悅其名 而急見之 其相期 豈不遠哉 然事俱不幸 此二臣遂感恨以終身 死不足償其志 天下之士 欲以身許君 寧可易耶 彼貪躁苟速 不知重其躬者 其於君 亦惡知愛哉

김인후에 대한 서술을 하는 중간 부분의 진술이다. 두 사람이 모두 성군에게 인정을 받고 뒷날을 기약했으나, 불행한 사태를 만나 한스러움 속에 일생을 보냈다는 것이다. 인재가 성군을 만나 자신의 온포蘊抱를 펼치기(以身許君)란 지난至難함을 말하고, 덧붙여 탐조구속貪躁苟速한 자들에 대해 일침을 가하고 있다.

다음은 논찬부이다.

우리 太祖가 이미 천명을 받음에 고려의 節義之臣을 崇奬하였다. 李穡은 조회에 알현하면서 굽히지 않았고, 吉再와 趙狷은 끝내 산 속에서 늙어 죽었지만 더욱 예우하였다. 태종과 세종이 史臣들에게 鄭夢周의 충을 바로 쓰게 하여 뒷날의 신하된 자들을 勸勉하였으니 성인의 뜻이 원대하다. 이로 말미암아 현사들이 많아지고, 끝내 立節明義하여 靖難하던 날 크게 사뢰함이 있게 되었다. 朴彭年·成三問 등은 이미 죽었고, 金時習은 스스로 廢人이 되었다. 비록 다른 길을 향하였지만 심지는 환하고 명백하여 사람들이 지금껏 그들을 흠앙한다. 金麟厚가 만난 때는 더욱 어려웠기에 그의 사적은 숨겨지고 감추어졌다. 비록 대유로 세상에 유명하였지만, 괴이한 행동을 하지 않았고, 幽憤抑塞하여 끝내 명백히 말하지 못하였던 것은 그 때문이라 한다.

我太祖旣受命 崇獎麗氏節義之臣 李穡朝見不屈 吉再趙狷終老山中 賜禮有加 太宗世宗 令史臣正書鄭夢周之忠 以勸後之爲臣者 聖人之意遠矣 由是賢士衆多 卒能立節明義 大有辭於靖難之日 彭年三問等 旣死而時習瘲 雖所趣異途 而心志皦然明白 人至今仰之 若麟厚所遭之時 爲尤難 其事隱 其跡晦 雖其以大儒名世 不爲詭異之行 而幽憤抑塞 卒不可明言 其故云

국초에 고려의 충신들을 예우하였기에 여러 절의를 지킨 인물들이 대거 나올 수 있었다는 것이다. 그 예로 사육신과 김시습을 들었다. 지향한 길은 달랐지만 심지心志만은 교연명백皦然明白하다고 하였다. 그런데 김인후가 만난 시대는 더욱 어려웠다고 하였다. 이색으로부터 김시습에 이르기까지의 인물들은 자신의 행동에 뚜렷한 명분을 내세울 수 있었다. 왕조王朝의 교체交替와 선왕先王의 폐위廢位가 그것이다. 그런데 김인후의 경우는 사정이 다르다는 것이다. 이는 현사대부賢士大夫의 희망적 존재였던 인종仁宗의 단명에 기인한다. 인종의 죽음에는 많은 의혹이 따르는데 영재도 그것을 지적한 바 있다. 인종의 즉위 후에 윤원형이 남산에서 저주를 한 일이라든지 문정왕후가 자주 화를 내었다고 한 것이 그것이다. 그리고 다른 글에서도 "무릇 천하의 대변은 시弒와 폐廢가 있을 뿐이다. 때문에 임금을 시해하고서도 사람들이 모르는 경우가 있다."[120]고 언급한 바 있다. 이로 미루어 보면 윤원형과 문정왕후 일파에 의해 인종이 시해당한 것이라고 영재는 추측하고 있는 것으로 보인다. 그리고 김인후도 역시 그런 생각이었던 듯 하다. 그러나 증거가 없으므로 함부로 발설하지 못하였고, 유분억색幽憤抑塞할 수 밖에 없었던 것이다.

「청은전淸隱傳」의 주제는 한 마디로 '절節'이다. 그리고 '이신허군以身許君'하기가 쉽지 않다고 지적한 것처럼 사대부로서 훌륭한 임금을 만나 보필을 통해 자신의 이상을 실현하기란 참으로 어렵다고 한 것도 부가적인 주제가 될 수 있을 것이다.

지금까지 우리는 사육신死六臣과 조광조趙光祖, 김시습金時習과 김인후金麟厚에 대한 기사문을 살폈다. 이들은 모두 당대 최고의 재능을 인정받던 인물들로 생애의 일정 기간 득의한 삶을 살다가, 개인의 의지와는 관계없는 주변 상황의 변화로 인해 반전되었다는 공통점을 지닌다. 사육신과 김시습은 세조의 왕위 찬탈로, 조광조는 중종의 개혁적 의지의 상실과 틈을 탄 소인배들의 농간으로, 김인후는 의문스러운 인종의 죽음으로 반전의 계기를 맞이하는 것이다.

여기에서 앞에서 언급한 바 있는 '이신허군以身許君'의 문제를 다시 한 번 음미할 필요가 있다. 사대부로서 성군을 만나 자신의 온포를 펼칠 수 있는 기회를 얻기가 어려움을 나타낸 것이다. 그런데 이 말은 영재 자신에게 해당되는 것으로 보이기도 한다. 영재는 15세에 등제하여 19세에 기거주起居注로 보임된 후 매우 의욕적인 관직 생활을 수행하였다. 충청우도안렴사忠淸右道按廉使로 보여준 강직한 모습, 한성소윤漢城少尹 재임시의 의욕적인 행정 등에서 알 수 있다.[121] 그러나 을미사변(1895)

---

120 "夫天下之大變 弑與廢而已 然弑可以暗曖爲 而廢以宣布於天下 故弑君而人不知者 有之矣". 「論唐順宗事」, 『전집』 下, 646쪽.
121 이에 대해서는 졸고, 「寧齋 李建昌 硏究」, 『成均漢文學硏究』 10집(成均館大 韓國漢文學敎室, 1983)을 참고할 것.

이 일어나자 민비閔妃 시해의 범인을 조속히 색출하여 처단할 것과 민비의 복위를 그 내용으로 하는 「청토복소請討復疏」를 올리고는 전혀 벼슬에 나서지 않았다.[122] 심지어 해주관찰사海州觀察使와 고군산古群山 유배 중 유배의 길을 택하기까지 하였다. 이는 영재도 앞에서 든 인물들이 느낀 좌절감 보다 강도는 약할지 모르지만, 당시의 돌아가는 정세에 대해 심각히 우려한 끝에 내려진 판단인 것이다. 지나치게 앞서가는 것이 아닐지 모르겠지만 왜인倭人에 의해 국모國母가 시해 당하는 것을 보고 국가의 운명을 이미 내다본 것이 아닐까? 도깨비 놀음과도 같은 판세에 끼이기보다는, 절의를 지키는 것이 온당하다는 결론을 내리고 죽을 때까지 지켰던 것이다.

한편 영재는 평소 독서를 하면서 충신열사忠臣烈士들의 사적에 대해 많은 관심을 기울였다고 한다.[123] 이러한 평소의 관심과 스스로 자신의 시대에 대해 느낀 좌절감이 「육신사략」을 비롯한 일련의 작품들을 가능하게 했던 것이다.

그리고 영재가 사육신 등의 역사 속의 인물들에 대해 다시 조명을 가한 의미는 역시 영재의 시대적 상황에서 그 답을 찾을 수 있을 것이다. 즉 당시의 위정자들이 진정으로 국가의 장래를 생각하기보다는 오히려 정권의 장악에만 몰두하여 무분별하게 외세마저 끌어들이는 판국이었던 만큼 영재는 거기에 일침을 가하고자 한 것이 아니었을까? 「정동계사략鄭桐溪事略」[124]에서 영재는 정인홍을 스승으로 섬겼지만 정인홍

---

122 이 시기 영재의 심경을 仲弟인 李建昇은 『先伯氏參判府君行略』(국사편찬위원회본)에서 다음과 같이 언급하고 있다. "洪鄭二公 適寓江華 與公爲隣 嘗與論出處 二公專以靖潛爲義 公尙謂天下無必不可爲之日 君子無必不欲出之心 至是 乃決意自廢矣".

123 이건승의 위의 기록에 의하면 영재는 충신열사들의 사적을 읽을 때마다 격앙강개하였고, 혹 눈물을 흘리기까지 하였다고 한다. "每讀古人書 至忠臣志士 勤勞王事 臨難授命 未嘗不激昂慷慨 或至雙涙迸下曰 古人節義事功 且無論 卽其委任殫竭 亦可羡也".

124 『전집』하, 992-97쪽.

의 그릇된 처사를 보고 정대함을 위해 그와 절교하였고, 연산군의 여러 폭정에 끝까지 온당치 않음을 역설하였으며, 남한산성에서 끝까지 항전을 주장하다가 출항出降한 후 자결을 시도하면서 그 뒤로는 전혀 출사出仕하지 않았던 정온鄭蘊을 형상화한 바 있다. 이런 점을 감안한다면 위의 추측도 크게 무리가 가지 않을 것으로 보인다.

다음으로 앞에서 언급한 기사의 문학성에 대해서 검토하겠다.

우선 입전 인물들의 생애에 있어 반전의 계기가 되는 중요 사건들에 대해 치밀하게 묘사하고 있다. 배경이 되는 사건들은 모두가 이씨왕조사李氏王朝史에 있어서 매우 중요한 의미를 갖는 것들이다. 그 중요성을 영재가 충분히 인식하고 사건의 진행 과정을 세밀하게 묘사해 내고 있다. 이는 「조문정공전」에서 단적으로 드러나는데, 수많은 인물들을 등장시키면서 기묘사화의 진행 과정을 거의 남김없이 표현하였다. 동시에 극적인 효과마저 획득하고 있는 것으로 보인다. 등장하는 인물의 숫자는 적지만 이러한 점은 「육신사략」과 「청은전」에서도 공통적으로 드러난다. 입전 인물을 중심으로 전개되는 상황의 변화에 대한 묘사를 소홀히 하지 않은 점은 대상 인물들에 대한 형상화를 성공적으로 이끄는데 크게 도움을 주는 요소이다. 다음으로 대상인물의 형상화에 못지않게 주변 인물에 대해서도 소홀하지 않다. 「조문정공전」에서의 남곤, 심정 등과 「육신사략」에서의 신숙주, 「청은전」에서의 윤원형과 문정왕후 등이 이에 해당한다. 이들의 행각을 적절한 곳에서 묘사하는 방법을 통해 그와는 대조적인 입전 인물들의 정당한 자세를 더욱 돋보이게 하였다. 주변 상황의 변화에 대한 관심과 주변 인물에 대한 대조적인 묘사와 같은 것들이야말로 역사적 인물에 대한 기사들이 단순한 역사적 기록물로서의 차원을 넘어 일정한 문학성을 가지게 할 수 있는 요소들로 파악된다.

영재가 기사문을 통해 형상화한 인물들은 당대의 시대적 상황에 비추어 바람직한 행적을 보인 경우가 대부분이다. 즉 격변하는 현실 속에서 바람직한 인간형을 모색한 결과이다. 앞에서 살핀 바와 같이 외국 세력의 침입에 영웅적으로 항거하거나, 꿋꿋하게 절의를 지켰거나, 어려운 상황하에서도 고결하고 주체적인 자세를 보인 인물들이 영재의 기사문을 통해 형상화되었던 것이다. 이와 함께 충·효·열 등의 전통적으로 중요한 도덕적 규범으로 인식되던 덕목에 비추어 긍정적인 인물들도 다수 채택하였던 바, 이들 역시 일정하게 당대의 시대적 상황을 고려하면서 형상화된 것이다. 이로 보면 영재가 지은 기사문의 주제사상은 한 마디로 당대의 시대적 상황에 규정된, 당대가 요구했던 새로운 인간형의 창조이다. 그리고 영재는 그러한 면에서 어느 정도 성공을 거두었다고 말할 수 있다.

4. 인물기사류人物記事類의 양식적 특징과 형상화

1) 인물기사人物記事의 여러 양식

영재가 남긴 인물기사의 양식은 비지碑誌(墓地銘·墓碣銘·墓碑陰記·銘)·전傳·사략事略·서사書事·서후書後 등이었다. 대체로 보아 크게 비지류碑誌類와 전장류傳狀類, 그리고 기타로 나눌 수 있다.

기사문 중에 실제적 요구와 관련해서 빈번하게 창작되었던 것은 비지류이다. 영재 역시 비지류의 기사문에 많은 공력을 들였던 것으로 보인다.

내가 古文辭에 힘을 쏟은 지 오래되었지만 오직 碑誌만큼은 뜻을 두지 못하였다. 근래에 家先文字를 지어야 한다는 생각 때문에 비로소 위에 열거한 여러 군자의 작품을 취해서 머리 숙여 읽었다. 본 바가 많아질 수록 읽지 않았을 때와는 달라졌다. 한두 해 더 노력하여 독서를 열심히 할수록 식견도 진보되어서 문득 붓을 들어 스스로 지을 수 있었다. 설령 위로 曾鞏·王安石을 바랄 수는 없었지만 歸有光 이하로 물러나서 의탁할 생각은 없었다.

僕屹屹於古文辭爲久 唯碑誌不甚措意 近因思欲爲家先文字 始取上所擧 數君子之作 俛而讀之 所見隱隱然 與不讀時不侔 稍加一二年 讀益熟 見益進 便可引筆自爲 縱不能上希曾王 然要不敢自退託熙甫以下〈「與友人書」,『明美堂散稿』 10(국사편찬위원회본)〉

애초 영재가 비지류의 기사문에 공력을 들이기 시작한 것은 집안 선대의 墓道文字를 짓기 위함이었다. 그러기 위해 한유韓愈·구양수歐陽修·증공曾鞏·왕안석王安石·유종원柳宗元·소식蘇軾·귀유광歸有光·왕완王琬 등과 이식李植·김창협金昌協 등의 비지문을 숙독하였고, 일정한 진보가 있었다는 것이다.[125] 스스로의 비지문에 대해 귀유광이 거둔 성과의 아래는 아닐 것이라고 자평自評하고 있는 바, 자신의 비지문에 대해 대단한 자부심을 드러냈다. 문장력의 제고는 많은 독서량에 있다는 지론이 반영되어 있기도 하다.

영재가 지은 비지문은 가선문자家先文字는 예외이지만 일반적으로 그렇듯 남의 요청에 따라 지은 것이다. 따르지 않을 수 없는 요청은 주로 친분관계를 고려한 것인데 이는 두 가지로 나뉘어진다. 기사의 대상이 되는 인물과 영재가 직접적인 교분이 있었거나,[126] 요청한 인물과 교분이 있는 경우이다.[127] 대상인물과 직접 교분이 있었던 경우는 사실에

---

125 이 글에서 영재는 "退之難言也 自永叔子固介甫之全 以逮近日歸熙甫王茗文之七八 與李汝固金仲和之若干 雖卑高薄厚劣勝之不齊 而其必爲碑誌 而不可以謂他文 則同也"라 하여 문장가들의 비지문에 대해 평가를 하고 있다.

126 「姜古懽墓誌銘」·「工曹判書梁公墓誌銘」·「李杏西墓誌銘」 등이 이에 해당한다.

127 「金堯泉墓誌銘」·「老愚曹公墓碣銘」·「李君墓碣陰記」·「离峰和尙塔銘」 등이 여기에 해당

대한 별다른 검토나 신중함이 필요 없었지만, 반대의 경우에는 신중한 검토가 따랐다.[128] 이와는 달리 「관수옹묘갈명灌水翁墓碣銘」[129]은 직접 누구로부터 요청을 받았다는 언급은 나타나지 않지만 평소의 친분 관계를 고려하여 지어 준 것으로 보이고, 「유수묘지명庾叟墓誌銘」[130]은 누구의 요청도 없었지만 한 마을에 살던 사람으로서 유수의 행적에 흥미를 느끼고 지은 것으로 보인다.

영재는 비지류에 속하는 글을 모두 34편 남겼다. 인물기사류의 절반 이상을 차지하는 분량이다. 그런데 앞서 언급하였듯 대개 응구지작應求之作이므로 사실의 과장이나 분식粉飾, 또는 헛된 칭송으로 흐르기 쉽다. 영재는 인물기사를 지을 때 가장 중시한 것이 진실성이었다. 물론 '명뢰상실銘誄尙實'이 원칙이므로 진실을 견지해야 하는 바, 영재는 이 문제에 대한 심각한 고민을 털어 놓고 있다.

예전에 남의 명을 지었던 사람이 스스로 이르기를 "평생 일찍이 부끄러운 기색이 없을 수 없었다."고 하였다. 그렇다면 문장을 어찌 쉽게 지을 수 있겠는가? 또 어찌 명만이 그러하겠는가? 내가 지은 글 또한 많다. 일찍이 목도한 바의 사람에 대해서는 부화한 말로 짓지 않았다. 하지만 목도하지 못하고 남의 요구에 응한 것은 처음에는 부끄러운지 부끄럽지 않은지도 모르지만 뒤에 글로 지은 사람의 일을 상세히 알아 보고, 지은 글을 돌이켜 징험해 보면 부끄러운 것이 항상 많고 부끄럽

한다.
128 "高孝子正鎭 石城人也 以至行聞 始余以御史行湖右 得鄕人士所爲狀 狀孝子曰 云云 請達
于朝 余重而未之許 然嘗察之 具如狀所稱 後數年先君爲石城宰 孝子之孫寅壽 以謹潔見
知 余二弟往來省視 暇輒引寅壽游 寅壽且工書能吟詩 余以此益稔孝子事 而意獨甚愧寅
壽".(「高孝子旌門銘」,『전집』하, 927쪽)이라는 기록을 통해 보면 그러하다. "惟孝子烈
女之實行 必目覩 然後可以載 縱其不然 必聞之有所據 不翅目覩 然後可也".(「李君墓碣陰
記」,『전집』하, 1148쪽)라는 언급도 이를 뒷받침해 준다.
129 『전집』하, 1139-43쪽.
130 『전집』하, 1063-65쪽.

지 않은 것은 항상 적었다. 오래도록 그러한 점을 병통으로 여겼지만
남의 요구가 있으면 또한 응하지 않을 수 없었다. 더욱 부끄러워할 만
하다.

昔之銘人者 自言平生未嘗無愧色 然則文豈可易爲 又奚獨銘爲然 余爲
文亦多矣 其於人所嘗目覩者 未嘗爲浮辭以徇之 惟所不覩而應人之求
則始亦不知其愧不愧 及後詳所爲文之人之事 而反以驗所爲文 愧者常多
不愧者常少 久乃病其然 而人有求 又不能不應 愈可愧也〈「灌水翁墓碣
銘」, 『전집』 하, 1139-40쪽〉

명銘과 관련된 다른 사람의 언급을 인용하면서 서두를 시작하고 있
다. 그러면서 명銘만이 아니라 다른 글도 마찬가지라고 하였다. 자신이
목도하고 지은 글은 그렇지 않았지만, 그렇지 못한 경우 나중에 확인해
보면 항상 부끄러움이 많았다는 것이다. 후술하겠지만 여기에서 특히 문
제가 되는 것은 응하지 않을 수 없는 다른 사람의 요구이다. 따라서 자
신이 목도하지 않았을 경우 글을 짓기 전에 먼저 믿을 만한 근거가 있어
야 한다고 하였다.

예전에 방망계가 문장에 가장 근엄하여 평생 글을 지음에 눈으로 보지
않은 것은 경솔하게 기재하지 않았다. 오직 효자와 열녀의 사적은 듣기
만 하면 즐겨 그것을 썼다고 한다. 나는 그렇지 않다고 생각한다. 천하
의 일을 간혹 목도하지 않고 글에 담을 수 있겠지만 효자와 열녀의 실
행은 반드시 목도한 뒤에야 기재할 수 있다. 만약 그렇지 않다면 반드
시 들은 이야기에 증거가 분명해서 목도한 것에 못지 않은 뒤에라야
쓸 수 있다.

昔望溪方氏 最謹嚴於文 平生爲文 非目所覩者 不輕以紀載 惟孝子烈女
之事 有聞輒樂爲之書 余則以爲不然 天下之事 容可不目覩而載之文 惟
孝子烈女之實行 必目覩 然後可以載 縱其不然 必聞之有所據 不翅目覩
然後可也〈「李君墓碣陰記」, 『전집』 하, 1149쪽〉

방포方苞의 경우 작문에 매우 엄격했지만 효자와 열녀의 일은 듣기만 하면 확인의 절차도 거치지 않고 즐겨 글을 지었다. 그러나 영재는 효자와 열녀의 경우 더욱 엄격하게 근거를 두고 글을 지었다는 것이다. 영재가 효자와 열녀의 사적에 대해 특히 신경을 쓴 것에는 까닭이 있다. 봉건국가는 효와 열을 최상의 가치로 인정하고 권장하였던 터이므로 이에는 과장과 조작이 따르기 마련이었기 때문이다. 이를 통해 영재가 얼마나 자기가 지은 글의 진실성에 마음을 썼던가를 알 수 있다.

영재가 남긴 비지류의 글의 서술 형태를 살펴보면 첫째, 일차 자료가 되는 행장을 길게 인용하고 그 사람의 행적에 대해 의논을 가한 것,[131] 둘째, 기사는 생략하고 의논만으로 구성한 것,[132] 셋째, 자신과 관계된 일화로 구성된 것들로 나뉘어 진다. 세 번째의 방식은 자신이 평소 매우 친밀하게 지냈던 사람을 형상한 경우이다.[133] 이 경우는 자신이 직접 알고 있는 사실들이므로 진실성의 문제가 개입될 여지가 없다. 그런데 자신이 직접 목도하거나 주변의 믿을만한 사람으로부터 이야기를 전해 듣지 못하였다면 일단 진실성에 의심이 가게 된다. 영재가 남긴 비지류의 문장 중 첫 번째와 두 번째 유형에 속하는 것들은 대체로 확실한 근거가 없거나 부족한 상태에서 지어진 것이라는 추측이 가능하다. 진실성을 확보할 근거가 희박하기에 하나의 전술로 행장을 길게 인용하거나, 의논으로 대체하는 우회적 방법을 사용했던 것이다. 인물기사에서 의논부가 가

---

131 가장 대표적인 것이 「离峰和尙塔銘」(『전집』 하, 933-37쪽)이다. 이 글의 구성을 보면 먼저 离峰和尙의 제자이며 자신과도 교유하였던 惠勤의 요청으로 짓게 되었다고 하면서 글의 절반 정도나 되게 행장을 인용하고 있다. 그리고 나머지는 역사적 사실을 동원하여 이봉화상의 행동을 평가하고 있다.

132 「烈婦韓氏旌門銘」(『전집』 하, 925-27쪽)의 경우가 그러하다. 기사는 전혀 없고 모두 의논만으로 구성되어 있다.

133 「姜古懼墓誌銘」(『전집』 하, 1084-88쪽)이 그러하다. 기사의 상당 부분을 자신과 관계된 일화의 서술에 할애하고 있다.

지는 기능에 대해서는 후술하겠다.

　전장류傳狀類에 속하는 양식은 전傳과 행장行狀이 가장 대표적이다. 그리고 사략事略도 성격상 여기에 포함시킬 수 있다. 행장의 경우 연대 기적 서술에 그치는 것이며, 거기에서 특별한 문학성을 추출해내기란 어려운 것 같다. 여기에서는 다루지 않았다.

　전傳은 사마천司馬遷의 『사기史記』 열전列傳이 지어진 이래 한 인물을 형상함에 있어서 가장 유효한 양식의 하나로 발전을 지속하였다. 이전은 이조 후기에 이르러 발생된 여러 다른 양식과의 관련 가능성으로 인해 진작부터 학계의 주목을 받아왔고, 그에 따른 연구 성과의 축적도 질량면에서 상당한 수준에 이른다. 따라서 새삼스럽게 여기에서 전의 일반적인 문체의 특징을 거론할 필요는 없다. 다만 사략에 대해서만 간단히 언급하고자 한다.

　요내姚鼐는 『고문사유찬古文辭類纂』 서목序目에서 전장류傳狀類에 행장行狀과 전傳, 행략行略과 함께 사략事略을 포함시키고 있다. 사략은 사체史體의 하나로 인물과 사적의 개략을 기술하는데 쓰인다. 청淸의 오증기吳曾祺는 『문체추언文體芻言』에서 "사략은 한 가지 일을 가리켜 말하는 것이 아니고 평생의 대개를 모두 갖추어야 한다. 때문에 잡기雜記 중의 서모인사書某人事라는 것과는 같지 않다."[134]고 하였다. 중국에서 지어진 대표적인 작품으로 귀유광歸有光의 「선비사략先妣事略」이 꼽힌다.

　영재는 전傳을 14편, 사략事略을 8편 남기고 있다. 이들은 비지류와는 달리 타인의 요청에 의해 지어지는 양식이 아니다. 작가가 그 인물에 대해 흥미를 느끼면 임의로 지을 수 있다. 즉 입전 인물의 자유로운 선

---

134 "事略非指一事而言 凡生平大槪皆具 故與雜記中書某人事者 不同". 金振邦(編), 『文章體制辭典』(長春: 東北師範大學出版社, 1986), 26쪽에서 재인용.

택이 가능하다. 이건승李建昇의 다음 증언은 영재가 전을 지음에 있어서의 선택의 관점을 시사해 준다.

> 매양 고인의 글을 읽으며 忠臣과 志士들이 勤勞王事하고 臨難授命하는데 이를 때마다 激昻慷慨하지 않음이 없었다. 혹은 두 줄기 눈물을 흘리며 이르기를 "고인의 節義와 事功은 물론이고 맡겨진 임무에 온 힘을 다 하는 것은 또한 부러워할 만하다."고 하였다.
>
> 每讀古人書 至忠臣志士 勤勞王事 臨難授命 未嘗不激昻慷慨 或至雙淚迸下日 古人節義事功 且無論 卽其委任殫竭 亦可羡也〈『先伯氏參判府君行略』(국사편찬위원회본)〉

여기에서 우리는 영재가 입전한 역사상의 인물들이 대체로 근로왕사勤勞王事·임난수명臨難樹命·위임탄갈委任殫竭하였기 때문임을 알 수 있다. 그리고 물론 여기에는 절의節義와 사공事功이 포함된다. 위의 세 가지는 영재가 살았던 시기의 위기적 상황과 관련되어 특히 중요하다. 이점에 대해서는 이미 앞에서 지적한 바 있다. 즉 영재는 근로왕사·임난수명·위임탄갈했던 역사상의 인물이거나 동시대의 인물을 형상하여 같은 시대의 사람들에게 바람직한 인간형을 제시하기 위하여 전과 사략의 양식을 선택했던 것이다.

부언하자면 전과 사략의 양식으로 형상된 인물들은 대체로 역사상의 인물이거나 당대의 인물이지만 묘도문자墓道文字를 지어 묘역을 꾸밀 만큼 형편이 여의치 않은 몰락한 사대부, 미천한 계층의 인물들이 대부분을 차지한다. 다만 「혜강최공전惠岡崔公傳」의 경우는 당대의 인물로 매우 바람직한 학자적 면모를 보여주었기에 영재가 관심을 가져 전으로 형상했다는 점에서 다른 것들과 차이가 난다. 최한기의 후손이 완전히 몰락해서 묘역을 가꿀 형편이 여의치 않았던 것은 아닐 것이다. 묘도문자의 경우 요청이 있어야만 창작이 가능하지만 전은 자유로이 지을 수 있으므로 혜강의 바람직한 인간형을 제시하기 위해 전의 양식을 선택했던 것이다.

서사書事는 원래 잡기류雜記類의 일종이다. 오증기吳曾祺에 따르면 서사는 처음부터 끝까지 한 가지 일만을 곧바로 쓰는 것이라고 한다. 이 것이 정체正體이고, 다른 일을 언급하거나 의논이 섞인 것은 모두 파체破體라고 하였다. 그러면서 비지碑誌의 체와 비슷한 것 같지만 실은 다르며 때문에 잡기류에 넣는 것이 옳다고 하였다.[135] 앞에서 언급한 영재의 글은 모두 파체에 해당된다. 비록 잡기류로 분류되고 있기는 하지만 서사는, 오증기의 말을 따르자면, 기사문의 성격을 강하게 띠고 있음을 알 수 있다.

영재가 제목에 서사의 명칭을 명시하고 지은 것은 모두 세 편이다. 「서이씨사書李氏事」와 「서신효자사書新孝子事」의 구성을 보면 서사부와 논찬부로 이루어져 있는 바, 이는 전의 구성과 마찬가지이다. 다만 입전 인물의 열과 효에 관련된 한 가지 행적에 대해서만 주목하고 있는 것에서 오증기가 언급한 서사의 양식적 특징이 드러난다. 그러나 「서김병주사書金秉周事」에 이르면 한 가지 행적이 아니라 그의 일화를 나열하는 구성을 취하고 있다. 천주교를 믿었다는 누명을 쓰고 옥에 갇혔다가 강화 사람들의 연명된 청원으로 풀려난 일에 초점을 맞추고 있다. 그러나 "내 진실로 도둑질을 하지 않고서는 살 도리가 없다."하고 목을 메어 죽은 일, 영재의 조부 때부터 왕래가 있었던 그가 영재가 바둑을 두고 있는 것을 목격하고 전과는 달라졌다고 힐난한 일, 꿈에서 영재의 선고先考가 『논어論語』를 읽고 있더라고 와서 알려준 일 등을 서술하고 있다. 이글의 가장 말미에 영재는 다음

---

135 "書事 自始至終 直書一事者 此爲書事之正體 若旁及他事 及雜以議論者 皆破體也 其與碑誌之體 似之而實不同 故入之雜記爲是". 金振邦(編), 앞의 책, 42쪽 재인용.

과 같은 말을 하고 있다.

> 병주가 죽었을 때 내가 미처 알지 못하였다. 나중에 그것을 듣고 그를
> 위해 눈물을 흘렸으며, 그의 어짊을 슬퍼하여 마지않았다. 나에게 충고
> 해 준 것을 잊을 수 없기에 그 일을 서술하여 펼친다.

> 秉周死 余不及知 後乃聞之 爲之出涕 悲其賢而不終也 忠告於余之不可
> 忘也 書其事以抒之 〈『전집』 하, 714쪽〉

선대부터 서로간에 왕래가 있었고, 자신에게 간절한 충고까지 하였던
김병주의 죽음을 듣고 그와 관련된 것들을 서술하여 펼쳐낸 것이다. 영
재가 서사의 제목을 붙인 것은 이러한 연유에서이다. 구성 자체에서는
전이나 사략과의 차이를 발견하기 힘들다.

애사哀辭 역시 그 자체로서는 서사의 성격을 가지지 못한다. 다만 죽
은 이를 애도하는 운문체의 글일 뿐이다. 그러나 여기에서 다루어진 「진
무중군어공애사鎭撫中軍魚公哀辭」의 경우 병서幷序가 마치 기사문 양식
의 글과도 같이 그 인물의 일생을 다루고 있는 바 특히 신미양요가 일어
났을 때 광성진의 치열한 전투에 초점을 맞추어 서술하고 있다. 문제가
되는 것은 바로 병서 부분이다.

서후書後도 역시 자체로는 서사의 성격을 가지는 양식이 아니다. 요
내姚鼐는 서발류로 분류하였다. 대체로 서후는 작품에 대한 평가나 독후
감의 성격으로 지어지거나, 비평과 반박을 위해 지어지는 것이다.[136] 그
런데 여기에서 다루어진 「근서선충정공기김정녀사후謹書先忠貞公記金貞
女事後」는 그의 조부인 이시원李是遠에 의해 지어진 「녹김정녀사錄金貞
女事」의 속편의 성격을 띠고 있다. 즉 주인공의 후일담이 서사의 형식으

---

136 金振邦(編), 앞의 책, 9쪽 참조.

로 기술되어 있는 것이다.

그런데 위의 양식에 속하는 글들은 대체로 자신이 직접 목도하였거나 믿을 만한 이야기를 전해 듣고 지은 경우이다. 이때는 전달해 준 사람의 이름을 밝혀 근거를 분명히 하거나,[137] 자신이 직접 확인하기도 하였다.[138] 근거를 뚜렷하게 밝힐 수 있는 것을 형상화한 것이다.

2) 형상화形象化 수법상手法上의 특징

영재의 산문에 있어서 인물 형상화의 수법은 단일하지 않다. 이 문제를 여러 각도에서 고찰할 수 있지만, 영재 자신 특히 인물의 내행內行과 풍신風神의 문제를 중요시하였다. 또 한편으로 대화의 운용이 두드러져 보이며 의논화 경향을 나타내고 있다. 이에 내행과 풍신의 문제를 어떻게 제기하고 있는지 살펴본 다음, 대화의 수법과 의논화 경향에 대해서 살펴보기로 한다.

(1) '내행內行'과 '풍신風神'

영재가 기사문을 지음에 있어서 주력한 것은 그 인물의 가장 특징적인 면모는 무엇인가를 먼저 파악하고, 거기에 초점을 맞추어 인물을 형상해내어야 한다는 점이었다.

어떤 이가 재상을 지낸 사람의 墓銘을 지으면서 孝友睦姻을 늘어놓았다. 혹인이 그것을 나무라며 말하기를 "大臣이라면 體國을 중시해야 하

---

137 「書新孝子事」의 말미에 "李生秉璋爲余道如此"라고 한 대목이 있다. 『전집』 하, 716쪽.
138 「書李氏事」(『전집』 하, 714-15쪽)가 그러하다. 忠淸右道를 안렴할 때 직접 이씨를 불러 대면하였다. 「魚中軍哀辭」는 피난 온 사람들로부터 이야기를 전해 듣고 글을 지은 다음 포로로 잡혔다가 돌아 온 사람을 통해 확인하는 절차를 거쳤다.

나니 천하의 治亂存亡과 관계된 것이 아니면 글로 전하기에 부족하다. 어찌 이리 자질구레하게 지었는가?"하였다. 내가 그 말을 듣고 감탄하면서 "이는 대신의 體를 알뿐만 아니라 문장의 體도 아는 자이다. 그러나 대신뿐만이 아니다. 옛날 글로 인물을 전함에 모두 반드시 內行으로 했던 것은 아니다. 인물을 글로 전하는 것은 인물을 그리는 것과 같다. 인물을 그리는 자는 耳目口鼻를 그려서 빠뜨리지 않지만, 傳神의 묘는 때로 이목구비에 있지 않고 이목구비에서 벗어날 수도 있으니 이른 바 눈썹과 수염 같은 것이 그것이다. 內行은 이목구비처럼 사람마다 같은 것이지만 그 風神의 소재는 눈썹과 수염처럼 자기만의 독특한 것이다. 때문에 글로 사람을 잘 전하는 이는 반드시 그 사람의 풍신에서 피력을 한다."고 하였다. (중략) 어떤 이가 "그렇다면 내행은 갖출 필요가 없는가?"고 물었다. 이르기를 "내행을 갖추지 않으면 이목구비가 갖추어지지 않은 것과 마찬가지이다. 이목구비를 갖추지 않는다면 그를 일러 不成人이라 할지니 그렸다고 하겠는가, 글로 전했다고 하겠는가?"하였다.

有爲故宰相銘墓者 盛言孝友睦姻 或訾之曰 大臣以體國爲重 非天下所以治亂存亡者 不足以傳 奚爲是屑屑然哉 余聞之歎曰 是非惟知大臣之體也 亦知文章之體者也 然又不特大臣而已 古之以文傳人者 皆未必傳於內行也 傳人如畵人 畵人者 畵耳目鼻口 不可闕 然傳神之妙 或不在於耳目鼻口 而往往出於耳目鼻口之外 如所謂眉稜頰毛者 是也 內行猶之耳目鼻口 人所同也 而若其風神之所在 猶之眉稜頰毛 己所獨也 故善傳人者 必於其人之風神 而致意焉 (中略) 或又難之曰 然則內行固不足備歟 曰 內行不備 則猶之耳目鼻口之不具也 耳目鼻口不具 謂之不成人 而畵乎哉 而傳乎哉〈「傳說」,『전집』하, 684-85쪽〉

묘도문자墓道文字 즉 비지류碑誌類를 시발점으로 삼아 논의를 끌어가고 있으나 결국은 기사 양식 전반에 대한 언급으로 볼 수 있다. 여기에서 '전傳'한다고 하는 것은 인물을 형상한다는 의미에 다름 아니다. 요컨대 기사의 양식으로 인물을 형상함에 있어서 첫째로 대상 인물의 성격에 적합해야 한다는 것이다. 그리고 내행內行 즉 효우목인孝友睦姻과 같은 누구나 행하는 윤리적 덕목을 기술하는 차원에서 그친다면 몰개성적인 평범한 인물에 대한 평범한 글을 생산함에 그칠 뿐, 그 인물을 생동하게 묘사한 성공적인 형상화는 불가능하다는 것이다. 화가가 인물화를 그릴 때 이목구비의 묘사에서만 그치지 않고 눈썹과 수염 등 그 인물만의 특징적인 면모를 부각시켜 묘사함으로써 개성적인 측면을 드러내듯, 기사문에서 인물을 형상할 경우 그 사람만이 그릴 수 있는 개성적인 면모를 중심으로 한 묘사가 바람직하다는 주장이다. 여기에서 이른 바 '풍신風神'이란 특정 인물의 개성적인 면모를 잘 드러낼 수 있는 어떤 결정적인 부분을 지적하는 말에 다름 아니다. 그렇다고 해서 모든 기사문을 천편일률적으로 내행과 풍신으로 형상해야 한다는 의미는 아닐 것이다. 영재의 작문론을 살피는 곳에서 '의意와 사辭의 알맞음' 즉 법法에 대해 살핀 바 있거니와 그 '알맞음'은 여기에도 적용시킬 수 있다. 내행과 풍신을 통한 형상화는 기본적인 틀이고, 어떤 인물을 대상으로 형상할 것인가에 따라 융통성 있게 적용시켜야만 빼어난 작품이 나올 수 있다는 것으로 이해하는 것이 온당할 것이다.

결국 영재의 기사문을 통한 인물 형상화에 대한 인식은, 내행內行을 통해 대상 인물의 윤리적 규범에 부합되는 일상적 인간으로서의 모습을 표현하고, 풍신風神을 통해 그 인물의 개성적인 측면을 묘사해야만 성공적인 형상화를 이룰 수 있다는 것으로 요약된다. 이를 기준으로 해서 영재의 기사문을 크게 세 가지로 나눌 수 있다. 내행이 형상화의 중심을 차지한 것, 내행과 풍신을 적절히 조화시킨 것, 내행은 거의 생략되고 풍신이 형상화의 중심을 차지한 것이다.

어느 정도 기계적이라는 비난을 감수한다면, 다음과 같은 논의가 가능하다. 첫째의 경우 남의 요청을 받고 어쩔 수 없기에 창작한 것으로 보인다. 대부분 비지류의 것들에서 발견되는 빈도가 높은데 그 인물에 대한 별다른 매력이나 흥미를 느끼지 못했기에 내행을 중심으로 형상하고 말았던 것으로 보인다. 두 번째의 경우 남의 요청으로 짓기는 하였지만 그 인물에 대해 어느 정도의 매력과 흥미를 느끼고서 둘을 적절히 조화시켜 개성적인 인물로 형상한 것이다. 세 번째의 경우는 영재가 그 인물을 직접 목도하고서 흥미를 가지고 기술하였거나 자신과 밀접한 관련을 맺고 있는 인사들을 주인공으로 하는 것으로 매우 의욕적으로 지은 케이스로 보인다.

한편 이는 인물 기사의 양식과도 밀접하게 관련을 가지는 것으로 보인다. 즉 내행이 중심이 되거나 내행과 풍신을 조화시킨 경우에 해당되는 것은 대체로 비지류에 많다. 물론 비지류 중에서도 풍신을 중심으로 형상한 것이 없는 것은 아니다. 풍신이 형상화의 중심이 되는 것은 예외적인 경우가 없지는 않지만 대체로 전傳이나 사략事略, 서사書事 등의 양식이 대부분이다. 그 이유는 실용문으로 어느 정도 정형화된 양식인 비지류에 비해 이러한 양식이 작가가 자유로이 취사선택하여 창작할 수 있는 여지의 폭이 넓기 때문인 것으로 파악된다.

이를 표로 나타내 보이면 다음과 같다.

記事文
┌ 內行 중심(타인의 요청에 의한 창작, 碑誌類)
├ 內行과 風神의 조화(타인의 요청에 의한 창작, 개성적 인물, 碑誌類)
└ 風神 중심(의욕적 창작, 傳 등)

이를 기준으로 그의 기사문을 나누어 살피고, 아울러 다른 형식적인 측면에서의 특징에 관한 것들을 언급하려 한다.

먼저 내행內行을 중심으로 한 작품들을 살핀다.

창강滄江의 요청으로 지은 「김요천묘지명金堯泉墓誌銘」[139]은 전형적인 묘지명의 양식[140]을 지니고 있는 바, 여기에서는 김헌기金憲基의 학자적인 모습과 함께 그의 내행을 함께 기술하고 있다. 그런데 그러한 기술의 대부분은 묘지명 창작의 자료가 되는 행장을 인용하는 구성을 취하였다. 즉 아무개의 요청으로 사양할 수 없어서 행장을 살펴보니 학자로서 뛰어났고, 효성스러웠으며 어려운 남을 잘 도와주었다는 식이다. 말미에 사양할 수 없었던 이유를 간단히 밝히고 있다.

「이봉화상탑명离峰和尙塔銘」[141]도 거의 마찬가지이다. 역시 창작의 동기에 해당하는 부분을 간단히 서술하고 행장을 길게 인용하고 있다. 특히 화상의 효행과 '조정지충朝廷之忠'·'산림지충山林之忠' 운운한 부분을 강조하고 있을 뿐이다. 「김요천묘지명」과의 차이는 행장을 인용하고 난 다음 논의를 길게 이어가고 있는 점이다. 이미 내용을 살피는 자리에서 언급한 바 있듯, 영재가 이 글을 지으려 한 것은 대체로 화상이 출가한 사람이었지만 충효의 도리를 지킴이 남보다 오히려 뛰어났다는 점 때문이었다. 내행 중에서 남과 다른 부분을 끄집어내고 그것으로 풍신을 삼고 있는 셈이다. 그러나 물론 내행 중심의 기술에서 벗어나지는 않고 있다. 행장을 읽고 화상의 행적에 약간의 흥미를 느껴 가치를 추인할 만하다고 여겼기에 이 글을 지은 것으로 파악된다.

---

139 『전집』하, 1051-55쪽.

140 李東歡교수는 「朴燕巖의 洪德保墓誌銘에 대하여」, 『李朝後期 漢文學의 再照明』(창작과 비평사, 1983), 81쪽에서 "묘지명은 주지하듯이 무덤의 주인공의 생애에 걸친 인적사항, 즉 姓名·字號를 위시하여 貫鄕·家系·先德, 출생과 天壽, 天分·資質, 官歷·行蹟·功業과 學德·品行, 妻子女와 葬日·葬地 등을 서로 기술하고, 이 기술 내용과 관련하여 운문으로 된 銘을 붙임으로써 結尾를 삼는 일종의 의식성을 띠는 실용문의 범주에 드는 문장이다."라고 언급한 바 있다. 이에 대해 徐師曾도 "至漢杜子夏 始勒文埋墓側 遂有墓誌 後人因之蓋於葬時 述其人世系名字爵里行治壽年卒葬日月 與其子孫之大略 勒石加蓋埋于壙前三尺之地"라고 언급하였다. 「墓誌銘」, 『文體明辯』 권53(오성사 영인본, 1984), 3, 448쪽.

141 『전집』하, 933-37쪽.

위의 두 편의 글은 남의 요청을 사양할 수 없어서 지었고, 행장을 길게 인용하는 구성을 보이고 있다. 그 결과 내행이 서술의 중심을 차지하게 되었다. 그러나 「망처서숙인묘지명亡妻徐淑人墓誌銘」[142]에 와서는 사정이 달라진다. 소생도 없이 요절한 자신의 첫 번째 부인을 형상화한 개인적인 글이지만 정성을 기울여 쓴 흔적이 곳곳에서 보인다.[143] 젖먹이 적에 아버지와 오빠가 모두 거상居喪할 때의 애훼哀毁로 목숨을 잃고 모친과 둘이 있게 되었을 무렵의 일화를 들면서 효녀로 친척간에 불렸음을 지적하고, 성장하면서 여공女工을 배웠는데 음식 장만하는 것은 한 번 보기만 하면 깨우쳤다고 하였다.[144] 결혼하기 전의 효녀로서의 모습을 드러낸 다음 주로 서숙인의 현賢과 부덕婦德에 대한 것을 일화를 통해 형상하고 있다. 예를 들면 다음과 같은 것들이다. 조부가 술상을 차리게 할 때마다 손부에게 술을 데워 오게 하면서 "손부의 손에서 나온 술은 적당히 따뜻해서 내 마음에 꼭 든다."[145]고 한 것이라든지, 시부모를 뵈올 때는 봄바람처럼 화락하다가도 물러나서 자기를 볼 때는 스스로를 단속하여 물어 보지 않으면 종일 말 한 마디 없었고, 손길 한 번 준 적이 없다는 것 등이다.[146]

---

142 『전집』 하, 1045-48쪽.

143 이 글의 서두에서 영재는 창작의 동기를 스스로 밝히고 있다. 즉 불행하게도 부인이 남편과 해로하지 못하고 자식도 없이 요절하였으므로 묘지라도 없으면 기억할 만한 아무런 것도 없으므로 묘지라도 짓지 않을 수 없다고 하였다. "志者志也 使人不忘之謂也 生而幸爲男子 有功德文章之實 則其沒也 爲人所不忘 無待乎志矣 其爲婦人 則不幸矣 然 顧幸而得偕其君子 富貴老壽 又幸而長子女延血脈 俾生而有大恩 沒而有大哀者 則亦可以 不忘矣 惟不幸而爲婦人 又不幸以夭 不能偕其君子而延其血脈 於是乎 他人入室 而逝者之 跡泯然 無復存 其使人不忘者 惟荒山一坏而已 是則不可以不志".

144 "吾妻家 世有至行 大父稷輔父 光陵令長淳 兄相慶 皆以居喪盡禮 毀而殞 母沈夫人 煢然獨 處 日抱吾妻以泣 吾妻時尙乳也 顧甚慧婉婉 左右涕洟 呼阿母 奈何不念我少安 親黨見者 皆歎日 是亦孝女也 及長 學女紅 治辦酒食 一見輒曉".

145 "孫婦手中酒 寒暖得宜 正如我所欲".

146 "吾妻每省舅姑 發氣滿容 言笑融融 如春風 及退而見吾 則遽自收斂 非有問 或終日無一語 手未嘗相授 而衣帶未嘗相襲 吾年少不能檢押 然居室則庶無大愧 吾以此 賢吾妻也".

이 경우 대체로 내행을 중심으로 기술되어 있지만, 영재의 아내의 죽음에 대한 비통함이 곳곳에 스며들어 문학적으로 잘 승화되었다. 그 문학성이 만만치 않은 것이다. 이 글이 주는 문학적 감동은 영재의 의욕적 창작 자세에 기인한다. 특히 임종 직전의 모습에 대한 기술은 매우 감동적이다.

내 처가 본디 병이 없었는데 갑자기 이상한 빌미를 얻어 의약이 듣지 않았다. 병이 날로 심해졌지만 오히려 세수하고 머리를 빗고서 나왔다고 거짓말을 하였다. 내 부모가 가엾게 여겨서 심부인 옆으로 돌아가게 하였는데 가서는 이미 앉거나 눕지도 못하였다. 어느 날 심부인에게 울며 말하기를 "제가 어찌 죽음이 슬퍼할 만하다는 것을 모르겠습니까? 약을 먹어도 효험이 없고, 단지 입만 쓸 뿐이니 어찌하겠습니까?"하고는 드디어 약을 버렸다. 계유년 3월 모일에 죽으니 나이 22이었고 자식이 없었다. 오호라! 내가 이른 바 부인 중에 불행한 사람은 내 처가 아니겠는가? 아아! 슬프도다!

吾妻素無疾 忽得奇祟 醫藥失宜 日浸以劇 猶盥櫛詭稱有瘳 吾父母愍之 使歸于沈夫人側 歸則已不能坐臥矣 一日泣告沈夫人曰 兒豈不知死可悲乎 但服藥無驗 徒苦口 奈何 遂却藥 以癸酉三月干支終 得年二十二 無子 烏乎 吾所云婦人之尤不幸者 非吾妻也歟 烏乎 傷哉

앞서 든 「김요천묘지명」과 「이봉화상탑명」이 주어진 행장을 중심으로 기술하고 있음으로 해서 문학성이 거의 결여되었다면, 「망처서숙인묘지명」은 그와는 대조적으로 비록 내행을 중심으로 서술되었지만 영재의 작가적 역량이 잘 발휘된 빼어난 작품이 된 것이다.

다음은 내행內行과 풍신風神이 조화된 작품들을 살핀다.

이는 영재가 「전설傳說」에서 가장 기본적인 것으로 인식했던 서술 방법이고, 그런 점에서 「이행서묘지명李杏西墓誌銘」[147]은 가장 기본에 충실한 글이다. 자신이 직접 대상 인물인 이덕언李德言과 접촉하였던 만큼 주로 자신의 기억에 의지하여 기술하고 있다. 먼저 자신의 조부인 이시원과의 관계를 통해 이덕언의 조금도 아첨함이 없는 자세를 드러낸 다음 그의 개성적인 면모 즉 풍신을 다음과 같이 형상하고 있다.

군은 이마가 넓고 광대뼈가 우뚝 솟았으며, 체격이 건장하여 마치 옛 그림 속에 있는 사람 같았고 목소리는 종과도 같았다. 젊어서는 자못 의기가 있는 것으로 자처하여 남과 더불어 걱정거리와 재액을 같이 하기를 좋아했으며, 남의 착한 것을 칭찬하기 좋아했다. 그러나 착하지 않은 사람을 보면 이를 미워하였고, 얼굴빛을 꾸며 빌지 않아 이로써 향리에서 꺼림을 받았다.

君廣顙高顴魁岸　如古圖畵中人　聲若應鍾　少頗意氣自許　好與人同患厄　好稱人善　然見不善人　嫉之　不丐以色　以此憚於鄕

우리는 여기에서 호협하고 의리를 존중하는, 남에게 쉽게 굽히려 하지 않은 한 장부를 발견할 수 있다. 영재 집안을 원망하는 감사監司에 의해 누명을 쓰고, 귀양살이를 한 후, 문상을 왔을 때 70이 넘은 나이로 말을 달려 겁내지 않았다고 하였다. 대체로 이러한 것들이 이덕언의 인물됨에 대한 풍신을 통한 형상화이다. 이를 통해 개성적인 이덕언의 면모를 쉽게 떠올릴 수 있음은 물론이다. 그의 내행에 대한 언급의 앞의 「김요천 묘지명」이나 「이봉화상탑명」과 마찬가지로 이덕언의 아들 섭응燮膺이 쓴 행장을 인용하고 있다. 대체로 어머니를 섬길 때 10년이 되도록 시탕侍湯하였으며, 위독할 때 이혈餌血하였다는 것, 여막廬幕에서 종상終喪하였고, 복을 벗고 난 뒤에도 3년 동안 초하루면 어김없이 성묘했다는 것들을 통해 그의 효성을 그리고 있다.[148]

147 『전집』 하, 1060-63쪽.

기본적으로 글의 대부분을 풍신을 통한 형상화에 할애하고 내행은 행장을 인용하는 구성을 취하고 있다. 이는 영재 자신이 설정한 기본에 충실하고 있지만 내행보다는 풍신을 통한 형상화에 훨씬 더 주력하고 있는 것으로 보인다. 풍신을 통해 이덕언을 형상한 부분이 내용이 더 풍부하고 세밀하게 묘사되어 있음은 물론이다.

영재는 스스로 내행은 이목구비와 같다고 하면서 빠뜨려서는 안되는 것으로 여기고 있지만 작문의 실제에서는 내행보다 풍신에 훨씬 더 치중하고 있다. 예컨대「육신사략」의 경우 사육신들의 일상적인 생활 면모에 대한 언급보다는 거사의 과정과 실패한 뒤의 신문의 과정에 있어서의 꿋꿋한 그들의 모습에 대해 초점을 맞추어 서술하고 있는 것에서 확인할 수 있다.「관수옹묘갈명」에서도 역시 섬진별장으로 보여준 직무에 충실한, 그 사람만이 그럴 수 있는 모습의 기술에 치중하고 있다.「청은전」에서 형상된 김시습과 김인후의 경우도 그들의 일상적인 모습이 아닌 세조의 왕위 찬탈과 인종의 죽음 이후의 실의에 빠진 행적에 주목하였다. 영재가 창작한 대부분의 전과 사략, 서사 등은 모두 풍신을 중심으로 그 인물의 개성적인 면모를 잘 부각시키고 있는 것들이다.

이에 대해서는 앞에서 모두 살핀 바 있으므로 풍신을 중심으로 형상화한 전에 대한 상세한 언급은 필요치 않을 것으로 보인다. 따라서 지금까지 거론되지 않은 영재의 기사문 중에서 풍신을 중심으로 형상하고 있는 것을 살피기로 한다. 여기에 해당하는 것으로「유수묘지명兪叟墓誌銘」[149]과「강고환묘지명姜古懽墓誌銘」[150]을 들 수 있다.「유수묘지명」의 경우 대상

---

148 "變膺之狀君曰 蚤孤事妣金孺人 侍藥十年 躬溁厠牏 疾革餌指血 旣喪廬墓以終制 考墓與妣同岡而近 痛不及喪葬 乃晨昏往哭如妣 服除 必以朔望展省 如三年 每家居 遇月明夜寂 淚或汪汪下 家人不敢問 然知其思親也".

149 『전집』하, 1063-65쪽.

인물의 행적이 워낙 불분명한 상태에서 견문의 범위 내에서만 기술되었기 때문으로 보인다. 그러나 「강고환묘지명」의 경우 추금秋琴 강위姜瑋의 일생에 대해 누구보다 잘 알 수 있는 위치에 있었으면서도 내행에 관해서는 소략하게 다루고 주로 풍신을 통한 형상에 주력하고 있다.

먼저 강위의 교유 자세에 대해 "차라리 마을로 가서 소년들과 술과 음식을 먹을지언정 노생老生들에게 굽신거리는 것을 좋아하지 않았다."[151]고 하면서 현달한 자들을 더욱 좋아하지 않았다고 하였다. 강직한 강위의 면모를 드러내는 부분이다. 이는 뒷부분의 일본에 있을 때 일본인이 관직을 주려하자 죽기를 맹세하고 허락하지 않았던 것과 상해上海에서 한질寒疾이 깊었는데 상해인이 옷을 벗어 입히려 하자 거절한 일화와 맞물리게 된다. 그리고 자신과 관계된 일화를 통해 강위의 해외 정세에 관해 깊은 관심을 보이는 자세와 그에 걸맞게 풍부한 지식에 대해 언급하였다. 외국과의 국교수립이 본격화되자 역관의 신분으로 외교 무대에서 중요한 활약을 했던 강위의 행적에 주목하였다. "강화講和 초기에 군이 대관大官을 좇아 강화江華에 가서 재상에게 글을 주어 그 결정을 돕고, 또 통신사를 좇아 일본에 들어가서 일본에 머물고 있던 중국인과 합의하였고, 귀국해서 그 계책을 조정에 주달하였다."[152]고 기술한 대목이 바로 그것이다. 영재 자신이 "내가 일부러 군의 다른 일과 행적을 생략하고 나와의 평소의 연고를 서술함으로써 군의 사람됨을 드러내고, 후세로 하여금 이를 통해 한 때의 세상 돌아감이 이같음을 살필 수 있게 하였다."[153]고 한 것처럼

---

150 『전집』 하, 1084-88쪽.
151 "其與人游 寧就閭里 少年酒食 不喜拘曲老生".
152 "講和初 君從大官如江華 貽書宰相 贊其決 又從信使入日本 與中國人留日本者 議合 歸以其筴達之朝廷".
153 "余故略君他事行 獨敍與余平素之故 以見君之爲人 而使後世 因以攷一時運會習尙關係之大 如此".

내행보다는 자신과 관련된 일화와 그만이 그럴 수 있는 것을 중심으로 기술하고 있다. 즉 풍신을 통한 형상화에 치중하고 있는 것이다. 강위의 장남인 요선堯善의 요청으로 지은 것이기는 하지만 워낙 그와 교분이 두터웠고, 그에 대해 잘 알고 있었기에 풍신을 통해 그의 개성적 면모를 잘 형상할 수 있었던 것이다.

위의 영재의 언급에서도 드러나듯 이 글은 문학적 작품을 염두에 두고 지은 것은 아니다. 명銘에서도 "올바른 명이 아니면 감히 뒷날 사가史家에게 알릴 수 있겠나?"[154]라고 밝혔듯이 역사를 기록한다는 진지한 자세를 가지고 지은 것이다. 이 글이 문학적 감동과 약간의 거리가 있는 것은 이 때문일 것이다.

지금까지 영재가 인물을 형상함에 있어서 중요한 요소로 생각했던 내행과 풍신을 하나의 잣대로 삼아 그의 기사문을 살폈다. 영재는 인물을 형상함에 있어서 유용한 한 가지의 방법을 마련하고 형상할 대상 인물에 따라 적절히 융통성 있게 적용시킴으로써 자신의 기사문의 세계를 확대할 수 있었던 것이다. 앞에서 지적하였던 '알맞음' 즉 '법法'의 원칙을 여기에서 상기할 필요가 있다.

영재의 기사문은 대체로 남의 요청으로 지은 것과 스스로 창작의 욕구를 느껴 지은 두 가지로 나뉘어 진다. 전자에 해당되는 것은 비지류碑誌類들이고, 후자에 해당되는 것은 전傳·사략事略·서사書事 등이다. 후자에 비해 요청에 의해 지어진 전자가 문학성의 측면에서는 비교적 떨어지는 편이다. 그러나 「망처서숙인묘지명亡妻徐淑人墓誌銘」처럼 요청 없이 지은 것은 예외적이다. 남의 요청으로 지은 비지류도 역시 둘로 나뉘어 지는데, 요청을 거절할 수 없기에 지은 것과 요청을 받고 강한 창작

---

154 "匪直也銘 敢告後史".

욕구를 느꼈거나 평소에 매우 친밀하게 지내던 인물의 경우이다. 전자는 내행을 중심으로 기술되면서 문학성 역시 거의 결여되고, ·후자는 그와 반대로 풍신을 중심으로 형상화되면서 내행은 거의 소략하게 다루고 있다. 전자보다 문학성이 상대적으로 높음을 확인할 수 있었다.

(2) 대화체對話體의 필치筆致와 의론화議論化 경향傾向

영재는 특히 그 사람만이 그럴 수 있는 풍신을 통해 인물을 형상하고자 할 경우 대화체를 잘 활용하였다. 다음은 대표적 예이다.

> 춘일이 눈을 부릅뜨고 꾸짖어 말하기를 "나는 남성의 수문장이다. 내가 이 문을 지키고 있으니 갈구야 너희들은 들어올 수 없으리라. 반드시 들어오고 싶으면 나를 죽여야만 될 것이다."라고 응수했다. 적들이 노하여 칼로 찌르니 주기가 부글부글 뱃속으로부터 나왔다. 그럼에도 더욱 욕을 하며 죽을 때까지 그치지 않았다.
>
> 春日張目罵曰 我南城門將也 我守此門 羯狗 汝不得入 必欲入者 殺我乃可 賊怒而刃割之 酒氣拂拂腹中出 而口益罵 至死不絶〈「李春日傳」,『전집』하, 862쪽〉

병인양요가 일어났을 때 강화읍 남성의 수문장이었던 이춘일이 불군이 다가오자 불군을 꾸짖어 하는 말이다. 원문으로 읽어 보면 더욱 박진감이 살아나고, 직무에 충실하려던 이춘일의 모습이 눈에 선하게 그려진다. 만약 이를 대화체를 사용하지 않고 3인칭 시점으로 서술하였다면 밋밋할 뿐 선명한 형상화는 어려웠을 것이다. 다음도 역시 마찬가지이다.

> 당시에 삼남이 크게 어지러워져서 도적 수천이 섬진진에 들러 옹에게 군기를 빌려달라고 요구하였다. 옹이 이르기를 "군기가 어찌 빌려주는 물건이겠는가?"하였다. 적들이 군기고로 달려들어 장차 자물쇠를 쳐서

깨뜨리려 하였다. 옹이 몸을 뽑아 문을 막자 적들이 칼을 들고 그를 향해 왔다. 옹이 가슴을 풀어헤치고 웃으며 말하기를 "내 나이 70이다. 나라의 은혜를 입어 어려운 지경에서 녹을 먹게 되었더니, 오늘 죽을 곳을 얻었다. 너희들이 내 시체를 보면 향기가 나리라. 빨리 찔러라. 빨리 찔러라."하였다. 적들이 놀라고 탄식하며 서로를 끌고 돌아갔다.

時三南大亂 賊數千過蟾津鎭 要翁借軍器 翁曰 軍器豈可借之物耶 賊奔軍器庫 將撞破其鎖 翁挺身拒於門 賊以刃向之 翁披胸笑曰 老夫年七十荷國恩乘障食祿 今日得死所 汝觀吾屍生香也 趣刺 趣刺 賊驚歎相引去
〈「灌水翁墓誌銘」,『전집』하, 1141쪽〉

동학농민전쟁 당시 섬진별장이었던 임신원林愼源의 인간됨을 형상한 부분이다. 군기고를 끝내 몸으로 막아 지켰던 그의 모습이 스스로 말하게 함으로써 더욱 선명하게 살아났다. "빨리 찔러라. 빨리 찔러라."고 말하는 대목에서 그의 대담성이 특히 잘 드러난다.

위에서 든 것을 제외하고도 여러 글에서 대화체를 사용하여 인물을 형상하고 있다. 「육신사략六臣事略」과 같은 글이 대표적이다. 대화체를 중심으로 인물을 형상한 작품이 대체로 문학적 성과도 높은 것으로 보이는 바, 작자의 시선에 의한 장황한 묘사보다 독자에게 직접적으로 호소하는 힘이 크기 때문일 것이다. 예를 들면 「근서선충정공기김정녀사후謹書先忠貞公記金貞女事後」에서 김정녀가 운명하려 할 때 시아버지와 나눈 대화가 대표적이다. 작중인물의 대화를 영재가 옆에서 들었을리 없다. 남에게서 전해들은 이야기를 다시 구성하였다고 볼 수 있다. 물론 그렇다고 해서 그 진실성을 의심할 필요는 없어 보인다. 여기에서 필요한 것이 바로 작가적 역량이다.

김택영은 「온달전溫達傳」을 『삼국사기三國史記』열전 중에서 기문기文으로 꼽은 바 있다. 특히 전반부의 공주와 온달이 만나는 부분은 설화를 재구성한 것으로 보이는 바, 김부식의 작가적 역량이 남김없이 드러난다. 거기에서 눈에 뜨이는 표현 수법은 다름 아닌 대화체이다. 예를 들면 공주가 온달의 모친을 만나 나누는 대화부분을 들 수 있다. 이것이 전부는 아니겠지만 대화체의 적절한 사용으로 「온달전」의 문학성이 크게 제고된 것은 틀림없다. 다시 말하면 대화체의 적절한 구사는 표현을 생동하게 해주며 문학성도 제고시키는 이중적 효과를 가지는 것으로 파악된다. 영재가 이런 점을 의식하였든 하지 않았든 대화체를 적절히 사용하여 기사문을 지은 것은 전문적 문인으로서의 그의 기량을 웅변해 준다.

앞서 영재의 기사문을 내행內行과 풍신風神을 기준으로 하여 세 가지로 분류한 바 있거니와 이 범주를 벗어나는 것도 있다. 묘지명의 경우 서사부를 행장의 인용으로 대체하고 나머지를 의론으로 구성한 것과 서사가 빈약한 상태에서 그치고 대부분 의론으로 구성한 것, 그리고 정문명에서 서사는 전혀 없이 의론만으로 서 부분을 구성한 것들이 그것이다. 다시 말해 서사보다 의론이 서의 중심을 차지한 것이다.

「열녀한씨정문명烈女韓氏旌門銘」[155]의 경우 이미 앞에서 언급했던 것처럼 일반적으로 기사로 채워져야 할 서序 부분이 아예 모두 의론으로 구성되어 있다. 논의의 초점은 충신과 열녀의 죽음은 그 죽음이 일에 도움이 되었건 되지 않았건 가치가 있는 행동이라는 점에 모여 있다. 한씨의 열행烈行에 대한 구체적인 언급은 전혀 없다. 창작의 명분을 제시하려 한 것으로 보인다.

그런데 영재가 지은 인물기사의 의론부의 기능이 명분의 제시에만 그치지는 않는 것으로 보인다. 먼저 「유수묘지명兪叟墓誌銘」[156]을 예로 들어본다. 군업君業이라는 자字만 전해질뿐 이름도 알려지지 않은 인물로

---

155 『전집』 하, 925-27쪽.
156 『전집』 하, 1063-65쪽.

영재의 아주 가까운 이웃에 살면서 짚신을 삼아 생계를 이어갔는데, 집 주인인 윤여화尹汝化가 쌀로 바꾸어주는 역할을 하였다. 짚신이 팔리지 않으면 며칠 동안 밥을 끓이지 못했다고 한다. 동네 사람이 돈 없이 와서 짚신을 달라고 하면 그냥 주었고, 숨기고 갚지 않아도 찾아 나서는 법이 없어 일 년이 다 가도록 한 걸음도 문밖을 나가지 않았다고 하였다. 영재 자신도 자연히 면식이 없었다.[157] 오직 짚신만 삼았을 뿐 다른 일에는 조금의 관심도 없었던 유수의 범상치 않음에 초점을 맞추고 있다. 서사가 아주 짤막한 것은 워낙 유수에 대한 정보가 부족하기 때문일 것이다.

이러한 기사를 두고 영재는 기사의 양과 비슷할 정도로 논의를 가하고 있다.

그런데 내가 일찍이 슬퍼한 것은 옛적의 성현은 일찍이 한 가지 일도 세상에 행하지 못하였음에도 그의 所業은 세상에 쓰이기 위한 것이었다. 지금 노인 또한 죽을 때까지 한 걸음도 길을 나서지 않았지만 그가 所業한 바는 오직 걸어 다니기 위한 것이다. 비록 그 도구에 크고 작음은 차이가 있지만 자기에게 소용없는 일에 부지런한 것은 마찬가지이니 또한 슬퍼할 만하다. 그러나 성현이 이미 스스로 행할 수 없었고 천하가 그 도를 끝내 쓰지 않았음에도 도리어 기롱과 비방을 초래하고 환액에 걸려 근심하였으니, 차라리 노인이 진실로 행하기에는 뜻이 없었지만 이웃 사람들이 오히려 그 신을 사용하였고 그 값을 주어 노인이 그 힘으로 먹고 살아서 늙어 죽을 때까지 다른 근심이 없게 한 것만 못하다. 만약 노인이 평범한 사람이었다면 유감이 없을 것이요, 노인이 참으로 평범하지 않은 사람이었더라도 또한 무슨 유감이 있겠는가?

---

157 "叟中世獨身 流寓與汝化 爲主客三十年 樸吶無佗能 日惟業織屨 然不自鬻 以畀汝化 汝化鬻 得米 則遺之使炊 不得 或累日不炊 里人無所持來求屨 叟卽與 或匿直不以還久 亦不自往 索 故或終年一步不出門 余家與汝化相望而近 然余竟不識叟面".

抑余嘗悲古昔聖賢　終身未嘗一事行於世　而其所業　皆所以行者也　今叟
亦終年未嘗一步行於路　而其所業　亦惟所以行者也　雖其具鉅細有不同
而其勤而無所用於己　則同　又可悲也　然聖賢　既不能自行　而天下又卒不
用其道　反以招譏謗　嬰患厄恤焉　而不寧若叟固無意於行　而隣里之人　猶
用其屨　而歸其直　叟得以食其力　以老以終　無他患　使叟果庸人也　則可以
無憾　叟而果非庸人也　抑又何憾

　　성현의 도가 세상에 행해지는 것과 유수가 삼은 신을 세상 사람들이
신는 것이 비유적으로 연계되어 있다. 일종의 우언이다. 오히려 세상 사
람들에게 기롱과 비방을 당하는 성현의 도보다 그것으로 생계를 이어갈
수 있었던 유수의 일이 더 낫다는 역설을 동원하기도 한다. 요컨대 신을
삼아 살아가는 사람의 이야기를 통해서 세상에 진실한 도道가 행해지지
못하고 있음을 탄식하고 있는 것으로 보인다.
　　「고효자정문명高孝子旌門銘」[158]도 서 부분이 기사로 이루어져 있지
않고 명을 짓게 된 내력과 의론으로 구성되어 있다. 그런데 이 경우 단
순히 명을 짓는 명분을 제시한 것만은 아닌 것으로 보인다. 애초에 자신
이 어사로서 이 석성石城에 들렀을 때 향인이 행장을 지어 조정에 아뢰
어 달라고 요청하였지만 신중을 기하느라 허락하지 않았다고 하면서 다
음과 같은 지적을 하고 있다.

　　국가가 教化를 敦崇하여 거의 윤년마다 널리 旌閭를 행하였다. 일을
　　관장하는 것은 유사에게 있지만 간혹 使者를 파견하여 숨겨지고 없어
　　지며 감추어져서 襃彰되지 않은 사람을 찾게 하였다. 그러나 도리어
　　세속이 점점 타락하여 아름다움을 과장하거나 冒稱함이 없을 수 없었
　　다. 孝는 人道의 지극한 것이지만 다른 節이나 烈과 비교해 보았을 때

---

158 『전집』 하, 927-30쪽.

평범하여 징험하자면 더욱 현혹되기 쉽다. 따라서 선택할 때 신중하지 않을 수 없다.

國家敦敎崇化 率歲閭廣行旌 典職在有司 間復遣使者 以搜訪其佚靡隱 不彰 顧世俗駭駭下 不能無溢與冒矣 孝者人道之至 然視他節烈爲庸 徵 之逾易眩 而選擇之 誠不可以不愼

어떤 이의 효행을 드러낼 경우 특히 신중을 기해야 한다는 것이다. 다음에 자공子貢이 공자의 상을 당했을 때 다른 제자들은 모두 3년이 지난 후 돌아갔지만 그만은 3년을 더 머물러 있다가 돌아갔다는 일화를 들고 논의를 이어간다.

세속이 이미 과장하거나 모칭함이 없을 수 없고, 또 효를 평범한 행동으로 여기기 때문에 다투어 기이한 칭호를 만들어 붙여서 여러 다른 사람들에 비해 별다른 것을 구한다. 이에 氷鯉와 雪筍같은 것을 이루 기술할 수 없게 되었다. 내가 홀로 효자를 형용한 글을 아끼는 것은 그 일이 모두 다른 사람들도 할 수 있는 것 같은데 그렇게 한 사람이 드물고, 이로써 효자의 制行이 모두 中道와 합당함을 알 수 있기 때문이다. 오직 그 廬幕에서 떠나지 않은 것은 子貢이 夫子에게 한 것과 비슷하기 때문에 특별히 드러내어서 효자의 마음을 밝혔다. 그러나 이로써 효자의 자랑거리로 삼은 것은 아니다.

世俗旣不能無溢與冒 而又以孝爲庸行 故競傳爲奇異之稱 求以別於衆多 於是氷鯉雪筍 又不可以勝述 余獨愛狀孝子之辭 其事皆若人之所可能 而鮮有然者 以此知孝子之制行 悉與中道合 惟其廬墓不去 有似子貢之 於夫子 故特著之 以見孝子之心 然非以是爲孝子夸也

"효자를 형용한 글을 아낀다."고 하여 논의를 결국 명을 짓는 명분의 제시로 귀결시키고 있지만 그에 못지않게 중요한 지적을 한다. 즉 중요한 규범의 하나이고 국가에서도 제도적으로 장려하고 있는 효가 세속의 타락으로 자못 변질되었다는 것이다. 효란 빙리氷鯉·설순雪筍과 같은 기이함에 있지 않고 평범한 누구나 할 수 있는 일이지만 모두 실행하기는 어려운 것이므로 효를 실행한 사람이 칭송받는다는 것이다. 결국 당대인의 효에 대한 그릇된 인식을 바로잡으려는 논의인 셈이다.

의론부가 명을 짓게 된 명분만을 제시하는 수준을 넘어서는 것은 「이봉화상탑명离峰和尙塔銘」[159]에서도 나타난다. 이는 행장의 인용과 의론부로 구성된 경우이다. 이봉화상离峰和尙의 충忠을 칭송하면서 동시에 "(근세 사대부들의) 그 마음이 성誠에서 나온 것은 항상 적고, 이利에서 나온 것은 항상 많다."[160]고 하였다. 민족적 위기를 당한 시기에 위기타개의 주도적 역할을 수행해야할 막중한 임무를 지닌 것이 바로 사대부 계층이었다. 그럼에도 불구하고 '이利'에서 나온 충忠을 행하는 그들의 행동을 비난함으로써 각성을 촉구하고 있는 것이다.

이상에서 살핀 것처럼 영재의 기사문에서 의론부의 기능은 두 가지이다. 하나는 명을 짓게 된 명분을 제시하는 것이고, 다른 하나는 그와 동시에 당대의 잘못된 세태를 바로 잡고자 하는 노력이다.

일반적으로 인물기사와 같은 서사문에서 의론은 오히려 역기능을 하는 것으로 생각되기도 한다. 그런데 한문학의 경우 서사에 일정하게 의론을 가하는 것이 일반화되어 있기도 하다. 영재가 지은 인물기사의 경우 자신의 장기였던 의론을 잡아나가는 것을 잘 발휘하여 자신의 생각을 더욱 선명하게 드러나게 하는 효과를 거두었던 것으로 보인다.

---

159 『전집』 하, 933-37쪽.
160 "吾觀近世士大夫 席祖先之閥閱 荷君上之寵祿 所藉手而致身者 不過爲婦寺之小忠 其心之
出於誠者 恒少 而出於利者 恒多 然則師之望拜祈祝於人所不知之地 至老死而靡懈者 可以
謂賢矣"

五. 결어結語

영재寧齋 이건창李建昌은 한말韓末의 개항기開港期를 살다 간 시인
이요 문장가였다. 강화도江華島에서 태어나 당대의 명사로 이름을 떨쳤
으며『주역周易』에 남다른 관심을 보이기도 했다. 위정척사파衛正斥邪派
와 개화파開化派의 어느 쪽에도 자신을 매몰시키지 않고 주체성을 확립
하고 행동했던 양심적 지식인이었다. 그의 국력 배양 방법도 '명名'이 아
닌 '실實'에서, '인국隣國'이 아닌 '아我'에게서 모색하라는 독특한 것으로
나타난다. 이는 그의 학문적 지향 즉 양명학陽明學에 그 기반을 둔 것으
로 '주체적 자아'와 '실實'에 대한 강조인 셈이다.

그는 시인으로서 무엇보다도 '연정緣情'을 중시하고, 기려綺麗하고 성
률聲律만 꿰어 맞춘 시를 배격하였다. 그가 나름대로의 독특한 시세계를
구축할 수 있었던 것은 이에 기반을 두고 있다. 남다른 시인으로서의 자
기인식自己認識과 자부심을 가지고 시작詩作활동을 전개하며, 양심적良
心的 사대부士大夫의 입장을 견지할 수 있었기에 애민적愛民的 내용의
시편詩篇이 나올 수 있었고, 자신을 주변적 상황에 매몰시키지 않았던
주체적 인식의 연장인 현실인식現實認識을 토대로 우국적憂國的인 시詩

의 창작이 가능했다. 영재의 시는 광범위한 제재를 통해 당시 민중들의 삶의 모습을 생생하게 드러내고 있다. 또한 민중의 삶의 모습을 표현하기 위한 필요성과 '장어설리長於說理'한 그의 문학 전반의 특성, 그리고 민족적 위기임을 감지한 그의 시대에 대한 인식을 토대로 다수의 서사성 한시들이 창작되었다. 그 중 「벌오룡伐吾龍」, 「고령탄高靈歎」, 「한구편韓狗篇」은 민족 외부로부터 다가오는 압력에 대한 해결방안의 모색을 그 주제의식으로 삼았다.

우리는 자신의 마음에만 들면 그 뿐이지 다른 사람이 시선을 의식할 필요가 없다는 그의 '유오심협惟吾心愜'의 작가 정신을 살핀 바 있다. 또한 이러한 정신이 그의 산문 창작에 있어 중심적 위치를 차지하고 있음을 파악하였다. '유오심협'의 작가 정신은 그의 「논당순종사論唐順宗事」와 「백이열전비평伯夷列傳批評」과 같은 비평적 산문에서 보여준 '천고千古의 독견獨見'과 연결된다. '천고의 독견'은 '아我의 각성覺醒'으로부터 출발한 그의 사상적인 자세로부터 촉발되었고, 이는 그의 양명학을 가학으로 하였던 학문적 기반에서 비롯하였음을 살핀 바 있다. 인물기사를 중심으로 살펴 본 영재의 산문은 '유오심협'의 작가정신을 토대로 하여 당대의 시대적 상황에 비추어 민족과 국가의 어려움을 타개하는데 일조할 수 있는 바람직한 인간형을 제시하고자 한 것이다.

그가 기사문에서 형상하고 있는 인물들을 주제의 범주화를 염두에 두고 분류하면, 첫째, 자신에게 주어진 임무에 충실했던 인물, 둘째, 주체적인 자세를 견지했던 학자·시인들, 셋째, 절의를 지킨 인물, 넷째, 열의 행적을 보인 여인들, 다섯째, 충효의 행적을 보인 인물들이다. 이러한 인물들은 모두가 당시의 시대상황과 일정하게 관련되는 의미를 지니고 있다. 즉 국가와 민족이 처했던 위기를 타개하기 위해 자신이 노력하였던 만큼 그러한 자신의 노력이 기사문을 통해 일정하게 반영되었던 것이다. 영재는 기사문을 통해 작중 인물이 살아가는 국가와 민족의 위기적 상황을 묘사하고, 그러한 위기적 상황에 어떻게 대처해야 할 것인가를 진지하게 모색하였던 것이다. 인물기사에 형상된 인물들은 모두 격심한 시대의 변화 과정 속에서 바람직한 인간형의 제시를 위해 영재가 노력한 결과물이다.

이러한 인간형들이 그야말로 새롭지는 않아 보인다. 즉 근대적 인간형의 창조에는 실패했다는 말이다. 그리고 형식적인 면에서 영재의 기사문은 기존의 양식을 탈피하지 못하였다. 이 두 가지는 영재의 기사문이 가지는 분명한 한계점이다. 그러나 영재의 기사문은 다른 차원에서 의미를 부여할 수 있다. 즉 정통 고문의 양식에 속하는 기사문을 통해 영재가 그려낸 진실하고도 진지한 인간정신과 자세는 현재에 이르러서도 주목할 만한 가치가 충분하기 때문이다.

영재가 남긴 기사문에 대한 검토를 통해 다음과 같은 결론을 얻을 수 있다. 영재의 기사문은 대다수가 당시의 시대적 상황과 무관하지 않다. 그의 시에 '민시우국憫時憂國'을 염두에 두고 지은 작품이 많았던 것처럼 그의 기사문도 시대적 요구에 잘 부응한 것이라고 볼 수 있다. 즉 국가적 위기를 타개할 수 있는 계층으로 사대부를 상정하고 전형적인 사대부들을 형상해 내었고, 주어진 임무에 충실했던 인물들을 그려내었으며, '절節'을 인물기사의 중요한 주제로 삼아 급변하는 시대의 흐름 속에서 자신의 주체를 지키는 것이 무엇보다 중요하다는 것을 지적해 냈다. 그리고 효孝와 열烈을 충忠과 관련지으면서 새롭게 부각시킴으로써 전통사회의 도덕적 규범마저 소홀하게 다루지 않았다. 이들도 일정하게 그 시대와 관련을 가진다. 다시 말해 영재의 시세계와 산문세계가 결코 둘이 아닌 것이다. 한시를 통해 애민우국愛民憂國의 사상감정을 드러내고, 민족 외부로부터 다가오는 압력에 대한 해결점을 모색하였던 것처럼 산문을 통해서도 역시 그렇게 하였던 것이다. 다만 산문을 통해서는 국가적 위기의 타개에 더 많은 무게를 두었다. 그리고 시에서 보여주었던 영재의 전문적인 문인으로서의 작가적 역량을 기사문을 통해 다시 한 번 확인할 수 있었음도 간과할 수 없다. 영재는 인물기사야 말로 시대에 잘 대응할 수 있는 문학양식으로 파악하고 이를 통한 인간형의 창조의 과정에서 당대의 국가와 사회현실을 묘사하였다. 그리고 그러한 현실 속에서 인간이 어떻게 대처해야 할 것인가를 표현하였다. 바로 여기에 영재가 창작한 인물기사의 중요성이 자리한다.

영재는 한말사대가韓末四大家의 한 사람이고, 창강滄江이 선정한 여한구가麗韓九家의 한 사람이다. 이는 비록 전통적 시각으로 보았을 때의 평가이지만, 지금의 문학을 평가하는 기준으로 보아도 영재는 같은 위치를 견지할 수 있을 것이다. 영재가 살았던 시기는 개항기라는 역사적 전환기였다. 물론 개화가 식민지화로 바로 이어지지는 않겠지만 이는 자아自我를 상실한 채 아무런 내실內實 없이 무분별하게 외세를 끌어 들여 근대화를 추진한 결과라고 할 수 밖에 없다. 이런 전환기에 자아의 각성을 소리치고, '명名'이 아닌 '실實'을 주장하였으며, 그것을 토대로 문학 활동을 전개한 영재는 매우 뚜렷한 문학사적 의미를 갖는다고 하겠다. 현재 이곳에서 문학을 비평할 때 중요한 잣대의 하나인 민족주의를 영재의 문학에 적용시켜도 영재의 문학이 거둔 성과는 결코 만만치 않을 것이다.

2부

『명미당집明美堂集』의 간행刊行과 초고본草稿本

1. 머리말

　영재寧齋 이건창李建昌의 시문집인 『명미당집明美堂集』은 그에 의해 발천發薦되었다고 할 수 있는 창강滄江 김택영金澤榮에 의해 중국의 남통南通에서 간행되었다. 이는 영호남의 지식인들과 영재의 중제仲弟인 경재耕齋 이건승李建昇(1858~1924)의 요청에 의한 것으로, 『명미당집』의 발간이라는 측면에서는 가장 큰 공로를 세운 셈이다. 그러나 이미 민영규閔泳珪 선생에 의해 지적되었듯 창강은 『명미당집』의 편찬과정에서 자의로 상당한 산삭을 가한 것으로 알려진다. 따라서 통행하고 있는 『명미당집』에 끼친 창강의 공로는 인정할 수 있으되 창강이 편찬한 것 자체만으로 온전한 영재의 문학세계 전반을 재구하기란 기대하기 어려운 것으로 보인다.

　"진실로 하루에 한 번 고쳐 일년에 약간 수를 얻고 그 약간 수를 산삭刪削하여 약간 수만 남겨 두어 이렇게 십 년을 하면 한 권을 만들 수 있다. 참으로 그 한 권이 다시는 고칠 필요도 없고 다시는 산삭할 필요도 없는 글이라면 내 마음에 흡족하게 된다."[1]는 영재의 증언으로 미루어 본다면 그가 남긴 글은 어느 것 하나 버릴 수 없는 소중한 것일 터이다. 따라서 『명미당집』의 편찬은 의당 영재가 남긴 글이라면 모두 취하는 태도가 바람직하다. 그럼에도 불구하고 상당한 산삭을 가함으로써 영재의 문학세계를 완전하게 파악할 수 없도록 하는 결과를 낳았던 것이다.

다행스럽게도 경재가 원고를 정리할 때 저본으로 사용한 것으로 보이는 몇 권의 초고와 여기에서 빠진 것을 보완해 주는 두 책의 필사본을 얻을 수 있었다. 국사편찬위원회 소장본과 성균관대학교 도서관 소장본인데, 전자는 영재의 증손인 이형주李亨周씨가 1973년 초에 국사편찬위원회에 기증한 것으로 초고본이 아닌 필사본이 한 책 포함되어 있고,[2] 후자 역시 필사본으로 필사자는 알 수 없다.[3]

이 글은 이건승의 문집인 『경재집耕齋集』에 집중적으로 실려 있은 『명미당집』 편찬과정에서 창강滄江과 주고받은 서찰들을 통해 편찬의 경개를 살펴보고, 아울러 새로 발견된 초고본과 필사본에 대한 개략적인 검토를 통해 영재 문학세계의 대강을 더욱 확대시켜 재구해 볼 수 있는 가능성을 점검하기 위해서이다.

---

1 「答友人(呂士元)論作文書」, 『明美堂簏稿』七(국사편찬위원회본). "誠能一日一改 一年得若干首 又於若干首 而刪而存之 爲若干首 如是十年 則可一卷矣 誠能爲一卷 不可復改 不可復刪之文 則吾心慊矣".

2 국사편찬위원회본은 모두 10이다. 구성을 보면 『明美香館初稿』, 『明美堂稿』二, 『明美堂彙草』四, 『明美堂彙草』六, 『明美堂簏稿』七, 『明美堂稿』八, 『明美堂麤稿』九, 『明美堂散稿』十, 『明美堂稿』十一의 초고본과 『明美堂草彙』라는 제목의 徐勳의 필사본이다. 이외에 국편에 기증된 것으로 李建昇이 지은 『先伯氏參判府君行略』과 祭文을 모은 것, 『讀易隨記』초고본이 포함되어 있다.

3 成大本은 『寧齋集抄』라는 제목으로 된 한 책으로, 뒷부분에 다른 사람의 시문이 부록으로 붙어 있는 필사자 미상의 寫本이다.

2. 『명미당집明美堂集』 간행刊行의 경위經緯

1) 간행의 착수

다음의 인용문은 경재耕齋의 「여김창강與金滄江」으로『명미당집』간행 착수의 경위가 소상하게 밝혀져 있다.

先兄이 돌아가신 뒤 지금까지 수십 년 토록 유고를 아직도 간행하지 못했으니 제게 남은 단 하나의 근심거리입니다. 그러나 지금까지 이른 것은 財力이 不及했을 뿐만 아니라 이른 바 認許라는 것 때문이었으니, 이를 얻어 간행하기 보다는 상자에 넣어두었다가 뒷날 죽은 뒤에라도 뜻을 이루는 것이 낫다고 여겨서 착수하지 못하였습니다. 그런데 지금 영호남의 여러 군자들이 개연히 淮南書局에서 先兄의 유고를 간행하자고 의논하였습니다. 간행 비용은 사림과 본가에서 각각 반씩 분담하기로 결정했습니다. 山淸의 李燁과 求禮의 黃瑗이 모두 저에게 편지를 보냈으니 제가 비록 이역 땅에 漂泊하여 거의 완전히 몰락한 형편이지만 기회를 잃을 수 없다는 생각에서 뛸 듯이 그 의논을 좇았습니다. 단지 교정은 오직 令公을 믿는 형편이니 정력이 이를 감당할 수 있을지 모르겠습니다. 令公 또한 반드시 이 일을 즐겁게 여기고 저의 간절한 말을 기다리지 않으리라 여겨집니다. 이 원고는 제가 분류하여 순서를 정해 10권으로 만든 것입니다. 지금 함께 송부하고 刊費도 잇따라 보내드릴 것이니 부디 手民을 불러 속히 그것을 도모해 주셨으면 합니다.

先兄之沒 今此數十年 遺稿猶未刊 未死一念 惟茲之憂 然尙遲于今者 不惟財力不及 所謂認許者 得此而刊 未若鍤諸筐 以俟後所以齎志 未就 今嶺湖諸君子 慨然議刊先兄遺稿于淮南書局 刊費士林與本家 各以半數分當 山淸李明集 求禮黃季方 皆有書于昇 昇雖漂泊異域 旁落殆盡然 固當躍然從之 機不可失 但校正惟令公是恃 未知精力尙能辦此否 令公亦必樂爲之役 不待昇之懇懇也 此稿昇所分類序次爲十卷 今幷付送 將繼送刊費 幸招手民速圖之〈『耕齋集』下〉

1916년 10월에 보낸 편지이다. 영재가 타계한지 십수 년 만에 비로소 영호남의 사림간에 『명미당집』의 편찬에 대한 공론이 일어났고 간행에 따르는 비용은 사림과 본가에서 반씩 부담하기로 결정하였다는 것이다. 이런 차에 이엽과 황원이 다시 편지를 경재에게 보내어 간행을 추진하였다.[4] 이때 경재는 간도 망명 생활의 간고한 형편에도 불구하고 즉시 창강에게 원고와 편지를 보내어 교정 일체를 부탁하였다. 그 원고는 경재가 손수 차서를 정하여 10권으로 만든 것이었다.

한편 영재가 타계한 뒤 즉시 문집을 간행하지 않은 이유는 재력이 모자랐기 때문만이 아니고, 인허를 받아야 하는 현실 때문이었던 것으로 드러난다. 즉 인허를 통해 소중한 글들이 잘려나가면서 출판되기 보다는 차라리 그냥 두었다가 시기를 기다려 온전한 모습으로 간행될 수 있기를 기대했던 것이다.

2) 「명미당집서明美堂集序」에 대하여

경재는 앞의 편지를 보내고 잇달아 창강에게 편지를 보내어 정중하게 『명미당집』의 서문을 부탁한다. 경재의 요청으로 창강이 서문을 완성하여 다시 경재에게 송부하였는바 서문에 드러난 문제점을 적출하여 다시 창강에게 보내었다.

접때 회인에 있을 때 이미 명미당집 서문을 요청하였습니다만 어제 편지와 보내 준 서문의 초고를 받았습니다. 칭송이 성대하여 유감이 없을 뿐만 아니라 문사도 巨麗婉暢하니 슈公이 아니면 누가 이렇게 할 수

---

4 이들 외에 河謙鎭, 安鎭宇, 文樸, 尹在鉉, 李炳浩, 安鍾鶴 등이 참여하였다. 「明美堂集跋」, 『耕齋集』 下 참조

있겠습니까? 참으로 훌륭합니다.

가만히 살피건대 영공이 남을 위해 문집의 서문을 지은 것이 많지만 한 번도 망녕되이 사람을 허여하지 않았으며 허여할 만한 문장도 또한 드물었기 때문으로 보입니다. 때문에 그 서문을 지을 때 항상 뒤섞어 모호하게 해서 그 논의를 빙빙 돌리고 그 말을 늘어지게 해서 과장하지도 폄하하지도 않은 상태에서 글을 이루었습니다. 그러나 이 서문은 생각의 움직임이 이미 전날 서로 교유할 때부터 있어온 것이기 때문에 그 발동이 소나기 오듯 하니 마치 갇혀 있던 물이 한 번 터지자 골짜기로 마구 쏟아져 내리는 것 같고 筆酣墨飽하니 영공 또한 여기에 기를 토해내어 一氣呵成之文을 이룬 것이리라 여겨집니다.

그렇기는 하지만 起頭處에 과연 옳은지는 모르겠지만 약간 일러둘 것이 있습니다. '與洪參判承憲' 일절은 剩語이니 산삭하는 것이 나을 듯 합니다. 또 '子非定宗王之苗裔 非殷宗室被髮陽狂者流耶'라는 이 일절은 제가 감당하지 못할 것일 뿐만 아니라 잉어입니다. 나라는 비록 망했지만 말은 마땅히 완곡해야하니 반드시 과격하게 드러내어 그리할 필요는 없으리라 여겨집니다. 이 서문은 전편이 광채와 기운이 지나치게 성한 듯 합니다. 앞의 서사부분은 그 광채와 기운을 거두어 조용하고 옹용하며 완곡하게 해야 할 것으로 보이는데 존의는 어떠한지 모르겠습니다. 제 호는 자로 바꾸어 '保卿'이라 하는 것이 좋을 듯 합니다. 자제의 별호를 부형의 문집 서문에 쓰는 것은 온당치 않고 예스럽지 못할 혐의가 있습니다. 큰 대자(大)와 이룰 성자(成)는 오직 공자께서만 감당하실 수 있습니다. 이글이 비록 문장을 논하였지 道學을 말한 것이 아니라 할지라도 남의 기롱을 초래할까 염려됩니다. 또 우리 선조의 휘가 되기도 하니 고치는 것이 좋을 듯 합니다.

頃在懷仁時 已以明美堂集序文 仰請矣 昨拜惠函兼寄序文草 不惟揄揚
之盛爲無憾 文辭巨麗婉暢 非令公 誰能爲此 甚盛甚盛
竊見令公多爲人作文集序 然不以一字妄許人 亦罕有可許之文 故其爲序
也 常混淪含糊 迂回其論 游演其辭 不濫不貶之際 文於是乎成 今此序意
匠之運 已在於前日相與之時 故其發需如也 如停蓄之水 一決而縱于壑
筆酣墨飽 令公亦於此吐氣所以能成 一氣呵成之文也

雖然起頭處 略有貢 愚未知然否 與洪參判承憲一節 剩語也 刪之恐好 子
非定宗王之苗裔 非殷宗室被髮陽狂者流耶 此一節 不惟昇所不敢當 亦剩
語也 國雖亡 辭宜婉 不必激露乃爾 此序全篇光氣太盛 上文敍事 正宜斂
其光氣 從容委婉 未知尊意如何 賤號以字改之曰保卿 似好 子弟別號 不
當書其父兄文集序 又嫌其不古也 大字成字 惟孔子當之 此雖論文章 非
道學言 然恐招人之譏 又爲吾先祖諱 改之恐好〈「答滄江論文集序」,『경
재집』하〉

서문을 청탁한지 한 달 뒤인 1916년 11월에 보낸 편지이다. 글의 서
두에서 창강이 써보낸 「명미당집서」가 거려완창巨麗婉暢하고 일기가성
지문一氣呵成之文이라 할 만하다고 극구 칭찬을 아끼지 않는다. 그리고
는 잉어剩語 두 구절을 지적하고, 전편에 걸쳐 광기光氣가 지나치니 종
용위완從容委婉할 것을 권유하고 있다. 마지막으로 자신의 호를 자로 바
꾸어 줄 것과 '대大'·'성成' 두 글자를 고치는 것이 좋겠다고 권유하였다.
애초에 창강이 보낸 서문을 볼 길이 없으니 그 면모를 확실히 알 수 없
으나 현재 전하는 서문을 살피면 적어도 이러한 경재의 요구가 모두 수
용되어 있음을 확인할 수 있다.

3) 시문詩文의 산존刪存 문제問題

서문이 확정된 다음 본격적인 문집의 편찬에 관해 서로간의 의견을
주고받는데 다음은 시문의 산삭에 대한 경재의 기본적 입장을 잘 드러내
는 부분이다.

이 원고의 산존은 오로지 귀하의 감식하고 변별하는 밝은 안목에 달려
있을 뿐입니다. 이 둔한 안목으로 어찌 함께 의논할 수 있겠습니까만
혹시라도 산삭하지 않아야 할 것을 산삭했다면 말하지 않을 수 없습니

다. 접때의 편지에 '산삭할 시문을 보니 마치 살을 도려내는 듯 하다.' 고 하셨으니 정녕 그렇지 않을 수 없었을 것입니다. 일언일자도 모두 형님의 심간 중에서 나온 바이니 만큼 그 기운을 같이 한 사람으로서 어찌 그렇지 않을 수 있었겠습니까? 쓸모없는 혹덩이라면 베어버려도 아까울 것이 없겠지만 쓸모없는 혹덩이가 아니라면 비록 분촌일지라도 반드시 싸울 터이니 바라건대 괴이하게 여기지 말기 바랍니다.

此稿刪存 專仰鑑辨之明 顧玆鈍眼 何能與議哉 雖然如或有不可刪者刪
之 則不可以不言也 頃論有視刪詩文 如割肌肉云 正不敢以爲不然也 一
言一字 皆吾兄心肝中所出 同其氣者 安得不然 贅疣之割 不足惜 非贅疣
而割 則雖分寸必爭 幸勿怪也〈「與滄江論刪詩」,『경재집』하〉

요약하면 원고의 산삭에 대한 것은 오직 창강의 안목에 달린 것이지만 필요할 경우 아무리 사소한 문제라도 짚고 넘어가겠다는 것이다. 창강의 경우 영재의 지우로 그의 문학세계를 다른 사람에 비해 비교적 잘 알고 있다고 볼 수 있고, 그에 대한 애정도 남다름을 위의 글에 나타난 경재의 고백으로 알 수 있다. 그러나 경재는 바로 영재의 아우로 누구보다 많은 시간을 영재와 함께 하면서 지내왔다고 할 수 있다. 따라서 경재가 창강 보다 더 영재의 문학세계를 잘 이해할 뿐 아니라 그 애정의 강도도 훨씬 더 높다고 할 수 있을 것이다.[5]

영재의 문학세계에 대한 경재의 애정은 『명미당집』의 간행 과정에서 세심한 관심의 표명으로 나타난다. 다음은 일제의 검열을 염려하여 창강이 산삭하려 한 「을미토복소乙未討復疏」에 대한 경재의 입장을 나타낸 글이다.

---

5 다음의 글은 위의 지적에 대한 하나의 방증이 될 수 있을 것이다. 「明美堂集跋」, 『경재집』 하. "戊戌歲夏 先生患痱 建昇每於藥爐側 閱先生詩文 時以所疑擧似於先生 先生喜曰 是可以 弭吾病 指論得失精粗".

접때 「乙未討復疏」를 산삭할 수 없다고 여러 차례 말씀드린 바 있습니다만 금번 보내 준 편지를 보니 꼭 산삭하려는 것 같습니다. 아마도 영공께서 뒷날의 환난을 염려하여 고집하는 듯 합니다. 그러나 제 생각으로는 이를 산삭하여 환난이 없어진다 해도 별로 다행일 수 없다고 생각합니다. 왜냐하면 이를 간행하여 압수당한다 해도 참으로 약간 질만 전해질 수 있다면 후회가 없기 때문입니다. 「討復疏」는 上께 전해지지 않았기 때문에 무사할 수 있었지만, 소가 內閣에 들어갔을 때에는 閣臣이 크게 징계를 발해서 민의를 진압하려는 논의로 물의가 흉흉했습니다. 또한 오직 형님께서 토벌하기를 청하였던 날 목숨 바치려 하였기에 끝내 무사할 수 있었던 것이지, 요행으로 당일에 미리 내다 본 바가 아니었습니다. 보내신 편지에 大節을 갖추었다고 이르기에 부족하다고 여긴 것은 생각이 덜 미친 말입니다. 만약 형님께서 이 때문에 귀양을 갔더라면 어찌 宋나라 胡銓의 상소와 같지 않겠습니까? 만약 『澹庵集』을 간행함에 「斥和疏」를 산삭한다면 전혀 문집의 모양을 이루지 못할 것입니다. 이른 바 이를 산삭해서 환난이 없어진다 해도 별로 다행일 수 없다는 것은 바로 이 때문입니다. 영공께서는 제가 「討復疏」를 幷刊해 주기를 고집하는 것을 마땅치 않게 여기시지만, 만약 압수될까 염려된다면 제 집에 모두 쌓아두고 시험 삼아 약간 질을 分送하여 전달하도록 했으면 합니다. 몇 년 동안 쌓아두고 조금씩 내놓으면 전혀 환난이 없을 것입니다. 제 계획이 만전의 계책이니 영공께서는 무엇을 두려워하십니까? 영공께서 만약 한결같이 고집한다면 간행을 중지하는 것이 옳을 것입니다. 요컨대 결단코 이를 산삭하고 유고를 간행하고 싶지는 않습니다. 영공께서는 살피기 바랍니다.

頃以乙未討復疏不可刪 屢陳愚見 今承來諭 必欲刪之 盖令公憂他日之
患 而有此堅執 然昇意 則以爲刪此而無患 不足爲幸 卽刊此而被收 苟得
若干帙得傳 可無悔也 討復疏 以其未徹 故得以無事 然方疏之入內閣也
閣臣有發大懲創 以鎭壓民心之論 物議恟懼 亦惟吾兄請討之日 辦死而
爲其卒無事 僥倖 非當日所逆覩 來諭以爲不足謂辦大節者 不思之言也
使吾兄因此而得一竄 何渠不若刊胡邦衡疏耶 假使刊澹庵集 而刪去斥和疏
則殊不成文集貌樣 所謂刪此而無患 不足爲幸者 以此也 令公不宜堅執

弟幷刊討復疏 如其慮被收也 則幷積于敝寓 試以若干帙出送分傳 積以
數年 稍稍出之 則可無患 昇之計可謂萬全 令公何懼焉 令公若一向執拗
則停刊可也 要之決不欲刪此而刊稿 惟令公察焉〈「與滄江請刊乙未討復
疏」,『경재집』하〉

위의 글에서 「을미토복소乙未討復疏」라고 한 글은 「청토복소請討復
疏」라는 제목으로 『명미당집』에 수록되어 있다. 이 글은 영재가 강화에
서 교유하던 지기들인 홍승헌洪承憲, 정원하鄭元夏와 연명으로 상소한
것으로 민비閔妃 시해弒害 이후 아무런 조처도 취하지 않고 있는 내각
대신들을 '절권령세竊權逞勢'할 기회를 노리는 자들이라고 맹렬히 비난하
고, 국모를 시해한 적이 누구이든 간에 잡아 죽여야만 한다고 주장하였
다. 아울러 민비를 복위시킬 것을 그 내용으로 하고 있다. 이 상소문은
당시 내각대신으로 있던 김홍집에 의해 고종까지 이르지 못하고 말았다.[6]
그런데 이러한 글을 산삭하는 것은 악비岳飛를 죽이고 금金과의 화
의和議를 이룬 진회秦檜 등을 죽여 기시棄市할 것을 주장한 호전胡銓의
척화소斥和疏를 그의 문집인 『담암집澹庵集』에서 삭제하는 것과 꼭 같
은 일이라고 강력한 이의를 제기하고 있다. 그리고 만약 일경에게 압수
될까 두려워한다면 그에 대한 대처 방안도 마련하였으니 염려하지 말라
고 하면서, 그럼에도 불구하고 산삭을 고집한다면 간행을 중지하는 것이
옳다고 주장하고 있다. 이러한 경재의 강력한 이의제기에 결국 원래 있
어야 할 자리는 아니지만 상소문 제일 끝 부분에 수록되었다.
「추수자전秋水子傳」도 마찬가지 경우이다. 추수자가 근식謹飾하지
않았기 때문에 화를 당했고 그러한 인물의 전을 문집에 수록하는 것은
영재에게 누를 끼칠 수 있다는 창강의 자의적 판단에 의해 산삭당할 위

---

6 「明美堂詩文集叙傳」,『전집』하, 921쪽 참조.

기에 빠졌으나 역시 경재의 이의제기로 수록될 수 있었다.[7] 한편으로 문집을 완간하고 난 뒤 발견된 오자에 대해서도 언급하고 있다.[8]

시 가운데에서 경재가 이의를 제기한 것은 「고차잡절古次雜絶」[9], 「정족시鼎足詩」[10], 「준지潠池」[11], 「청실잡제請室雜題」[12]의 네 편이다. 이대 대해 경재는 "만약 혹시라도 산삭되어서는 안 될 것이 산삭되었다면 말하지 않을 수 없다."[13]고 하면서 강한 어조로 조목조목 반박한다.

「고차잡절古次雜絶」과 「정족시鼎足詩」를 산삭한 이유로 창강은 "상고할 수 없는 내용이다(無稽之言)."라는 것을 들고 있다. 이에 대해 경재는 '「고차잡절古次雜絶」은 강도죽지사江島竹枝詞'라고 주장하면서 세밀하게 반박하고 있다.[14] 그의 이러한 반박으로 「고차잡절」과 「정족시」는 재보再補에 편수의 차이는 나지만 수록될 수 있었다. 「준지」에 대해 경재는 시 중에서 두 구를 예로 들면서 "이 구의 시어의 의미가 기절奇絶

---

7 「答滄江」, 『경재집』 하 참조.

8 「與滄江」, 『경재집』 하. "前後印本 誤處不多 遙謝令公勞神也 今見岌峰和尙塔銘 不以世出世有間 忽添入字於有字上 此非原本之誤 亦似非下字時錯 無或令公疑其有漏落 而添此入字耶 世出世三字 自是佛說中成語 猶言僧俗 世者俗也 出世者僧也 此蓋令公不習佛書故耳 不習佛書 固無害於事 然令公亦有此失 佛書亦不可不讀也歟 好笑".

9 『明美堂稿』 八에 수록된 것은 모두 17수인데, 통행본에는 16수가 수록되어 있다.

10 『明美堂稿』 八에 "諸弟同人會于傳燈寺拈般若經應無所住而生其心入字以生字見屬時余京寓未歸"라는 제목으로 실려 있다. 총 10수인데 통행본의 再補에 수록되어 있다.

11 『明美堂稿』 八에 8수가 수록되어 있는데 통행본의 재보에 4수가 실려 있을 뿐이다.

12 이 시의 총 편수는 미상이다. 통행본에는 卷 六의 碧城紀行과 再補 두 곳에 나뉘어져서 모두 14수가 수록되어 있다. 草稿本 중 이 시가 수록된 책은 散逸된 것 같다. 『寧齋集抄』 (성대본)에는 6수가 실려 있다.

13 「與滄江論刪詩」, 『경재집』 하. "雖然如或有不可刪者 刪之 則不可以不言也".

14 다음은 경재가 반박한 구체적 내용이다. 위의 글. "前朝宮殿無人間之句 先兄自註曰 麗朝遷江華 吾兄此註 豈杜撰哉 令公若未及知 則更考可也 今直曰 麗朝何曾遷都江華云爾也 用乃爾 高麗高宗十九年 因蒙古亂 遷都江華 元宗十一年 還開城 忠烈王十六年 又遷江華 十八年 遷都開城 俱載麗東 何謂無稽也 傳燈寺分韻絶句詩曰 不羨檀家舊弟兄 自註曰 鼎足寺本三郎城 三郎檀君之子 城爲三郎所築云 令公又以爲檀君三子築城鼎足 無稽之言 而刪其詩 此亦恐是令公執拗也 是雖不載信史 載於邑誌 見於牧隱鼎足寺詩 此皆足以爲文獻之徵也 詩料所取 或用傳奇 或用古語流傳 況邑誌牧詩之爲可徵耶".

204

해서 아낄 만 한데 무엇 때문에 산삭했는가?"[15]고 되물으면서 "이 한 수
가 남든지 산삭되든지 별 관계가 없고 집요하게 다툴 만한 것도 아니지
만 애석함이 없을 수 없다."[16]고 말을 잇고 있다. 그리고 재고할 것을 요
청하였다. 이에 덧붙여 「청실잡제」에 대해서도 "각 수마다 모두 좋은데
지금 단지 두 수만을 취하고 모두 산삭해버린 것은 무엇 때문인가?"[17]고
되묻고 있다. 이러한 이의제기로 「청실잡제」도 그 나머지가 재보에 수록
될 수 있었다.

　　지금까지 『명미당집』 간행 과정에서 경재가 창강에게 보낸 서찰을 통
해 살핀 것을 간단히 요약한다. 경재가 이의를 제기한 것은 서문에서의
표현 문제, 오자의 처리 문제, 산문 중 「을미토복소」와 「추수자전」의 산
삭에 대한 문제, 시 중 「고차잡절」, 「정족시」, 「준지」, 「청실잡제」의 네
편에 대한 산삭 문제 등이다. 경재가 제기한 이의를 통행되고 있는 『명미
당집』을 통해 살펴보면 거의 수용되고 있음을 알 수 있다.

3. 초고본草稿本과 필사본筆寫本에 대하여

　　앞에서 언급하였듯 현재 창강에 의해 간행되어 최근에 영인 통행하
고 있는 『명미당집』[18]을 제외하고 필자가 입수한 자료는 『명미당집』의

15　위의 글. "潘池詩 不甘便認觀河面 莫是春風吹水皺 此句語意 奇絶可愛 何爲刪耶".
16　위의 글. "此一首之存刪 固無關係 不足爭執 然不能無愛惜也".
17　위의 글. "請室雜絶 首首皆好 今只取其二 而幷刪之 何也".
18　창강 간본도 두 가지로 나뉘어 지는데 행장이 수록된 것과 없는 것이다. 이에 대해서는
　　졸고, 「耕齋 李建昇의 詩와 '西行別曲」, 『파전김무조박사화갑기념논총』(간행위, 1986)을
　　참조할 것. 영인본도 두 가지로 1978년 아세아문화사에서 한국근대사상총서의 하나로
　　영인한 것과 1984년 명미당전집편찬위원회에서 영인된 것이 있다. 전자에는 『黨議通略』

간행을 위해 경재가 정리한 10권의 저본이 되는 것으로 보이는 초고본과 다른 이에 의해 이루어진 필사본의 두 종류이다. 창강 간본과 비교하면서 차례로 살펴본다.

1) 초고본草稿本

먼저 이형주씨가 국사편찬위원회에 기증한 초고본을 검토한다.

국사편찬위원회본(이하 국편본이라 칭함)은 모두 9책이다. 구성을 보면『명미향관초고明美香館初稿』,『명미당고明美堂稿』二,『명미당휘초明美堂彙草』四,『명미당휘초明美堂彙草』六,『명미당록고明美堂簏稿』七,『명미당고明美堂稿』八,『명미당추고明美堂䶃稿』九,『명미당산고明美堂散稿』十,『명미당고明美堂稿』十一로 이루어져 있다.

『명미향관초고明美香館初稿』는 총 59장으로 겉표지와 속표지가 모두 '명미향관초고明美香館初稿'라는 제명이며 담녕문고澹寧文稿로 분류되어 있다. 모두 40제인데 그 중 6제만이 통행본과 겹칠 뿐 나머지는 모두 통행본에 수록되지 않은 것들이다. 산문으로만 구성되어 있는데 그 중「이탁오찬李卓吾贊」이 눈에 뜨인다.

『명미당고明美堂稿』二는 총 67장으로 겉표지에는 '명미당고明美堂稿', 속표지에는 '명미당기행삼집明美堂紀行三集'으로 명명되어 있다. 제일 앞에「명미당기행삼집서明美堂紀行三集序」가 있고, '행대록行臺錄', '직지행권直指行卷', '서정기은집西征紀恩集'으로 나뉘어져 있다. '행대록'에는 따로 서문이 있고, 나머지에도 서문을 위한 여백이 마련되어 있으나 기록되지는 않았다. 서문을 제외하고 모두 193제의 시로 구성되어 있

이 부록으로 붙어 있고, 후자에는 영재에 대한 제문과 만사가 부록으로 첨부되어 있다. 둘 다 창강 간본이 저본이다.

는데 그 중 73제는 통행본에 없는 것들이다.

『명미당휘초明美堂彙草』四는 모두 50장으로 겉표지에는 '명미당휘초明美堂彙草 四', 속표지에는 '명미당문초明美堂文草'로 명명되어 있다. 42제의 산문과 4편의 부, 그리고 1편의 이두문으로 구성되어 있다. 이중 16제는 통행본에 수록되지 않았는데 눈에 뜨이는 것으로 「가련전可憐傳」, 「모학자전某學者傳」 등의 작품이 있다.

『명미당휘초明美堂彙草』六은 모두 66장으로 속표지에 달리 명시된 것이 없다. '명미당시초明美堂詩草', '명미당문초明美堂文草', '명미당근고明美堂近稿'의 셋으로 분류되어 있는데, 각각 40제, 3제, 7제로 모두 50제의 시와 산문으로 구성되어 있다. 통행본에 수록되지 않은 것이 18제인데, 그중 시는 14제이고 산문이 4제이다. 여기에서는 「건파행乾播行」과 「송김우림유연서送金于霖遊燕序」가 눈에 뜨인다.

『명미당록고明美堂簏稿』七은 속표지가 따로 없으며 47장이다. 16제의 산문으로 이루어져 있는데 모두 통행본에 수록된 것들이다.

『명미당고明美堂稿』八은 33장으로 속표지는 따로 없고 '명미당음고明美堂吟稿'로 분류되어 있다. 모두 74제의 시로 이루어져 있는데 그중 29제가 통행본에 수록되어 있지 않은 것이다.

『명미당추고明美堂麤稿』九는 99장으로 초고본 중 분량이 제일 많다. 속표지의 제명은 따로 없다. 모두 산문과 상소문으로 63제인데 그중 17제는 통행본에 수록되지 않은 것이다. 「귀진천집후歸震川集後」는 영재의 고문관을 엿볼 수 있는 자료이다.

『명미당산고明美堂散稿』十은 속표지도 따로 없고 분류도 되어있지 않다. 76장으로 모두 산문이다. 41제로 그중 17제가 통행본에는 없다. 특히 눈에 뜨이는 것은 명남루明南樓 최한기崔漢綺를 입전한 「혜강최공전惠岡崔公傳」과 영재의 고문관을 규지할 수 있는 「여우인서與友人書」이다.

『명미당고明美堂稿』十一은 28장으로 속표지 없이 시와 산문이 함께 수록되어 있다. 모두 27제인데 시가 17, 산문이 10제이다. 시는 8제, 산문은 5제가 통행본에 없는 것이다. 황토를 상식하는 사람을 소재로 한 「식토편食土篇」이 흥미롭다.

이상으로 보건대 초고본 중 『명미당고明美堂稿』三과 『명미당고』五에 해당하는 부분은 산일된 것으로 파악된다. 앞에서 경재가 『명미당집明美堂集』의 편찬을 위해 10권의 원고를 손수 차서를 정해 만들었다고 한 바 있다. 이로 미루어보면 이초고본은 경재가 만든 원고의 저본인 셈이다. 경재의 원고는 현재 찾아보기 어려운 것으로 보인다. 그리고 뒤에 다시 언급하겠지만 이 부분은 『영재집초寧齋集抄』(성대본)가 일부 보완해 줄 수 있을 것으로 보인다.

2) 필사본筆寫本

『명미당초휘明美堂草彙』는 끝에 붙어 있는 발문으로 보아 중향재衆香齋라는 호를 가진 서훈徐勳이라는 인물이 1897년에 필사한 것으로 보인다. 모두 43제의 시와 산문이 수록되어 있는데 그중 2수의 시만이 통행본과 초고본에 없고, 나머지는 모두 겹친다. 초고본 중 『명미당휘초明美堂彙草』六과 35제나 겹치는 것으로 보아 이것이 저본이고 나머지는 조금씩 입수된 것을 필사한 것으로 파악된다.

『영재집초寧齋集抄』는 성균관대학교 도서관 소장본으로 모두 109장이다. 그중 82장까지가 영재의 시문이고 그 이후는 『쌍계사시계첩雙溪寺詩契帖』이다 "무술년 섣달 설창 아래에서 썼다(歲戊戌臘書于雪窓下)."라는 끝부분의 서명을 보면 1898년 즉 영재의 몰년에 설창雪窓이라는 호를 가진 인물이 필사한 것이 아닌가 추측된다. 영재의 작품만을 거론하면 모두 108제인데 이중 산문 3제, 시 38제가 통행본과 초고본의 어디에도 보이지 않는 것들이다. '남천기은집南遷紀恩集'과 '북행음권北行吟卷'

의 둘로 나뉘어져 있고, 산문은 12제이다. '남천기은집南遷紀恩集'은 민영규閔泳珪 선생이 언급한 '남천기南遷紀'의 편차와 상당 부분 일치된다.[19] 물론 두 책의 산문의 편차를 비교해보면 성대본이 훨씬 적다.

이 성대본이 초고본과 겹치는 것은 9제 뿐이다. 『명미당산고明美堂散稿』 十과 7제, 『명미당추고明美堂麤稿』 九와 2제, 『명미당고明美堂稿』 八과 1제가 겹칠 뿐 그 나머지 99제는 모두 다른 것으로 미루어 이 성대본 『영재집초』가 산일된 三과 五에 해당하는 부분을 일부 보완해 줄 수 있는 자료로 보이는 것이다.

통행본은 시 455제, 산문 162제, 부부賦 4제, 그리고 『독역수기讀易隨記』의 일부 내용인 8제를 포함해서 모두 629제로 구성되어 있다. 그 중에서 『독역수기』의 일부 내용을 제외하고 초고본과 서훈의 필사본, 성대본의 어디와도 겹치지 않는 것은 시 178제, 산문 48제이다. 그렇다면 위의 국편본의 편차에서 명확히 산일된 것으로 보이는 2책을 제외하고 적어도 1책 정도는 더 산일된 것으로 판단된다.

4. 맺음말

지금까지 언급한 것을 요약하면 다음과 같다.

영재 이건창의 시문집인 『명미당집』은 당시 영호남의 사림들과 영재의 중제인 경재 이건승의 요청과 비용분담으로 창강 김택영에 의해서 중국 남통에서 간행되었다. 간행의 저본인 원고는 경재가 차서를 정한 10권이었다. 간행의 과정에서 경재는 매우 세밀한 부분에 이르기까지 창강

---

19 「李建昌의 南遷紀」, 『사학회지』 No.20(연세대학교 사학연구회, 1971) 참조.

의 자의적 산삭과 오류에 대해 언급하면서 바로잡아 줄 것을 요구하였고, 경재의 이러한 요구는, 드러난 바로는, 대부분 창강에 의해 수용된다. 그렇지만 창강의 자의적 산삭에 대해 경재가 처음부터 끝까지 간여하고 따질 수는 없었던 것으로 인식되기도 한다. 따라서 얼핏 보기에 간행의 과정에서 산삭된 작품에 대한 책임소재가 명확하지 않은 것 같지만, 원고의 차서를 결정한 경재에 1차적 책임이 있고, 간행을 맡은 창강에게 2차적 책임이 있다고 할 수 있을 것이다.

통행본에 수록된 것은 시 455제, 산문 162제, 부 4제 등이었다. 여기에 초고본과 필사본 중 통행본과 겹치지 않는 시 164제, 산문 98제를 더하면 시가 모두 619제, 산문이 260제가 된다. 따라서 양적인 면으로도 영재 이건창의 문학세계는 더욱 확충되는 것이다. 초고본에만 수록된 것 중 「서귀진천집후書歸震川集後」・「양진사진영만희집서梁進士進永晩羲集序」(이상『명미당추고明美堂麤稿』九), 「여우인서與友人書」(『명미당산고明美堂散稿』十)와 같은 것들은 고문관과 관련된 긴요한 논의를 담고 있다. 이 글들을 통해 영재의 고문론의 성격과 의미가 더욱 뚜렷해짐은 물론이다. 그리고 「가련전可憐傳」・「모학자전某學者傳」(이상『명미당휘초明美堂彙草』四)・「혜강최공전惠岡崔公傳」(『명미당산고明美堂散稿』十)은 인물전으로 영재 기사문의 세계를 더욱 확대시켜 준다.

영재寧齋 이건창李建昌의 양명학陽明學과 문학

1. 서언序言

　이광명李匡明(1701~1778)이 모부인母夫人 송씨宋氏와 함께 강화도江華島 사곡沙谷에 정착하면서 대양명학자大陽明學者였던 하곡霞谷 정제두鄭齊斗(1649~1736)에게 수학하고 그의 손서가 된 이래, 양명학은 강화도에 세거하던 전주全州 이씨李氏 일문一門의 가학家學이 되었고, 이를 일러 강화학파江華學派라고 한다.[1] 이들의 학맥은 이광명李匡明, 원교圓嶠 이광사李匡師(1705~1777)에서 출발하여 이광명의 계자系子인 초원椒園 이충익李忠翊(1744~1816), 족질族姪 신재信齋 이영익李令翊(1740~1780), 손자 대연岱淵 이면백李勉伯(1767~1830), 증손 사기沙磯 이시원李是遠(1790~1866)을 거쳐, 이시원의 손자인 영재寧齋 이건창李建昌(1852~1898), 경재耕齋 이건승李建昇, 난곡蘭谷 이건방李建芳(1861~1939)으로 이어지며

---

1 '江華學派'라는 말은 閔泳珪 선생이 「李建昌의 南遷記」, 『史學會誌』 No.20(연세대 사학연구회, 1971)에서 처음으로 사용하였다.

200여 년을 지속하였다.[2]

이건창李建昌은 강화학의 계보를 잇는 핵심적 인물로 그의 학문적 경향이 양명학을 지향하고 있었다는 점에 대해서는 이론의 여지가 없다.[3] 영재의 양명학에 관해 언급하고 있는 글로는 유명종劉明鍾 선생의 글이 요긴하다.[4] 유명종 선생은 영재는 '심학心學'에 주력하였으며, '성령문학性靈文學'을 주창하였고, 실심實心·실리實理·실사實事를 중시하는 정치관을 가지고 있어 이러한 모든 것들이 양명학과 깊은 관련성을 가지고 있다고 보았다. 그러나 선생의 논고는 대 저서의 한 부분에 그치는 것으로 영재의 양명학, 특히 그와 관련된 문학에 대해 깊이 있는 논의가 이루어지지 못하였다는 아쉬움이 있다.

본고는 먼저 영재의 양명학적 경향을 살펴보고 이를 토대로 영재의 성령설性靈說과 관련되는 것으로 보이는 문학론에 주목하려 한다.

2. 영재寧齋의 심학心學과 '아我'

영재의 심학心學에 대한 언급은 「상발산성이부대영서上鉢山成吏部大永書」[5]에 집약적으로 나타난다. 이 글에서 영재는 먼저 "대체로 중국의 금일은 진실로 예전의 중국이 아니다"[6]라고 전제한 다음 우리나라의 여

---

2 尹炳奭, 「李匡明의 生涯와 이쥬풍속통에 대하여」, 『語文研究』 15·16 합병호(1977) 참조.
3 이와 관련된 논고로는 劉明鍾, 『韓國의 陽明學』(1983, 동화출판사)이 가장 중요하고, 賓茂植, 「朝鮮朝 陽明學에 있어서의 江華學派 形成에 관한 研究」(인하대학교 대학원 석사논문, 1981)가 있어서 참고할 만 하다. 이들 논고에서 영재를 양명학자로 파악하고 있음은 물론이다.
4 『한국의 양명학』(1983, 동화출판사) 202-14쪽.
5 『전집』 상, 494-501쪽.

러 선생들은 비록 해외의 편소偏小한 곳에서 태어났지만 치기治己·치인
治人의 일이 명백明白하고 정대正大하다고 하였다. 아울러 심성心性의
깊은 곳을 밝히고 의리義理의 미묘한 곳을 열어 놓은 것은 편장척자片章
隻字라도 모두 천균千鈞의 무게가 있다고 하였다.[7] 이어서 "알지 못하겠
다. 근세 중국의 선비들 중에 여기에 이른 자가 있겠는가? 없겠는가?"[8]
라고 하면서 심학心學에 관한 자신의 견해를 밝히고 있다.

무릇 舜임금, 禹임금 이래로부터 心을 떠나서 道를 말한 자 있지 아니
하다. 무릇 孔子, 孟子 이래로부터 道를 떠나서 經을 말한 자 있지 아
니하다. 漢과 唐의 비루한 선비들이 혹 그런 자가 있었지만 근일 중국
의 선비에 있어서 가장 성하다. 서로 傳習하여 爾雅와 說文의 학을 하
는 자들은 先聖의 義理를 버리고서 오직 그 字劃·音韻·名物의 同異를
고구할 뿐이니 곧 이른 바 經學이다.[9]

心學을 어찌 배척할 수 있겠는가? 진실로 心學을 배척할 수 있다면,
虞廷의 十六字를 버릴 수 있고, 孟子의 七篇도 버릴 수 있다. 그렇다면
程子·朱子 여러 선생의 말씀이 남을 것이 또한 거의 드물 것이고, 오
직 이른 바 爾雅와 說文을 공부하는 자인 뒤에야 醇儒로 여겨질 수 있
을 것이다. 천하에 어찌 이럴 수 있겠는가?[10]

---

6 "盖中國之今日 固非昔之中國也".
7 "若我諸先生 雖其生於海外偏小之域 而其時日月昭回 尙當同文同倫之盛際 況我列聖培養之
化遠邁 古昔諸先生 膺時挺出 前輝後光 其居家立朝 治己治人之事行 明白正大 一一皆可以
質諸聖人而不惑 (중략) 若夫辨心性之奧 闢義理之微 進而格君心於當時 退而啓後學於方來
則片章隻字 皆有千鈞之重".
8 "不知近世中國之儒 其有能臻乎斯者乎 不乎".
9 "自夫舜禹以來 未嘗有離心而言道者也 自夫孔孟以來 未嘗有離道而言經者也 離道而言經 漢
唐之陋儒 或有之 而莫盛於近日中國之士 相習爲爾雅說文之學者 捐棄先聖之義理 而惟其字
畵音韻名物同異之是究 乃所謂經學也".
10 "心學者 何可斥也 苟心學之可斥 則是虞廷十六字可去也 孟氏七篇可廢也 卽程朱諸先生之說
存者亦幾希矣 惟所謂爾雅說文之學者 然後得以爲醇儒 天下豈有是哉".

대체로 위의 영재의 언급은 당대 중국의 학문적 경향이 경학經學 즉 고증학考證學에만 치우쳐서 학자들이 가장 근본으로 삼아야할 "인심유위 人心惟危　도심유미道心惟微　유정유일惟精惟一　윤집궐중允執厥中"의 열 여섯 자로 집약되는 심학心學을 버린 것에 대해 안타까워하는 것으로 파악된다. 그런 과정에서 자신의 학문적 기본이 심학에 있음을 밝히고 있는 셈이다. 또한 '의리義理'에 대해 주목하고 있는데 "이와 같은 의리심義理心은 양명陽明의 양지良知와 다를 바가 없다. 양명陽明의 양지良知 또한 의리심이며 본심本心이요 천리天理였기 때문이다."[11] 영재의 다음 언급을 보면 의리天理와 심心의 관계는 보다 분명해진다.

　　내 자신이 義理를 확정지을 수 있지만 義理는 확정됨이 없고, 내 마음
　　이 義理를 窮究할 수 있지만 義理는 다함이 없다. 지금 내 자신이 옛
　　聖賢들과 같을 수 없다고 여겨서 스스로를 義理의 밖으로 버린다면 옳
　　지 않다.[12]

자신이 의리義理를 확정지을 수 있다고 하였고, 자신의 마음으로 의리를 궁구窮究할 수 있다고 하였으니 곧 의리란 마음의 소산인 셈이다. 여기서 '확정하고, 궁구할 수 있는 의리'는 현재적 상황의 자신이 가지고 있는 의리로서 항상 불변인 것은 결코 아니다. 진보 발전의 문이 항상 열려 있는 속성을 지니고 있다. 두 번째의 언술言述은 성현들은 성현들 나름대로의 의리가 있고, 현재적 자신은 현재적 자신 나름대로의 의리가 있을 수 있다는 의미로 받아들여진다.[13] 즉 현재적 자신이 반드시 성현

---

11 유명종, 위의 책, 205쪽.
12 "吾身可以定義理 而義理無定 吾心可以窮義理 而義理無窮 今謂吾身不能如古聖賢 而自棄於 義理之外 則不可也".「答汝圍論出處書」,『전집』상, 489-50쪽.
13 이는 위의 글에 이어지는 부분을 살펴보면 분명해진다. "如以吾身已定 吾心已窮 而便謂天 下古今之義定於此 而不可復易 窮於此 而不必復究 則斯乃後儒迫塞褊枯之見 而未爲古聖

들의 의리를 마음에 담아두어 그것을 따를 필요는 없다고 본 것이다. 그러나 앞에서도 언급하였듯 '의리'는 진보 발전의 속성을 지니고 있는 만큼 자신의 역량이 발전해 나감에 따라서 의리도 차츰 성현들이 이루었던 '치광대진정미致廣大盡精微'[14]의 경지로 나아갈 수 있다고 본 것이다.

이러한 논의는 모두가 양명학陽明學 삼대요강三大要綱 중의 하나인 '심즉리心卽理'라는 명제 아래 통합이 될 수 있을 것이다. 그런데 여기에서 '심心'이란 '나의 심心'이지 다른 어떤 '심心'이 아닌 점에 주목할 필요가 있다.

영재의 정치사상은 「의론시정소擬論時政疏」[15]라는 글을 통해 대강을 살펴볼 수 있으며 실심實心·실리實理·실사實事로 요약된다.

> 『中庸』에 이르기를 '誠하지 않으면 物이 없다'고 하였습니다. 대체로 誠이란 實理입니다. 실리의 소재는 實事의 말미암을 바입니다. 실리가 안에 있지 않으면 실사가 밖에서 이루어지지 않습니다. 誠하지 않으면 物이 없는 까닭에 진실로 實心이 없으면 단지 그 名을 취할 뿐이고, 그렇다면 漢武帝가 禮樂을 일으키고 漢元帝가 儒學을 숭상한 것으로도 衰亂에서 구하지 못할 것입니다.[16]

『중용中庸』에 나오는 '불성무물不誠無物'이라는 명제를 통해 논의를 끌어간다. '성誠'은 곧 '실리實理'이고, '실리'가 있는 곳이 '실사實事'가 말미암을 바라고 하였다. 그리고 '실심實心'이 없으면 단지 '명名'을 취할 뿐이라고 하여 '실심'을 강조하였다. '명名'은 '실實'과 대립되는 것으로

賢致廣大盡精微之學也". 같은 글.

14 위의 글.

15 『전집』 상, 387-409쪽.

16 "傳曰不誠無物 盖誠者實理也 實理之所在 則實事之所由 實理不存乎內 則實事不成乎外 不誠 則無物矣 故苟無實心 而徒取其名 則雖漢武之興禮樂 漢元之崇儒術 無求於衰亂".

파악하여 다음 논의를 진행한다. 부강을 위해 변경하는 것은 어쩔 수 없는 상황에서 할 수 있는 것이지만 나의 '실리'를 다하고 나의 '실사'를 다 행해야만 부강의 효과를 볼 수 있다고 하였다.[17]

> 무릇 '名'은 '實'의 손님입니다. '實'을 먼저하고 '名'을 나중으로 하는 것은 천하의 道가 모두 그러합니다만 오직 富强之術을 하는 자는 더욱 '名'을 거리끼는 것으로 여깁니다. 齊桓公이 내정을 군령에 맡기고 越王 句踐이 십 년을 生聚하였지만 뭇나라 사람이 몰랐습니다. 나의 '實'이 이루어지지 않았는데 '名'이 먼저 밖으로 퍼지는 것은 좋은 계책이 아닙니다. 또한 이른 바 변경이란 그 '實'을 변경하는 것이지 그 '名'을 변경하는 것이 아닙니다.[18]

천하의 모든 일이 다 마찬가지로 '실實'을 앞세우고 '명名'을 뒤로 하지만 나라를 부강하게 하는 일에서는 더욱더 그러하다는 것이다. 제환공 齊桓公과 구천句踐의 실제 사례를 들면서 자신의 주장을 강화하고 있다. 이어 변경變更에 대해서도 언급하고 있다.

> 나라가 기울어진 이래로부터 변경이 많았습니다만 저는 그 이로움을 듣지 못했습니다. 단지 한 部署를 창설하고 한 局을 창설하여 관원 약간 명, 비용 약간을 들이고 또 따라서 그 명칭을 바꾸고 그 제도를 바꾸어 在下의 신하도 좇아 따를 줄 몰랐습니다. 전하께서 이렇게 하는 소이는 곧 隣國의 정치를 보았기 때문일 것입니다. 무릇 隣國의 정치

---

17 "況所謂富强變更者 其名似乎未醇 而其事近乎不靖 必不得已然後 出於此 非如禮樂儒術 雖無實心 猶可以賁飾聲明 以示後世也 夫旣不得已而出於此 則不可不盡吾之實理 行吾之實事 以見吾實富實强之效 然後 始可以有辭於天下 不然則上不得爲唐虞 下不得爲晉楚 名與實 兩失而幾乎無物矣".

18 "夫名者實之賓也 先實而後名 天下之道皆然 而惟爲富强之術者 尤以名爲忌 齊桓公內政寄軍令 越王句踐十年生聚 吳人不知 吾之實未成而名先播於外者 非計之善者也 且所謂變更者 變更其實也 非變更其名也".

에 설령 취할 만 한 것이 있다 하더라도 '實'에 있는 것이지 '名'에 있지 않습니다. 반드시 '名'이 있은 뒤에 '實'이 있는 것은 아닙니다.[19]

부서에 속하는 신하들도 제대로 따라가지 못할 정도로 잦은 제도와 관서의 변경이 이루어졌고, 그 이유는 이웃나라의 정치제도를 본받았기 때문으로 파악하였다. 그러나 이에 대해 영재는 이웃나라의 제도를 본받더라도 그 '명名'을 본받을 것이 아니라 '실實'을 본받으라고 주장하고 있다.

전하께서 진실로 부강에 뜻을 두어서 반드시 효과 거두기를 기대 하신다면 저는 '名'에서 찾지 말고 '實'에서 찾으실 것을 청합니다. 진실로 명에서 찾지 않고 실에서 찾으시려면 저는 이웃나라에서 찾지 말고 우리에게서 찾으실 것을 청합니다. 무릇 우리가 부유해지지 않는 이유는 반드시 우리에게 가난한 까닭이 있기 때문이며, 우리가 강대해지지 않는 이유는 반드시 우리에게 약한 까닭이 있기 때문입니다. 이는 모두가 우리에게 있지 남에게 있는 것이 아닙니다. 가난하고 약함이 이미 나로 말미암고 남으로 말미암지 않는다면, 부강도 또한 반드시 나로 말미암지 남으로 말미암지 않습니다.[20]

부강을 실현하자면 '명名'이 아닌 '실實'에서 그 방법을 구해야 한다고 하고, 나아가 '이웃나라'가 아닌 '아我'에서 구해야 한다고 주장한다. 가난하고 약하게된 원인이 모두 '아我'에게 있는 만큼 부강의 원천도 '아我'에게 있다는 것이다. 다른 글에서 스스로의 역량에 대한 자신감을 강

---

19 "自頃以來 變更多矣 而臣未聞其利 惟册一署 設一局 置官若干 用費若干 而又從以屢變其名 屢更其制 在下之臣 莫知適從 而殿下之所以爲此 則有隣國之政是視 夫隣國之政 設令有可取者 在實不在名 未必有其名 然後可以有其實也".

20 "殿下誠有意乎富强 而期其必效 則臣請無求於名而求於實 誠無求於名而求於實 則臣請無求於隣國而求於我 凡我所以不富者 必我有所以貧也 我所以不强者 必我有所以弱也 是皆在我不在人 貧與弱 旣由我而不由人 則富與强 亦必由我而不由人". 위의 글, 391쪽.

조한 것도 이와 마찬가지로 통하는 논리이다.[21] '아我'를 바로 세울 것을 먼저 생각하지 않고 구미歐美 문명의 허울에만 경도한 몰아적沒我的·몰주체적沒主體的 개화주의開化主義에 반대한 것이다.

당시 눈앞에 전개된 개화란 허명개화虛名開化[22]였으며, 우왕좌왕右往左往 조변석개朝變夕改하는 상황이었다. 이러한 현실을 비판하여 그는 '아我'의 현실을 바로 인식하고 '아我'의 현실에 부합하는 '실實'을 모색해야 한다고 주장한 것이다. 나로부터 문제를 발견하고 나의 실정에 맞는 처방이 나와야만 '실實'을 얻을 수 있다고 본 것이 그의 생각이다.

이러한 영재의 '명名'보다 '실實'을 앞세운 정치사상은 한국 양지학파良知學派의 근본 논리라고 할 수 있는 '진가眞假의 논리論理'와 일맥상통하는 것이다. 진가眞假를 엄격히 구별하는 사상은 강화학파 중에서도 특히 초원椒園 이충익李忠翊과 난곡蘭谷 이건방李建芳에서 두드러지게 나타난다고 하는데[23] 영재 역시 그러한 학풍의 중심에서 '명名'을 배척하고 '실實'을 숭상한 것이다.[24]

아울러 부강을 실현하자면 '명名'이 아닌 '실實'에서 그 방법을 구해야 한다고 하고, 나아가 '이웃나라'가 아닌 '아我'에서 구해야 한다는 영재의 정치사상은 심학心學을 자신의 학문의 기본으로 인식하였고, 자신의 마음에서 의리義理를 확정할 것을 주장하였던 것과 정확하게 맥을 같이하는 것으로 파악된다.

---

21 "李鴻章眙書于我 啖以通和之利 時人皆謂鴻章中國名臣 其言可信 建昌獨曰 鴻章大儈也 僧惟時勢之從而已 我無以自恃而恃鴻章 則後必爲所賣".「明美堂詩文集叙傳」,『전집』상, 913쪽.

22 이는 兪吉濬이 사용한 말이다. 그는 虛名開化를 實狀開化로 나아가기 위한 하나의 단계로 파악하였다.『兪吉濬全書』Ⅰ(一潮閣 影印本, 1971), 400-01쪽 참조.

23 이에 대해서는 劉明鍾,「陽明學의 韓國的 展開」,『韓國思想大系』Ⅳ(성균관대학교 대동문화연구원, 1984), 850쪽을 참조할 것.

24 영재의 글 중에서「某學者傳」,『明美堂彙草』四(국사편찬위원회본)가 있는데 假道學者에 대한 신랄한 비판으로 이루어져 있다. 이 글이 바로 '眞假의 논리' 혹은 '名實의 논리'로 이해될 수 있을 것이다.

3. '연정緣情'과 '장부어丈夫語'

중국에 있어서 성령론性靈論은 그 선구는 남송南宋의 양만리楊萬里 (1124~1206)와 그의 동조자인 송변宋弁이지만 이지李贄의 영향을 받은 공안파公安派의 원굉도袁宏道(1568~1610)등 삼형제三兄弟에 의해 양명학陽明學 노선 위에서 발달한 것으로 알려진다.[25] 그리고 청대淸代에 와서 원매袁枚에 의해 만개된 것으로 파악된다.[26]

영재가 성령性靈에 대해 언급한 것은 영재의 글이 아니라 창강滄江 김택영金澤榮의 글에서 발견된다.

性質이 靈秀하지 못해 능히 驚人할 만한 시를 짓지 못한다. … 시가 驚人하는 데에 이를 수 있다면 한 편 만이 전해져도 가하다. 하필 백 편, 천 편이겠는가?[27]

성질性質이 영수靈秀하지 못하다는 영재 스스로의 한탄은 바로 성령론性靈論이다. 또한 영재는 스스로 시에 있어서 고환당古懽堂 강위姜瑋 (1820~1884)의 제자임을 자칭하였는데[28] 강위姜瑋 또한 성령론을 펼친 것으로 알려진다.[29] 다음의 언급도 역시 성령론과 관련되는 것으로 보여진다.

---

25 劉明鍾, 「陽明學의 韓國的 展開」, 『韓國思想大系』 IV(성균관대학교 대동문화연구원, 1984), 854쪽 참조.

26 袁枚의 性靈說에 대해서는 李佑成, 「金秋史 및 中人層의 性靈論」, 『한국한문학연구』 제5집 (한국한문학연구회, 1981)을 참조할 것.

27 "寧齋嘗向余有欺言 性質不靈 不能作驚人詩…詩能至於驚人 則雖傳一篇於世 可也 何必百千篇". 金澤榮, 「雜言」 九, 『金澤榮全集』(아세아문화사 영인본, 1978), 139쪽.

28 "余遊邀與姜古懽同車 日課吟酬 自此微有所見於詩 故余當自署古懽詩弟子". 『寧齋詩話』, 『韓國詩話叢編』 11(趙鍾業 편, 동서문화원, 1989), 309쪽.

29 劉明鍾, 위의 논문, 858쪽 참조.

매양 金澤榮의 高妙함과 黃玹의 精利함을 볼 때마다 다른 세상의 사람
처럼 미칠 수 없음을 부러워하였다. 이는 곧 天分에 한계가 있어서이
지 전공하지 않은 허물이 아니다.[30]

천분天分에 한계가 있다는 말은 곧 앞에서 언급한 '성질性質이 영수
靈秀하지 못하다'는 말의 다른 표현일 것이다.

다음의 시를 보자.

詩者本緣情	시는 緣情을 근본으로 하는 것
然後有律呂	그 뒤에 律呂가 있다
區區切音韻	구구히 音韻에 정성들임은
卑哉無足語	너무도 비루하여 말할 것 없네
君看三百篇	그대는 보았는가 삼백 편이
閭巷及師旅	閭巷 아니면 師旅의 노래인 것을
初豈欲工者	처음부터 어찌 공교로이 지으려 했겠나
聲入心無阻	소리가 마음으로 들어와 막힘이 없다
屈宋信奇麗	屈原과 宋玉이 참으로 곱지만
不過述其緒	그 실마리를 이은 것일 뿐
吾亦昧此義	나 또한 이 뜻을 몰라
久向別處去	오래도록 다른 곳을 헤매었지
孰知澗溪毛	누가 알겠는가 시냇가의 물풀이
可羞王公筥	王公에게 진상될 줄을
邇來學平淡	근래에 平淡을 배워
獨唱撫村醑	홀로 읊조리며 막걸리 잔을 어루만진다
開緘得君詩	편지 뜯어 그대의 시를 보니
往往亦可與	왕왕 또한 허여할 만

---

30 "每示于霖之高妙 雲卿之精利 羨企如異世人而不可及 斯則天分有限 又非不專之過也". 「贈尹
許二君序」, 『明美堂散稿』 十(國史編纂委員會本).

霜鐘自發響　　霜鍾은 절로 소리를 내어서
不關莛與杵　　망치나 공이에 관계치 않는다
家雞足文采　　집 닭의 문채로도 자족하거니
焉用人嘴距[31]　무엇 하러 남의 부리와 발톱을 쓰리

　　위의 시에서 우리가 먼저 주목할 만한 대목은 앞머리의 네 구절이다. "시는 연정緣情을 근본으로 하는 것"이라고 했던 바 '연정'은 육기陸機가 「문부文賦」에서 '시연정이기미詩緣情而綺靡'라고 한 것에서 나온 말이다. 이선李善은 『문선文選』의 주에서 '시이언지詩以言志 고왈연정故曰緣情'이라고 설명한 바 있다. 즉 '연정'이란 '정情을 따른다'라는 말이고, '정情'은 달리 말하면 '성정性情'이라고 할 수 있다. 바로 여기에서 영재가 주장한 성령론의 단초를 발견할 수 있다. 추사秋史의 성령론을 이어받아 발양시킨 인물로 알려진 침우당枕雨堂 장지완張之琬(1806~1858)이 "시란 성령性靈을 빚어 베껴내는 것이다"[32], "시는 성정에서 나온다. 세상에 성정이 없는 사람이 없으므로 시가 없는 사람이 없다"[33]라고 말한 것에서 '성정性情'이 곧 '성령性靈'임을 확인 할 수 있다.[34] 즉 영재가 "시는 연정을 근본으로 하는 것"이라고 말한 것은 풀어서 말하자면 '시는 성령을 따라 짓는 것을 근본으로 한다'는 의미가 될 터이다. 따라서 '율려律呂'를 나중으로 돌리고 '음운音韻'에 구차하게 매달리지 않을 수 있는 것이다.
　　『시경詩經』의 시가 여항閭巷, 사려師旅의 노래이지만 처음부터 공교

---

31 「次韻答保卿」, 『전집』 상, 136쪽.

32 「枕雨淡艸序」, 『閭巷文學叢書』 5, 60쪽(『枕雨堂集』 卷三, 七頁)(여강출판사 영인본, 1991).

33 「書自菴和陶邵集」, 위의 책, 70쪽(『枕雨堂集』, 卷三, 二十八頁).

34 이에 대해서는 李佑成 선생의 "金秋史 및 中人層의 性靈論", 「韓國漢文學硏究」 제5집(韓國漢文學硏究會, 1981)의 언급이 적확하다. "性靈論은 사람의 性情에 天賦的인 靈秀의 本質이 있음을 前提로, 性情의 작용에 있어서의 靈的·活的인 면, 즉 현대의 말로 靈感이라는 것을 중시하는 이론인 것 같다. 따라서 性靈論은 기본적으로 性情論 그것이다." 라고 하였다.

로이 지으려 한 것이 아니며 소리가 마음으로 들어와 막힘이 없었기에 절창이 될 수 있었을 것이라고 했다. 이는 신운설神韻說을 주장한 왕사진王士禛이 왕유王維의 망천절구輞川絶句들이 자자입선字字入禪이라고 칭송한 것을 반박하였던 원매袁枚의 주장과 일치하여 흥미롭다. 원매의 성령설性靈說은 바로 청대淸代 시단詩壇에서 왕사진王士禛의 신운설神韻說을 비판하고 다시 심덕잠沈德潛의 격조설格調說을 공격하면서 등장한 것이다.[35]

다음으로 시냇가의 물풀도 왕공王公에게 진상될 수 있다는 언급을 주목한다. 원매袁枚는 "시는 곧 사람의 성정이다. 가까이 신변에서 취재하면 족한 것이다"[36]라고 주장한 바 있다. 위의 언급을 원매의 주장과 관련시켜 이해하면, 시냇가의 물풀은 쉽게 가까이에서 취할 수 있는 것이지만 영수靈秀한 성정性情으로 잘 발현시키면 훌륭한 시가 될 수 있다는 의미로 받아들여진다. "근래에 평담平淡을 배워, 홀로 읊조리며 막걸리 잔을 어루만진다"는 구절도 음미할 만 하다. 앞에서 영재는 『시경詩經』이 여항閭巷과 사려師旅의 노래 즉 일반 민중의 노래로 이루어졌음과 처음부터 공교로이 지으려 한 것이 아님에 주목한 바 있다. 이는 인공이 아닌 자연으로 만들어진다. 즉 '천성天成'인 것이다. 따라서 굴원屈原과 송옥宋玉의 인공적 기려綺麗함도 결국 '천성'의 민요인 『시경』의 한 끝자락에 지나지 않는 셈이다. 이러한 사고의 저변에는 "풍시風詩 삼백편三百篇이 본디 천성인데 여자餘子는 구구하게 성병聲病에 빠져있다"[37]는 인식이 깔려 있다.

"상종霜鍾은 절로 소리를 내어서, 망치나 공이에 관계치 않는다. 집

---

35 이우성, 위의 글, 128쪽 참조. 袁枚는 『隨園詩話』에서 "毛詩 三百篇이 다 絶調가 아닌가. 그때에 禪佛이 어느 곳에 있었던가"라고 하면서 王士禛의 王維에 대한 칭송을 반박했다고 한다.

36 "詩者 人之性情也 近取諸身而足矣". 『隨園詩話』「補遺」, 卷一, 一頁.

37 "風詩三百本天成, 餘子區區溺病聲". 「謹書道雲閣詩稿後」, 『전집』 상, 85쪽.

닭의 문채로도 자족하거니, 무엇 하러 남의 부리와 발톱을 쓰리"라는 구절 역시 성령론과 관련된 구절로 이해된다. 자신에게 성령性靈이 내재해 있으므로 주변적인 것에 촉발되어 저절로 시가 지어지며, 자신이 가지고 있는 성령의 품준品峻[38]이면 족할 뿐 자신이 닭인데도 독수리의 날카로운 부리와 발톱을 탐내어서는 곤란하다는 주장인 것이다. '망치나 공이'는 억지로 소리를 낼 때(즉 인위적인 기교 따위를 사용하여 시를 지을 때) 필요한 것이다. 이러한 인식은 그의 정치사상에서 '아我'의 현실을 바로 인식하고 '아我'의 현실에 부합하는 '실實'을 모색해야 한다고 주장하며, 나로부터 문제를 발견하고 나의 실정에 맞는 처방이 나와야만 '실實'을 얻을 수 있다고 본 것과 상통한다.

이와 관련하여 영재는 '적건입혼積健入渾'을 내세우고 있기도 한데, '건健'은 인공적 기교에 얽매이지 않는 건강하고 씩씩한 자세를 뜻하며, '혼渾'은 천성으로 이루어진 듯 혼후渾厚한 경지를 가리킨다. 즉 '건健'을 쌓고 '혼渾'에 들어가는 것이야말로 시의 최고의 경지인 것이다. 이러한 경지에 들어가기 위해서 별다른 방도가 있는 것은 아니고 독서를 많이 하면 진기眞氣가 자연히 형성된다고 한다. 독서를 통해 혼후한 기운을 기르고 고준高峻한 품격品格을 이루도록 해야 한다는 것이다.[39]

'아我'를 통해 문제 해결의 실마리를 찾고 자신이 가지고 있는 성령性靈의 품준品峻이면 족하다고 한 그의 인식은 자연스럽게 자신에 대한 반성으로 이어지기도 한다.

小吏縣門去　　小吏는 縣門으로
老農田野適　　老農은 들로 간다

---

38 영재는 "小技亦須持品峻 英年最怕使才輕"라고 언급한 바 있다. 「題鄭寬卿詩稿後仍送其行于咸關」, 『전집』상, 179쪽.
39 "積健入渾無別法讀書眞氣自然生". 같은 글, 같은 곳.

牆頭小兒女	담장 머리 계집아이는
引竿撲棗栗	장대로 대추 밤 따고
亦有下山僧	중도 절에서 내려와
日暮猶行乞	석양에 시주를 구하누나
而我獨何人	나는 홀로 무슨 사람이기에
坐受此安逸	이다지 안일을 앉아서 받고만 있을까
朝夕有兩盂	조석 두끼 밥이 있고
起居有一室	기거할 집이 있지만
室固非我有	집은 진실로 내 것 아니고
食當從何出	밥은 또 어디서 나오나
聊爲丈夫語	애오라지 丈夫의 말을 하여
他日重報必[40]	뒷날 기필코 두터이 갚으리

1893년(42세)에 보성寶城에 귀양갔을 때의 작품이다. 소리小吏·노농부老農夫·소아녀小兒女·산승山僧 모두가 자신이 해야할 일을 하고 있는데 자신만이 무위도식하고 있음에 대한 자각이다. 스스로의 존재가치를 탐색해 보는 것이다. 그리고는 장부어丈夫語를 하겠다고 한다. 장부어란 천지간에 한 장부로 존재하면서 마땅히 천하사天下事를 감당해야 하며, 그러한 포부를 표현해야 한다는 것으로, 곧 시인의 말인 셈이다. 올바른 시인의 역할을 수행함으로써만이 자신이 존재의의를 가질 수 있다는 각성이다. 자신에 대한 반성을 통해 현실 속에서 어떠한 역할을 하는 것이 올바른 길인가를 모색하고 있는 것이다.

요컨대 '연정緣情'이 시 창작에 있어서의 기본 토대라면 '장부어丈夫語'는 시 창작에 있어서의 실천적 방법론이라 할 수 있을 것이다. 자신에 대한 철저한 반성과 자신에게 내재해 있는 성령性靈의 품준品峻을 기반으로 하여 「전가추석田家秋夕」, 「협촌기사峽村記事」, 「연평행延平行」 등

---

40 「借坡集讀東坡八首次韻須便寄保卿」, 『전집』 상, 259쪽.

의 '민시우국憫時憂國'의 현실주의적 경향을 지닌 수작들을 창작할 수 있었다고 본다.

4. '유오심협惟吾心愜'

창강滄江이 선정한 여한구가麗韓九家의 한 자리를 차지하고 있는 영재의 고문은 천재적 역량의 소산이기도 하지만 엄청난 각고가 따랐기 때문이기도 하다.

> 진실로 능히 하루에 한 번 고쳐서 일년이면 약간 수를 얻고, 또 약간 수에 대해 刪削을 하면 남는 것이 약간 수가 된다. 이같이 십 년을 하면 한 권을 이룰 수 있다. 진실로 능히 한 권이 되어서 다시는 고칠 수 없고, 다시는 刪削할 수 없는 글이 된다면 곧 나의 마음에 愜恰하게 된다.[41]

지어진 글을 매일 정련精練·개산改刪의 과정을 거쳐 일년에 약간 편이 되게 하고, 10년을 지속하여 한 권의 분량이 되게 한다. 조금이라도 나의 마음에 걸리면 고치거나 버려버려서, 다시는 개정할 수 없고 다시는 산삭할 수 없게 만든 뒤에야 비로소 나의 마음에 협흡愜恰하게 된다고 하였다. 그 치열한 정련·개산의 과정은 오직 나의 마음에 협흡하게 하기 위한 것이다.

무릇 천하는 넓고 후세는 멀지만 아마도 나의 글을 아는 자는 드물 것

---

41 "誠能一日一改 一年得若干首 又於若干首 而刪而存之爲若干首 如是十年 則可一卷矣 誠能爲
　一卷 不可復改 不可復刪之文 則吾心愜矣". 「答友人論作文書」, 『전집』 상, 468-69쪽.

이다. 설령 아는 자가 있다하더라도 서로 만나고 기대하기는 어려우니 오직 나의 마음만이 더불어서 나의 글을 質正할 수 있을 뿐이다. 무릇 나의 마음에서 發現하여 나의 마음에 느꼈는데도 오히려 나의 마음에 慊慊하지 않는다면 이는 마음으로 유감스러워할 만하다. 나는 오직 나의 마음에 慊慊하기를 구할 뿐이니 어찌 天下後世를 기대하겠는가? 天下後世도 오히려 기대하기에 부족하거늘 하물며 구구한 한때의 기림에 있어서이겠는가? 무릇 오직 나의 마음에 慊慊하면 나의 글 짓는 일이 마쳐진다.[42]

공간과 시간은 넓고 멀지만 나의 글을 이해할 사람은 드물고 설사 있다하더라도 서로 만나기는 어렵다고 하였다. 그러므로 오직 나의 마음에 나의 글을 물어볼 수 있을 뿐이라 한다. 오직 나의 마음에 협흡慊慊함을 구할 뿐, 천하후세天下後世에 구할 것이 없다는 것이다. 나의 마음에서 발로發露된 것이 나의 글이므로 나의 마음에 협흡하다면 나의 글은 완성된다고 본다. 또한 천하후세에 기림을 구하지 않는데 일시의 기림을 구하겠는가 라고 반문한다. 이는 '아我'의 주체를 확고히 세우고, '아我'를 투철히 각성해서 나의 확고하고 명철한 마음에서 나의 글을 평정評定한다는 의미이다. 치열한 개정과 산삭 끝에 '유오심협惟吾心慊'의 자세로 창작된 그의 고문이 높은 평가를 받았던 것은 당연한 일일 것이다.

'유오심협'의 작문론은 결국 '아我'의 현실을 바로 인식하고 '아我'의 현실에 부합하는 '실實'을 모색해야 한다고 주장한 그의 정치사상과 일정하게 관련되며, 아울러 심학心學을 학문의 기본으로 하고 자신의 마음에서 의리義理를 확정할 것을 주장하였던 그의 양명학적陽明學的 사상思想이 깊이 투영된 것이라고 할 수 있다. '유오심협'의 문학정신을 유명종劉

---

42 "夫天下廣矣 後世遠矣 其知吾文者 鮮矣 縱有知之者 相値相待 難矣 惟吾心可與質吾文耳 夫發於吾心 感於吾心 而猶不慊於吾心 則是心可憾也 吾惟吾心之慊是求 安所蘄天下後世哉 天下後世 猶不足以蘄 而況區區一時之譽哉 夫惟吾心慊而吾文之事畢". 위의 글, 467쪽.

明鍾 선생은 '내 마음의 감발感發, 그것이 곧 나의 문장文章이라는 주장'
으로 이해하여 이는 양명학을 계승한 이탁오李卓吾와 원굉도袁宏道 등
의 공안파公安派 혹은 청대淸代 원매袁枚 등의 성령파性靈派 문학文學
과 통한다고 파악하기도 하였다.[43]

영재는 고문 방면에 있어서 「육신사략六臣事略」, 「혜강최공전惠岡崔
公傳」, 「청은전淸隱傳」, 「이춘일전李春日傳」 등 이루 열거할 수 없을 정
도로 많은 양의 탁월한 작품을 남긴 바 있다. 이러한 창작의 토대가 된
것이 바로 '유오심협'의 작문론이다. 이를 토대로 '구의搆意', '수사修辭',
'법法', '다개多改와 다산多刪'의 방법론으로 무장하여 그의 고문이 창작
되었던 것이다.

5. 결언結言

19세기 후반의 격동기를 살았던 영재寧齋 이건창李建昌은 정치적으
로 소론少論이었던 전주全州 이씨李氏 집안에서 역시 양명학자陽明學者
이자 그의 조부였던 사기沙磯 이시원李是遠으로부터 크게 영향을 받으
며 성장하였다. 자연스럽게 양명학을 접할 수 있는 환경이었던 것이다.
그 자신 철학자나 정치가는 아니었고 문인文人으로 명성이 자자했지만
철학과 정치사상면에서 일정하게 자신의 견해를 밝히고 있다. 바로 '심
학心學'을 중심으로 한 철학적 언급과, '실심實心'·'실리實理'·'실사實事'
를 중심으로 한 정치사상이 그것이다. 이 둘은 모두 '나의 심心', '나의

---

43 劉明鍾, 「陽明學의 韓國的 展開」, 『韓國思想大系』 Ⅳ(성균관대학교 대동문화연구원, 1984),
854쪽 참조.

실심實心·실리實理·실사實事'라는 점에서 '아我'로 통합된다. 이러한 그의 견해들은 대체로 양명학적인 것들로 이해되며 그의 문학론의 토대가 되기도 한다.

영재는 시詩와 고문古文의 두 방면에 걸쳐 주로는 성령론性靈論과 관련된 견해를 보이고 있다. 즉 '연정緣情'의 시론과 '유오심협惟吾心愜'의 문장론이 그것이다. 전문적 문인으로서 영재는 양명학을 사상적 토대로 하여 그와 밀접하게 관련되는 시론과 문장론을 남기고 있는 것이다. '연정'의 시론을 토대로 하고 '장부어丈夫語'의 실천적 방법론을 사용하여 다수의 현실주의적 경향의 시편을 남기고 있고,[44] '유오심협'의 문장론을 토대로 하고 '구의構意', '수사修辭', '법法', '다개多改와 다산多刪'의 방법론을 사용하여 여러 명편들을 남기고 있는 것이다.[45]

영재의 문학세계가 비슷한 시기에 성령론性靈論을 주장하였던 중인층中人層 문인文人들의 문학세계[46]와 달리 현실주의적 경향을 보일 수 있었던 것은 그가 처했던 소론가少論家 사대부士大夫로서의 정치·사회·경제적 처지와 현실에 대한 인식의 차이에서 비롯된 것으로 보여진다. 즉 영재는 성령론을 자신의 문학적 토대로 삼아 현실에 대한 남다른 인식을 가지고 문학의 창작에 열성을 쏟았고 자신 만의 독자적 문학세계를 열어갔던 것이다.

---

44 영재의 현실 인식에 대해서는 졸고, 「寧齋 李建昌 硏究」, 『성균한문학연구』 제10집(성균한문학교실, 1983)을 참고할 것.

45 영재의 고문에 대해서는 졸고, 「寧齋 李建昌 散文 硏究」(성균관대학교 대학원 박사학위 논문, 1992)를 참고할 것.

46 소략하게 말해서 영재의 문학세계가 현실주의적이었다면, 張之琬 등의 중인층의 문학세계는 다분히 개인주의적인 경향이 강한 것으로 보인다. 이에 대해서는 이우성 선생의 앞의 논문을 참조할 것.

영재寧齋의 '북유시초北游詩草'에 대하여

1. 머리말

영재 이건창은 23살 되던 해인 고종 11년(1874) 가을에 세폐사歲幣使의 서장관書狀官으로 연경에 갔다. 정사正使는 상서尙書였던 이회정李會正이었고, 부사副使는 시랑侍郎 심이택沈履澤이었다. 승정원일기를 보면 이들 3사람이 고종을 알현한 모습이 나온다.

> 상이 이르기를, "서장관은 마땅히 널리 탐문해야 할 것이다."하니, 이건창이 아뢰기를, "복명할 때에 문견한 사건을 보고하는 규례가 있습니다만, 이 외에도 더욱 널리 탐문하여 오겠습니다."하였다. 상이 이르기를, "보는 것은 듣는 것의 자세함에 미치지 못할 것이다."하였다.[1]

이 해는 바로 운양호 사건이 일어나기 직전으로 한반도도 소용돌이치는 외국정세에서 국외자로 남아있을 수 없는 시기였고, 그만큼 중국의

---

1 高宗 11년 甲戌(1874), 10월 28일. 민족문화추진회(인터넷)

당시 상황에 대해 고종도 관심이 많았던 것이다. 부사는 제쳐두고 특히 서장관이었던 영재에게 넓은 탐문을 부탁한 것이 이채롭다. 고종 뿐 아니라 영재 자신도 해외의 정세에 대해 많은 관심을 기울였던 것으로 보인다. 다음의 기록에서 알 수 있다.

이보다 앞서 조정이 왜와 양을 물리치고 싸워 지킬 것을 주장하였지만 사실 그 요령을 알지 못하였다. 건창이 염려하여 일찍이 말하기를 "중국은 외국의 중추이니 만약 중국에 들어가서 잘 살펴보면 외국의 정황을 알 수 있을 것이다."하였다.

初朝廷斥倭洋主戰守　然實不得其要領　建昌以爲憂　嘗曰　中國者外國之樞也　如入中國而善覘之　則可以知外國之情[2]

'척왜양주전수斥倭洋主戰守'의 요령을 획득하자면 외국의 정세에 대한 면밀한 이해와 투철한 식견이 전제가 되어야 한다는 주장이고, 그러기 위해서는 중국이 국제 정세의 핵심적 위치에 있으므로 그곳에서 잘 살피면 외국의 정세를 상세히 파악할 수 있으리라고 여겼던 것이다. 국제 정세에 대한 정확한 이해가 뒷받침 되었을 때 비로소 우리가 어떠한 방향으로 대처할 수 있을 것인지에 대한 결론이 도출되리라는 생각을 가졌던 것이다.

나는 그 때 약관으로 侍從의 자리를 채우고 있었다. 사적으로 홀로 생각하기를 사냥꾼이 짐승을 만나면 마땅히 그것을 쏘아야 하지만 또한 마땅히 대략이라도 무슨 짐승을 쏘는지 짐승이 무슨 모양인지는 알아야 한다고 생각했다. 이런 까닭으로 자못 『明史』의 「外夷名目」과 근일 중국의 戰和의 자취를 마음에 두었다.

---

2 「明美堂詩文集叙傳」, 『全集』 下(아세아문화사 영인본, 1978), 913쪽.

余時弱冠備侍從　獨私以爲獵者遇獸　固當射之　然亦宜略知所射爲何獸
獸竟何狀　以是頗留心明史外夷名目　及近日中國戰和之跡[3]

　　외국의 일이라면 손사례를 치면서 경계하기에 바빴던 당시 사대부계
층의 분위기[4]에서 영재는 약관의 나이에 시종의 지위에 있으면서 홀로
외국과 중국의 상황에 대해 관심을 기울였던 것이다. 문제적 상황과 대
상에 대한 정확한 이해를 바탕으로 해결책을 모색하려 했던 영재의 자세
가 여실히 드러난다. 중국에 들어가서 보면 외국의 정세를 잘 살필 수
있으리라는 생각은 이러한 평소의 관심에서 비롯할 수 있었던 것이다.

　　병인·신미의 두 차례 양요를 몸소 겪었기에 개항이라는 소용돌이의
중심에 처했던 그로서 한반도를 중심으로 한 국제 정세에 주목하지 않을
수 없었던 것이다. 그러나 중국에 들어가 보면 외국의 정황을 파악할 수
있을 것이라는 그의 전망은 소박한 편이었다. 실제 사행의 일원으로 중
국에서 목도한 것은 거의 망해가는 중국의 모습이었다.[5] 그러나 어떻든
그는 사행의 일원으로 중국에 들어가서 자신의 눈으로 중국의 상황을 통
해 외국의 정세를 파악할 수 있는 기회를 가지게 되었다.

　　'북유시초北游詩草'는 영재가 서장관의 자격으로 서울을 출발하여 연
경에 가서 사행의 임무를 완수하고 다시 서울로 돌아오기까지의 여정을
통해 얻은 문학적 성과물이다. 본고에서 주목하고자 하는 것은 앞서 언
급했던 자신의 전망이 문학적 성과 속에서 어떤 모습으로 투영되고 있는
지에 대해서이다. 아울러 영재는 한 차례의 연행을 통해 연경의 중국 인

---

3 「姜古懽墓誌銘」, 『전집』下, 1086쪽.
4 "當是時 朝廷方拒西洋人 勦刮邪黨 士大夫承指 務爲正大之議 或於外國事 則搖手以爲戒". 위의 글.
5 "旣入中國 則歎曰 吾猶不知中國之至於此也 中國如此 吾邦必隨之而已". 「明美堂詩文集叙傳」, 같은 곳.

사들에게 상당한 명성을 얻은 것으로 알려지고 있는데, 연경에서의 중국 인사들과의 교유에 대해 소상하게 살펴보는 것도 의미가 있을 것으로 파악된다. 한편 통행하고 있는 창강이 편집한 『명미당집』 외에 초고가 국사편찬위원회에 보관되어 있는데 이 초고를 통해 『명미당집』에 수록되지 않은 시편들을 다수 확인할 수 있다.[6] 먼저 『명미당집』과 국편본의 편차를 비교하고 '북유시초'에 대해 구체적으로 검토하고자 한다.

2. '북유시초北游詩草'와 '행대록行臺錄'

『명미당집』에는 편명이 '북유시초'로 되어 있고, 초고본에는 편명이 '행대록'으로 되어 있다.[7] 애초에는 편명을 '행대록'으로 하였다가 문집을 편찬하는 과정에서 영재 스스로가 '북유시초'로 바꾼 것으로 보인다. '행대록'은 『명미당기행삼집明美堂紀行三集』의 첫 번째 권인 바 나머지는 충청우도어사忠淸右道御史의 경험을 토대로 한 '직지행권直指行卷'과 벽동碧潼 유배의 기록인 '서정기은집西征紀恩集'이다.

'행대록'의 목차를 먼저 정리해 보면 다음과 같다.

---

6 이에 대해서는 졸고, 「명미당집의 간행과 초고본」, 『창석 김세한 교수 정년퇴직기념논총 한국한문학과 유교문화』(안동한문학회 논총간행위원회, 1991)을 참고할 것.
7 초고본은 겉표지에 『明美堂稿』 二로 제명되어 있다.

---

8 초고본에는 2수로 되어 있음.

9 초고본에는 2수로 되어 있음.

---

10 초고본에는 2수로 되어 있음.

---

11 초고본에는 2수로 되어 있음.

12 초고본에는 2수로 되어 있음.

13 초고본에는 4수로 되어 있음.

『전집』이라고 표시한 것은 창강滄江이 남통南通에서 간행하고 아세아문화사에서 영인한 『이건창전집李建昌全集』을 말하고, 『명미당고明美堂稿』 이二로 표시된 것은 국사편찬위원회 본을 말한다.

수록된 한시만 가지고 따지면 총 84제題 중에서 초고본에만 수록 된 것이 28제題이다. 「만상차남사제군자견시운기회灣上次南社諸君子見示韻記懷」, 「수선화水仙花」, 「환조후사일배경석상사호저리부사호출동교우우숙문암역여익일방화계사還朝後四日陪耕石上使號樗里副使號出東郊遇雨宿文巖逆旅翌日訪華溪寺」는 모두 제자리에 있지 못하고 처음에는 빠졌다가 나중에 수록된 듯 '보유補遺'에 실려 있다. 또 『명미당집』에 수록되었지만 편수가 줄어든 것이 6제題로 파악된다. 『명미당집』에 수록된 '북유시초'의 분량의 약 반 이상이 확충되는 셈이다. 물론 이것은 영재와 경재, 창강의 손을 거치면서 간추려진 결과이겠지만, 우리들로서는 창작되었던 시편들의 대부분을 살펴볼 수 있다는 점에서 의미가 없을 수 없다.

여기에서 우리의 눈길을 가장 많이 끄는 것은 황옥黃鈺이 쓴 「행대록서行臺錄序」이다. 좀 장황하지만 전문을 인용해 본다.

예전에 신라 사람들이 백거이의 시를 살 때 문득 眞贋을 구별할 수 있었다. 대체로 동토가 시에 깊었던 것은 예로부터 이미 그러하였다. 光緖 乙亥년 봄에 寧齋 侍讀이 천자를 알현하기 위해 왔다가 연경에서 만났고 인하여 내게 시를 폐백으로 주었다. 내가 받아서 읽어보니 그 경지의 맑음은 가을 이슬이 창가의 대나무에 뿌려진 것 같았고, 그 기운의 온화함은 훈풍이 거문고 현을 떨치는 것 같아서 옛날의 그윽한 정으로 생각을 드러내고 위인의 깊은 성취로 단아함을 포옹함에 이르렀다. 關塞에서 登臨한 시편들과 이별할 즈음에 贈答한 시편들은 意趣

가 景物을 따라 생겨나고 흥취는 예와 더불어 들어맞는다. 美麗하고 典雅한 뜻에 부끄럽지 않고 아울러 溫柔敦厚의 遺旨에도 합치되니 아마도 지금의 東土에서 詩雄일 것이다. 내가 듣자하니 영재의 선조가 致仕하다가 집에서 머물 때 외적이 쳐들어옴을 만나 臨危授命하였다고 한다. 죽지 않아도 될 처지에 있었으면서도 배운 바를 저버리지 않는 마음을 간직하여 기개로 산하를 일으키고 죽백에 빛나게 드리웠다. 영재는 소년시절에 조정에 올라 선조의 뜻을 이어받았다. 시종의 맑은 반열에 있으면서 사신의 아름다운 고임을 짊어졌다. 장래 문장으로 나라를 빛내고 경제로 시절을 바로잡아 충효의 집안 명성을 이어가서 균형 잡힌 위업을 드리울 사람이다. 그가 도달할 바를 쉽게 헤아릴 수 없지만, 겨우 聲律의 사이에서 工拙을 다투는 것뿐만은 아니어서 동토에서 크게 일컬어지리라는 것을 알겠다.

내가 감복한 나머지 기대하고 바라는 것이 이로부터 비롯되었다. 광서 을해년 봄 정월에 京寓의 嚴露香齋에서 서한다.

昔鷄林人市白居易詩 輒能辨其眞贗 蓋東土之深於詩 自昔已然矣 光緒
乙亥春 寗齋侍讀 以朝集會京師 因以詩贄余 余受而讀之 其境之淸也 如
秋露之灑窓竹 其氣之和也 如薰風之拂氷絃 至於發思古之幽情 抱雅人
之深致 關塞登臨之什 河梁贈答之篇 莫不意隨景生 興與古會 不愧麗則
之旨 兼合敦厚之遺 其諸今之以詩雄於東土者歟 抑吾聞之 寗齋先祖致
政 家居時 値外孽扇氛 臨危授命 居可以無死之地 存不負所學之心 用能
氣作山河 光垂竹帛 寗齋 綺歲登朝 秉承先志 居侍從之淸班 荷輴軒之華
眷 將來文章華國 經濟匡時 所以紹忠孝之家聲 而垂勻衡之偉業者 其所
到未易可量 知不僅爭工拙於聲律間 以稱雄東土也 余蓋佩服之餘 而期
望自此始矣 光緒乙亥春正月 賜進士出身資政大夫刑部右侍郎內閣學士
南書房行走新安黃鈺孝侯甫 序於京寓之嚴露香齋[14]

제목 아래의 원주에 의하면 장가양張家驤, 서부徐郙, 이유분李有棻,

---

14 『明美堂稿』 二.

장세준張世準, 오홍은吳鴻恩 등의 서발序跋이 있었던 것으로 되어 있다. 모두 싣지 않고, 황옥黃鈺의 서문만을 싣는다고 하였다.[15] 추금秋琴 강위 姜瑋의 『고환당집古歡堂集』을 보면 '북유초北游艸'와 '북유속초北游續艸' 가 있는데, '북유초'의 앞부분에 김윤식金允植의 서와 아울러 황옥의 서 가 수록되어 있다.[16] 대체적인 내용을 보면 추금이 자신에게 '북유초'와 '북유속초'를 가지고 처음으로 만났다고 하면서 추금의 시를 추켜세우고 있다. 이로 보면 아마도 추금과 영재가 연경에서 만났던 여러 중국 인사 들 중에서 황옥이 가장 중요한 인물이었던 것으로 보인다. 서문의 내용 은 워낙 칭송의 말 뿐이어서 객관성이 결여되는 것으로 보이지만 영재의 시가 '성률聲律의 사이에서 공졸工拙을 다투는 것뿐만은 아니'라는 지적 은 참고할 만하다.

『명미당집』에 수록되지 않은 작품들 중에서 특히 눈에 뜨이는 것은 「차고환견시次古歡見示」이다. 이 작품에는 중국을 견문한 영재의 소회가 잘 정리되어 있는 것으로 파악되는 바 이를 통해 그의 생각을 규지할 수 있기 때문이다. 뒤에서 구체적으로 살핀다.

영재의 노정을 시의 제목을 통해 재구성하면 다음과 같다. 먼저 홍제 원弘濟院을 출발하여 황주黃州를 거쳐 평양平壤과 선천宣川, 가산嘉山을 통과해서 의주義州로 가는 국내의 여정은 여느 사행과 마찬가지로 아주 통상적이다. 출발하면서의 심경을 영재는 다음과 같이 표현하였다.

恊陽門外日初升   恊陽門 밖으로 해가 처음 솟자
萬里行人已飮氷   만 리 길 떠날 사람 벌써 황공하고 초조하네
藥裹關心煩聖主   성주께선 번거롭게 약 봉지까지 챙겨주시는데

---

15 원주: 原有張慕樵家驤徐頌閣郇李薌垣有菜張五溪世準吳春海鴻恩序跋識 今皆不錄
16 『姜瑋全集』上(아세아문화사 영인본, 1978), 241-42쪽.

酒杯到手惜良朋　　손에 이른 술 잔 좋은 벗과의 이별이 아쉽네
才輕使事談何易　　재주 가벼우니 사신의 일 어찌 쉽게 말하겠나
年少離懷慣未曾　　나이 어리니 이별의 회포 익숙하지 않네
正是不堪回首處　　정히 견디지 못해 머리 돌리니
綠礬山色掩觚稜[17]　綠礬峴 산색이 전각 모서리에 가렸구나

「기성설야시비불능출유箕城雪夜示憊不能出游」[18]라는 시를 보면 곳곳
에서의 연일 계속되는 연회로 몹시 지쳤음을 알 수 있기도 하다. 순안順
安의 안정관安定館(驛)에서 고환古歡과 술을 마시며 지은 시에는 솔직
한 기려羈旅의 정이 잘 드러난다.

浿水淸江共許深　　浿水 맑은 강 깊은 줄 다 아는데
遠游纔得幾篇吟　　먼 길이지만 겨우 몇 수의 시를 얻었네
香燈半壁天涯夢　　벽에 걸린 香燈에 잠 들려 하는데
砧杵千家歲暮心　　들리는 다듬이와 절구 소리 세모의 정이로다
官酒尙憐斟綠玉　　아낄 만한 官酒 맑기가 푸른 옥인데
鄕書漸覺抵黃金　　고향에서의 서신 금값임을 점점 느끼네
眼中二老風流在　　눈앞의 두 노인 풍류가 있어
悄寂時時笑語尋[19]　심심함을 못 이겨 때로 우스개 소리를 찾네

압록강을 건너서 금석산金石山[20]을 거쳐 책문柵門으로 갔다. 안시성
安市城으로 알려지고 있는 봉황성鳳凰城은 예로부터 많은 사신들이 시
작을 남긴 곳으로 영재 또한 예외일 수 없었다.

17 「十月二十八日以赴燕書狀官辭朝至弘濟院紀懷甲戌」, 『전집』 상, 43-44쪽.
18 『전집』 상, 44쪽.
19 「安定館同姜古歡瑋小飮李斯文禹鉉亦至」, 『明美堂稿』 二(국사편찬위원회본).
20 洪大容의 「燕記」에 의하면 義州에서 九連城까지 25리, 구련성에서 金石山까지는 35라고
　　한다.

擊節三淵道萬春   三淵선생 무릎 치며 양만춘을 일컬어
玄花白羽恐非眞   玄花 白羽라 했지만 진실이 아닐까 두렵네
六師歸日登城拜   六軍이 돌아가는 날 성에 올라 절하였으니
已是千秋大膽人[21] 이미 천추의 대담한 사람이로다

　　모두 3수의 연작시 중에서 첫 번째 수이다. 이 시의 말미에 달린 원
주에서 영재는 처음으로 당唐 태종太宗이 실명한 것은 안시성에서 화살
을 맞았기 때문이라고 한 사람은 목은牧隱이지만 목은은 활을 쏜 사람이
누구인지 지목하지 않았다고 하였다. 그런데 삼연三淵이 "천추의 대담한
양만춘楊萬春, 활을 쏘아 용 수염(태종)의 눈동자를 떨어뜨렸네."라고 하
여 양만춘을 지목하였고, 이는 근거 없는 속설이 아닐까 의심스러워했
다.[22] 그러나 자랑스러운 고구려의 역사에 주목한 것만은 틀림없다. 아
울러 그의 비판적 자세가 엿보이기도 한다. 두 번째 수에서는 당 태종과
같이 출병한 이적李勣이 우리나라 문헌의 성대함을 시기하여 분서焚書
한 사실에 주목하고 있다.[23]
　　연산관連山館을 지나고 회령령會寧嶺과 청석령靑石嶺을 거친 다음
고려총高麗叢이라고도 하는 고려보高麗堡를 지나고 태자하太子河를 건
넜다. 고려보에서 지은 시를 한 수 본다.

玄菟烏桓盡渺茫   玄菟와 烏桓 모두 아득해졌는데
遠人猶自念家鄉   먼 곳의 사람은 오히려 절로 고향 생각
君看今日高麗堡   그대 오늘 高麗堡를 보지만

---

21 『明美堂稿』 二(국사편찬위원회본).
22 원주: 唐太宗攻安市城 不下 班師而歸 城主登城拜謝 帝嘉其固守 賜縑二百疋 古史所傳如此
而已 諺傳 帝目爲飛矢所中 李牧隱玄花白羽 卽其說也 而亦不言射帝者之爲誰 至金三淵始云
千秋大膽楊萬春 箭射蚪髥落眸子 然此恐齊東野人之遺
23 "想像蚪髥映塞春, 夷方得覯帝王眞. 如何四海同文日, 更有■書姓李人".

二百年過事已忘[24]　　이백년 지나 일을 이미 잊었네

『계산기정薊山紀程』에 고려보에 대한 설명이 상세하다. "병자년과 정
축년의 호란胡亂에 납치된 사람들이 살고 있던 곳으로, 자손들이 계속
거주하고 있다. 그전에는 마을이 적어도 100여 호戶는 되어, 우리나라
사신이 지날 적마다 혹 그들의 조상을 물어보면 부끄러워 대답을 잘하지
않았다고 하는데, 지금은 모두 다른 마을로 이주하고 다만 10여 집만이
살고 있어, 옛날에 비하면 몹시 쓸쓸하다고 한다."[25]고 하였다. 영재는
이곳이 현토군이 설치되어 있었던 곳이고, 오환족의 무대였지만 지금은
조선인 인질의 후손이 생활하는 곳임을 말하고, 이어서 동행하고 있었던
고환古歡의 시구를 통해 그의 조상이 중국인임을 상기하고 시상을 전개
하고 있다.[26]
　　다음은 요동의 벌판을 바라보며 지은 시이다.

海外人來見未嘗　　해외 사람 일찍 견문하지 못한 곳으로 왔는데
關河一路恨怱忙　　관하의 한 길 바쁨이 한스럽네
行尋白鶴千年柱　　白鶴의 千年柱를 다니며 찾고
指點玄菟四郡疆　　玄菟 四郡의 강토를 가리키네
野樹不分烟渺渺　　안개가 자욱하여 들판의 나무 분명치 않고
陣雲常帶日荒荒　　뭉게구름 늘 드리워져 햇빛 침침하네
君看歷代干戈事　　그대도 역대의 전쟁을 보았을 테지만
此地雖褊繫四方[27]　　이곳이 좁지만 사방과 매여 있네

---

24 「高麗堡」, 『明美堂稿』二(국사편찬위원회본).
25 『국역연행록선집』Ⅷ(민족문화추진회, 1985), 154-55쪽.
26 원주: 堡本我邦質留人所居 今訪其子孫以東事 已漠然不知所對矣 古歡 先世本中國人 其詩
　　有隋唐飄泊千年事 誰識兒孫到故鄕之句
27 「次古歡遼野韻」, 『明美堂稿』二.

처음으로 맞이하는 사행의 여정에서 여기저기를 모두 견문하고 싶은 영재의 마음이 잘 드러나 있다. 아울러 여기에서 주목할 것은 마지막 연에 나타난 요동의 지역적 특성에 대한 영재의 인식이다. 역사지리적으로 요동은 여러 민족이 각축하였던 곳으로 이곳을 차지한 민족이 흥성했음을 상기하였던 것이다.

백기보白旗堡와 여양역閭陽驛을 지나 대릉하大凌河를 건넌 뒤 십삼산十三山에서 바다를 바라보았다. 탑산塔山에서도 역시 바다를 바라보고 영수사永壽寺(혹은 迎水寺)를 거쳐 산해관山海關을 지났다. 다음의 시는 고환과 함께 산해관으로 들어가면서 큰 산하를 가진 중국에서 많은 것을 견문하고 배워야 하리라는 희망을 드러내고 있다.

浩浩川原曠	넓고 넓은 原野 텅 비었는데
霏霏雨雪多	진눈깨비 많이도 흩날리네
我行方未已	나의 걸음 바야흐로 마치지 않았는데
子意欲如何	그대의 뜻 어쩌려는지
周道皇華詠	周道에는 사신의 읊조림
燕南變徵歌	燕南에는 變徵의 노래
俱將千古意	함께 천고의 뜻을 가지고
無負大山河[28]	큰 산하에서 저버림이 없기를

사하沙河와 환향하還鄉河를 건너 드디어 연경에 있는 외국 사신들의 숙소인 옥하관玉河館에 이르렀다. 연경에서 여러 중국 인사들과 교유하게 되는 데 그 인물들은 황옥黃鈺(少司寇), 서부徐郙(侍讀), 장가양張家驤(侍講), 이유분李有棻(中書), 진복수陳福綬(郎中), 홍량품洪良品(太史), 오책현敖冊賢(郎中), 오홍은吳鴻恩(給諫), 오홍무吳鴻懋(候補) 등이

---

28 「進關同古歡」, 『전집』 상, 53쪽.

었다.[29] 「홍우신태사량품오금보랑중책현구증대편속화봉정겸급오춘해홍은춘림홍무형제洪右臣太史良品敀金甫郞中冊賢俱贈大篇屬和奉呈兼及吳春海鴻恩春林鴻懋兄弟」라는 시의 원주를 보면 영재가 연경에서 교유한 사람은 모두 28명이었고 이들의 관작官爵과 명호名號, 이거里居를 기록한 『경개록傾盖錄』이라는 책을 쓴 것으로 되어 있다.[30] 이들과 격의 없는 교유를 나눈 것으로 파악되는데 영재가 취해서 먹물을 엎고 소매에 물이 들자 오홍은吳鴻恩이 "백의사자白衣使者가 오유선생烏有先生이 되었구나"라고 농담을 할 정도였다.[31] 이들과 여러 차례 시를 주고받았을 뿐 아니라 그들의 그림에 제화시題畫詩를 써 주기도 하였다.[32] 여러 사람에게서 서발序跋을 받았던 것은 이미 앞에서 언급한 바 있다. 한편으로 이들과 교유하면서 시대적 상황에 대한 깊이 있는 논의도 이루어 졌다.

海水群飛大界飜	바닷물 들끓어 온 세상 뒤덮어
十年羊豕恣狂奔	십년토록 양 돼지들 함부로 광분하였네
不知熱血從何灑	뜨거운 피 어디에 뿌릴지 알지 못하고
尙有殷憂未可論	오히려 깊은 근심 있지만 논하지 못하였네
漆室事原關婦女	漆室의 일 원래 부녀와 관계되지만
羽林名更愧兒孫	羽林의 이름 다시금 후손들에 부끄럽네
禁中頗牧須君在	모름지기 그대들은 禁中의 廉頗와 李牧으로 있어야 하니

---

29 강위의 「洪右臣太史良品作東方使者行贈耕石樗村寧齋三行人余依其題次李藹垣中書有菜贈寧齋侍讀韻奉贈寧齋」(『강위전집』 상, 285-93쪽)을 보면 함께 교유한 다른 인물들이 등장하는 바 이를 통해 그들이 교유한 인물들이 더 있었음을 알 수 있다. 대체로 周之鈞(比部), 蔡壽祺(中翰), 成文良(太守), 吳謙福(資政), 張世準(員外) 등이 나타난다.

30 『전집』 상, 62쪽. 원주: 余入都後 交游諸名宿 二十八人 錄其官爵名號里居 題曰 傾盖錄

31 윗시의 원주 '余於春海席上 醉飜墨汁 金甫作 白衣使者行記之'와 강위의 「洪右臣太史良品作東方使者行贈耕石樗村寧齋三行人余依其題次李藹垣中書有菜贈寧齋侍讀韻奉贈寧齋」의 원주 '寧齋衫袖誤染墨水 金甫戱云 白衣使者化爲烏有先生'에 같은 내용이 나타난다.

32 「題春海望雲就日圖」(『명미당고』 이)와 「題頌閣蛺蝶圖」(『전집』 상, 59쪽)이 있다.

莫忘臨歧贈策言[33] 이별할 즈음에 충고의 말 잊지 마소

해외에서 온 서구 열강의 세력을 함부로 날뛰는 짐승들로 표현하였고, 울분을 혼자 간직하였을 뿐 어떻게 행동해야 될지 함께 의논할 사람도 없어 근심만 깊어졌다고 하였다. 이들과의 대화를 통해 그 울분을 조금 해소할 수 있었을 것이다. 이별할 즈음에 난국을 타개할 수 있는 대책을 꼭 들려달라고 하면서 시를 마무리 하였다. 중국 인사들과 시대적 상황에 대한 공감대를 형성할 수 있었던 것으로 보이는 바 사행길에서 영재가 얻은 중요한 소득이라고 할 수 있을 것이다.

연경에서 사행의 임무를 마치고 다시 귀국 길에 올랐다. 노하潞河를 건너 노룡현盧龍縣을 거치고 난하灤河의 이제묘夷齊廟에 들렀다. 다시 대릉하大凌河를 건너고 각산角山을 거쳐 산해관山海關을 벗어난다. 도원으로 알려진 도화동에 가려했지만 비 때문에 좌절되기도 했다. 송가대宋家臺(莊)를 지나고 의무려산醫巫閭山에 오르기도 하였다. 책문柵門을 거쳐 귀국하였다.

3. 연행燕行의 견문見聞과 소회所懷

영재는 귀국길에 오르면서 연경과 얼마 떨어지지 않은 통주通州 난하灤河 부근에서 12수의 「관내잡절關內雜絶」[34]을 남겼다. 관내는 산해관山

---

33 「夜與頌閣談次感念時事仍和李中翰薇垣有菜見示之作」, 『전집』 상, 58쪽
34 『전집』 상 64쪽. '雜絶'이라는 형식으로 된 영재의 시로 「古次雜絶」(『전집』 상, 370-74쪽)이 더 있다. 모두 16수의 절구로 이루어졌고, 강화도의 역사·풍속·경관을 그 내용으로 하고 있다.

海關과 가곡관嘉谷關 사이의 지역을 지칭한다. 1, 2, 5, 6, 8수를 살핀다.

潞州城裏夜迢迢　　통주성 안 밤은 아득히 깊어 가는데
珠市銀鐙接畫橋　　구슬 저자의 은등이 畫橋와 닿아있네
月上鐘鳴人不斷　　달이 떠오르고 종이 울리건만 인적이 끊이지 않아
滿城佳麗似元朝　　성 가득 아름다움이 설날 아침인 듯하구나

"통주야시通州夜市"라는 원주가 작품의 말미에 달려 있다. 통주 저자
의 화려한 모습과 날이 저물었는데도 끊임없이 내왕하는 수많은 사람들
의 모습에서 설날 아침의 활기참을 느꼈던 것이다. 통주성의 구체적 모
습은 이의현李宜顯의 『경자연행록잡지庚子燕行錄雜識』에 상세하다.[35]

河流一派繞城回　　한 줄기 운하 성을 에워싸고 돌아
桂棹蘭檣次第開　　桂棹와 蘭檣이 차례로 열리네
見說今年春尚淺　　듣자니 금년 봄은 물이 아직 얕아
江南船子不曾來[36]　강남의 배가 오지 못했다네

운하運河라고도 불리는 백하의 모습을 그린 시이다. 성을 에워싼 운
하로 많은 배들이 왕래하는 이국적인 모습에 호기심을 드러내고, 강남의

---

35 『국역연행록선집』 V(민족문화추진회, 1985), 26-27쪽. "동쪽 성을 거쳐서 들어가니 거리
위에 왕래하는 행인과 장사하는 오랑캐로서 수레를 몰고 말을 탄 자가 시가를 메우고
거리에 가득 차서 어깨가 서로 부딪치고 수레바퀴가 서로 닿을 정도다. 시장은 풍성하고
사치스러우며, 모든 물건이 구름처럼 쌓였고, 곳곳에 깃대를 꽂았다. 좌우에 벌여 있는
양털 갖옷, 가죽옷, 붉은 모자, 그림 그린 자기磁器, 미곡米穀, 양이나 돼지, 생강, 후추,
배추, 무 등이 어떤 것은 상점 위에 모여 있고, 어떤 것은 길가에 쌓여 있다. 이 물건들은
수레로 운반하기도 하고 등으로 져 나르기도 하는데 그 수를 다 셀 수가 없다. 더구나
깊고 넓은 호참壕塹과 견고하고 치밀한 성벽, 웅장하고 화려한 누각과 대관臺觀, 굉장히
큰 집들과 창고 등은 심양과는 비교할 바가 아니어서, 참으로 국도國都의 요해처요, 물과
육지의 중요한 곳이라 할 수 있었다".
36 원주: 白河

배까지 온다는 말에 아마 놀라움을 금치 못했을 것이다.[37]

朔方身手總閒丁　　朔方 사람들 모두가 閒丁인가
頭白長亭又短亭　　머리 하얀데 長亭에 또 短亭이라
除送行人無個事　　행인을 호송하는 것 말고는 일이 없어
坐看楊柳拂天靑[38]　앉아서 푸른 하늘에 날리는 버들가지를 보네

십리마다 있는 것을 장정長亭이라 하고 오리마다 있는 것을 단정短
亭이라 한다. 원주에서도 드러나듯이 우리나라의 역원과 같은 역할을 하
는 이곳에 관병들이 모두 배치되어 있고, 이들의 일이란 행인을 호송하
고 버드나무를 지킨다. 많은 인원들의 하는 일의 보잘 것 없음에 대한
놀라움이 행간에 숨어있는 것으로 파악된다.

洞裏金仙喚不膺　　마을의 부처 불러도 대답치 않는데
木犀花發自層層　　물푸레나무 꽃 피어 절로 층층이로다
無端一臥三千劫　　무단히 三千劫을 한결같이 누워
酒氣禪香共罷甃[39]　취기가 禪香과 같이 흩어지네

계주성薊州城 안에 있는 독락사獨樂寺의 와불을 보고 지은 시이다.
묵묵부답인 부처와 활짝 핀 물푸레나무의 꽃을 그리고, 술에 취해 누워

---

37 백하에 대해서는 『薊山紀程』을 참고할 만하다. 『국역연행록선집』 Ⅷ 356쪽. "백하白河는
　　 수원이 변새邊塞 밖에서 나와, 선화부에서 순천부 경내로 들어오고, 천진天津에 와서
　　 위하衛河와 합류한다. 그리고 밀운현密雲縣에서 우란산에 이르러 조하潮河와 합류하고,
　　 통주通州에 이르러 직고直沽로 들어간다. 일명 백수하白遂河이다. 조선漕船이 모이는
　　 곳이므로 또한 북운하北運河라고 한다. 또 통주강通州江이라고도 하며 일명 노하潞河라
　　 고도 한다. 대개 유유楡·하河·혼渾 3개 물이 여기 와서 합류한다. 또 이름을 운하運河라
　　 하니, 원元 나라 곽수경郭守敬이 파서 동남의 조로漕路를 개통하였던 것이다."
38 원주: 關內所過州郡 五里一舖 舖壁皆書揭護送行人看守官柳八字 每舖各有官兵居之
39 원주: 獨樂寺醉佛

246

있는 듯한 부처(와불臥佛)를 그렸다. 취기가 선향과 함께 흩어진다는 표현에는 장난기가 서려 있다.[40]

淡黃楊柳拂絲絲　연노랑 버들가지 올올이 흔들리고
布穀聲中雨一犁　촉촉이 내리는 빗속에 들리는 뻐꾸기소리
絶愛茶棚菴畔路　쑥 자라는 길가에 아주 사랑스러운 茶樓
水田茅屋似高麗[41]　논과 초가집 高麗와 비슷하네

앞에서도 언급하였지만 병자丙子와 정묘丁卯년의 호란胡亂 때 인질로 잡혀 온 조선인의 후손이 모여 사는 마을인 고려보高麗堡에 대한 작품이다. 흔들리는 버들가지와 빗속에 들리는 뻐꾸기소리는 고국의 전원을 떠올리게 하며 나그네의 향수를 자아내기에 족하다. 다만 다루茶樓는 몹시 이국적인데, 이국적인 장소에서 내려다보는 논과 초가집을 통해 다시 한 번 동족애를 확인한 셈이다.

기이하게도 영재가 연경燕京의 모습을 그린 시는 확인되지 않는다. 상식적인 생각으로도 연경에 훨씬 더 많은 흥미로운 요소를 발견할 수 있었을 터이고 마음만 먹는다면 얼마든지 많은 작품들을 남길 수 있었을 상황인데도 그러하다. 옥하관玉河館에 머물고 있을 때 지은 「홍백매紅白梅」,[42] 「수선화水仙花」,[43] 「불수감佛手柑」[44]과 같은 영물시가 있을 뿐이다. 그런

---

40 『薊山紀程』(『국역연행록선집』 Ⅷ), 280-81쪽. "세상에서 전하기를 '누운 부처는 바로 이태백李太白이 술에 취하여 누워 있는 형상이요, 또 하나의 부처는 곧 이태백의 아내'라 하는데, 이 말은 어떻게 된 것인지 모르겠다. 지금 보는 2층 누각 편액에 '태백太白' 두 글자가 있으니 아마 그 편액을 쓴 사람의 이름 같은데, 세상 사람들이 망녕되이 그것이 청련靑蓮(이태백의 호)의 이름인 줄 알고 차차 서로 그릇 전한 것이다."
41 원주: 高麗堡
42 『明美堂稿』 二.
43 『明美堂稿』 二.
44 『전집』 상, 56쪽.

점에서 상대적으로 위에서 살핀 「관내잡절」은 더욱 소중해진다.

영재는 귀국길에 올라 산해관을 벗어나는 즈음에 사행의 소회를 고환의 시에 차운하는 형식으로 드러내었다. 「차고환견시次古歡見示」[45]가 그것이다. 아마도 자신의 속내를 마음 놓고 털어 놓을 수 있는 것은 고환古歡 뿐이었기 때문이었던 것으로 짐작되기도 한다. 4수 중에서 첫 번째 수와 세 번째 수를 살핀다.

海外書生作計癡　　해외의 서생 어리석은 계책을 세워
要將天下覘安危　　천하를 들어 안위를 살피려 했지
到來不是他家事　　와보니 다른 나라의 일이 아닐러라
閉戶纓冠合早知　　독서만 하다가 뛰쳐나갔으니 어찌 일찍 알았겠으랴

앞의 두 구절은 서두에서 언급하였던 중국에 들어가 보면 외국의 정세를 파악할 수 있으리라는 영재의 생각이다. 실제로 목도한 중국의 실상은 당시 우리나라의 상황과 전혀 다르지 않았다. 아마 큰 충격을 느꼈던 모양이다. 세 번째 구절에 그러한 충격이 담겨 있는 것으로 보인다. 영관纓冠이라는 말은 머리를 묶고 갓끈을 맬 겨를도 없이 남의 위급한 일을 구원하러 간다는 의미이다. 마지막 구절은 별다른 예비적 지식 없이 우리나라의 현 상황을 타개하기 위해 중국을 견문하러 갔지만 중국의 충격적 실상을 목도하고서 느낀 실망감을 표현한 것으로 보인다.

是事難將口舌煩　　이 일 많은 말을 하기 어렵더니
實形猶可寓空言　　실제의 형상 오히려 공언에 부칠 만 하구나
歸來若問東南報　　돌아와 만약 동남쪽 소식을 묻는다면
但道臺灣與澳門　　단지 臺灣과 澳門만을 이야기 하리라

---

45 「明美堂稿」 二.

당시의 국제적 정세에 대한 정확한 지식 없이 입으로만 왈가왈부할 수 없었고, 어렴풋하게 짐작하였던 중국의 상황이라는 것도 국내에서 미루어 했던 말을 모두 공언空言으로 만들고 말았다고 하였다. 귀국하여 중국 동남쪽의 소식을 임금께 아뢴다면 대표적으로 대만과 오문의 상황을 거론하면 될 것 같다는 것이다.[46]

한 마디로 영재가 목도한 중국의 현실은 실망스럽기 짝이 없는 모습이었다. 비록 그의 한시에서 그 구체적 상황이 드러나는 것이 아니고, 매우 모호하게 그려져 있지만 행간을 통해 그의 실망을 확인할 수 있기에는 충분하다. 중국의 실상을 통해 우리의 현실을 더욱 잘 파악할 수 있었을 터이고 사대부로서의 책임감이 더욱 무거워졌을 것으로 보인다. 사행에서 얻은 견문은 영재의 안목을 훨씬 넓혀주었고 이러한 안목은 관인으로서의 책무를 수행하기 위한 중요한 자산이 된다. 그러나 국내의 사정은 영재의 안목 있는 관인으로서의 책무를 수행할 수 있는 기회의 장이 되기에 어려웠다.

(前略)

葳蕤啓廟門	잠긴 사당의 문을 열고
稽首香一炷	머리 조아려 향 하나를 사르네
玉女粲然笑	옥녀의 환한 미소
問汝來何訴	묻노니 "너는 무엇을 하소연하려 왔느냐
不見二十年	보지 못했나 이십 년 토록
形神已濁汚	몸과 마음이 이미 더럽게 물들었음을"

---

46 1871년 표류한 流球國 어민을 高山族이 습격하여 54명을 죽인 사건이 벌어져, 1874년에 일본군이 대만으로 출병하고 중국도 沈保禎을 총사령관으로 하는 5000의 병력을 파견하였다. 결국 중국이 유구에 대한 권리를 완전히 포기하고 일본의 군사비를 보상하는 조건으로 일본군이 철병하였다. 佐伯有一, 野村浩一 外著, 吳相勳 역, 『中國現代史』(한길사, 1980), 98-99쪽 참조.

惘然失所言	망연하여 말할 바를 잃고
躊躇而四顧	주저하며 사방을 돌아보았네
天海繚靑蒼	하늘과 바다 푸르게 얽혀있고
齊州起烟霧	中州에는 연기와 안개가 일어나네
寶區僅如此	천지가 겨우 이와 같은데
聖哲紛馳騖	聖哲들 어지러이 내달렸네
禹迹旣茫茫	우임금의 자취 이미 아득해졌고
秦封亦非故	진나라의 봉함도 또한 오랜 것은 아니네
況我生褊壤	더욱이 나는 좁은 땅에 태어나서
九域無所附	九州에 붙일 곳이 없는데
醯鷄覆甕天	초파리가 항아리 하늘을 덮고
斥鷃蒙草樹	메추라기가 草樹의 은택을 입은 격
愚者與夸者	愚公과 夸父
猶謂有所慕	오히려 흠모할 바 있다고 여겼네
得喪擾其精	득실은 그 정신을 흔들었고
哀樂損其趣	애락은 그 의취를 손상시켰네
盈盈一帶水	찰랑거리는 一帶水
老死不得渡	늙어 죽도록 건널 수 없네
忽然念及此	문득 여기에 생각이 이르렀으니
寧能不省悟	어찌 나를 살피지 않을 수 있겠나
白雲墮我前	흰 구름은 나를 따라 나아가고
靑鶴空中度	푸른 학이 허공을 나네
茲游雖可樂	이번 유람이 비록 즐거워할 만하지만
至淸難久住	至淸에선 오래 머물기 어렵네
惆悵下山歸	슬퍼하며 산을 내려와 돌아오니
野日荒荒暮	들판의 해 침침하게 저무네
逆旅不能寐	여관에서 잠 못 이루고
感歎爲長句[47]	탄식하며 長句를 짓노라

---

47 「閭山玉女峰」, 『전집』 상, 71쪽.

의무려산醫巫閭山의 옥녀봉玉女峰을 유람하고 지은 시이다. 생략된 전반부는 온통 경관과 유람의 과정으로 이루어져 있고, 인용된 부분은 후반부이다. 사당에 들어온 영재를 옥녀는 몸과 마음이 이미 더럽혀진 존재라고 힐책한다. 그 힐책에 영재는 망연할 뿐 일언반구도 응대하지 못하고 사위를 둘러볼 뿐이었다. 영재의 눈에 들어온 것은 연무煙霧로 자욱한 중주였는데 이곳을 구제하기 위해 동분서주했던 성철聖哲들의 노력에 대해 회의만 들었다. 조선 땅에 태어나 중국에는 발붙일 곳도 없는 신세로 우물 안의 개구리와 마찬가지인 자신을 되돌아본다. 그 동안 열심히 노력하면 천우신조로 성과를 이룩할 수 있을 것으로 생각했지만 그 결과는 득실이 정신을 흔들어 대고, 애락은 의취意趣를 손상시켰을 뿐이었다. 여기에 생각이 미치자 자신이 처한 현실을 냉정하게 생각하게 되었고, 흰 구름과 청학靑鶴을 동반하는 도가적 삶에 대한 동경도 잠시하게 된다. 그러나 그것은 생각일 뿐이고 자신을 도가적 삶에 침잠시킬 수는 결코 없었기에 '지청至淸'에선 오래 머물기 어렵다고 하면서 슬픈 마음으로 하산히였다.

이 시에서 우리는 영재가 겪게 될 환로宦路를 어느 정도 예상할 수 있게 된다. 노론 벌열 일색이었던 조정에서 소론少論이었던 영재가 느꼈던 한계가 뼈저렸고, 또 영재의 눈에는 당시의 조정이 외세를 등에 업고 권력을 장악하기 위해 도깨비 놀음을 하던 곳일 뿐이었다. 결국 민비閔妃가 시해되자 영재는 벼슬길에서 완전히 물러나고 만다. 영재가 벼슬길에서 완전히 물러났다고 해서 국가의 현실을 외면한 것은 물론 아니었음을 덧붙인다.[48]

---

48 영재의 생애와 현실에 대처한 자세에 대해서는 졸고, 「寧齋 李建昌 硏究」, 『성균한문학연구』 제10집(성균관대학교 한국한문학교실, 1983)을 참조할 것.

4. 맺음말

이상에서 우리는 영재의 사행에 대해 그의 견문과 소회를 중심으로 살펴보았다. 어떤 문제를 제기하고 그 문제에 대한 답을 제시하려는 것이 아니라 영재의 사행의 경험을 스크린해보려는 목적에서 이 글이 쓰였다. 영재의 생애와 문학에서 소중한 경험을 축적할 수 있었던 시기로 판단되었기 때문에, 이 부분에 대한 고찰은 영재의 문학에 대한 전체적 면모의 파악에 일조할 수 있으리라는 기대를 가졌던 것이다.

대체로는 기왕의 사행에 올랐던 문인들의 시와 비교했을 때 뚜렷한 차이점은 발견하기 어려웠다. 민족고대사의 무대였던 곳에서 느낀 감회라던가, 강녀사姜女祠·이제묘夷齊廟 등에서 느낀 소회도 마찬가지이다. 우리가 주목하려 했던 것은 대동소이한 사행에서의 소회가 아니라 당시의 시대적 상황과 관련된 사행길에서의 영재의 소회와 연경에서의 견문이었다. 비록 연경에서 당대의 지식인들과 교유하면서 난세를 살아가는 지식인으로서의 동질감을 획득하기도 하였지만 결국 영재가 얻었던 것은 민족의 미래에 대한 어두운 전망 뿐이었다. 산해관山海關을 들어가면서 잠시 희망적인 자세를 보이기도 하지만 전체적으로 '북유시초'에 수록된 시에서 어떤 희망적이거나 낙관적인 표현을 발견하기 어려웠던 것도 여기에 기인하는 것으로 보인다.

보다 앞선 시기에 많은 종류의 연행록燕行錄이 있었고, 상당수의 연행록이 일기체의 산문으로 구성되어 있다. 이러한 문학사적 흐름에도 불구하고 영재가 초창기의 연행록에서 볼 수 있는 시로만 구성된 '북유시초北游詩草'를 남긴 것은 아마도 영재가 정통고문을 지향했던 문인이었기 때문이 아닌가 한다. 산문으로 된 연행록이 패사소품의 영향 하에 있었던 점을 고려한다면 그러한 추정이 가능해 진다.

경재耕齋 이건승李建昇의 시와 '서행별곡西行別曲'

1. 머리말

    경재耕齋 이건승李建昇(1858~1924)은 영재寧齋 이건창李建昌(1852~1898)의 중제仲弟로 난곡蘭谷 이건방李建芳(1861~1939)과는 재종형제간이다. 그의 집안은 소론少論의 명문으로 17세기 전반기에 일어난 노론老論과의 다툼은 권력의 핵심에서 멀어지게 된 중요한 전환점이었다. 이후 강화도江華島에 세거世居하게 되는데 이 즈음에 그의 오대조五代祖인 광명匡明(1701~1778)이 하곡霞谷 정제두鄭齊斗(1649~1736)의 손서孫壻가 되었고, 이로부터 그의 집안은 양명학陽明學과 일정한 연관을 가지게 되었다.[1] 이들 중 영재寧齋는 일찍 별세하였으므로 망국亡國의 치욕을 목도하지 않아도 되었지만, 경재耕齋와 난곡蘭谷은 민족적 시련을 고스란히 체험해야만 했다. 그러나 이들은 경술국치庚戌國恥 이후 서간도西間

---

1 拙稿,「寧齋 李建昌 研究」,『성균한문학연구』제10집(성균관대학교 성균한문학교실, 1983), 9쪽 참조.

島와 국내에서 각각 높은 지절을 바탕으로 애국적인 여생을 보내었다.

경재의 문집인 『해경당수초海耕堂收草』는 아직 출판되거나 영인되지 않았다. 필사본으로 남아있는 이 책을 김관호金觀鎬 옹翁이 상·하 양책으로 나누어 『경재집耕齋集』으로 명명하였다. 이를 복사한 것이 몇 질 있을 뿐이다. 필자 역시 원본은 보지 못하였고 복사본만을 볼 수 있었다.

시대에 대응하는 그의 자세의 산물인 문학작품들은 대부분 『경재집』에 포괄되어 시詩와 문文으로 나뉘어져 있다. 총 143제인 시는 모두가 망명 이후의 것으로 구성되어 있는데, 경술년 망명을 위해 집을 떠나면서 1924년 안동현安東縣 접리촌接梨村에서 죽기 전까지의 것들이 차례대로 편집되어 있다. 거주했던 장소에 따라 '서래우존西來遇存'·'흥도수초興道收草'·'접리음고接梨吟稿'의 세 부분으로 분류되어 있다.

문文은 망명 이전의 것이 약간 편이고 대부분은 그 이후의 것으로 보인다. 그 중에서 「안중근전安重根傳」, 「이재명김정익전李在明金貞益傳」, 「백삼규김덕신전白三圭金德信傳」, 「이석대황봉인봉신전李碩大黃鳳仁鳳信傳」 등의 열사 및 독립운동가의 전傳과 『명미당집明美堂集』의 편찬을 전후하여 창강滄江 김택영金澤榮(1850~1927)에게 보낸 다수의 척독尺牘들, 그리고 『명미당집』에 첨부된 영재寧齋의 행장行狀에 대한 여러 가지 문제점들을 밝혀서 심재深齋 조긍섭曺兢燮(1873~1933)에게 보낸 「여조중근서與曺仲謹書」가 눈에 뜨인다.[2]

또 그는 「서행별곡西行別曲」이라는 장편 국문가사를 남기고 있다. 집을 나서면서부터 망명의 목적지인 항도촌恒道村에 도착하기까지의 도

---

2 이 글에서 耕齋는 滄江이 蘭谷의 이름을 차용해서 행장을 썼다는 점과 그의 조부인 忠貞公 是遠이 丙寅洋擾 때 "욕을 당할까 두려워(恐爲所辱)" 죽었다고 잘못 기술하고 있는 점을 적시하고, 이는 사실과 다름을 명백히 밝히고 있다. 현전하는 『明美堂集』에는 두 가지 종류가 있다. 하나는 行狀이 첨부되어 있는 본이고(영호남에 반포된 것), 하나는 행장이 삭제된 것이다(경재 자신에게 할당된 百秩로 행장을 삭제하였다.).

254

정途程과 심회心懷를 기록한 것으로, 나라를 잃고 망명의 길에 오른 착잡한 심경과 서간도西間島를 조국광복의 거점으로 삼고자하는 원대한 포부를 담은 소중한 작품이다. 이 「서행별곡」은 그의 문집에 남겨진 중요한 시작품의 주제를 모두 포괄하고 있다는 점에서 더욱 주목된다.

경재가 살았던 시기는 대체로 개항기에서 애국계몽기를 거쳐 제국주의 지배 하로 들어가는 시기로서, 곧 한문학은 드디어 종언을 고하고 대신 국어문학이 우리 문학사의 새로운 주역으로 등장하게 되는 변혁기인 것이다.[3] 이러한 변혁기에 경재가 전형적인 문인학자로서의 문집과 그 문집의 성과를 대부분 포괄할 수 있는 장편 국문가사를 남기고 있다는 점은 특기할 만 하다.

합방이 되자 망명의 길을 택한 한 지식인의 시세계를 살피는 것도 의의가 있거니와 본고에서는 특히 그의 「서행별곡西行別曲」에 초점을 맞추어 논의를 진행하려 한다.

2. 애국계몽기愛國啓蒙期와 일제하에서의 현실대응現實對應

이건승李建昇은 철종哲宗 9년 11월 28일 강화江華 사기리沙磯里에서 증이조참판贈吏曹參判 이상학李象學의 중자仲子로 태어나 1924년 2월 18일 서간도西間島의 안동현安東縣 접리촌接梨村에서 67세를 일기로 타계했다.[4] 고종高宗 2년(1891)에 진사進士가 되었고, 갑오경장甲午更張

---

3 林熒澤, 「東國詩界革命과 그 歷史的 意義」, 『韓國文學史의 視角』(창작과 비평사, 1984), 239-40쪽 참조.
4 그의 생애에 대한 것은 「耕齋居士自誌」, 『耕齋集』 下를 참고하였다.

직후 정부주사政府主事로 불렸으나 국사國事가 날로 그릇되어감에도 난역배亂逆輩들이 용사用事하는 것을 보고는 나아가지 않았다고 한다. 그 후로 벼슬할 생각이 없어서 백형伯兄인 영재寧齋와 함께 강화江華에 은거하면서 독서와 농사에 힘을 썼다. 그래서 자호自號하여 경재거사耕齋居士라 했다. 자는 보경保卿이다.

그 후의 그의 행적 중에서 특기할 만한 것은 을사늑약乙巳勒約이 체결되자 몇몇 동지들과 뜻을 합하여 계명의숙啓明義塾을 세운 것과 경술년庚戌年 국치國恥를 당하자 서간도로 망명해버린 사실이다. 이를 기준으로 그의 현실에 대응하였던 모습을 애국계몽기와 일제하로 구분하여 살피기로 한다.

1) 애국계몽기愛國啓蒙期

애국계몽기는 을사늑약乙巳勒約이 체결된 1905년을 전후하여 정치·사회·언론·교육 등 거의 모든 방면에 걸쳐 대중들을 상대로 활발한 계몽운동을 펼치던 시기로서 대체로 1910년까지를 일컫는다.[5] 강화에 칩복蟄伏하고 있었던 경재도 이러한 흐름에 동참하여 계명의숙啓明義塾을 설립하고 교육구국운동敎育救國運動을 벌인다.

을사년 일본이 우리의 국권을 빼앗아 감에 거사가 참판 정원하와 죽기를 약속하였지만 죽지 못하고 문을 닫고 사람들을 보지 못하였다. 얼마 후에 탄식하여 말하기를 "우리가 비록 방 안에서 수척해져서 죽더라도 무슨 도움이 되겠나?"하고, 곧 재물을 기울여 학교를 세워서 교육을 자신의 책임으로 여겼다. 그리고 이르기를 "내가 어찌 정위가 바다를 메

5 姜萬吉,『韓國近代史』(창작과 비평사, 1984), 36-39쪽 참조.

우려 하지만 헛수고일 뿐 성취가 없을 것을 모르겠는가마는 우선 나의
마음을 다할 뿐이다."하였다.

乙巳 日本奪我國權 居士與參判鄭元夏 約死而不能死 閉門不見人 旣而
歎曰 我雖瘦死室中 何益 乃傾貲建學校 以敎育爲己任曰 吾豈不知精衛
塡海 徒勞無成 姑以盡吾心而已〈「耕齋居士自誌」〉

위의 글에서 나타나는 바는 국권의 상실이라는 절망적 현실에 대하
여 죽음이라는 소극적 자세로부터 교육구국의 적극적 자세로의 전환의
모습이다. 국권을 상실했다고 해서 그냥 순사殉死하기보다는 적극적으로
나서서 재물을 기울여 학교를 세우고, 교육을 통해 인재를 양성하여 사
그라져 가는 국가의 운명을 되살려 보려 했던 것이다. 비록 희망적인 면
은 별로 없었지만 자신의 최선을 다해보려는 것이었다. 의숙義塾을 세우
고 숙장塾長에 취임하면서 「설립취지서設立趣旨書」[6]를 발표했는데 이를
통해 대체적인 그의 사고를 살펴 볼 수 있기도 하다. 이 글에서 그는 먼
저 "한갓 문文만을 숭상하고 실업實業을 힘쓰지 않아 오직 문을 갖추는
것만을 습관으로 삼았기 때문에 동아의 정교가 부패함이 이에 이르렀
다."[7]고 전제한다. 그런 다음 "서양의 부강함은 오직 인재를 교육하는데
있"[8]고 "우리 대한이 이에 이른 것은 강토가 작거나 민지가 낮기 때문이
아니라 그 허물이 교육하지 않음에 있을 뿐이라"[9]하여 교육의 필요성을
크게 강조하고 있다. 그런데 영재寧齋가 이미 언급하였던 '실實'의 중요

---

6 이것은 愼鏞厦선생이 강화도 일대를 답사하면서 구득한 것을 『韓國學報』 제6집(일지사,
  1977)에 자료로 소개한 것이다. 권두 사진.
7 이건승, 「(啓明義塾)設立趣旨書」, 『한국학보』 제6집(일지사, 1977) 권두사진. "後世에 學校
  廢而政敎가 陵夷ᄒᆞ야 徒尙浮文ᄒᆞ고 不務實業ᄒᆞ야 惟以文具로 爲慣習ᄒᆞ야 東亞政敎가 腐敗
  至此ᄒᆞ니".
8 "現今西洋의 富强은 專在敎育人才ᄒᆞ니".
9 "今我大韓에 國辱至此ᄂᆞᆫ 非疆土之小也며 非民智之下也라 其咎가 在乎不敎育而已라".

성[10]을 그 역시 이 글에서 밝히고 있다.

> 啓明이란 것은 開明이다. 그러나 '名'이 있으면 반드시 '實'이 있으니 義
> 塾을 '啓明'이라고 한 것은 이름일 뿐이다. 이른바 '實'이라는 것은 實心
> ·實業이 이것이다. 이는 義塾에 있지 않고 또한 명명함에 있지 않고
> 다만 우리 身上에 있을 뿐이다. 남의 차가움과 따스함을 따르고 남의
> 찌푸림과 웃음을 따른다면 이는 實心이 아니니 이미 實心이 없으면 어
> 찌 實事가 있으며 이미 實事가 없으면 어찌 實効를 바라겠는가?

> 啓明者는 開明也라 然이나 有名에 必有實이니 塾曰啓明者는 名而已라
> 所謂實者는 實心實業이 是也니 是不在於塾ᄒ고 亦不在於命名ᄒ고 亶
> 在於吾人身上ᄒ니 從人冷煖ᄒ고 效人嚬笑는 乃非實心이니 旣無實心이
> 면 焉有實事이며 旣無實事면 焉望實効리오

이른바 실심實心과 실업實業이라는 의미의 '실實'은 '명名'에 있지 않
고 모두가 우리 자신에게 있으며, 남의 장단에 따라 움직이는 것은 실심
이 아니라는 것이다. 따라서 이미 실심이 없으면 실사實事가 없고 실사
가 없으면 실효實効가 없게 된다는 것이다. 곧 무엇보다도 '실實'을 강조
하고 있다. "특히 '실심'을 강조한 곳에서 양명학자陽明學者로서의 그들
의 독특한 입장이 나타나있다."[11]는 견해는 매우 타당하다.

경재耕齋가 시대적 요구에 비교적 빨리 부응하여 교육구국사업教育
救國事業을 벌일 수 있었던 까닭에 대해서는 이미 신용하愼鏞廈 선생이
지적한 바 있다. 즉 "양명학파陽明學派는 개화기開化期에 주자학朱子學
의 정통을 잇는 위정척사파衛正斥邪派보다 신학문을 받아들여 개화자강
開化自强을 이룩하는데 더 적극적"[12]이었다고 하였다. 그러나 이점에는

10 졸고, 앞의 논문 17~18쪽 참조.
11 愼鏞廈, 「啓明義塾 趣旨書·唱歌·慶祝歌·創立紀念歌·勸學歌 等 解題」, 앞의 책.
12 앞의 글.

경재 개인의 현실에 대응하는 자세와 강화도의 지리적 위치 등 보다 복합적인 요인이 개재되어 있는 것으로 보이기도 한다.

그러나 이러한 노력에도 불구하고 결국은 나라를 잃고 만다. 이때의 심경은 「서행별곡」에 잘 나타나고 있다.

仕宦에 길을 끊고	鄕曲에 蟄伏하여
人材 敎育하여 내면	公益上에 有助할까
사람 된 職責이며	國民 義務 생각하여
財政을 기울이고	精力을 彈竭하여
學校 敎育 시작하자	韓日 合邦 되단 말가

2) 일제강점기日帝强占期

합방合邦이 되자 경재耕齋는 문원汶園 홍승헌洪承憲(耳溪의 六代宗孫)에게 "내가 이미 을사년乙巳年에 죽지 못하였고, 지금 또 구차스럽게 살아서 일본의 신민臣民이 되는 것은 차마 하지 못하겠다. 나는 지금 떠날 뿐이다."[13]하고, '처변삼사處變三事' 중에서 '거이수지去而守之'의 방도[14]를 택하여 서간도를 향해 떠난다.

행로行路에서 개성開城에 이르러 며칠 유하는 동안 강화에 있을 때 『청국조명신록淸國朝名臣錄』이라는 책을 보고 눈여겨 두었던 『명이대방록明夷待訪錄』을 우연히 구득하게 된다. 읽은 뒤 큰 감명을 받고 「독대방록유감讀待訪錄有感」이라는 시와 「서명이대방록후書明夷待訪錄後」라는 산문을 짓는다. 「독대방록유감讀待訪錄有感」에서 경재는 국멸國滅을 당해서 목숨을 던지기 보다는 강학講學으로 일관했던 이주梨洲 황종희黃

---

13 "吾旣不死於乙巳 今又苟活爲日本臣民 不忍爲也 我今去耳". 「耕齋居士自誌」.
14 朴成壽, 『獨立運動史硏究』(창작과 비평사, 1980), 104쪽 참조.

宗羲(1610~1695)의 자세를 높이 평가하고 있다. 그리고 『명이대방록明夷待訪錄』에 대한 평가로 이글은 '천사天使의 말'로 '군주君主를 억누르고 공리公理를 드러낸 것'으로 '맹자孟子의 말도 놀랄만 하지만 이것과 비교하면 오히려 근졸謹拙하다'고 높이 추켜세운다.[15]

「서명이대방록후書明夷待訪錄後」를 살펴본다.

梨洲가 살았던 시대는 그렇지 않다. 중국이 서구와 통하지 않았고 쓸쓸하게 수천 년 동안 감히 이런 논의가 없었다. 감히 말하지 못했을 뿐 아니라 대체로 專制에 익숙하여 性癖이 되어버렸고 지혜와 사고가 일찍이 이에 미치지 못하였다. 오직 孟子가 대략적으로 이런 논의가 있었지만 오히려 미진한 말이 있었다. 예전의 관점으로 보자면 梨洲는 '特識'이고 지금의 관점으로 보자면 이주는 '先見士'이다. 특별한 식견과 앞을 보는 안목을 가진 사람을 나는 고금을 통해서도 많이 보지 못하였다. 이 논의가 실행되면 大本이 이미 설 것이다. 그가 논한 學校·取士·田制·軍制를 모두 벼리를 따라서 세목을 펼쳐 나가면 어떤 정사인들 닦이지 않겠는가?

若梨洲之時 則不然 中國不與西歐通 寥寥數千年 無敢有此論 非但不敢言 蓋習於專制 因以成性 智慮不曾及此 惟孟子略有此論 而猶有未盡言也 由古而視 梨洲爲特識 由今而視 梨洲爲先見士 而有特識先見者 吾不多見於古今也 此論見行 則大本已立 其所論學校也 取士也 田制也 軍制也 皆隨綱而目張 何政之不修哉 〈『경재집』 上〉

황종희黃宗羲가 생존하였을 때는 서구와의 왕래가 별로 없었고 백성들이 전제에 완전히 익숙하여서 아무도 "군주를 누르고 공리를 드러낸다

---

15 "梨洲當國滅, 講學猶不撤. 投繯與沈井, 磊落在同列. 雖無官守責, 大儒與人別. 衣皂薙其髮, 何心講帳設. 世人或有譏, 我亦從以說. 及見待訪錄, 方知公豪傑. 所言不見知, 篇名已卓絶. 惟爲天吏言, 豈爲辦口舌. 抑君著公理, 恣言忌諱蔑. 孟子語可駭, 視此猶謹拙. 豈如叔孫通, 所學止綿蕝. 範疇滿腔中, 冀人食井渫. 信有自任重, 不嫌磨與涅". 『耕齋集』上.

(抑君著公理)"는 말을 하지 못하였으나, 오직 그만은 이것을 말하였으므로 '특식特識·선견先見'한 사람이라고 할 수 있다는 것이다. 이 논의가 시행될 수 있다면 대본大本이 세워지는 셈이어서 그 나머지 세목細目들은 저절로 닦여질 수 있다고 하였다.

이 글의 뒷부분에서 경재는 지금의 제 열강들은 중국과 달라 인재가 있으면 남김없이 등용했기 때문에 부강해질 수 있었다고 주장하면서 몽테스큐과 루쏘를 예로 들고 있다. 곧 이들이 직접 등용된 것은 아니나 사후死後일지라도 이들의 의논(三權之論·自由之說)이 채택되었기 때문에 그들이 부강해질 수 있었다고 이해한다. 만약 이 사실을 황종희로 하여금 알게 하였다면 구천九泉에서도 한을 품었으리라고 하였다. 이는 바로 황종희를 몽테스큐와 루쏘에게 견주고 있는 것이다. 이글을 쓰는 이유에 대해서는 자기가 지금 중국 사람이 되고자 그곳으로 가는 만큼 그 나라가 장구長久하도록 기원하지 않을 수 없기 때문이라고 밝히고 있다.[16]

이 「서명이대방록후書明夷待訪錄後」에 대해서는 다음과 같은 해석이 가능할 것이다. 즉 중국도 사후에 나마 황종희의 주장을 수용하였더라면 이미 부강해져서 열강들의 각축장으로 변하지는 않았을 것이요, 중국을 본보기로 삼았던 우리나라도 지금과는 다른 처지가 아니지 않았겠는가 하는 것이다. 물론 이글의 표면적 주제는 황종희와 『명이대방록明夷待訪錄』에 대한 상찬에 다름 아니지만, 이해의 폭을 넓혀서 결국은 현재 처하고 있는 우리와 중국의 실상에 관심을 기울이지 않을 수 없었던 것으로 파악된다.

항도촌恒道村에 머물다가 문원汶園이 세상을 등지자 접리촌接梨村으로 이사를 하는데, 이곳에는 당시 영남지방의 명망 있는 선비였던 대계

---

16 "近日列强諸國 不然 有其人未嘗不用 若所謂孟德斯鳩盧騷之輩 身雖不用於世 其言卒用於後 三權之論 自由之說 行而國以富强 公利之及人 亨國之長久 如彼也 若使梨洲有知 豈不抱恨 於九原哉 余方欲爲中國民 亦不能不爲其國祈久長 所以有感於斯文也".

大溪 이승희李承熙(1848~1916)와 대눌大訥 노상익盧相益(1849~1941)
등이 역시 망명해 있었다. 이들과 교유하는 한편[17] 벼농사를 짓고 약을
팔아가면서 생계를 이었다. 그러나 자신의 절조는 조금도 굽히지 않았으
니 다음의 일화가 그것을 잘 말해 준다.

居士가 接梨의 村舍에 寓居하면서 벼를 심고 약을 팔아 생계를 이었
다. 일본 순사가 와서 거사에게 民團에 가입할 것을 권하였다. 민단이
란 日本人部로 우리 교민을 억지로 일본에 隷屬시키는 것이었다. 거사
가 거절하고 따르지 않자 두세 번 强勸함이 더욱 심하였다. 거사가 이
르기를 "내가 나라를 떠나 이곳에 온 것은 바로 일본 백성이 되고 싶지
않아서이다. 이른 바 민단이란 게 무언가?"하였다. 순사가 땅에 금을
그어 좌우로 나누고 말하기를 "왼쪽은 입단하지 않고 죽으며, 오른쪽은
입단하고 산다. 어디로 가겠느냐?"하였다. 내가 몸을 일으켜 왼쪽으로
옮기고 이르기를 "이곳이 내 땅이다."하자, 순사가 눈을 부릅뜨고 이르
기를 "너는 빈말이라고 쉽게 하느냐? 내일 총구가 너를 향하더라도 또
다시 그렇겠느냐?"하였다. 내가 옷깃을 헤치며 이르기를 "하필 내일이
냐? 오늘도 또한 가하다. 하필 총살이냐? 당신이 차고 있는 검으로 또
한 시험할 수 있다."하였다. 순사가 한숨을 쉬고 떠나며 말하기를 "교화
시키기 어렵다."하고 드디어 다시는 民籍으로 문제 삼지 않았다. 이웃
의 중국 사람이 인하여 '不籍李老'라고 일컬었다.

居士寓接梨村舍 種稻賣藥以爲生 日本巡査來 勸居士入民團 民團者 日
本人部 勒我僑民 隷籍日本者也 居士拒不從 再三强之愈甚 居士曰 吾所
以去國來此 正不欲爲日本民 所謂民團 何爲者 巡査因畵地爲左右曰 左
者不入團而死 右者入團而生 將何居 余起身移左曰 是吾地也 巡査瞋目
曰 子以空言易之耶 明日銃口向子 亦復爾耶 余披襟曰 何待明日 今亦可
矣 何必銃殺 君所佩劍 亦可以試 巡査噫而去曰 難化矣 遂不復以民籍問

---

17 盧相益에게 준 시로 「奉贈大訥」(『경재집』 상)이 있다. 또 『大訥手卷續篇』, 元(寫本)에
「和李進士(建昇)一首耕齋」가 보인다.

隣里中華人 因稱爲不籍李老云〈「耕齋居士自誌」〉

그는 1924년 2월에 안동현安東縣 접리촌接梨村에서 67세를 일기로 세상을 떠났다.

지금까지 그의 생애 중에서 특기할 만한 것을 대략 살펴보았다. 곧 그는 을사늑약乙巳勒約이 체결되자 계명의숙啓明義塾을 설립하여 인재의 양성을 통한 구국이라는 적극적 활동을 했고, 『명이대방록明夷待訪錄』을 읽고는 '억군저공리抑君著公理'의 명제를 새로이 인식하였으며, 우리나라와 중국의 현실을 안타까워했다. 한편으로 서간도西間島로 망명해서도 민단民團에 가입하기를 끝까지 거부하여 자신의 주체를 결코 상실하지 않았다. 이상에서와 같이 경재耕齋는 현실의 변화에 적극적으로 대응하면서 실천적이며 주체적인 삶을 살았던 것이다.

3. 경재耕齋의 시세계詩世界

모두 143제의 시 중에서 우리의 관심을 끄는 것은 망명亡命의 도정途程에서 보고 느낀 점을 형상한 것, 민중의 생활 모습을 그린 것, 민족사에 대한 것을 소재로 한 작품 등이다. 이 중 첫 번째 것은 「서행별곡西行別曲」의 자매편으로 보이는 만큼 「서행별곡」을 살피는 과정에서 함께 논할 것이다.

1) 교민僑民[18]의 생활生活

먼저 「과협촌간경過峽村看耕」[19]을 살핀다. 이 시는 문집의 편차로 보

아 1913년 무렵에 지어진 것으로 보인다. 모두 3수首이고 약간의 주가
붙어 있다.

叱牛聲在白雲間　흰 구름 사이에서 叱牛聲이 들리니
襤縷何人啓險艱　어떤 이 남루를 입고 險山을 일구나
峽戶不知一蛇恨　화전민들 介子推의 한을 알지 못하고
淸明時節燒靑山　청명에 청산을 태우는 구나

燒煙宿霧晝冥冥　연기가 宿霧되어 대낮인데 어둑하고
殘火風吹點點星　불씨는 바람 불어 점점이 별과 같다
閒倚楓根看何事　단풍나무 뿌리에 기대어 한가로이 무엇을 보나
犁痕蠶食草痕靑　잠식된 푸른 풀밭 얼룩소 같네

驅牛人似壁蝸懸　소 모는 농부 벽에 붙은 달팽이 꼴인데
敎誨諄諄若子然　지성으로 敎誨하여 자식처럼 하는구나
忠信呂梁不知險　忠信한 소여 呂梁山 험함을 알지 못하고
耕來耕去白雲顚　흰 구름 꼭대기에서 김 메러 오고 가네

　　이 시의 화전민이 직접 교민으로 기술되어 있는 것은 아니다. 그러나
"1915년 현재 간도間道 한농韓農은 34,367호(인구 185,279명)에 달하여
간도 청농淸農 6,415호(인구 41,826명)보다 4.5배의 우세를 보였음에도
불구하고 그 경작면적은 청농(28,560정보)보다 약 3배(60,898정보)에 불
과하며 소유지 면적은 청농(38,838정보)보다 1.3배(50,620정보)를 차지하

18　이 용어에 대해서는 논란의 여지가 있을 수 있다. 尹永川은 그의 力著 『韓國의 流民詩』(실
　　천문학사, 1987), 10쪽의 각주에서 교민 대신에 流移民이라는 용어를 사용할 것을 논리적
　　으로 진술하고 있다. 그러나 耕齋 자신이 「次春世韻寄之」(『경재집』 상)라는 시의 序註에
　　서 "韓僑之來寓此土者……"라 하여 직접 僑民이라는 용어를 사용하고 있거니와 시기에
　　있어서도 약간 차이가 있으므로 여기에서는 그냥 교민이라는 용어를 쓰기로 한다.
19　『耕齋集』 上.

는데 불과했다.”[20]는 통계를 보면 청인淸人이 화전을 일군다는 것은 거의 상상할 수 없다. 남루한 옷을 입은 화전민이 소를 몰고 험준한 산자락을 일구는 모습, 초목을 태우느라 짙은 안개처럼 자욱해진 연기와 불씨의 모습, 가파른 비탈에서 소를 달래는 농부의 모습에서 이들의 고단한 삶을 엿보기에 충분하다. 그러나 전구와 결구에서는 모두 이들의 애환과 고충에 대한 심층적 이해와 그에 따르는 마무리보다는 비교적 한가로운 분위기로 시를 마감하고 있어서 아쉬움을 준다. 즉 화전민의 모습이 풍경화 배경 중의 하나로 등장하고 만 꼴이다. 적절한 용사와 비유로 ‘시중유화詩中有畵’의 경지에 이른 듯 하나 화전민의 삶의 현장을 좀 더 치열하게 그려내지 못한 것은 못내 아쉽다.

다음은 「안민촌安民村」[21]을 본다.

安民山北來	安民山 북쪽으로부터
臨江野色開	강가에 들판이 툭 트여서
時見蒹葭裏	때로 갈대밭 사이로
屹屹積穀堆	우뚝우뚝 노적가리 쌓여있네
江村明人眼	江村이 사람의 안목을 밝혀주니
水利眞奇哉	水利란 참으로 기이하여라
良田種穬稄	良田에 좋은 볍씨 뿌려서
穋穋方胚胎	넉넉하게 싹을 내고
引潮爲灌漑	潮水를 끌어들여 灌漑하니
曾不待雨裁	모내기에 비를 기다리지 않네
設閘恣吞吐	閘門을 만들어 삼키고 뱉기를 마음대로
潦旱不爲災	홍수와 가뭄이 재앙이 되지 않네

---

20 『間島事情』(東洋拓植會社, 1918년 3월), 262-81항. 朴成壽, 『獨立運動史硏究』(창작과 비평사, 1980) 193쪽 재인용.
21 『경재집』 상.

造化失權柄	造化翁이 權柄을 잃고
委之一輿儓	일개 하인에게 맡긴 격이라
下江鹵滿地	강 아랫녘은 소금기가 땅에 가득하고
上江潮不廻	강 윗녘은 조수가 돌아오지 않아
惟此一區地	오직 이 한 구역 땅만이
海鰌爲豊媒	海鰌가 풍년의 뚜쟁이가 되었네
居人惜寸土	거주민들 촌토를 아껴
不易萬金財	萬金의 재물로도 바꾸지 않네
沃土救飢急	沃土는 급한 굶주림도 구할 수 있거니
何論民不才	어찌 백성들 재주 없다 말하는가
安得萬頃闢	어찌하면 만경 넓은 들을 얻어서
偏及韓僑哀	애달픈 우리 교민에게 두루 나누어 줄까

이 시는 1918년에 지어진 것으로 보인다. 상세한 서주序註가 붙어 있는데 안민촌安民村은 안동현安東縣 서쪽 30리에 위치한 안민산安民山 아래쪽의 마을로 낙토樂土로 유명한 곳이라 했다. 강에 갑문閘門을 설치하여 관개를 했기 때문이었다. 처음에는 만주인들이 논농사를 지을 줄 몰랐는데 우리에게 배워 토지를 팔려하지 않아 우리 교민들이 더욱 살기 어렵게 되었다고 하였다.[22] 드넓게 펼쳐진 안민촌의 들판과 갑문을 설치하여 이 곳은 홍수나 가뭄에도 영향을 받지 않고 농사를 지을 수 있는 풍요로운 고장임을 그리고 있다. 또 밀물 때 담수가 위쪽으로 역류하는 것을 이용하여 갑문을 설치한 민중들의 지혜로운 삶의 모습에 긍정적 시선을 던지고 있기도 하다. 그런데 여기에서 주목할 만 한 것은 시의 마지막 부분이다. 만주인들의 풍요로운 삶의 모습에서 어떻게 하면 우리

---

22 "安民山在安東縣西三十里 山下有村曰 安民村 村以樂土聞 蓋灌江潮種稻 旱不爲災云 余問 潮鹹不害稼否 曰 海潮上亘 淡水逆漲 高三四丈 可灌田 設閘隨意呑吐 滿州人始不曉治水田 今學我人 皆自種稻 不肯賣田 韓僑益無以爲生云". 「安民村」 序註, 『경재집』 상.

교민들도 아무 걱정 없이 안심하고 생활할 수 있는 넉넉한 터전을 마련해 볼 수 있을까를 생각하고 있는 것이다.

「조일탄潮溢歎」,[23]은 1923년에 지어진 것으로 갑자기 발생한 해일로 인한 참상을 형상한 시이다.

孟秋朔之翌	칠월 초이틀
殺氣翳日色	살기가 日色을 가리더니
大風蓬蓬起	큰 바람 사납게 일어나
捲潮驪西北	조수를 말아 서북으로 몰았다
潮來有常度	조수가 올 때는 常度가 있어
分寸何曾忒	일찍이 한 치의 어긋남도 없었는데
吳馬勢轉驕	파도가 갑자기 교만해지고
海鰌穴未塞	海鰌도 구멍을 막지 않았다.
始至恬不畏	처음 올 때는 고요하여 두렵지 않더니
懷襄在頃刻	懷山襄陵이 잠깐 사이라
哀哉近海村	슬프다 해변 마을이
盡入馮夷域	모두 바다가 되어버렸네
老弱隨洄沒	노약자는 물결에 휩쓸려 빠지고
少壯屋上陟	젊은이들 지붕 위로 올라갔지만
屋浮可奈何	지붕마저 물에 뜨니 어찌 할 수 있으리
浩蕩隨鸂鷘	벙벙한 물에서 물새를 따를 뿐
頓足岸上人	언덕 위의 사람들 발만 구르고
相望援不得	바라볼 뿐 도울 수 없네
潮退四窮集	조수 물러가자 사방에서 난민들이 모여
呼號椎胸臆	통곡하며 가슴을 치는구나
家室但泥沙	집안에 온통 개흙과 모래뿐이니
寧復問稼穡	농사는 물을 나위도 없어라

---

23 『경재집』 상.

死者無新墳	죽은 이는 무덤조차 없어
江魚不忍食	강 물고기도 차마 먹지 못하네
烹豆幷其嘰	콩을 삶아 콩대마저 먹고
穴地以爲息	땅굴에서 쉴 곳을 찾았네
何意一朝患	어찌 뜻했으랴 하루아침의 우환이
殘害甚兵革	殘害가 전쟁보다 심할 줄
(下略)	

엄청난 규모의 해일이 덮쳐서 평안도 용천군龍川郡 양서면楊西面의 1,800호가 반 넘어 유실되고 400여명이 익사한 참상[24]을 형상한 것이다. 도저히 항거할 수 없는 자연의 재해에 전쟁보다 심한 피해를 입은 사실에 대한 기록이다. 이 시를 통해 국외에 망명해 있으면서도 국내의 소식에 대한 그의 관심이 지대하였음을 알 수 있으며 동시에 시인으로서의 그의 자세도 엿볼 수 있다.

망명 후 서간도西間島에서의 그의 행동반경은 매우 작다고 할 수 있다. 따라서 다양한 체험과 폭넓은 견문과는 거리가 멀다고 볼 수 있으며, 이는 곧 그러한 체험과 견문을 시로 형상할 수 있는 기회가 적다는 것을 의미한다. 그러나 한정된 체험과 견문을 바탕으로 한 위의 세 편의 시만으로도 그의 시인으로서의 민시적憫時的인 관심의 방향을 파악하기에 충분하다.

2) 민족사民族史에 대한 관심關心

경재는 강화를 떠날 때 지은 시에서 "대지는 넓고 넓은데 우리 땅 없으니, 어느 곳에 내 몸을 의지할까?"[25]라고 하였거니와, 그가 만주로 향

---

24 "癸亥七月二日 風起潮溢 沿海人多溺死 平安道龍川最甚 龍之楊西面 距此數十里 尤所詳也 楊西一千八百戶 戶漂其半 溺死者四百 噫其慘矣". 『경재집』 상.

하게 되는 것은 만주 땅을 '구거舊居' 또는 고향으로 인식[26]하였기 때문이다. 이는 곧 그가 애초부터 민족사에 대한 관심이 상당하였음을 보여주는 것이라 할 수 있다. 따라서 만주에 가서 특히 고구려와 그 이전의 상고사上古史에 대해 많은 관심을 기울였던 것이다. 먼저 「제박백암동명왕실기사론題朴白菴東明王實記史論」[27]을 살피기로 한다. 모두 5수 중 네 번째 수를 제외하고 나머지 4수를 살핀다.

大腹便便貯五車	큰 뱃속 그득히 五車書를 넣고는
白菴史筆徵扶餘	白菴의 史筆 扶餘를 證據하였네
周衰尙有尹關令	周나라 쇠하였을 때 오히려 尹喜같은 이가 있어
往得靑牛新著書	靑牛를 찾아가 새로운 저서를 얻었도다

馬訾江西渾水陽	압록강 서쪽 혼수 북쪽은
東明基業闢天荒	東明王께서 기업을 닦아 天荒을 연 곳
二千年後空怊悵	이천년 후 텅 비어 쓸쓸하더니
豈意兒孫返故鄕	후손들의 고향으로 돌아올 줄 어찌 알았으랴

史缺誌殘每闕疑	사지가 잔결되어 늘 빠진 것을 의심하였더니
西來始讀好文辭	서쪽으로 와서야 좋은 문사를 읽게 되었네
毫端颯颯邊風起	붓 끝에서 쏴쏴 邊風이 일어나
想見東明用武時	東明王께서 무용 떨치던 때를 생각하게 하네

喚起吾人醉夢深	醉夢이 깊은 우리들 불러일으키는
聲聲木鐸動鷄林	우렁찬 목탁소리 鷄林을 진동시키네

---

25 "大地茫茫無我土, 不知何處寄吾身". 「庚戌九月二十四日 辭家廟…」, 『경재집』 상.
26 "此身正似遼陽鶴, 却待千年返舊居". 「十二月一日 離四幕渡江 雇淸人商車發行」, 『경재집』 상. 이 시는 압록강을 건널 무렵에 지어졌다.
27 『경재집』 상.

筆端滾出腔中血	붓끝에서 솟구쳐 나오는 것은 목안의 피
誰識斯翁獨苦心	누가 斯翁 홀로 고심함을 알까

백암白菴이 지은 「동명왕실기東明王實記」를 읽고나서 느낌을 쓴 시이다. 첫수에서는 백암을 노자老子의 『도덕경道德經』을 얻어 『윤관자尹關子』를 지은 윤희尹喜에 견주고 있으며, 둘째 수에서는 만주 땅이 동명왕의 기업인데 2000년 후에 다시 자기와 같은 후손이 고향으로 돌아왔다고 하였다. 셋째 수에서는 백암의 뛰어난 저술로 인해서 동명왕의 자랑스러운 무용을 떠올릴 수 있었으며, 다섯 째 수에서는 그의 고통스러운 저술의 노력에 의해 취몽醉夢 중에 있는 민족을 각성시킬 수 있으리라고 했다. 요컨대 이 시는 『동명왕실기』에 대한 민족사적 평가로서의 의의를 가진다. 이규보가 「동명왕편」을 지어서 고려 중기의 시대적 상황에서 민족적 자부심을 고취하려 했다면, 백암은 『동명왕실기』를 통해 외세에 침탈당한 상황에서 우리 민족의 자부심을 고취시키고 이를 통해 애국적 각성에 이르도록 하기 위함이었다고 지적하고 있는 것이다. 즉 우리 민족이 이미 나라를 잃었지만 역사를 통해 민족의 위대성을 각성시키고, 그러한 각성을 통해 조국 광복에 한 걸음 더 나아갈 수 있게 하는데 일조가 되었다고 할 수 있다.

사라진 민족혼民族魂을 불러일으키는 데 역사가 긴요하다는 점은 다음 시에서도 잘 나타내고 있다.

噬呑已畢寂無聲	이미 모두 집어 삼켰지만 적막하게 소리도 없어
秪恐魂亡不再生	단지 혼백마저 없어져 재생되지 않을까 두려울 뿐
幸有逸禽籠外在	다행히 조롱 밖으로 빠져나간 새가 있어서
悲鳴能使六洲驚[28]	비명 소리 六大洲를 놀라게 하네

역시 박은식朴殷植의 『한국통사韓國痛史』를 읽고 쓴 시로 백암白菴

을 조롱 밖으로 빠져나간 새에 견주고 있다. 나라를 빼앗기고 아무도 나서서 큰소리를 치지 못하여 민족의 혼백마저 없어질까 하는 판에 다행히도 백암이 나와서 『한국통사』를 저술하였기에 합방의 경위를 전 세계에 알릴 수 있게 되었다는 것이다.

이 밖에도 경재는 「제양군기하소술집안현고구려고적기題梁君基河所述輯安縣高句麗古蹟記」,[29]라는 시를 남기고 있으니, 곧 광개토대왕의 비碑를 소재로 한 것이다. 그러나 만주에서의 민족사를 소재로 한 것 중 집대성이라고 할 만한 것은 다음 시일 것이다.

箕聖昔出疆	옛적 箕子께서 殷을 떠나
來住此一方	이곳 한 지방으로 왔으니
周家版籍外	周의 판도 밖이요
燕東啓天荒	燕의 동쪽에서 天荒을 열었도다
謂今平壤地	지금의 평양이라 말하지만
於理有不當	이치에 맞지 않는다
世守自有主	世守에 각기 君主가 있어
檀君享烝嘗	檀君께서 길이 제사를 누렸고
父師仁且聖	父師가 어질고 성스러웠으니
判不可攘攘	억지로 빼앗지 않았음이 분명하다
豈如衛滿輩	어찌 衛滿같은 무리가
逐人而自王	仁君을 쫓고 스스로 왕 노릇 했겠나
乃知朝鮮土	이제야 알겠노라 조선 땅은
滿北至遼陽	만주 북쪽에서 遼陽까지임을
亦惟東明國	오직 東明王의 나라가
恢拓渤海傍	渤海 옆까지 크게 개척하였으니

---

28 「讀痛史」, 『경재집』상.
29 "崇碑屹屹又佳城, 縱目丸都喜適晴. 片石紀功眞可語, 九原興感爲誰情. 英雄割據浮雲變, 客子登臨夕照生. 懷古何須千載遠, 行歌麥秀又新聲". 『경재집』상.

輯安碑字古	輯安의 古碑에서
我曾讀之詳	내 일찍이 상세히 읽었노라
舊物失已久	옛 물건 잃음이 이미 오래되자
付人遂相忘	붙좇던 사람들 드디어 서로 잊어
不知自何世	언제인지도 모르게
雜種遞登場	여러 족속들 번갈아 등장했다
耶律愛新氏	耶律과 愛新氏
馳驟風雨狂	미친 비바람처럼 치달렸네
興替憑誰問	흥망을 누구에게 물어볼까
藏穀俱亡羊	藏穀이 함께 양을 잃었도다
新悲與舊愴	새 슬픔과 묵은 슬픔에
俯仰何杳茫	고개를 들고 숙여보지만 어찌 그리 아득한가
豈意千載後	어찌 뜻했으랴 천년 뒤에
兒孫返故鄉	후손들이 고향으로 돌아올 줄
故鄉非我土	고향 땅 이제는 우리 것 아니니
踽踽靡所藏	종종걸음 치지만 숨을 곳 아니네
蕭條異代事	성근 異代의 사적마저도
文獻已缺亡	문헌이 이미 빠지고 없어졌는데
我友浯堂子	내 친구 浯堂이
博古記性强	옛글 널리 보고 기억력이 좋아서
裁詞寄相問	서로 서로 질문하노라니
秋天雁聲長	가을 하늘에 기러기 소리 유장하다

시의 제목은 「봉화박오당선양奉和朴浯堂先陽」[30]이고 제목 아래에 "오당浯堂이 시를 보내어 만주의 고사를 논하였는데 매우 상세하였고, 나와 의견이 합치됨이 많았다."[31]라는 주가 첨부되어 있다. 박선양朴先陽이 어떤 인물인지 자세히 알 수 없다. 경재의 「곡오당哭浯堂」[32]에 보면 철원鐵

30 『경재집』 상.
31 "浯堂寄詩 論滿洲故事 甚詳 多與余相合".

原에 거주하다가 만주로 건너왔으며, 역사에 관심이 많아 「금강산시金剛山詩」와 「동국사영東國史詠」을 저술했고 시도 뛰어나지만 시보다 인품이 더 높다고 하였다. 이 시에 나타난 것을 보면, 기자箕子가 은殷이 망하자 동으로 와서 나라를 세웠으나 단군檀君의 나라를 빼앗은 것이 아니고, 지금의 평양과 옛 시대의 평양은 다르다는 것이다. 따라서 위만衛滿같은 이가 평양에서 나라를 일으켰다는 것은 준신할 수 없으며 당시의 조선 영토는 광활한 만주 벌판을 거의 포괄하고 있었다는 것이다. 뒤이어 고구려高句麗대에 위세가 크게 떨쳐졌으나 고구려가 망하자 여러 종족들의 차지가 되어 요遼의 야율씨耶律氏와 금金의 애신씨愛新氏가 차례로 만주 땅을 차지하게 되었다는 것이다. 이러한 역사적 내용을 장곡藏穀이 함께 양을 잃은 것에 비유하고 있다. 장곡의 전고는 『장자莊子』의 「병무騈拇」편에 나온다. 장은 노이고 곡은 비인데 둘이 양을 치고 있다가 장은 책을 읽느라 곡은 노름을 하느라 함께 양을 잃었다는 말이다. 둘의 골몰은 달랐으나 양을 잃은 것은 마찬가지이다. 고구려가 망한지 천여년 만에 자기들이 고향으로 여기고 돌아왔지만 이미 숨어 의지할 만한 고향은 아니라고 하였다. 마지막 구절의 유장한 기러기 소리는 경재 자신의 아쉬움에 다름 아니다.

이렇듯 자신이 새로 거주하게 된 만주의 역사에 깊은 관심을 기울이고 고향으로까지 인식하였으며 자랑스러운 역사를 통해 민족적 긍지도 앞세워 보지만 현실은 그렇지 않았다.

感此朱蒙國	이 주몽의 나라에 느껴
西來眼欲明	서쪽으로 와서 안목을 밝히려 했더니
顚連皆後裔	의지할 곳 없는 이들 모두 후예들이라
墮失舊家聲	옛적 나라의 명성을 떨어뜨렸도다

---

32 『경재집』상.

大陸隨沈溺	대륙도 뒤따라 곤경에 빠졌으니
何時見太平	어느 때나 태평세월을 볼까
尋思無善計	아무리 생각해도 좋은 꾀 없어
且與幼安耕[33]	장차 어린놈과 편안히 농사지으려네

희망적인 생각을 품고 고구려의 옛 영토, 즉 고향으로 왔으나 목도되는 것은 비참한 처지의 교민들이었고 곤경에 빠진 중국의 모습이었다. 어려운 상황을 진취적으로 극복하지 못하고, 결국 좌절해버리고서 일상적 안일로 도피하는 그의 모습에서 경재의 한계점이 분명히 드러난다.

그러면 그가 민족사民族史, 특히 만주를 중심으로 한 고대사古代史에 특별한 관심을 기울인 것은 무엇 때문인가? 그 단서는 대종교도大倧敎徒들의 1910년대의 활발한 역사서술에서 찾을 수 있다.[34] 대종교도들 중의 중요한 사가史家로 이상룡李相龍, 박은식朴殷植, 김교헌金敎獻 등을 들 수 있는데, 이중 양명학자陽明學者인 백암白菴이 1911년에 윤세복尹世復의 집에 기거하면서 「몽배금태조夢拜金太祖」, 「동명왕실기東明王實記」, 「발해태조건국지渤海太祖建國誌」, 「천개소문전泉蓋蘇文傳」, 「명림답부전明臨答夫傳」, 「대동고대사론大東古代史論」 등의 고대사 논설을 집필하였는바 여기에서 받은 영향을 부인할 수 없을 것이다. 윤세복은 1910년에 이미 대종교에 입교入敎하였고, 나중에 제3대 교주敎主가 되는 인물이다. 백암은 1913년 4월에 입교했다.[35] 그리고 이미 압록강을 건너면서 "천년을 기대려 옛 거처로 돌아간다."고 했던 만큼 평소부터 경재는 고대 민족사에 많은 관심을 가졌던 것도 사실이다.

---

33 『경재집』 상, 「次春世韻寄之」.

34 이 부분은 韓永愚, 「1910年代의 民族主義的 歷史敍述」, 『韓國文化』 제1집(서울대 한국문화연구소, 1980, 12)에 전적으로 힘입어 서술되었다.

35 朴永錫, 「大倧敎의 獨立運動에 관한 硏究」, 『史叢』 21·22합집(고려대 사학회, 1979), 398쪽 참조.

지금까지 경재의 민시적인 시편과 민족사에 대한 관심을 소재로 한 시편을 살폈다. 민시적인 시편의 경우 현실주의적 경향이 투철하지 못한 면모를 보여주고 있으며, 민족사와 관련된 시편의 경우 전반적으로 마무리 부분이 영탄조로 구성되어 있다. 이러한 경향은 경재가 살았던 당시의 시대적 상황이 문학적 성과가 뛰어난 작품을 창작하기에는 너무나도 각박했기 때문이 아닐까?

4. 「서행별곡西行別曲」

「서행별곡」은 장편의 국문가사國文歌詞로 경재耕齋가 합방이 되자 강화江華를 떠나 서간도西間島의 회인현懷仁縣 항도촌恒道村에 도착하기까지의 심회와 만주滿洲를 거점으로 한 조국 광복의 희망을 담은 작품이다. 3·4조 또는 4·4조의 음수율이 주조를 이루고 있으며 모두 284행의 거작이다.[36] 작품의 말미에 "신해 춘삼월"이라는 기록이 남겨져 있는 바 1911년 3월에 지어진 것임을 알 수 있다.

먼저 전체의 대략적인 내용을 살피면서 관련이 되는 한시를 주에 인용하도록 한다.

(1) 1~14행

사환가仕宦家에서 태어나 치군택민致君澤民에 뜻을 두었지만 어지러운 세상을 만나 향곡鄕曲에 칩복蟄伏하였고, 교육사업을 시작했으나 합

---

36 尹炳奭, 「西行別曲 解題」, 『中央史論』(중앙대 사학연구회, 1979)에 의하면 친필 원본은 울산대학교의 李謙周교수(耕齋의 傍孫)가 소장하고 있다고 한다. 인용은 필자가 현대 맞춤법으로 바꾸었다.

방을 당함.

(2) 15~33행

1910년 9월 22일 집을 떠나 터진개 나루에서 배를 타고 서간도를 바라고 떠남. 고향을 떠나는 심경을 절절이 표현하고 있다.[37]

(3) 34~50행

개성開城에 도착하여 만월대滿月臺에 올라 고금古今의 흥망사興亡史를 생각한다. "옛 시대 혁세革世하면 / 왕실王室만 바뀌더니, 이제는 타국인종他國人種 / 인종人種까지 바뀐다."라 하여 일제日帝에 강점당한 현재의 처지를 떠올린다.

(4) 51~69행

사간司諫 왕성순王性淳의 집에서 여러 날을 숙식하며 신정新正을 맞이한다. 집집마다 일장기日章旗가 나부끼는 것을 보고 30년 전에 학교 교육을 시작하지 못한 아쉬움을 나타낸다.

(5) 70~118행

기다리던 시랑侍郞 홍승헌洪承憲을 만나 기차를 타고 개성으로 떠난다. 신의주新義州에 도착하기까지 노변路邊의 여러 고적古蹟(靑石館, 牧丹峰, 練光亭, 永齊橋, 平壤外城의 井田 자리, 箕子의 敎化, 李如松의 勝戰處, 淸川江, 安市城, 鐵山郡 등)을 보고 옛일을 생각하며 상세히 기록한다. "차문 열고 내다보니, 옛 경개景槪와 다를세라. 공구公廨마다 변작變作하고,

---

37 "出門步步血輪囷, 父母家鄉屬別人. 大地茫茫無我土, 不知何處寄吾身". 「庚戌九月二十四日辭家廟…」, 『경재집』 상.

276

정자亭子마다 병참兵站일세. 아깝다 제일강산第一江山, 비린 먼지 가득하다"고 한 부분은 주목할 만하다.

(6) 119~127행
신의주에 도착하여 반빙半氷이 된 압록강과 강 건너 안동安東의 화려한 밤경치를 서술한다.[38]

(7) 128~136행
나라 잃은 몸으로 이역異域에 들어와서 향방向方이 망연茫然함을 기록.

(8) 137~163행
눈이 내리지 않아 발고跋高라는 수레를 타고 등섭登涉하지 못하고 주변의 여러 고적(威化島, 白馬山城)을 둘러보고 옛일을 생각함.[39]

(9) 164~174행
생일을 맞이한 감회와 압록강을 건너 고국산천을 등지고 떠나갈 때의 느낌.[40]

(10) 175~188행
발고를 타고 가면서 느낀 마차의 편리성과 우리나라에서는 쓰지 못

---

38 "千家樓閣鏡中浮, 江北江南兩界頭. 儘是繁華也蕭瑟, 半緣朔氣半羈愁".「到新義州 留四幕村店 望見安東縣 列肆燈火 沿江十里 照耀如白晝」,『경재집』상.

39 "昔我相公繫此城, 胡天白日照忠誠. 兒孫匪怨今如許, 却向遼東作土氓",「元帥威名四海知, 孤城一片鎭西陲. 至今能使蠻兒艷, 廟貌依然似舊時".「白馬山城」,『경재집』상.

40 "迹似浮雲懶卷舒, 遲遲行色出疆初. 病衰空擊中流楫, 貧賤堪乘下澤車. 故國山河雙涕淚, 長程風雪一籃廬. 此身正似遼陽鶴, 却待千年返舊居".「十二月一日 離四幕渡江 雇淸人商車發行」,『경재집』상.

한 것을 안타까워함.

(11) 189~198행

철로와 전선이 종횡으로 놓여 있는 것을 보고 일본의 세력이 매우 팽창하였음을 실감하며 중국도 머지않아 우리나라와 같이 될 것을 예감한다.[41]

(12) 199~206행

구련성九連城에 당도하여 음식이 입에 맞지 않고 언어가 통하지 않아 고통을 느낀다.[42]

(13) 207~221행

처음으로 수레를 탔기 때문에 고통을 느꼈지만 순조롭게 길을 줄여 회인현懷仁縣에 당도함.

(14) 222~232행

항도촌恒道村에서 시랑侍郞 정원하鄭元夏를 만나 살림을 시작한다. 3인이 매일 만나 시를 짓고 한담하며 소일하면서 자신들의 처지를 명明의 유민遺民들에게 비긴다.

(15) 233~284행

이 작품 중에서 가장 중요한 부분이다. 좀 긴 분량이지만 직접 인용해 본다.

---

41 "電竿交錯鐵途紆, 直到遼東視若無. 島勢鴟張今似此, 不知何處寄殘軀", "身似寒棲未定禽, 西隣黃果亦關心. 我觀民俗重欺息.. 鵝片傾家例綠林". 「有欺」, 『경재집』 상.

42 "氈帽藍衣聚似星, 衆喧成籟撼疎欞. 百人叢裏三聾啞, 以手通言以目聽", "烹羊燔豕臭盈堂, 嘔噦終宵欲出腸. 虛擲銀錢酬飯價, 飢來惟飮熱茶湯". 「宿九連城」, 『경재집』 상.

278

하루는 山에 올라　　　　　四面을 살펴보니
萬疊山中 險峻한대　　　　　巴子江일 둘러 있다
羊의 창자 같은 물이　　　　산마다 둘러 있고
산마다 開荒하여　　　　　　火田을 하여 먹네
강낭 수수 上穀이요　　　　各種 곡식 다 흔하다
西間島 地形됨을　　　　　　大綱으로 생각건대
白頭山 一帶江이　　　　　　鴨綠江 흘러 내려
江邊 七邑따라 흘러　　　　龍巖浦로 내려가고
또 한 가닥 적은 江이　　　上流에서 갈라져서
柳花 通化 내린 물이　　　　懷仁 寬甸 싸고돌아
그 周回 千餘里에　　　　　섬같이 둘렀구나
西間島라 섬 도자가　　　　이를 두고 이름이라
그 안에 사는 韓人　　　　　여러 萬戶 된다 하네
合邦 以後 오는 사람　　　　수 없이 들어오니
天心인지 時運인지　　　　　尋常한 일 아니로세
이곳이 荒蕪地로　　　　　　사람 산지 몇 해런가
人民 산지 오십년에　　　　建官設邑 하였다네
東明王의 開拓함이　　　　北扶餘가 예로구나
卒本으로 開國하여　　　　伯業을 일으키니
그때는 어느 땐고　　　　　漢 元帝 時節이라
그 功業이 宏壯하여　　　　東洋의 震動이라
輯安縣 碑를 세워　　　　　證據가 昭然하다
五胡 적 慕容煌이　　　　　橫行하던 곳이로세
史冊에 丸都城이　　　　　輯安縣이 이로구나
여기 사는 韓國 사람　　　東明王의 後裔로서
오늘 날 漂泊하여　　　　　여기 와서 生活함은
幷州 故鄕 도로 온 듯　　　人窮反本 理致런가
高句麗 後 千餘年에　　　　事蹟 仔細 모를세라
後金 太祖 奴兒恰赤　　　　滿洲에서 일어나서
建州와 瀋陽에서　　　　　伯業을 雄據하니

自古로 英雄 事業　　　　이곳에서 發達한다
山川이 險阻하여　　　　防禦하기 넉넉하고
穀食이 豊足하여　　　　儲蓄이 足할세라
農業을 힘을 쓰며　　　　敎育을 發達하여
足食足兵 하게 되면　　　待(對)敵할 이 뉘 있을꼬
小(少)康의 一旅兵은　　　有仍에서 일어나고
會稽에 十年生聚　　　　越國恢復 하여 있네
西間島 우리 人民　　　　十萬에 達한다네
이 百姓 敎育하고　　　이 땅을 雄據하여
實業을 힘을 쓰고　　　武藝를 練習하여
南北風雲 모아들면　　한 때가 있으련만
英雄이 아니 나고　　　財政이 不給하니
흘어 사는 저 人民을　　團體統率 어이 할꼬
이내 몸 재주 없고　　　六十이 不遠하니
氣運 따라 뜻 衰하니　　쓸데없는 물건이라
죽지 않고 살아 있어　　기다림이 있건마는
風期는 杳然하고　　　나느니 白髮이라
手中의 鐵如意로　　　玉壺 쳐서 부수 운다
두어라 다 두어라　　　쓸데없다 다 두어라
덜 고인 강낭 술을　　　數三盃 먹은 후에
半醉하여 누웠으니　　　華胥國이 이로구나

서간도西間島의 지형을 우선 자세히 살피고 우리 교민들이 합방 이후 수 없이 들어왔음을 말하고 있다. 그 뒤 역사적 사실들을 통해 이곳이야말로 영웅이 기업을 일으킬 만한 곳임을 역설한다. 따라서 이곳에 웅거하여 십만 백성을 교육하고, 실업을 일으키고, 무예를 연습시키면 뺏긴 나라를 되찾을 수 있으리라는 희망을 품기도 한다. 그러나 지도자의 부재와 재정상의 어려움으로 실현 가능성이 희박함을 알고는 희망을 꺾어 버리고 술에 취해 꿈으로 도피하고 만다. 그러나 이런 한계에도 불구하고 이 「서행별곡西行別曲」은 그의 조국광복의 절실한 소망이 담겨 있고, 더 나아가서 교민들도 공유하였던 희망을 간직한 소중한 작품이다.

조동일 교수에 의하면 "개화기는 객관적 현실을 드러내 보이고 이에 대처할 주장을 전개하는 것이 상상력에 의한 허구적인 창작보다 더 중요한 과제로 등장하는 시기"이므로 "일정한 사실을 기술해서 전달 또는 주장하는 것을 본질로 삼는 교술 장르"인 가사가 "개화기에 이르러서 과거보다 오히려 더 중요한 역할을 하게 되었다."고 한다.[43] 이에 비추어보면 「서행별곡」이 하필 가사장르로 창작되었나 하는 것에 대한 의문이 풀릴 것이다.

5. 맺음말

경재耕齋 이건승李建昇은 서간도로 망명하는 도정途程에서 고국을 등지고 떠나가는 자신의 심회를 한시로 남기고 있거니와[44] 서간도에 정착한 이후에도 자신의 견문의 범위에서 교민들의 생활모습과 국내에 남아있는 민중의 고난에 일정한 관심을 기울이고 있다. 한편 서간도가 옛 고구려의 영토라는 점에서 고향으로 인식하는 동시에 역사, 특히 자랑스러운 고구려의 역사에 각별한 관심을 기울이고 있다. 그의 이러한 노력이 우리 민족의 상실된 자긍심을 일깨우기에 족함은 물론이다.

그런데 그가 지은 이러한 한시들에 나타나는 주제가 모두 통합되어 「서행별곡西行別曲」이라는 장편 국문가사로 창작되었다. 어떤 이유에서

---

[43] 「開化救國期의 愛國詩歌」, 林熒澤, 崔元植(編), 『韓國近代文學史論』(한길사, 1982) 141쪽.
[44] 「서행별곡」을 개관하는 과정에서 각주로 다룬 작품들을 말한다.

이겠는가? 몇 가지 가능성을 점검해 보는 것으로 결론을 대신하겠다.

먼저 민중民衆을 염두에 두지 않을 수 없다. 「서행별곡」이 담고 있는 가장 중요한 주제—우리민족이 현재 처하고 있는 상황과 그 극복이라는 민족적인 과업을 어려운 한시로 창작한다면 몇몇 식자識者들만 보고 말 것이요 정작 조국광복祖國光復의 주체主體인 민중民衆들은 제외된다. 다시 말해 혁명의 주체가 되는 민중들을 각성시키자면 한글이 아니고서는 불가능했을 것이다. 작품에 나타난 어려운 고사故事들에 상세한 주석을 달고 있다는 점[45]에서도 확인할 수 있는 부분이다.

다음으로 '동국시계혁명東國詩界革命'[46]과의 연계 가능성이다. 전형적인 소론少論 양반 가문에서 태어난 경재耕齋는 애초부터 책상물림의 고고한 선비는 아닐 성 싶다. 이미 그의 호號가 말해주듯 몸소 농사를 지으며 먹을 것을 해결할 줄도 알았던 것이다. 또 '지행합일知行合一'을 중요한 명제로 삼았던 양명학陽明學을 가학家學으로 하는 집안 출신인 그는 시대의 변화에 민감하게 반응한다. 즉 애국계몽기에는 계명의숙啓明義塾을 세워 교육구국운동敎育救國運動에 앞장섰고, 합방이 되자 자신의 주체를 지키기 위해 서간도로 망명하였던 것이다. 이에 비추어보면 그는 실천력이 강한 인물로 보인다. 이러한 실천력이 애국계몽기의 우리 문학사에서 중요한 문제로 제기되었던 '동국시계혁명'에 영향을 받으면서 「서행별곡」의 창작에 나섰던 것이 아닐까?

---

45 예를 들면 "會稽에 十年生聚, 越國恢復 하여 있네"라는 구절에 "월왕 구천은 오나라에 망하였다가 회계산에서 십년을 양병하여 나라 회복하다"라는 주석을 달고 있다. 이는 약간의 문식만 있는 사람이라면 모두 알 수 있는 것임에도 지나칠 정도의 친절을 베풀고 있는 것이다. 따라서 이 작품의 독자층은 지식인이 아니라 일반 민중들임을 알 수 있다.

46 20세기 벽두—애국계몽기에 우리 문학사에서 발생했던 현상을 지칭한 말로서, 漢詩界의 새로운 시도는 인정할 수 없고 오직 東國詩 중에서 新手眼을 발휘한 것이어야 한다는 주장이다. 丹齋의 작으로 추정되는 「天喜堂詩話」에서 언급되었다. 林熒澤, 「東國詩界革命과 그 歷史的 意義」, 『韓國文學史의 視覺』(창작과 비평사, 1984) 참조.

위에서 가능성을 두 가지로 나누어 살폈지만 실제로는 하나라고 보아야 할 것이다. '동국시계혁명'이라는 것 자체가 이미 민중을 염두에 두고 있는 개념이기 때문이다. 다시 말해 두 가지가 변증법적으로 통합되어 경재로 하여금 「서행별곡」이라는 국문가사의 창작으로 이끌었다고 볼 수 있다. 이 「서행별곡」이 동시대에 창작되었던 여타의 시가 작품에 견주어 조금의 손색도 없는 문학사에서도 중요한 위치를 차지하리라는 것은 췌언일 것이다.

『전주이씨全州李氏 덕천군파德泉君派 가승家乘』 해제解題

원래 이 책의 표지에는 '가승家乘'이라고만 되어 있다. 워낙 집안에서만 보던 책이라 그렇게만 명명해도 아무런 문제가 되지 않았기 때문이었으리라. 그러나 다른 집안의 가승도 많은 터에 차별화를 위해『전주이씨全州李氏 덕천군파德泉君派 가승家乘』이라고 하는 것이 보다 정확한 명칭이 될 것이다. 논의를 진행하는 과정에서는 편의상 그냥 가승이라고 하겠다.

모두 네 권으로 이루어졌는데 모두 아주 정한 해서체로 쓰인 필사본으로 한 면에 10행씩이다.

1.

『가승』의 구성은 『가승』 상·하와 『가승』 속상·하로 되어 있다.

『가승』 상에는 중시조에 해당되는 덕천군德泉君 휘諱 후생厚生으로부터 6세손 경직景稷에 이르기까지의 묘도문자와 행장이 수록되어 있다. 구체적으로 살피면 덕천군 후생의 묘지명(匡贊)과 신도비명(匡師), 신종군新宗君 휘 효백孝伯의 묘지명(匡師), 완성군莞城君 휘 귀정貴丁의 묘갈명(沈思順), 함풍군咸豊君 휘 계수繼秀의 묘지명(匡呂), 좌찬성공左贊成公 휘 수광秀光의 묘갈(景稷), 우곡공愚谷公 휘 유간惟侃과 배위配位인 정부인貞夫人 개성고씨開城高氏의 행장(景奭)과 두 분의 묘지명(金尙憲) 그리고 우곡공의 묘표(李明漢), 석문공石門公 휘 경직景稷의 행장(景奭)·묘지명(景奭)에 배위인 정경부인貞敬夫人 보성오씨寶城吳氏의 묘지명(景奭), 아울러 석문공의 시장諡狀(李植)과 신도비명(金塗)이 수록되어 있다.

『가승』 하에는 서곡공西谷公 휘 정영正英의 가장·시장(宋光淵)·치제문(李頤命)·묘지명(宋光淵)·신도비명(朴世堂)·묘표음기(宋光淵)과 배위인 정경부인 청송심씨靑松沈氏와 후배後配 문화유씨文化柳氏의 묘지명(宋光淵)이 있고, 참판공參判公 휘 대성大成의 묘지명(眞望), 신도비명(崔奎瑞)이 수록되어 있다.

『가승』 속상은 경재耕齋 이건승李建昇이 쓴 「속승서續乘序」가 서두를 차지하고 있어서 가승의 편찬의식 등을 살피는데 긴요하다. 이에 대해서는 후술하겠다. 세마부군洗馬府君 휘 진급眞伋의 가전家傳(建昌), 진사부군進士府君 휘 진위眞偉의 합장묘지合葬墓誌(건승)가 있고, 다음에 「사곡국내전후사실년조沙谷局內前後事實年條」(건승)가 있다. 참의부군參議府君 휘 광명匡明과 배위의 합장묘지(忠翊), 광현匡顯의 묘지(충익), 광현의 배위인 임유인林孺人의 묘지(충익), 초원부군椒園府君 충익과 배위 권부인權夫人의 합장묘지(勉伯), 대연부군岱淵府君 면백勉伯과 배위의 합장묘지(是遠), 충정공忠貞公 시원是遠의 행략行略(건창)·묘지(건창)·시장諡狀(郭宇), 삼배三配 심부인沈夫人의 묘지(건창)가 있다. 다음으로 양산공梁山公 상학象學의 행장行狀(건창)·개장묘지改葬墓誌(건승)와 배위 윤부인尹夫人의 사략事略(건창)이 수록되어 있다.

『가승』 속하는 분량이 비교적 적은 편인데, 참판부군參判府君 건창建昌

의 행장(건승)·묘갈명(洪承憲)이 있고, 배위配位 정부인貞夫人 달성서씨達城徐氏의 묘지명(건창)과 계배繼配 정부인貞夫人 결성장씨結城張氏의 묘지명(건승)이 있다. 아울러 영재 삼형제의 막내인 건면建畧과 관련되어 「겸산협고서전謙山篋藁敍傳」(건창)과 경재의 아들 석하錫夏의 묘지명(건승)과 묘표(홍승헌), 배위인 풍산홍씨豊山洪氏의 묘지명(건승)이 수록되어 있다.

묘도문자를 비롯한 여러 수록된 글의 편찬자를 살펴보면 대체로 후손들이 대부분이다. 후손을 제외한 다른 사람으로는 승문원참교承文院參校 심사순沈思順(莞城君 墓碣), 청음淸陰 김상헌金尙憲(愚谷公 惟侃과 配位의 묘지명), 택당澤堂 이식李植(石門公 景稷의 諡狀), 김류金瑬(석문공의 신도비명), 송광연宋光淵(西谷公 正英의 시장과 묘지명·묘표음기, 정영 배위 두 분의 묘지명)[1], 소재疎齋 이이명李頤命(서곡공의 치제문), 서계西溪 박세당朴世堂(서곡공의 신도비명), 곽우郭宇(忠貞公 是遠의 시장), 홍승헌洪承憲(석하의 묘표)[2] 등으로 나타난다. 이들 중 송광연과 홍승헌은 전주이씨 덕천군파와 혼인관계가 있는 것으로 파악되지만 나머지 인물들에 대해서는 잘 파악할 수 없다. 김상헌, 이식, 김류, 박세당 등은 당대 일류의 명사들이기에 이 집안이 흥성했음을 알 수 있게 해 준다.

2.

『가승』 속상에 실린 경재 이건승의 서문을 보면 가승의 편찬에 대한

---

1 송광연은 서곡공의 사위이다.
2 홍승헌은 석하의 장인이다.

의식을 잘 살펴 볼 수 있다. 합방이 되던 해에 간도의 회인현으로 이주하였고, 이듬해 영재의 장자인 범하範夏가 합류하면서 아마도 가문을 유지해 나가는 것에 대해 위기의식을 느꼈고, 그러한 위기의식은 가승의 편찬에 더욱 박차를 가하는 계기가 되었던 것으로 보인다.

다음은 서문의 전체이다.

庚戌년(1910) 가을 내가 서쪽으로 淸나라에 들어가 懷仁縣을 찾아갔다. 이듬해 조카 範夏가 권솔을 데리고 이르렀는데 先世의 문헌은 모두 가져오지 못하고 오직 『家乘』 두 권과 先稿 약간 권만을 가지고 왔다. 가승은 시조 德泉君부터 七世祖 參判公에 이르기까지에서 그쳤는데 그 이후는 빠뜨리고 찬수하지 못하였다.

나는 속으로 생각하기를 국가가 무사한 나날들이 오래되자 오히려 閥閱과 士大夫 집안의 世德과 名諱가 전적에 실려서 사람들의 이목에 덧칠해졌기에 비록 불초한 자손이 그 세덕을 잃었을 지라도 집집마다 살피거나 사람들에게 물을 수 있었다. 지금 국가의 상황이 변해서 이민족이 뒤섞이고 자손들이 또한 다른 나라를 떠돌고 있다. 우리 선조의 명휘와 언행이 집안에 전해지지 않는다면 어찌 상고할 곳이 없는 것일 뿐이겠는가? 장차 이민족 사이에서 스스로를 가질 수도 없으리라. 아아! 안타깝도다.

내가 이러한 두려움 때문에 이미 家譜를 찬수하고 또 세승을 續述한 다음 墳墓圖를 덧붙여 두 권을 만들었다. 六世祖 進士公부터 아래로는 선고에 실린 誌狀을 취하여 순서대로 편찬하고 실을만한 誌狀이 없는 것은 家譜와 祭文을 임의로 모아서 외람되이 誌를 지어서 빠진 것을 기웠다. 비록 소략한데서 실수를 면하지 못했지만 시조로부터 지금의 十五世에 이르기까지 가승이 조금은 갖추어졌다.

만약 우리 宗支子孫이 그것을 읽고 대대로 지켜나간다면 가승을 이어서 찬술한 것이 도움이 없이 되지는 않겠지만, 만약 불초한 자들이 무슨 책인지도 모른 채 내다 버리고 귀중하게 여기지 않으면 비록 갖추어 둔들 무슨 도움이 되겠는가?

오호라! 모두가 우리 선조이니 그 언행에 상세할 수 있다면 섬김에 이르러 孝慕하는 마음이 저절로 우러나서 세대가 비록 멀지라도 가까운 것 같겠지만 혹 문헌으로 징험할 수 없어 그 언행을 알 수 없다면 아득히 오랜 옛날 같아서 孝慕하는 마음이 나올 곳이 없으리니 문헌이 관계하는 귀중함이 이와 같다.

오호라! 징험할 곳이 없어서 모르는 것도 오히려 슬퍼할만 하지만 더욱이 징험할 곳이 있는데도 혹 잘 지키지 못하거나 혹 그 글을 읽을 수 없어 선조의 언행을 알지 못하고, 심지어 그 名諱조차 모른다면 이는 근본도 없이 태어난 사람과 무엇이 다르겠는가? 매양 생각이 여기에 이를 때마다 벌벌 두렵고 속상하지 않을 수 없었다. 자손된 자들이 반드시 세대마다 가승을 편수하고 그것을 잘 지키고, 또 선조의 언행에 상세할 수 있다면 우리 선조들은 아마도 "내게 후손이 있다."고 말씀하실 것이다. 자손된 자들 또한 조상 있는 사람이 되어서 거의 이민족과 섞이지 않으리라. 무릇 우리 종지자손들이여 힘쓸지어다.

庚戌秋 建昇西入淸 徵懷仁縣 翌年 從子範夏 挈眷至 先世文獻 皆不得携 惟以家乘二卷 先稿若干卷來 乘自始祖德泉君 至七世祖參判公而止 後闕未修

建昇竊念在國家無事之日久 尙閥閱士大夫家世德名諱 載在典籍 塗人耳目 雖不肖子孫 失其世德 可戶考而人問 今國移而異種錯 子孫又漂泊殊邦 吾祖之名諱言行 不傳於家 則豈惟杞宋之莫徵 將不能自辨於異種

嗚呼傷哉 建昇用是懼 旣修家譜 又續述世乘 幷附以墳墓之圖 爲二卷 自六世祖進士公 以下 取先稿所載誌狀 序次編之 其無誌狀可載者 旁取家譜祭文 猥爲誌 以補其闕 雖不免失於畧 然自始祖以下 迄今十五世 乘稍具 使我宗支子孫 能讀之而世守 則此乘之續述 不爲無助 若不肖者不識 爲何書 棄擲而不之重 則雖備矣益哉

嗚呼 均是吾祖耳 能詳其言行 則若曾逮事孝慕之心 油然而出 世雖遠而若近 或其文獻無徵 不能知其言行 則邈然若邃古 孝慕之心無從而出 文獻關係之重 如此

烏乎 無徵而不知 猶可悲 況有徵而或不能謹守 或不能讀其文 莫知其祖之言行 甚或不知其名諱 是與空桑生者 何以異 每念及此 未嘗不惕然而

懼且傷也 爲子孫者 其必世修乘而謹守之 又能詳先祖之言行 吾祖其將
曰 予有後 爲子孫者 亦將爲有祖之人 而庶免乎異種之混矣 凡吾宗支子
孫 其勉矣哉〈「續乘序」,『家乘』續上〉

간단하게 요약하면 가승家乘에 실린 선조先祖의 명휘名諱와 언행言
行을 통해 이민족에게 나라를 뺏긴 상황에서 스스로의 정체성을 가질 수
있다는 것과 이를 통해 효모孝慕의 마음을 지닐 수 있다는 것이다.

국가적 위기가 없는 시절에는 선조의 세덕과 명휘가 여러 전적에 실
릴 수 있기에 후손들이 선조에 대해 알려고 한다면 별다른 문제가 없지
만, 이민족에게 나라를 뺏긴 상황에서 더군다나 후손이 남의 나라를 떠
돌고 있는 상황이라면 문제는 크게 달라진다고 하였다. 선조의 명휘와
언행이 집안에서 전해지지 않으면 스스로를 지킬 수도 없는 형편이 되어
버릴 것이라고 하였다. 선조의 명휘와 언행을 후손에게 전해 줄 수 있는
것이 바로 가승이다. 요컨대 가문의 정체성 확립을 위해 절대적 필요성
을 느끼고 이를 편찬하게 되었다고 보는 편이 옳을 것이다.

3.

본래 가승家乘은 그 집안의 후손들에게 대대로 전해지고 보관되는
책이다. 그 가문이 아주 영락되지 않는다면 말이다. 그런데 전술한대로
전주이씨 덕천군파의 적통을 잇는 집안은 망국과 함께 몰락의 길을 걸었
다. 경재가 솔가하여 간도의 회인현으로 이주한 이후 그나마 얼마되지
않았던 강화도의 경제적 기반마저 무너졌던 것으로 보인다. 이는 한국
근현대사의 전개과정과 맞물리면서 대부분의 우국지사들의 후손들이 그

러했듯 영재의 적통을 이은 후손들도 예외적일 수 없었다. 이 책은 영재의 후손인 형주씨가 최근까지 보관하고 있던 것을 자신의 건강이 회복할 수 없을 정도로 악화되자 성균관대학교 동아시아학술원의 존경각으로 기증한 것이다. 형주씨 자신이 아주 불우한 삶을 살았지만 선대의 문집을 잘 보관하고 있다가 거의 대부분을 국사편찬위원회에 기증하고 가승만은 최후까지 보관하고 있었던 셈이다.

물론 이 전주이씨 덕천군파 가승은 한 집안의 기록에 지나지 않을 수 있지만 한편으로 보면 매우 소중한 자료적 가치를 지닌다. 이 집안은 소론少論의 명문가로 석문石門 이경석李景奭을 비롯하여 열손가락으로도 모자랄 정도로 많은 명사와 문인을 배출하고 있다. 영재 이건창을 비롯하여 이들 가문의 상당수가 문학사적으로 주목 받고 있는 문인이기도 하다. 아울러 이들이 강화학파의 핵심적 인물이며, 당쟁사의 중심에 서 있었다는 점에서 그 사료적 가치는 높다고 할 것이다.

수록된 글 전체의 목차를 첨부하여 참고로 제시한다.

[家乘 上]

1. 有明朝鮮國定宗王子德泉君積德公墓誌銘(厚生)
   十世孫定略將軍行龍驤衛副司果匡贊謹撰幷書

2. 始祖德泉君神道碑銘
   十世孫匡師撰幷書

3. 承憲大夫新宗君墓誌銘(孝伯)
   九世孫匡師撰

4. 有明朝鮮國正義大夫莞城君墓碣銘(貴丁)
   中訓大夫承文院參校沈思順撰

朴世榮書

5. 咸豊君墓誌銘(繼秀)
　　八世孫匡呂撰

6. 有明朝鮮國贈通政大夫承政院左承旨兼　經筵參贊官行忠義衛敦勇校尉李公
　　墓碣(秀光)
　　　孫嘉善大夫開城府留守景稷謹識
　　　孫中訓大夫行司諫院獻納兼春秋館記注官景奭謹書

7. 贈崇政大夫議政府坐贊成兼判義禁府事五衛都摠府都摠管行嘉善大夫同知
　　中樞府事李公行狀(惟侃)
　　　孤哀子李景稷景奭稽顙泣血再拜

8. 貞夫人開城高氏行狀(惟侃　配)
　　　哀子李景稷景奭等稽顙泣血再拜

9. 贈崇政大夫議政府坐贊成兼判義禁府事五衛都摠府都摠管行嘉善大夫同知
　　中樞府事李公墓誌銘幷序(惟侃)
　　　清陰金尚憲撰

10. 貞夫人開城高氏墓誌銘(惟侃　配)
　　　清陰金尚憲撰

11. 贈崇政大夫議政府坐贊成兼判義禁府事五衛都摠府都摠管行嘉善大夫同知
　　中樞府事李公墓表(惟侃)
　　　資憲大夫吏曹判書兼弘文館大提學藝文館大提學知春秋館成均館事同
　　　知　經筵事李明漢謹撰

12. 有明朝鮮國　贈大匡輔國崇祿大夫議政府右議政兼領　經筵事監春秋館事
　　行資憲大夫戶曹判書兼知義禁府事五衛都摠府都摠管李公行狀(景稷)
　　　舍弟原任大提學景奭撰

13. 有明朝鮮國 贈大匡輔國崇祿大夫議政府右議政兼領 經筵事監春秋館事行
　　資憲大夫戶曹判書兼知義禁府事五衛都摠府都摠管李公墓誌銘幷序(景稷)
　　　　舍弟資憲大夫原任大提學景奭謹撰

14. 有明朝鮮國 贈貞敬夫人寶城吳氏墓誌銘幷序
　　　　資憲大夫原任大提學景奭撰

15. 有明朝鮮國 贈大匡輔國崇祿大夫議政府右議政兼領 經筵事監春秋館事
　　行資憲大夫戶曹判書兼知義禁府事五衛都摠府都摠管李公謚狀(景稷)
　　　　嘉善大夫吏曹參判兼同知 經筵成均館事李植謹狀

16. 有明朝鮮國 贈大匡輔國崇祿大夫議政府右議政兼領 經筵事監春秋館事
　　行資憲大夫戶曹判書兼知義禁府事五衛都摠府都摠管　贈謚忠敏李公神道
　　碑銘幷序(景稷)
　　　　奮忠贊謨立紀明倫靖社功臣大匡輔國崇祿大夫議政府領議政兼領 經筵
　　　　弘文館藝文館春秋
　　　　館觀象監事 世子師昇平府院君金瑬撰
　　　　男輔國崇祿大夫行判敦寧府事兼刑曹判書正英謹書幷篆

[家乘 下]

17. 有明朝鮮國輔國崇祿大夫行判敦寧府事兼判義禁府事禮曹判書知 經筵事
　　五衛都摠府都摠管西谷李公家狀(正英)

18. 有明朝鮮國輔國崇祿大夫行判敦寧府事兼判義禁府事禮曹判書知 經筵事
　　五衛都摠府都摠管西谷李公謚狀(正英)

19. 致祭文
　　　　知製 敎李頤命製 進

20. 有明朝鮮國輔國崇祿大夫行判敦寧府事兼判義禁府事禮曹判書知 經筵事
　　五衛都摠府副(都)摠管西谷李公墓誌銘幷序(正英)

女婿原任黃海道觀察使宋光淵誌

21. 有明朝鮮國輔國崇祿大夫行判敦寧府事兼判義禁府事禮曹判書知 經筵事
　　五衛都摠府副(都)摠管贈諡孝簡李公神道碑銘(正英)
　　　　崇政大夫行吏曹判書兼知 經筵事弘文館提學朴世堂撰
　　　　孫男通政大夫前禮曹參議知製 教眞儉謹書
　　　　孫男中訓大夫前行弘文館校理知製 教兼 經筵侍讀官春秋館記注官西
　　　　學教授眞儒謹篆

22. 墓表陰記(正英)
　　　　女婿原任黃海道觀察使宋光淵記
　　　　從子原任東萊府使德成書

23. 有明朝鮮國 贈貞敬夫人靑松沈氏墓誌銘幷序(正英 配)
　　　　女婿原任黃海道觀察使宋光淵誌

24. 有明朝鮮國 贈貞敬夫人文化柳氏墓誌銘幷序(正英 後配)
　　　　女婿原任黃海道觀察使宋光淵誌

25. 有明朝鮮國嘉善大夫戶曹參判兼同知義禁府事五衛都摠府副摠管李公墓
　　誌銘(大成)
　　　　族姪通政大夫吏曹參議知製 教眞望謹識

26. 有明朝鮮國嘉善大夫戶曹參判兼同知義禁府事五衛都摠府副摠管李公神
　　道碑銘幷序(大成)
　　　　大匡輔國崇祿大夫議政府領議政兼領 經筵弘文館藝文館春秋館觀象監
　　　　事 世弟師崔奎瑞
　　　　撰
　　　　男嘉善大夫司憲府大司憲眞儉謹書
　　　　男嘉善大夫行弘文館副提學知製 教兼經筵參贊官春秋館修撰官眞儒謹篆

[家乘 續上]

27. 續乘序
    建昇

28. 洗馬府君家傳(眞佋)
    建昌

29. 進士府君合葬墓誌(眞偉)
    建昇

30. 沙谷局內前後事實年條
    建昇

31. 贈參議府君鄭夫人合葬墓誌(匡明, 匡明 配)
    不肖孤忠翊謹識

32. 學生府君墓誌(匡顯)
    不肖男忠翊謹誌

33. 林孺人墓誌(匡顯 配)
    不肖男忠翊謹誌

34. 椒園府君權夫人合葬誌(忠翊, 忠翊 配)
    不肖孤勉伯泣血謹誌

35. 岱淵府君合葬墓誌(勉伯, 勉伯 配)
    不肖孤是遠泣血述

36. 忠貞公行略(是遠)
    不肖孫建昌謹識

37. 贈大匡輔國崇祿大夫議政府領議政行正憲大夫吏曹判書兼弘文館提學知
宗正卿府事 贈諡忠貞公府君墓誌(是遠)
不肖孫建昌謹識

38. 贈大匡輔國崇祿大夫議政府領議政行正憲大夫吏曹判書兼弘文館提學知
宗正卿府事 贈諡忠貞李公謚狀(是遠)
宗人輔國崇祿大夫判宗正卿府事致仕奉朝賀敦宇謹撰

39. 沈夫人墓誌(是遠 三配)
不肖孫建昌謹撰

40. 梁山公行狀(象學)
不肖建昌泣血謹狀

41. 梁山公改葬墓誌(象學)
不肖男建昇泣血謹誌

42. 尹夫人事略(象學 配)
男建昌泣血謹書

[家乘 續下]

43. 先伯氏參判府君行狀(建昌)
胞弟建昇撰

44. 寧齋公墓碣銘(建昌)
嘉善大夫前吏曹參判兼同知 經筵義禁府春秋館事協辦內務府事豐山洪
承憲撰

45. 贈貞夫人達城徐氏墓誌銘(建昌 配)
夫李建昌撰

46. 贈貞夫人結城張氏墓誌銘(建昌 繼配)
　　夫弟李建昇謹撰

47. 謙山篋藥敍傳(建冕)
　　胞兄鳳藻泣書

48. 亡兒墓誌銘(錫夏)
　　(建昇 撰)

49. 女壻李君墓表(錫夏)
　　婦翁嘉善大夫前吏曹參判兼同知 經筵義禁府春秋館事協辦內務府事豊
　　山洪承憲撰

50. 子婦豊山洪氏墓誌銘(錫夏 配)
　　(建昇 撰)

서명·작품명

[ㄱ]